EL CLUB DE DETECTIVES

GREGG DUNNETT

Traducido por
M.L. CHACON

Old Map Books

CAPÍTULO UNO

SÉ que estoy metido en un buen lío. Lo que no sé es el porqué.

Estoy sentado en una silla de plástico apoyado contra la pared del descansillo del despacho de la directora. Justo enfrente de mí está la secretaria, sentada en su escritorio y clavándome su mirada a través de unas gafas que le cuelgan de una cadena alrededor del cuello. Parece que está sopesando si voy a salir corriendo en cualquier momento.

Lo cierto es que la idea se me ha pasado por la cabeza. La directora Sharpe tiene una reputación espantosa. Pero no hay escapatoria. Además, quiero saber por qué estoy aquí y si me escaqueo nunca lo sabré. Tampoco soy de los que huyen de los problemas.

No estoy de broma con lo de la reputación de la directora. A todo el mundo le da miedo, no solo a los estudiantes. Me acuerdo una vez que estaba en clase de Biología con la profesora Jones y teníamos que etiquetar las partes de la Mantis religiosa. Al estar sentado en la primera fila oí que la profesora susurraba para sus adentros que la mantis le recordaba a la directora. No creo que se refiriera a que se parecieran en el aspecto, más bien a la forma en que las hembras atrapan y devoran a los machos después de aparearse con ellos.

—Disculpe, señora Weston —le pregunto a la secretaria—, ¿voy a tener que esperar mucho más?

La señora Weston para un momento de teclear y frunce el ceño de manera molesta.

—La directora te avisará cuando esté lista.

—Es que, verá, estaba en clase de Matemáticas y me tomo las Matemáticas muy en serio…

—He dicho que cuando esté lista te avisará.

Me echa una mirada asesina así que desisto. Cuando vuelve a mirar hacia la pantalla de su ordenador aprovecho para echar un vistazo alrededor del hueco donde está su escritorio. A pesar de no tener su propio despacho ha intentado adornar la mesa para que quede acogedora. En el suelo junto a ella hay una gran planta de yuca y según la miro me doy cuenta de que hay una salamanquesa trepando por el tronco. Bueno creo que es una salamanquesa, tiene los dedos grandes y desde luego no se parece a ninguna de las especies de lagartija que tenemos en la isla. Me inclino para observarla de cerca pero me paro cuando noto que la señora Weston ha dejado de teclear y me está mirando. Me pregunto de dónde habrá salido. ¿Quizá alguien la tenía de mascota, se escapó y acabó aquí en el instituto? O a lo mejor siempre ha vivido en esta planta y nunca nadie se ha dado cuenta. ¿Igual es la mascota de la señora Weston?

De repente oigo un gran alboroto en el otro extremo del pasillo. Levanto la vista y veo al profesor Richmond caminando hacia nosotros acompañado de una estudiante. Parece que está trayendo a regañadientes a una chica a la que agarra con el brazo en la espalda como si fuera un policía y la hubieran arrestado. Parece muy enfadado. Pero en realidad, si acaso, la chica parece aún más enfadada.

—Siéntate aquí y no te muevas —refunfuña el profesor Richmond cuando se pone a mi altura. Por un momento temo que la chica vaya a desobedecerle pero se deja caer en una silla, con las piernas abiertas en lo que me parece un ángulo un poco incómodo. Por desgracia para mí, es la silla que está al lado de la mía.

Es mi culpa en realidad. Había solo tres sillas y si hubiera sido más inteligente me habría sentado en la del extremo. Así si alguien viniera se habría sentado en la silla del otro extremo y todavía quedaría una silla vacía en el medio. Pero no estoy acostumbrado a venir al despacho de la directora así que no se me ocurrió pensarlo.

Hago lo posible por no mirar a la chica. En cambio, observo al profesor Richmond mientras habla con la señora Weston. Supongo que le estará contando lo que ha hecho la chavala, pero no oigo lo que dice porque está hablando en voz muy baja. Luego se da la vuelta para irse. Al hacerlo se fija en mí y da un pequeño respingo de sorpresa. Seguramente es porque soy un buen estudiante y no se esperaba verme aquí. Me dispongo a explicarle que ha habido un malentendido pero el profesor Richmond no me pregunta nada, solo me lanza una mirada de decepción y se va. A continuación, la señora Weston entra en el despacho de la directora Sharpe, supongo que para decirle que ha venido otro estudiante. Aprovecho y me muevo a la silla del extremo para no tener que estar justo al lado de la chica. Me viene bien porque estoy más cerca de la yuca y tal vez pueda identificar qué tipo de salamanquesa es.

—¿Qué pasa, que huelo mal?

Es la chica la que habla.

—¿Cómo dices?

—He preguntado si huelo mal.

—¿Qué? Ah. No. Bueno, no lo sé...

La verdad es que no me he percatado de ningún olor pero no voy a inclinarme y olerla, eso sería raro.

—Creo que no —concluyo.

Me mira a los ojos durante un buen rato y luego aparta la cabeza como si no me mereciera su atención. Me siento bastante aliviado y me vuelvo para observar la salamanquesa. No sé qué comen. Supongo que moscas y cosas así, pero tal vez coman plantas de yuca. Tendré que buscarlo en Internet más tarde...

—Vaya mierda ¿no? —interrumpe la chica de nuevo.

No respondo. Trato de concentrarme en la salamanquesa. Creo que leí en alguna parte que se pueden encontrar en cualquier parte del país, debido al calentamiento global y también a la forma de transportar los plátanos...

—¿Qué has hecho para que te manden a ver a la directora? —Es la chica de nuevo. Repaso en mi cabeza los últimos días.

—No lo sé.

—¿Qué quieres decir con que no lo sabes? ¿Cómo puedes no saberlo?

—No lo sé.

—¿No sabes cómo no lo sabes?

Recapacito un instante.

—No.

Frunce el ceño ante mi respuesta y luego mueve la cabeza de nuevo.

—En realidad yo tampoco. Solo sé que es todo una puta mierda.

Me giro para mirarla. Entiendo que esté enfadada porque la hayan traído aquí, pero no creo que decir palabrotas delante del despacho de la directora le vaya a ayudar, sea lo que sea que haya hecho. La observo durante un momento mientras mira hacia la pared de enfrente. Es un poco mayor que yo y va vestida casi toda de negro. Lleva unas enormes botas Dr. Martens y supongo que su oscuro pelo debe de estar teñido de azul, porque no me parece un color muy natural. No tengo la oportunidad de ver más porque entonces se vuelve hacia mí. Desvío la mirada pero durante un buen rato siento como me mira fijamente.

—Tú eres el chaval ese, ¿no?

Al principio no respondo pero no tiene sentido negarlo.

—Sí.

No dice nada más pero noto que sigue mirándome. Es todo un alivio cuando la señora Weston sale del despacho de la directora y se dirige hacia mí.

—¿Billy Wheatley? La directora Sharpe te está esperando.

CAPÍTULO DOS

LA DIRECTORA ESTÁ SENTADA DETRÁS de su escritorio, escribiendo en unos papeles. No levanta la vista.

—Cierra la puerta.

Sigue sin mirarme pero hago lo que me dice y me quedo ahí, esperando.

—Siéntate.

Hay una silla de plástico duro frente a su escritorio y un par de sillones cómodos junto a la ventana. Intento adivinar dónde querrá que me siente y me decido por la silla de plástico. No me mira, sigue escribiendo. Por fin se detiene y deja el bolígrafo en la mesa. Entonces levanta la vista y me clava la mirada. Me cuesta un poco pero hago lo posible por mirarle a los ojos.

—Estoy segura de que sabrás por qué te he llamado —comienza a decir mientras arquea una de sus cejas con fuerza.

Siento un fuerte impulso de asentir pero el problema es que de verdad que no lo sé. Lo único que sé es que el profesor de Matemáticas me entregó una nota diciendo que fuera a ver a la directora de inmediato. No decía el porqué.

—Tengo que admitir que estoy muy decepcionada contigo, Billy. ¿En qué estabas pensando?

Espero que sean preguntas retóricas porque no tengo ni idea de cómo responderlas. Sigue mirándome, así que bajo la mirada al suelo. Entonces se hace el silencio y acabo levantando la vista de nuevo. Creo que la profesora Jones se equivoca, no es como una mantis religiosa. Es más bien un ave de presa posada en su poste favorito. Y creo que tenía razón con lo de que eran preguntas retóricas, porque enseguida continúa hablando.

—Billy, soy consciente de que eres uno de los estudiantes más inusuales en este centro. Lo sé. —Me mira con dureza—. Pero eso no te da derecho a tomarte libertades.

He empezado a parpadear sin querer mientras sigo tratando de entender de qué está hablando la directora. Al final, por decir algo, contesto.

—Ya.

—Y estoy segura de que sabes de sobra que hay procedimientos sólidos y claros para tratar cualquier... —duda, y por primera vez durante un instante desvía la mirada—, cualquier problema que sientas que puedes tener en el instituto. —Vuelve a mirarme a los ojos.

Hay un silencio muy largo.

—Vale.

Empiezo a preguntarme si se va a acabar la conversación y voy a seguir sin saber de qué va esto. La directora sacude la cabeza y continúa.

—Tiene gracia. Dadas las circunstancias, hay quien podría decir que lo que has hecho tú constituye acoso escolar. —Inclina la cabeza hacia un lado y vuelve a guardar silencio.

Por fin tengo una idea de lo que podría tratarse. El término «acoso escolar» y la forma en que lo ha dicho, haciendo hincapié en la parte «escolar», me dan una pista. Abro la boca para responder, pero luego cambio de opinión. Me muerdo el labio.

Esta vez la directora levanta ambas cejas.

Me muerdo el labio de nuevo.

—Ah —digo al final.

—Ah —repite la directora mientras sacude la cabeza—. En realidad estoy sorprendida, Billy. ¿De verdad pensaste que no me iba a enterar? ¿Pensaste que no lo iba a descubrir? Tengo verdadera curiosidad. Porque está claro que no puedes haber pensado que era una buena idea. Te creo más listo que eso.

Antes de seguir adelante, quiero asegurarme de que he entendido bien la razón por la que está enfadada, así que la interrumpo, pero solo un poquito.

—¿Se trata de la idea de *Kickstarter*?

La directora suspira de manera exagerada.

—Sí, Billy. Me refiero a tu idea de *Kickstarter*. — La directora hace una pausa elaborada antes de continuar—: En la que acusas a varios alumnos de este centro de ser abusones y describes públicamente que este centro tiene un gran problema de incidencias de acoso escolar.

Intento recordar. Pasó hace varias semanas y se me ha olvidado exactamente lo que escribí. No he olvidado la idea, porque era una buena idea. Y quería llevarla a cabo de inmediato porque, a veces, cuando tengo una buena idea, a los pocos días se me olvida y esta vez no quería que eso sucediera. Pero no lo consigo, he olvidado las palabras exactas que utilicé.

—Probablemente no vaya a hacerlo ahora. Me refiero al proyecto.

Abre la boca para responder, pero la vuelve a cerrar. Parece un poco frustrada.

—Esa no es la cuestión, Billy. La cuestión es que has nombrado a ciertos estudiantes en un foro público sin darles la oportunidad de responder a las acusaciones. Has atacado la reputación de este centro —deja escapar un lento suspiro—. Tan solo agradezco que me lo hayan hecho saber antes de que alguno de los chicos implicados se diera cuenta. O de que sus padres lo vieran.

Será mejor que me explique. Sobre todo porque la directora acaba de describir *Kickstarter* como un foro, cuando no lo es. Pero claro, ella es adulta y muchos adultos no entienden muy bien de Internet. Verás, *Kickstarter* es una página web para hacer que las buenas ideas se hagan realidad. Publicas tu idea, por ejemplo un nuevo invento, un libro o una película, y si hay suficientes personas de acuerdo con que es una buena idea, te dan el dinero para que se haga realidad. No tiene nada que ver con un foro. Los foros son lugares en los que la gente discute en Internet y creo que hoy en día no se utilizan mucho.

—Estoy muy decepcionada contigo, Billy. Tienes una buena reputación en el Instituto. No eres de los que alborota, pero socavar el buen nombre de este centro de esa manera... Acusar a tus compañeros. Es incomprensible.

La directora tiene un ordenador en la mesa y mueve el monitor para que yo lo vea. Me sorprende ver que tiene mi página web de *Kickstarter* en la pantalla. Veo, en la parte superior, el logotipo que hice con las palabras «Rastreador de acosadores» en rojo, junto a una pequeña imagen de una torre de radar emitiendo pequeñas ondas de radio circulares. Pensé que explicaba muy bien la tecnología detrás de la idea del rastreador. Consiste en hacer que los acosadores lleven un dispositivo especial de seguimiento, probablemente una pulsera en el tobillo que no puedan quitarse, como las que llevan los delincuentes, y que los que quieran mantenerse alejados de los acosadores utilicen sus teléfonos móviles para ver dónde están en tiempo real. Incluso se podría configurar una pequeña alerta para que recibas un mensaje cuando los acosadores se acerquen demasiado. Es buena idea, ¿a qué sí?

—Aunque aprecio el sentimiento que hay detrás de esta idea, ponerles nombre a estos chicos está muy mal. Solo espero que podamos bajarlo antes de que se enteren los padres.

—Seguramente sean también unos matones.

—¿Qué dices?

—Los padres. Al menos parecen matones solo que han crecido...

—¡Billy! ¡No te he llamado para debatir el asunto!

Dudo por un segundo.

—Entonces, ¿por qué me ha dicho que venga?

La directora Sharpe mira hacia otro lado, como si un pajarillo acabara de pasar por la ventana y estuviera planeando cómo cazarlo. Luego se vuelve hacia mí.

—La cuestión es que no le has dado a ninguno de estos chicos la oportunidad de refutar tus acusaciones. Y la forma en que tergiversas las actuaciones de este centro es extremadamente perjudicial.

—Pero no es tergiversar si pasa de verdad...

—¡Billy! La razón por la que te he llamado es porque vas a borrarlo, ahora mismo.

Grita lo suficientemente fuerte como para que la señora Weston pueda oírla desde fuera. Y la otra chica también. Me quedo callado.

Desliza el teclado hacia mí, pero no es inalámbrico y se atasca porque el cable no es lo suficientemente largo. Se pelea durante unos momentos con el cable para extenderlo. Por fin lo pone delante de mí.

—¿Supongo que puedes conectarte desde aquí?

No puedo evitar fruncir el ceño. Ya te dije que los adultos no entienden de Internet. Tengo una copia de todo en casa así que aunque lo borrase aquí mismo no pasaría nada. La miro, preguntándome si de verdad es posible que no sepa este detalle. Pero me devuelve la mirada, con la cara blanca y una vena gorda palpitándole en el cuello. Así que no digo nada. En su lugar, tecleo mis datos de acceso. Sigue mirándome y tengo que pasar el brazo por encima del teclado para evitar que vea mi contraseña mientras pulso las teclas. Desde el otro lado del escritorio la oigo suspirar.

—En realidad no estoy seguro de cómo borrarlo —le digo, mientras se carga la página—. Nunca he borrado un proyecto en *Kickstarter*.

—Eres un chico inteligente Billy, estoy segura de que encontrarás la manera.

No respondo, sino que dirijo mi atención a la pantalla. La verdad es que es muy fácil. Momentos después la pantalla dice:

«¿Estás seguro? ¡Este Kickstarter ha sido financiado!»

No lo sabía. Levanto la vista para decírselo.

—Ya ha recaudado un 4,2% de los fondos requeridos.

Espero que esté al menos un poco sorprendida con este dato pero no dice nada.

—Puse el presupuesto en 50.000 dólares, lo que significa que ya ha recaudado 2.100 dólares...

—Soy muy consciente de cómo funciona *Kickstarter* —responde la directora Sharpe. Aunque no lo es, ya que acaba de llamarlo foro. Su voz sale fría como el hielo, pero persevero. Después de todo, es un detalle importante.

—Por lo que solo necesita otros 47.900 dólares para que pueda llevarse a cabo. ¿Sabe una cosa? Creo que este sistema podría ayudar a muchos estudiantes...

Vuelve a suspirar.

—Billy, ¿has empezado a trabajar en crear el dispositivo? ¿O el programa que lo haría funcionar?

—No. Pero por eso puse los detalles del instituto. Pensé que tal vez si alguien de Google lo viera podría querer ayudarme a escribir el programa. Y una vez preparado necesitarían un lugar para probarlo. Así que pensé que podrían hacerlo aquí, en el instituto de Newlea.

—¿Y no se te ocurrió consultarlo conmigo primero? —espetó—. ¿Ya que soy yo la directora del instituto?

No respondo de inmediato. Tal vez debería haberle pedido permiso.

—No pensé que le importara —digo—. Siempre dice que no se debe tolerar el acoso y todo eso.

La directora suspira muy fuerte.

—Billy, mi trabajo es asegurar que el instituto Newlea sea un entorno seguro y acogedor para todos los estudiantes...

—Pero no lo es. Hay matones por todas partes. Y nadie hace nada al respecto.

Parece sorprendida. Es como si lo que acababa de decir fuera algo increíble.

—Billy... Billy, eso no es... Simplemente no es el caso. Existen procedimientos, rigurosos pasos a seguir...— Se recompone antes de continuar—. Billy, si crees que eres víctima de acoso escolar tienes que hablar con tu tutor, o con cualquier otro profesor. O puedes venir directamente a mí.

No digo nada. Si eso funcionara no habría necesitado inventar el «Rastreador de acosadores», ¿no?

—¿Tienes problemas de acoso escolar, Billy?

Tardo mucho en contestar. No puedo evitar pensar en lo que siempre me dice papá, que hay que ignorarlo. Que hay que agachar la cabeza y no darle importancia. Que las cosas, con el tiempo, mejorarán... Aunque nunca lo hagan.

—No.

Parece exasperada y se frota la frente.

—Muy bien. . . Entonces sugiero que borres esto y dejemos atrás este episodio.

Vuelvo a mirar la pantalla. El importe de la financiación aparece en grandes letras verdes: $2.100. De este dinero no tengo copia en casa. Me parece una pena perderlo. Pero no me queda otra opción.

Así que presiono el botón de eliminar.

CAPÍTULO TRES

ME CASTIGA a que me quede a trabajar en el instituto un día después de clase, pero tan solo uno. Tengo la sensación de que es un castigo simbólico, como si tuviera que hacer algo cuando sabe que en realidad no he hecho nada malo. O tal vez se da cuenta de que los castigos no tienen mucho efecto en alguien como yo a quien de verdad le gusta hacer los deberes. Debe de ser difícil para los profesores lidiar con alumnos extraordinarios como yo.

No cojo mi autobús habitual para volver a casa. En su lugar, me cuelo en el autobús de Holport que baja por el lado oeste de la isla. Llevo un tiempo haciéndolo, desde que papá empezó a trabajar allí.

Cuando llego a Holport bajo corriendo al puerto. Papá trabaja cerca de la gran dársena donde los barcos pesqueros descargan sus cajas de pescado. Hay unas pequeñas grúas que levantan los palés de plástico y los cargan en carros para que una carretilla elevadora los lleve al almacén. Parece que las embarcaciones ya han terminado su faena por hoy, así que ya no hay nadie. Mientras miro a mi alrededor noto bajo mis pies el crujir de montones de escamas de pescado secas que parecen nieve. Huele a gasolina y a pescado podrido por el sol.

Papá no trabaja en ninguno de los barcos, aunque quiere hacerlo porque ahí es donde se gana dinero de verdad. Papá trabaja en tierra, en el almacén. Es el edificio grande con techo plano que está a mi lado, donde se lleva todo el pescado que se coge para subastarlo. Papá tampoco se involucra en eso. Tan solo lava el almacén de subastas cuando termina la venta del pescado.

Tiene una gran manguera a presión con la que empuja las vísceras y escamas de pescado hasta que caen al agua.

Cuando llego, el portón doble está abierto y asomo la cabeza. Ya me he acostumbrado al olor, una mezcla de pescado y productos químicos que utiliza papá, pero sigue sin ser agradable. Lo veo enseguida, vestido con su mono y sus botas, cojeando en la esquina más alejada del almacén.

—¡Hola, papá! ¿Has llenado la bolsa para Steven?

En respuesta, cierra la manguera y señala un saco de plástico justo detrás de la puerta.

—Gracias —digo, y luego añado—. ¿Cuánto tiempo vas a tardar?

Mira alrededor del almacén.

—Una hora más o menos.

Enseguida enciende la manguera y vuelve a rociar el suelo.

—¡Vale! —grito por encima del ruido—. Te veo en la camioneta.

Agarro el saco; es bastante pesado, pero es sobre todo por el hielo. Me aseguro de que esté bien cerrado y me lo pongo al hombro. Luego vuelvo a salir y lo meto en la camioneta de papá al lado de mi mochila.

Papá solía tener un trabajo mucho mejor. Cuidaba las propiedades del Sr. Matthews, que es también el dueño del Gran Hotel de Silverlea, pero lo perdió hace un par de años después de todo el asunto de la turista asesinada. Es una historia un poco larga, pero resumida es así: una adolescente desapareció y la policía pensó que papá la había matado. Me avergüenza un poco admitir que yo también lo pensé. Obviamente no fue él pero era la segunda vez que culpaban a papá de asesinato, así que, bueno, los hay que piensan que cuando el río suena agua lleva. Supongo que el Sr. Matthews era uno de ellos, porque le dijo a papá que ya no necesitaba a nadie para cuidar las propiedades de vacaciones. A las pocas semanas nos dimos cuenta de que esa no era la verdad ya que oímos que había contratado a otro para ese puesto.

Entonces, durante mucho tiempo, papá no conseguía trabajo porque parecía que nadie confiaba en él. Dice que solo consiguió este trabajo porque es el tipo de curro que nadie quiere hacer. Y es un poco desagradable la verdad. Pero es bueno para Steven.

Como tengo una hora libre salgo del puerto comercial y me dirijo hacia el puerto deportivo. Me encanta visitar el puerto. Me gusta ver las embarcaciones. Hay de todos los tamaños y formas, desde pequeñas barcas de vela hasta enormes yates a motor. En realidad, no está permitido entrar en los muelles, a menos que tengas un barco, por supuesto, pero no pasa nada porque sé cuál es el código de entrada. Miro a mi alrededor para asegurarme de que no haya nadie mirando, abro rápidamente la cancela y la atravieso.

Me gusta cómo se mueve el muelle mientras camino. Es como si ya estuvieras a bordo de una embarcación incluso antes de subir a una. Vengo bastante a menudo, me gusta ver los diferentes barcos y decidir qué tipo voy a tener cuando sea mayor. Probablemente será uno con cabina de los más pequeños ya que voy a ser científico y ya se sabe que no ganan mucho dinero. Después de todo lo que pasó con papá, durante una temporada, pensé en ser inspector de policía porque noté que a la policía le vendría bien algo de ayuda. Al final cambié de opinión porque me di cuenta de que la ciencia es más importante. De todos modos, tampoco creo que los inspectores ganen tanto. Y ciertamente no tienen tiempo para salir de paseo en barco.

Sigo caminando hacia donde están amarrados los barcos de pesca deportiva más grandes. Algunos son realmente llamativos, con enormes puentes volantes y ventanas negras. No es que me gusten pero admito que, a su manera, son interesantes. A los turistas con dinero les gusta alquilar estos barcos. Los patrones los llevan a altamar, les ayudan a pescar y les dan comida y cerveza. Es algo en lo que he estado pensando mucho últimamente.

El barco que a mí me gusta está justo al final. Tiene 39 pies de eslora, es decir, 11,8 metros y, aunque también es un barco de pesca de alquiler, es un poco más viejo y parece más bonito por ello. De alguna manera es más acogedor. Se llama «La Dama Azul». Avanzo por el muelle hasta que estoy situado justo en frente. Ya que no hay nadie mirando me atrevo a extender la mano para tocar el barco. Con cuidado acaricio la fría barandilla de acero. Antes estaba brillante pero ahora se ha vuelto un poco opaca por el tiempo y el agua salada. Este barco ya no se utiliza para el alquiler porque el propietario es demasiado viejo. Así que lleva aquí, sin que nadie lo use ni lo cuide, un montón de tiempo, al menos desde que papá trabaja en el almacén de pescado.

Echo un vistazo alrededor del puerto. Hay varios camareros sacando mesas para la cena en varios restaurantes pero parece que no me han visto. Así que, con mucho cuidado, pongo las dos manos en la barandilla y salto para atravesar el pequeño hueco de agua azul y transparente que hay entre el barco y el muelle. Enseguida siento que la embarcación se hunde bajo mi peso pero lo hace de manera muy tenue ya que es un barco bastante grande. Avanzo con cuidado y me sitúo en la parte de atrás. El suelo de madera está en buen estado. Hay una escalera que lleva al puente, donde se sienta el patrón, con vistas a la parte superior del barco. Y hay puertas de cristal que me permiten ver el interior de la cabina. Es luminosa y está limpia; hay una modesta zona para cocinar, una pequeña mesa para las cartas de navegación y unas escaleras. He visto en Internet que también tiene dos dormitorios y un baño pero nunca lo he visto por mí mismo. Sé que la puerta está cerrada con llave, pero lo intento de todos modos, y cuando no se abre aprieto la cara contra la ventana, tratando de imaginar cómo sería estar dentro de la cabina en mar abierto. ¿Qué se sentirá al estar al mando de tal embarcación?

Me quedo así un rato y luego subo por la escalera hasta el puente. Esta es mi parte favorita de todo el barco. Aquí arriba se puede ver todo alrededor. Hay un techo de tela que impide el paso del sol y una pantalla de plástico para el viento, así que está resguardado y te sientes protegido de los elementos. Me siento en el asiento del capitán y pongo las manos en el timón. Observo los controles de mando. Hay un GPS, un medidor de profundidad y, el que más me entusiasma, el buscador de peces. Funciona enviando ondas sonoras al océano y, si hay algo abajo, como un banco de peces, la onda sonora rebota y la pantalla muestra la situación del objeto con el que ha chocado. No solo rebota en los peces, por eso mi idea es tan buena. Podrías usarlo para encontrar cualquier cosa. Podrías usarlo para encontrar...

—¡Oye chaval! —una voz aguda se interpone de repente desde muy cerca.

Doy un pequeño salto de sorpresa.

—¿Qué leches estás haciendo ahí subido?

Hay un hombre de pie en el muelle justo al lado del barco, lleva el uniforme azul de la empresa de seguridad privada que patrulla el puerto.

—¿Estás aquí con alguien?

Sopeso la posibilidad de contarle que papá trabaja en el almacén de al lado y decido no contárselo.

—No.

—Entonces baja de ahí.

Me tienta la idea de ignorar esta interrupción, de seguir soñando que este es mi barco y estoy muy lejos en el océano haciendo importantes trabajos científicos...

—¿Eres sordo o tonto? He dicho que te bajes de ahí ahora mismo.

A regañadientes, dejo que la imagen se desvanezca de mi mente y hago lo que me dice. Bajo la escalera, salgo de «La Dama Azul» y vuelvo a subir al muelle. No miro al guardia de seguridad pero siento que me está mirando todo el tiempo. Entonces alarga la mano para cortarme el paso.

—Yo a ti te he visto antes por aquí, ¿no? ¿Merodeando?

No respondo. Intento pasar de nuevo pero me está bloqueando el paso.

—Esto es propiedad privada. No hay acceso público. ¿No sabes leer las señales?

—Este barco no es privado. Está a la venta. Quieren que la gente lo vea para poder venderlo.

Esto detiene al hombre por un momento, pero solo un instante.

—¿Y qué? ¿Se supone que debo creer que un gamberro como tú lo va a comprar? Lárgate, ¿me oyes? Si te vuelvo a ver subir a los botes llamo a la policía. ¿Lo entiendes?

Por fin baja el brazo para que pueda pasar pero se queda de pie en medio de la pasarela, así que tengo que acercarme al bordillo para pasar por su lado. Tengo la extraña sensación de que va a empujarme al agua, pero no lo hace. Siento que me sigue de cerca mientras vuelvo a subir por el muelle hasta la cancela. Durante todo el camino siento que me estoy poniendo colorado.

De vuelta al almacén de pescado espero mientras papá se quita el mono y cuando sale caminamos juntos hacia su camioneta. Por el camino pasamos por el escaparate de un corredor de yates que muestra anuncios de barcos a la venta. Intento acercar a papá mientras pasamos. Cuando estamos a la altura del anuncio que quiero, lo señalo.

—Mira papá, «La Dama Azul» sigue a la venta.

Pero papá me ignora.

CAPÍTULO CUATRO

PAPÁ SE VA A DUCHAR en cuanto llegamos a casa. Se pasa un buen rato bajo el agua caliente porque es muy difícil quitarse el olor a pescado. Así que subo a mi habitación para ver cómo está Steven. Antes de llegar a la puerta, oigo que está excitado dando saltos en su caja de cartón. En el momento en que abro la puerta hay una gran explosión de aleteos y graznidos y un montón de plumas sueltas que vuelan por todas partes.

Steven casi me tumba, pero consigo sentarme en mi escritorio. Oigo un ruido como el de un helicóptero y veo que está dando zancadas de lo contento que está.

Abro la bolsa de plástico y examino lo que ha cogido papá. Escojo un pequeño pez plano, un lenguado. Lo extiendo y Steven se acerca, grazna con fuerza y me lo quita con delicadeza. Cuando era pequeño tuve que entrenarlo para que no me picoteara, porque incluso entonces tenía el pico muy afilado. Ahora podría arrancarme el dedo fácilmente si quisiera. Se traga el lenguado de un tirón, inclinando la cabeza hacia atrás y agitándola hasta que se enrosca y atraviesa la garganta. Enseguida quiere otro.

Fue papá quien le llamó Steven. Le pareció gracioso por un tío que se llama Steven Seagal, un famoso actor de su época y cuyo apellido «Seagal» suena como gaviota en inglés *seagull*, aunque no tanto. Yo nunca había oído hablar de él, pero papá insistió que o aceptaba el nombre o no me podía quedar a Steven. Es una tontería, porque en realidad la gaviota, técnicamente, no existe. Simplemente hay diferentes tipos de gaviota, como las gaviotas de lomo negro, las gaviotas comunes, las gaviotas de pico anillado, etcétera.

Steven es una gaviota argéntea. Lo tengo desde que era un polluelo. Lo encontré en la playa, cerca de los acantilados. Debió de haberse caído del nido y, cuando eso pasa, los padres no pueden hacer nada, tan solo dejarlos morir. Por eso tuve que quedarme con él y criarlo yo mismo. Y ya no es un polluelo. Ahora es del tamaño de un pollo, un pollo enorme gris con manchas blancas, el pico negro y las patas rosadas. Le encanta el pescado. Por eso nos viene bien que papá pueda traer sobras del almacén, para alimentarlo.

Le doy más o menos la mitad de los restos de pescado hasta que me indica que está lleno moviendo la cabeza. Entonces estira las alas, son tan grandes que casi tocan ambos lados de mi habitación a la vez. Las agita un poco mientras da saltos por la habitación y después se pone de pie en su caja y comienza a acicalarse. Steven ya puede volar pero Gerry, que trabaja en el centro de rescate de aves silvestres y me está ayudando a cuidarlo, me dijo que debería dejarlo dentro un poco más para que se fortalezcan sus alas antes de que pueda usarlas. Dentro de nada ya voy a tener que dejarle salir al exterior porque me tiene la habitación hecha un desastre.

Una vez que he dado de comer a Steven hago la cena para papá y para mí, luego hago los deberes y después trabajo en mi nuevo proyecto. Aún me siento un poco deprimido por lo que ha pasado con el guardia de seguridad así que cojo el portátil y bajo a sentarme con papá en el salón. Es raro porque en realidad no está viendo la televisión. Tiene el sonido apagado y es una comedia, y papá no suele ver cosas así.

—¿Estás bien, papá? —le pregunto al rato.

No me mira. Se queda mirando la pantalla.

—¿Papá?

Se gira hacia mí con una débil sonrisa en la cara.

—Sí, me duele un poco. Eso es todo.

A papá le dispararon hace un par de años, cuando pasó lo de la turista adolescente a la que mataron. Más o menos se lo arreglaron, pero todavía le duele la cadera a veces.

Vuelve a sonreír, un poco más fuerte esta vez.

—¿Te ha ido bien en el instituto hoy? —me pregunta. Dudo si mencionar lo de la reunión con la directora y mi idea del «Rastreador de acosadores». Al final tan solo me encojo de hombros.

—Sí, todo bien —le respondo.

La sonrisa de papá se desvanece y devuelve la mirada a la televisión. Así que decido contarle otra cosa, ya que parece estar de humor para conversaciones.

—Papá —comienzo—, el otro día, en Internet, estuve investigando préstamos bancarios.

No le miro, sé que esto no le va a hacer gracia.

—No tendrías que pagar los cincuenta mil dólares de una sola vez. Solo necesitas dar una parte por adelantado y luego el resto lo pagas a plazos, a medida que vas consiguiendo clientes, quiero decir.

Me arriesgo a mirarle y su expresión me resulta familiar. Es muy frustrante. Es como si se opusiera de lleno a mi idea incluso cuando es un plan bueno de verdad.

—Solo digo que no necesitarías limpiar el almacén de pescado. Y sería mejor para tu cadera.

Papá respira con profundidad pero no dice nada.

—He estado trabajando en una página web que te puedo enseñar si quieres —le digo.

Se me da bien hacer páginas web. Es una especie de afición mía. Creo que es muy importante que los niños de hoy en día aprendan a hacer estas cosas: páginas web, codificar, usar Internet.

—He añadido todas las especies que se pueden ver. Y si pinchas en el nombre de la especie, se abre una ventana nueva con más información. Creo que les gustará. De verdad que creo que les gustará.

Abro el portátil para enseñárselo y ya tengo cargada la página web. Hay un montón de fotos del «La Dama Azul», una que he copiado de la página web del corredor de yates y luego otras que he tomado yo. Alrededor de la imagen del barco he escrito los tipos de ballenas, delfines y marsopas que se pueden ver si contratas a papá para que te lleve de crucero.

—Pensé que podría llamarse «Cruceros Dama Azul».

Papá mira la pantalla y por un momento le veo sonreír, pero luego se pone serio.

—Billy, créeme. Nada me gustaría más que comprar ese barco de pesca con el que estás obsesionado y dirigir cruceros o rastrear medusas venenosas, o lo que sea que creas que nos va a hacer ricos.

—Son ballenas —interrumpo—. El plan es llevar a turistas a ver ballenas. Es muy popular en algunos lugares, pero nadie lo hace aquí en la isla de Lornea. A pesar de que tenemos un montón de...

—Pero no va a pasar Billy, ahora no. No por unos años al menos.

No respondo. Ya hemos tenido esta conversación antes, así que sé lo que va a decir.

—Te lo dije. Tengo que demostrar a mis jefes del muelle que soy capaz de trabajar duro, incluso con esta maldita cadera. —Papá suspira y se vuelve hacia mí—. Y te lo prometo Billy, estoy cerca de conseguir un puesto en un barco. En ese trabajo lo único que tendría que hacer es arrastrar las redes durante unos años. Podría ahorrar un poco todos los meses y después, tal vez al cabo de unos años...

Papá se gira para volver a ver la televisión.

—¿Y si te dieran un préstamo?

—Billy, no van a dar un préstamo a un tipo como yo, ¿vale? Ya te lo he explicado antes. Eso no va a suceder, e incluso si pasara...

Se queda en silencio. Supongo que está cansado, porque a veces se enfada cuando intento hablar de esto. Y como sé que es inútil, cierro el portátil y me levanto para irme a mi habitación. Pero según voy saliendo del salón me llama.

—Oye Billy, no digo que no me guste tu plan. Es un sueño muy bonito, de verdad que sí. Solo te digo que en esta vida hay que saber distinguir entre los sueños y la realidad.

Parece tan triste que no quiero entristecerlo más, así que me limito a asentir.

—Claro, papá.

CAPÍTULO CINCO

NUNCA ME HAN CASTIGADO A QUEDARME en el instituto después de las clases y por eso tengo ganas de ver cómo funciona el tema. Pero resulta ser muy aburrido. Lo único que hay que hacer es quedarse en el laboratorio de informática y hacer los mismos deberes que tendríamos que hacer en casa de todos modos. No es que sea muy disuasorio que digamos. Supongo que por eso los malos estudiantes andan siempre castigados.

El profesor Coyne es el único adulto en la clase. Está sentado delante corrigiendo deberes y no parece muy interesado en nosotros por lo que varios de los estudiantes que están detrás de mí están charlando entre ellos.

Yo tan solo ignoro a todo el mundo. O al menos en eso estaba cuando cometo un error: miro hacia atrás para ver quién está hablando y noto a la chica que estaba fuera del despacho de la directora Sharpe el otro día. Está sentada, sola, y levanta la vista exactamente al mismo tiempo que yo. Casi no la reconozco, porque hoy ya no tiene el pelo azul sino morado. Cuando veo que es ella, casi sin darme cuenta, levanto la mano para saludarla. Me devuelve la mirada y enseguida pone los ojos en blanco y mira hacia otro lado, así que me quedo un poco cortado.

Pero entonces, más o menos hacia la mitad del castigo se levanta sin hacer ruido y viene a sentarse al ordenador que está a mi lado. Miro al profesor Coyne un poco preocupado, pero me llevo una sorpresa cuando veo que se ha puesto los auriculares y no se da ni cuenta.

—¿Entonces qué, lo has averiguado? —susurra la chica.

—¿Averiguar el qué?

—¿Por qué estás castigado?

—Ah eso. Más o menos.

Bajo la cabeza hacia los deberes de Historia, pero es una situación incómoda porque ahora está sentada a mi lado.

—¿Y?

—¿Y qué?

—¿Me lo vas a contar?

Por supuesto que no tengo intención alguna de contárselo pero algo tengo que decirle.

—Llegué tarde.

—Mentira. Por llegar tarde no te mandan al despacho de la directora.

—¿Ah no? —pregunto. No lo sabía. Decido improvisar—. Es que he llegado tarde muchas veces.

Me siento incómodo por lo cerca que está de mí. Y por la forma en que está sentada a mi lado, mirándome en silencio.

—Tengo que hacer los deberes... —empiezo a decir, pero me interrumpe.

—¿Sabes que hay muchos rumores sobre ti? —Luego, cuando no respondo, continúa—: De cuando eras un bebé, de cómo tu madre se volvió loca y ahogó a tu hermana y luego trató de ahogarte a ti también.

No respondo. No es un tema del que hable con desconocidos.

—Y de cómo la policía culpó a tu padre, por lo que te secuestró y te trajo aquí en secreto. ¿Es verdad?

—No es algo de lo que hable con...

—¿Entonces no lo es? Ya me imaginaba que no sería verdad.

—No he dicho que no sea cierto.

—¿Entonces sí lo es?

No le respondo.

—Vale. No tienes por qué contármelo —dice mientras se gira para mirar hacia el otro lado, como si de repente le aburriese el tema.

Me molesta un poco.

—Es cierto, solo que no me gusta hablar de ello con extraños.

—No me extraña. Es una locura.

Durante un rato no dice nada así que vuelvo a hacer los deberes.

—¿Y dónde está tu madre ahora?

Dejo el bolígrafo y suspiro. Será mejor que se lo cuente, así quizá me deje en paz.

—Está en un centro médico seguro, en Oregón.

—¿Es como una prisión?

—No. Es un centro médico seguro. Es más bien un hospital, solo que no se le permite salir. Puedo visitarla, si quiero, pero el juez ha dicho que no estoy obligado a hacerlo.

—¿Y qué, la has visitado?

—No.

—No me extraña. Que le jodan. —Miro al profesor Coyne, pero por suerte no la ha oído. Sigue asintiendo con la cabeza al ritmo de la música—. Quiero decir, creía que mi madre era mala pero la tuya…

Apoya la mano en el escritorio y repiquetea con los dedos.

—¿Y entonces qué, ahora vives con tu padre?

—Lo cierto es que tengo que hacer los deberes…

—¿Y tu padre fue acusado de matar a esa chica turista? ¿Cómo se llamaba?

—Son para mañana…

—¿Olivia algo? Ah eso, Curran: Olivia Curran. Pero no fue tu padre, ¿a qué no? Fue esa camarera de Silverlea. Esa jodida psicópata la mató y escondió el cuerpo en unas cuevas.

—No es lo que se dice una psicópata. Fue más bien un accidente.

—Ya pero ¿no escondió el cuerpo en una cueva? ¿Y luego trató de matarte en la cueva a ti también?

—Sí. Más o menos.

La chica se ríe, pero en voz baja.

—Mi padre murió —dice de repente. Nos quedamos los dos en silencio durante un buen rato. Después continúa—: He estado buscando en Google. Hay un montón de información sobre Olivia Curran, pero no mucho sobre ti.

—Es porque los periódicos no podían publicar mi nombre. Tenía menos de trece años cuando ocurrió.

—Ya —dice—. Pero sabía cómo te llamabas.

La miro. No entiendo de qué va esto.

—Así que encontré algo interesante.

Hay algo en su tono de voz que me hace sospechar que se está burlando de mí.

—¿El qué encontraste?

En respuesta se conecta al ordenador que tiene delante. Tarda un poco porque los ordenadores de aquí van muy lentos. Pero cuando por fin se conecta, veo cómo teclea el nombre de una página web. Y según lo hace siento que preferiría que me tragase la tierra de inmediato a tener que quedarme aquí con la chica a mi lado.

CAPÍTULO SEIS

APARECE una página web en la pantalla. Está dominada por un gran logotipo de un hombre que sostiene una lupa. El titular dice:

«Agencia de detectives de la isla de Lornea»

La chica mueve la pantalla hacia abajo y comienza a leer.

—La Agencia de detectives de la Isla de Lornea cuenta con los mejores investigadores privados, capaces de resolver cualquier crimen, atrapar asesinos... —Me mira con una ceja levantada—. Estamos especializados en casos demasiado difíciles o secretos para la policía. Sea cual sea su caso nosotros podemos ayudarle.

No digo nada.

—¿Te suena, Billy?

—No. ¿Por qué? ¿Debería?

—Ah pues no sé. Lo de atrapar asesinos, ¿no fue eso lo que hiciste tú? ¿No ayudaste a atrapar a la camarera psicópata que había matado a la chica?

—Ya te he dicho que no era una psicópata... Y no ayudé a atraparla sino que la atrapé yo mismo.

—Especializados en casos demasiado difíciles para la policía. Para ser un friki eres un poco chulito, ¿no?

—No soy un friki. Y no tengo ni idea de lo que estás hablando. Esto no tiene nada que ver conmigo.

—¿Ah, no? —Se desplaza de nuevo hacia abajo, hasta el final de la página. Entonces me mira y sonríe—. Qué raro, porque pone tu nombre.

Ya lo sé, no tengo ni que mirar; pero al rato miro la pantalla de todas formas y, como temía, en la parte inferior de la página web pone:

«Página web diseñada por Billy Wheatley»

—Seguramente por eso salió cuando busqué tu nombre. —La chica vuelve a reírse—. Pensé que tal vez solo hiciste el diseño de la página web, que por cierto es terrible...

La miro, sorprendido.

—No, de verdad, el diseño está fatal. Mi hermana pequeña podría hacerlo mejor y tiene tres años.

Siento que se me frunce el ceño. La chica pincha en la página de «Contacto».

—Pero entonces vi esto. La dirección de correo electrónico que han dejado es BWhealtley1995@gmail.com. Y ese tienes que ser tú.

Me mira, con gesto de triunfo en la cara.

—Eres tú, ¿no? ¿De verdad diriges una agencia de detectives?

—No llevo ninguna...—protesto, pero me detengo. Es difícil de explicar.

—¡Billy Wheatley, detective privado!

—En realidad no dirijo... Quiero decir que no tengo ninguna... —Intento pensar qué decir, es complicado—. Es que, después de todo lo que pasó con papá y los asesinatos se me ocurrió que tal vez podría ayudar a la policía. Pero no salió adelante. Ni siquiera llegué a terminar la página web.

No parece estar escuchándome. Ha pinchado en otro enlace de la página «Nuestros servicios», que enumera la vigilancia, el seguimiento de vehículos, las escuchas telefónicas, los equipos para detectar y eliminar teléfonos pinchados y pruebas poligráficas.

—¿Cómo se hace todo esto?

—¿El qué?

—¿Cómo haces las escuchas telefónicas, las pruebas de polígrafo?

—Ah. No sé.

—Entonces, ¿por qué lo pone?

—Porque copié el texto de una página web de detectives de Los Ángeles.

—¿Copiaste el texto de una agencia de detectives de verdad?

—Sí, más o menos. Aunque lo mejoré un poco.

Se ríe. Y de repente, me tiende la mano.

—Ámbar.

—¿Perdón?

—Ámbar, me llamo Ámbar.

—Ah.

Pone los ojos en blanco.

—Ahora es cuando se supone que debes decir «Encantado de conocerte, Ámbar».

Por supuesto no digo nada.

—Es un placer conocerte a ti también, Billy —Me coge la mano y me saluda. Tiene las manos muy suaves—. ¿Tienes algún cliente?

—¿Qué? No. Te lo dije, ni siquiera terminé la página web. Me sorprende que la hayas encontrado. Iba a borrarla, pero se me olvidó. Me gusta hacer páginas web a veces, es una especie de *hobby* que tengo.

—A lo mejor no deberías.

—¿No debería qué?

Ámbar me mira. Tiene una expresión extraña en su cara.

—No deberías borrar la página web.

Vuelvo a fruncir el ceño, creo que no me está entendiendo.

—No, verás, durante un tiempo pensé que quería ser inspector de policía, pero aún soy joven para eso y no quería tener que esperar. Por eso hice la página de la agencia de detectives. Pero luego decidí que quería concentrarme en mis investigaciones científicas.

—¿Investigaciones científicas?

—Sí. Soy biólogo marino. O al menos voy a serlo. Total que empecé a hacer un recuento de la población de focas grises en el cabo de Littlelea y se me debió olvidar borrar la página de la agencia de detectives.

Me detengo. Todo lo que he dicho es cierto, todo excepto una cosa. La verdadera razón por la que no borré la página es porque pensaba que era una de las mejores que había hecho. Estaba bastante orgulloso de ella.

—Es una mierda de página —dice Ámbar.

—¿Perdón?

—Me refiero al diseño. Bueno, en realidad no está diseñada en absoluto. Parece que echaste en la página todo lo que te vino a la cabeza. Tienes que revisarla, hacer que parezca profesional.

Es la primera vez en casi un año que veo la página y debo admitir que no es tan buena como la recordaba.

—Iba a añadir algo más al logotipo —respondo—. No sé, tal vez quedaría bien poner un ojo en la lupa. Ya sabes, para que se vea realmente grande, como si estuvieras mirando a través del cristal.

Ámbar reniega con la cabeza sin dudarlo.

—No. Mira, ese es el error que siempre se comete con el diseño. No debes añadir cosas. Lo que tienes que hacer es quitar, ya tienes demasiado. Deberías simplificarlo todo un poco.

Sin pedirme permiso coge mi bolígrafo y empieza a dibujar en la portada de mi carpeta. Estoy a punto de decirle que pare pero me fijo en las líneas que está trazando y me detengo.

—Mira, lo que hay que hacer es elegir un elemento, el ojo por ejemplo. Es buena idea, pero...

Saca la lengua por la comisura de la boca mientras dibuja. Me concentro en su boca por un instante y luego observo el dibujo.

—Mmmm. Tal vez algo así podría funcionar —sugiere.

La miro y me doy cuenta de que tengo la boca abierta.

—Es solo un borrador. Necesitaría un poco más de tiempo para hacer algo decente.

—Es increíble. Nunca he visto a nadie dibujar tan bien.

Me mira, con una expresión que aún no había visto en ella. Me doy cuenta de que está algo avergonzada. Y un poco satisfecha también.

—Esto es lo mío. Me gusta el arte.

Arte es mi asignatura menos preferida. No le veo el sentido.

—No le veo el sentido al arte.

Me mira y ladea la cabeza.

—Bueno, tiene que haber de todo, ¿no? De hecho, por eso estoy aquí —mira alrededor de la clase donde estamos pasando el castigo—. Pinté en la pared del gimnasio. La directora lo llamó «vandalismo» pero en realidad es arte.

Tampoco respondo a esto. Me limito a mirar el logotipo que ha dibujado. De verdad que es alucinante.

—¿Me lo puedo quedar? —Después de todo, está en mi carpeta.

La empuja hacia mí.

—Puedo hacerte uno de verdad si quieres. Y ayudarte a diseñar la página web. Así igual pillas un cliente y todo.

Estoy a punto de explicarle que sería una tontería puesto que ya no voy a ser detective privado, cuando el profesor Coyne se levanta y nos dice que recojamos los libros. Al parecer, el castigo ha terminado. La clase se llena de ruido y alboroto mientras el resto de los alumnos se prepara para salir. Todos menos Ámbar y yo que no nos movemos en absoluto.

—Aunque está claro que no lo vas a hacer, lo de pillarte un cliente quiero decir. Porque lo único interesante que ha pasado en la isla de Lornea ha sido toda esa mierda que te pasó a ti. Y ahora que ya está solucionado no va a volver a pasar nada interesante. —Se encoge de hombros—. Pero aun así, podría ser divertido intentarlo.

Me lo pienso un momento. La mayoría de los estudiantes ya han salido del aula.

—Venga, Billy y Ámbar —dice el profesor—. Ya es hora de irse.

—De hecho, la tasa media de homicidios en los Estados Unidos es de 4,9 muertes por cada 100.000 habitantes. Dado que la población de la isla de Lornea es de 140.000, eso quiere decir que aproximadamente seis personas mueren asesinadas aquí, cada año. Lo dicen las estadísticas.

Se detiene y me observa durante un buen rato antes de responder.

—¿Te lo sabes de memoria? ¿Sin tener que mirarlo en Internet?

—Lo comprobé cuando estaba haciendo la página web —digo encogiéndome de hombros.

—Estás jodidamente loco, Billy Wheatley —sonríe.

—¡Ámbar Atherton! Cuida ese lenguaje si no quieres que te castigue mañana por la tarde también.

Levanta la vista y le dedica una dulce sonrisa al profesor Coyne mientras dice: —Lo siento mucho.

Luego vuelve a su asiento y empieza a recoger sus libros. Yo hago lo mismo.

Pero mientras salgo se acerca a mí de nuevo.

—Luego te mando un correo electrónico con un logotipo chulo. Quizá consigamos un cliente y todo.

CAPÍTULO SIETE

TARDO MUCHÍSIMO EN LLEGAR A CASA, ya que pierdo el autobús del instituto y luego tengo que caminar el último kilómetro porque el autobús normal no llega hasta nuestra casa. Tengo que dar de comer a Steven y cocinar para papá por lo que me olvido de Ámbar. Pero justo cuando me voy a acostar veo que he recibido un correo electrónico suyo. Ha adjuntado el logotipo que dibujó en mi carpeta, solo que esta vez es aún mejor.

Así que no me cabe duda de que tengo que ponerlo en la página web para ver cómo queda. Y mientras lo hago, Ámbar empieza a mandarme mensajes y acabamos trabajando juntos en el resto de la página. Me envía sugerencias para mejorar el texto y también, para que parezca más realista, ponemos fotos de gente trabajando de detectives, por ejemplo haciendo vigilancias en coche y siguiendo a la gente. Cuando terminamos son casi las tres de la mañana. Pero la página ha quedado mucho mejor, casi parece la de una agencia de detectives de verdad.

Entonces, a la noche siguiente, después de las clases, Ámbar empieza a enviarme mensajes de nuevo con una lista de cosas que cree que tengo que hacer para mejorar la página, así que las hago. La noche siguiente vuelve a hacer lo mismo y la siguiente también. Es un rollo y al final me harto y le envío los datos de acceso a la página para que lo haga ella misma.

En fin. Todo eso fue hace un par de semanas y ya no importa mucho porque ha pasado otra cosa. Algo realmente, no sé cómo explicarlo, algo muy extraño.

* * *

Todo empezó anoche. Steven no paraba de subirse al teclado mientras estaba en mi habitación, total que me fui a la cocina a trabajar y ahí estaba haciendo los deberes cuando llamaron a la puerta.

Supongo que eso será normal en ciertas casas, pero para nosotros desde luego que no lo es. A mí no me gusta la gente así que nunca recibo visitas y si papá quiere ver a sus amigos se va al bar. Así que llamé a papá para que fuera él a abrir, pero no contestó por lo que tuve que levantarme yo mismo para ir a abrir la puerta.

Era de noche y solo se veía la silueta de un hombre que estaba de pie en la puerta. Tuve que entrecerrar los ojos para ver si lo conocía. Pero no me sonaba.

—¿Hola? — El hombre no respondió pero se veía que estaba algo nervioso—. ¿Puedo ayudarle?

Dio un paso adelante hacia el claro de la puerta. Parecía que estaba intentado sonreír pero sin mucho éxito que digamos.

—No te acuerdas de mí, ¿a qué no?

Le devolví la mirada por un momento mientras trataba de entender a qué se referiría. Tendría más o menos la edad de papá, con el pelo rubio, grasiento y una barba amarillenta. Parecía que no se había afeitado en mucho tiempo. Estoy seguro de que, si en efecto le conocía, me acordaría de él.

—No.

El hombre intentó sonreír pero seguía pareciendo nervioso.

—¿Está tu padre?

—Sí.

Se hizo un largo silencio mientras nos quedamos de pie, esperando.

—Bueno, ¿vas a ir a buscarlo o qué?

No respondí de inmediato. En su lugar, le miré con más detenimiento. Llevaba dos bolsas. Una era una pequeña bolsa de deporte, la otra una bolsa de plástico de la tienda de Newlea. Por la forma en que estaban pegadas a los lados de la bolsa vi que eran latas de cerveza frías.

—¿Para qué?

Ante esto, el hombre soltó una especie de risa nerviosa, como si le hubiera contado un chiste. Pero era evidente que no lo había hecho. En eso andaba pensando yo cuando oí la voz de papá detrás de mí.

—Billy, aléjate de la puerta. —Su voz sonaba tensa, ansiosa. Lo siguiente que hizo fue apartarme hacia el pasillo. Me sorprendió tanto que traté de empujarlo—. Billy, he dicho que te alejes de la puerta.

No es que me asustase, es solo que me pilló por sorpresa.

Hubo otro silencio y, a continuación, el hombre empezó a reírse pero no era una risa normal.

—¡Jamie! Joder. Eres tú de verdad —dijo dejando caer sus bolsas y extendiendo los brazos, como si pensara que papá fuera a darle un abrazo. Pero papá no se inmutó.

Me quedé mirándolos y enseguida me di cuenta de un detalle. Acababa de llamar «Jamie» a mi padre.

—¿Me vas a invitar a entrar o qué?

Mi padre se llama Sam. O al menos se ha llamado Sam casi toda mi vida. Antes de que viniéramos a vivir a la isla de Lornea solía llamarse Jamie. Tuvo que cambiarse el nombre porque la policía lo estaba buscando por todo el asunto de mi madre.

—¿Qué coño estás haciendo aquí?

La fría voz de papá irrumpió en mis pensamientos pero el hombre de la puerta se rio. Esta vez sí que se rio con ganas.

—¿Eso es todo lo que tienes que decirme? No te he visto en... ¿cuánto? ¿Diez años? ¿Y eso es todo lo que me sueltas? Joder, Jamie…

—Ya no me llamo así —intervino papá.

El hombre se detuvo y levantó las manos.

—Ya lo he visto. Ahora eres Sam, ¿no? ¿Sam Wheatley?

Papá seguía sin responder, ni siquiera se movió.

—Vamos hombre. Invítame a entrar, ¿o es que acaso me vas a dejar en la puta puerta? Ha sido un viaje muy largo.

Miré a papá. Seguía tieso como una estatua. No sabía si era de ira o de miedo. Pero se apartó. El hombre de la puerta sonrió y cogió las bolsas del suelo. Entró en la cocina y miró a su alrededor.

—Así que, ¿aquí es donde has estado todos estos años? —dijo sonriendo. Tenía los dientes muy amarillos—. Está muy bien.

Pareció fijarse en mí de nuevo.

—Y a ti, ¿cómo te llamo?

No le contesté.

—Te solías llamar Ben. Recuerdo que eras así de pequeño...

—Billy —dice papá.

—Ah, Billy.

Vi el destello de dientes de nuevo, amarillentos al igual que su perilla. Los tenía afilados como los de un animal salvaje.

—¿No te acuerdas de mí? ¿Nada de nada?

Le miré de nuevo. Observé su pelo grasiento, sus afilados dientes. Me tendió una mano para que la estrechase y vi que tenía un tatuaje. Una serpiente enroscada alrededor de su muñeca y oculta bajo la manga. Estaba seguro de que si lo hubiera visto antes me acordaría de él.

—Tucker y yo éramos amigos —dijo papá de repente—. Cuando vivíamos en Crab Creek. Antes de que tú nacieras.

Ya te conté, cuando estaba hablando con Ámbar antes, de cómo vine a vivir aquí, a la isla de Lornea, porque mi padre tuvo que huir de la policía de un lugar llamado Crab Creek. Creían que había asesinado a mi hermana, pero en realidad había sido mi madre porque sufría de algo llamado depresión posparto. Pero como la familia de mamá era rica y la de papá no, pues lo iban a culpar a él de todo. Así que se escapó a vivir aquí donde nadie le conocía.

El hombre, supuse que debía llamarse Tucker, bajó la mano. Luego se rio con una risa amarga.

—Éramos más que amigos, Billy. Crecimos juntos. Lo hacíamos todo juntos. Éramos como hermanos.

Miré a papá para ver si era cierto pero no me devolvió la mirada.

—Cuando pasó todo y tu padre tuvo que salir pitando de allí fue a mí a quien acudió. Os escondí a ambos en mi camión. Tuvimos que ir campo a través para evitar los controles de policía en las carreteras principales. Estuvimos conduciendo, día y noche, hasta que atravesamos el país entero. Fue un viaje inolvidable, ¿a qué sí, Jamie?

Volví a mirar a papá. Se le había salido la vena del cuello lo cual solo le pasa cuando está muy estresado.

—He dicho que me llamo Sam —dijo en voz baja.

Tucker pareció considerarlo durante unos segundos.

—Claro, Sam —asintió.

Luego se volvió de nuevo hacia mí.

—Te pusimos en una caja de cartón en el asiento trasero... Nos turnamos para conducir. Te alimentamos a base de galletas... Recorrimos todo el camino hasta Nueva York y entonces... Bueno.

Tucker miró a papá y sonrió de nuevo, pero esta vez su sonrisa era diferente.

—Esa fue la última vez que te vi. —Se encogió de hombros y sacudió la cabeza—. ¿Qué pasó, Sam? Cuando llegamos a Nueva York. ¿Adónde fuiste? ¿Qué coño te pasó?

Papá cruzó los brazos sobre el pecho antes de responder.

—Ya sabes lo que pasó. Teníamos que desaparecer, por completo. No podía permitir que nadie supiera dónde estábamos.

El hombre, Tucker, de repente se volvió loco.

—¡Pero yo no era nadie! Yo era tu maldito mejor amigo. Te llevé cinco días a través del puto país... ¿Y vas y me abandonas? ¿Ni siquiera me dices que te vas?

Hubo un momento incómodo en el que ninguno de los dos habló. Los miré en silencio a ambos.

—No podía correr el riesgo —respondió papá por fin—. Tenía que empezar de nuevo. En algún lugar...

—¿Te preocupaba que te entregara? ¿Era eso? ¿Pensaste que me tentaría la recompensa?

—No, claro que no. —Papá se detuvo antes de continuar—. Pero si supieras dónde estaba siempre tendría la preocupación de... de que la familia de Christine te cogiera y te presionara de alguna manera.

Christine es el nombre de mi madre. Casi nunca he oído a papá mencionarlo en alto.

—Nunca me cayeron bien esos engreídos. —Tucker se detuvo, mirándome—: Me refiero a la familia de Christine. Debías de saber que nunca te traicionaría.

—Ya —respondió papá—. Pero nunca supe si...

—¿Si qué?

—Si supieras dónde estaba tendría siempre que preocuparme por...

—¿Por qué?

—No sé. Porque te pusieras hasta el culo de drogas y te fueras de la lengua en cualquier bar.

Noté enseguida que papá puso cara de no haber querido decir eso. Tucker se le quedó mirando un buen rato, luego agarró una silla y se sentó.

—Joder, vamos hombre —continuó papá—. Crecí contigo. Te conozco. ¡No podía correr ese riesgo! No podía correr ningún riesgo, sobre todo con la responsabilidad de tener que cuidar de Billy.

La ira de Tucker parecía haberse evaporado. Tan solo sacudió la cabeza y murmuró algo.

—Éramos amigos, hombre. Habría cuidado de ti, de tus jodidos intereses. —Luego, cuando levantó la vista, volvía a sonreír—. Bueno, de todos modos. Ya estoy aquí. ¿No vas a ofrecerle una cerveza a tu viejo amigo?

Papá volvió a dudar pero no por mucho tiempo. Fue a la nevera y sacó dos latas de Budweiser. Le dio una a Tucker y agarró una segunda para él.

Tucker abrió la suya de inmediato y le dio un gran trago. Vi cómo se le movía la nuez mientras la cerveza bajaba por su garganta.

—Sabías que nunca te habría traicionado. Jamás.

Papá volvió a sacudir la cabeza.

—No digo que lo hubieras hecho. Solo pensé... No sé, era difícil pensar con claridad en ese momento. Pensé que si podía desaparecer por completo esa era mi mejor oportunidad. —Papá todavía no había abierto su cerveza y ahora golpeaba la tapa con la uña—. No quería que terminase así. Te lo juro. —No quitó sus ojos de Tucker mientras se lo dijo.

Tucker le dio otro trago a la cerveza. Sus manos eran tan fuertes que abolló los lados de la lata, creo que lo hizo sin darse cuenta.

—Me dolió, colega. Me cago en la leche, que si me dolió, me dolió un huevo. Te busqué por todas partes. Me recorrí todos los moteles y hoteles de mierda de todo el estado de Nueva York. Pero... —de nuevo se encogió de hombros— ...Nueva York es muy grande.

Tucker me miró y me echó una gran sonrisa amarillenta.

—El puto viaje de vuelta se me hizo aún más largo.

Nadie dijo nada por un momento hasta que papá rompió el silencio.

—¿Cómo nos has encontrado?

Tucker pareció en un principio sorprendido por la pregunta. Pero luego se rio.

—¡Has salido en las noticias, colega! Quiero decir, ya eras famoso tras tu anterior acto de desaparición y de que te acusaran de matar al chico...

Me sonrió y se encogió de hombros.

—Lo único que sé es que una noche estoy sentado tan tranquilo viendo la televisión sin meterme con nadie y de repente sale Jamie Stone en las noticias.

Se volvió hacia mí para explicarme.

—Así es como se llama tu padre, o al menos así se llamaba. Hasta que le acusaron de ahogar a tu hermana y de intentar ahogarte a ti. Por eso fue noticia cuando, diez años después, volvió a aparecer. Decían que estaba implicado en el asunto de la turista asesinada, en un lugar llamado Isla de Lornea. No había oído hablar de Lornea en mi puta vida. —Se detuvo, rio con amargura y se volvió hacia papá—. Supongo que esa era tu intención, ¿no, Sam?

Sonrió a papá, esperando que le respondiera, pero papá no dijo nada.

—Sabía que era imposible, igual que la primera vez. Es imposible que Jami... De ninguna manera Sam haría algo así. Pero por lo menos me sirvió para averiguar dónde estabais.

Tucker se detuvo para beber más cerveza y papá se limitó a golpear la anilla de su lata.

—Así que durante un tiempo, sales en las noticias cada noche. Al principio contaban que la policía de la Isla de Lornea te tenía por un asesino psicópata y luego cuando por fin te atraparon, descubrieron que no eras tú después de todo. Y entonces, como por arte de magia, toda la mierda de Crab Creek se aclara también. Hablan con Christine y lo admite todo...

Se detuvo y me miró de nuevo.

—Esa es tu madre. ¿Sabes de ella?

No era mi intención pero hice un pequeño gesto con la cabeza. Me observó como si no supiera qué hacer con mi respuesta. Luego continuó.

—Depresión posparto lo llamaron. Un caso muy grave, supongo. Lo que sea. Ahí está de repente mi viejo amigo, inocente de todo y yo pensando que esto significaba que Jamie iba por fin a llamar a su mejor amigo en todo el jodido mundo ahora que no hay nada que se lo impida.

Tucker volvió a beber y a aspirar con fuerza. Papá seguía sin moverse.

—Total que espero, porque no he cambiado mi número ni nada. Pero no recibo ninguna llamada. Al final pienso para mis adentros «bueno, Jamie siempre fue un tipo tranquilo al que no le gusta llamar la atención». Y decido que si quiero verte, tendré que venir yo mismo a buscarte.

Inclinó la lata de cerveza y apuró el resto, luego estrujó la lata en un puño y la golpeó con fuerza sobre la mesa.

—¡Así que aquí estoy!

CAPÍTULO OCHO

ACTO SEGUIDO PAPÁ me dijo que me fuera a la cama, que al día siguiente había clase. Pero eran solo las 11:00, así que en realidad era porque quería hablar con Tucker en privado. Intenté seguir la conversación desde arriba pero estaban susurrando demasiado bajo. Incluso cuando puse el vaso del cepillo de dientes del cuarto de baño en el suelo solo pude oír que charlaban sin parar pero no lo que decían. Así que al final me fui a dormir.

Cuando bajé las escaleras esta mañana me pregunté si todo habría sido un extraño sueño pero enseguida vi que había un montón de latas de cerveza en la cocina, muchas más de las que papá se tomaría normalmente. Según habían dejado el salón parecía que habían estado bebiendo toda la noche. Eso me hizo preguntarme a qué hora se habría marchado Tucker. Entonces noté que el salón estaba más oscuro de lo habitual y que en el sofá había un bulto del que sobresalían un par de pies. Ahí fue cuando supe que no estaba soñando. Y que Tucker no se había ido. Todavía seguía aquí.

Procedí a recoger las latas de cerveza y a ponerlas en el reciclaje, ya que de lo contrario hacen que la cocina huela mal. Luego me preparé el desayuno. Se me ocurrió la idea de buscar a Tucker en Google para ver si podía averiguar quién era y por qué estaría durmiendo en nuestro salón. Pero no podía porque no me dijo su apellido. Así que busqué Crab Creek, el lugar donde nací. Nunca hemos regresado y para ser sincero no he pensado mucho en ello, ya que está muy lejos, a papá no le gusta hablar de ello y no conozco a nadie de allí. Así que estaba mirando el mapa de Google, vi que está a 5,084 kilómetros o 49,8 horas (sin tráfico) de la isla de Lornea (más la travesía en ferry que son cuatro horas), cuando de repente Tucker entra en la cocina.

Lleva solo la ropa interior, se detiene y toca el techo al estirarse justo delante de mí. Tiene músculos por todas partes, incluso en lugares donde ni siquiera sabía que se podían tener. Y tatuajes que le cubren no solo la mano sino el resto del cuerpo. Tiene un gran dragón verde que empieza en el estómago y le rodea hasta la espalda. Parece el tipo de marca que llevan los mafiosos o los matones de una banda.

—Buenos días, Billy —me dice. Termina de estirarse y gira el cuello. Le crujen las articulaciones y suenan como palomitas de microondas. Empieza a hurgar en la cocina—. ¿Tienes café?

Al principio no respondo, pero cuando se gira y me mira siento que no me queda otra opción.

—Sí.

—Muy bien. ¿Por qué no le haces un café al buen amigo de tu padre? —pregunta sonriendo.

Dudo un momento y luego suelto la cuchara mientras empujo la silla hacia atrás. Vuelve a sonreír y se acerca a la ventana.

—Vaya... Qué pedazo de vista tenéis aquí —exclama Tucker.

No respondo, finjo concentrarme en hacer el café.

—No las vi anoche. Las oí. Oí el mar, pero había demasiada oscuridad para apreciar las vistas. —Siento que se vuelve hacia mí—. Estáis justo en la cima del acantilado. Se puede ver a kilómetros de distancia.

No sé por qué me lo explica. No es que no me hubiera dado cuenta...

—¿Haces surf? —pregunta— ¿Como tu viejo?

Me pongo un poco rígido ante esto. Tuve una mala experiencia surfeando con papá.

—No.

Continúa como si no hubiera dicho nada.

—Solíamos ir todo el tiempo, tu padre y yo. Cuando éramos niños. Nos saltábamos las clases si las olas eran grandes, bueno y si no lo eran también...

—Papá ya no puede hacer surf —le interrumpo—. Cuando le dispararon le afectó a la flexibilidad.

Tucker se detiene.

—Sí. Ya me lo contó. Mala suerte. —Se aleja de la ventana—. ¿Y tú qué? ¿A qué te dedicas?

No sé qué quiere decir con esto, así que no respondo. En lugar de eso, le doy su café y me guiña un ojo.

—¿Vas a clase hoy? —me pregunta. Debería ser bastante obvio ya que tengo trece años y es jueves. ¿A dónde voy a ir sino?

—Sí.

—Nunca se me dio bien el colegio, la verdad —dice Tucker sorbiendo su café. Luego lo levanta, como indicando que está bueno—. Y no es que yo le gustara mucho a la escuela tampoco.

Parece que se va a reír pero no lo hace. En su lugar, me hace una pregunta que me pilla un poco por sorpresa.

—¿Te importa si uso tu ordenador? —Señala mi portátil, que he cerrado para que no vea que le estaba buscando en Google.—. Solo quiero comprobar algo en Inter.... ¡Buah! ¿Qué coño es eso?

Grita porque justo en ese momento ha pasado algo que no se esperaba. Steven se ha despertado. Suele estar adormilado por las mañanas y yo bajo su caja para que me acompañe mientras desayuno. Se acaba de despertar y se pone a graznar mientras levanta las alas y las bate con fuerza.

—¡Me cago en la puta!

—Es Steven.

—¿Steven? ¿Le has puesto nombre? Qué chalado eres. ¿Tu mascota es una gaviota?

—No es una gaviota, es una gaviota argéntea. Y tampoco es una mascota. Es ilegal tener aves silvestres como mascotas en los Estados Unidos. En cuanto pueda volar de nuevo la dejaré ir.

Steven se acomoda ahora y vuelve a plegar sus alas. Entonces Tucker se inclina hacia su caja. Con una sonrisa desagradable estira la mano como si fuera a tocarla. Steven lo observa con un ojo y, justo antes de que Tucker lo toque, bate las alas con fuerza y levanta el vuelo. Es tan grande que causa un gran revuelo en nuestra pequeña cocina y Tucker salta hacia atrás, lo que no ayuda. Steven aterriza en el armario donde guardamos las tazas.

—¡No me jodas! —Tucker dice de nuevo, cuando se recupera un poco—. A mí me parece que ya puede volar.

No le contesto.

—Bueno, a lo que íbamos —me sonríe mirando de nuevo al ordenador—. No te importa ¿no? Es que tengo que consultar algo en Internet.

Me había olvidado de su pregunta pero ahora tengo que deliberar. No es que me encante la idea. No solo porque he metido su nombre en Google, es porque tengo un montón de cosas en mi ordenador que no quiero que se vean.

Le da un sorbo al café, el vapor oculta su rostro por un segundo. Intento pensar rápido.

—¿No tienes un teléfono que puedas usar? —digo por fin—. Tenemos buena cobertura, incluso aquí arriba.

—No tengo móvil —Tucker me echa una gran sonrisa—. No te puedes fiar de esos chismes. ¿Me entiendes?

—¿Entender el qué?

Entonces me doy cuenta de que igual era una especie de broma porque levanta las manos como si se rindiera.

—Vale, no pasa nada. Siento haberte preguntado. Hablaré con tu padre cuando se levante.

Todavía estoy tratando de entender de qué está hablando cuando deja el café de golpe.

—Voy a mear —Aspira por la nariz con fuerza y se encamina al baño de abajo. Mientras se va, le oigo hablar consigo mismo.

—Steven la gaviota... ¡Ah! Ya lo pillo, como el actor de Alerta máxima, Steven Seagal. Joder, me encantaba esa película...

Durante unos instantes no me muevo, todavía estoy un poco aturdido por lo extraño que es todo: que Tucker siga aquí, deambulando en calzoncillos tras dormir en nuestro salón, y que yo no sepa nada de él. Miro hacia el salón. Veo su ropa toda desordenada en la silla. Estoy a punto de apartar la mirada cuando se me ocurre una idea. Siempre que necesito algo de la cartera de papá, como dinero en efectivo para la compra o su tarjeta de crédito, tengo que sacarla del bolsillo de atrás de sus vaqueros. Si Tucker lleva la cartera en el bolsillo igual pueda ver su apellido en una tarjeta de crédito. Una vez descubra su apellido tal vez tenga un poco más de suerte en Google.

Es solo una idea y sé que probablemente no debería hacerlo, pero a su vez me planteo que no le va a molestar a nadie, ¿no? No es que vaya a robarle la cartera. Simplemente tengo derecho a saber quién está en mi casa.

De repente, se oye un ruido bastante desagradable de orina golpeando la taza del váter, lo que significa que solo tengo un par de segundos antes de que vuelva. Pero creo que con eso será suficiente así que me levanto y corro hacia el salón. Las cortinas están cerradas y hay un olor a humedad que no he notado antes. De repente me preocupo porque desde aquí no se oye el baño, así que no sé si todavía está haciendo pipí o si ya habrá terminado. Pero ya estoy decidido así que me agacho para agarrar los vaqueros. Por el peso noto que hay algo en los bolsillos. Es difícil encontrar los bolsillos porque las piernas están revueltas y no quiero tocar la parte que rodea la bragueta porque me da mucho asco.

Así que, con mucho cuidado, desenredo los vaqueros y enseguida noto algo duro y cuadrado en el bolsillo trasero. Extiendo la mano para sacarlo pero me detengo sorprendido. Porque lo que he sacado no es una cartera sino un teléfono móvil.

Me quedo alucinado mirándolo. Es de verdad, con pantalla táctil y todo, no uno de esos que usan los viejos que no se conecta a Internet. ¿Pero no me acaba de decir que no tenía móvil? Intento rebobinar en mi mente. Sí. Dijo que no se fiaba de ellos, ¿o algo así? Si así es, ¿por qué lleva uno en el bolsillo?

Pulso el botón para activarlo. No sé por qué, seguro que lo tiene bloqueado con un código de seguridad, pero lo hago de todos modos. No ocurre nada. Ni siquiera se enciende. Después de un momento me doy cuenta de por qué. El teléfono está apagado. O tal vez no tenga batería. Quizá por eso quería usar mi ordenador. Pero ¿por qué no me dijo que se le había quedado el móvil sin batería? ¿O por qué no me preguntó si tenía un cargador? Lo cierto es que tengo muchos. Decido que debería intentar encenderlo para comprobarlo pero me doy cuenta de que no me va a dar tiempo ya que los móviles tardan muchísimo en arrancar. Así que, en su lugar, me vuelvo hacia sus vaqueros, todavía confundido, deseando que aún pueda obtener su apellido de su cartera.

En ese momento, justo encima de mí, oigo el chirrido de las escaleras. Conozco ese ruido, sé lo que significa. Es papá, bajando. Normalmente duerme hasta más tarde entre semana. Pero supongo que se ha levantado temprano porque Tucker está aquí.

Debería desistir, me quedan pocos segundos antes de que papá me vea, pero aun así no me detengo. Me han entrado aún más ganas de saberlo y solo necesito echar un vistazo a las tarjetas de crédito de Tucker para ver su apellido. Vuelvo a rebuscar en los vaqueros y esta vez encuentro la cartera. La abro y saco a tientas una tarjeta de plástico mientras oigo la voz de papá. La tarjeta que saco es un carné de conducir. Es difícil verlo con la media luz de la habitación, pero tiene una foto. Tucker, pero con traje y con un aspecto mucho más elegante que en la vida real. Ya estoy metiendo la tarjeta en la cartera mientras leo el nombre. Me detengo porque no tiene sentido. No tiene ningún sentido.

El nombre de Tucker es Peter Smith.

Vuelvo a leer el nombre de nuevo y observo la foto. Definitivamente pone Peter Smith.

Lo meto todo de vuelta en los vaqueros y los tiro al suelo. Intento regresar a la cocina con toda la calma posible. Pero papá ya está allí. Me mira de forma extraña, como si se preguntara qué estaría haciendo allí.

—Me había dejado la mochila —le digo. Luego me vuelvo a sentar en la mesa de la cocina y ruego porque no me diga nada.

Siento que sus ojos me estudian.

—Ya sabes que Tucker se quedó a dormir anoche ¿no? Tal vez deberías darle un poco de espacio.

Entonces oigo la cadena del cuarto de baño y Tucker vuelve a entrar en la habitación, silbando. O al menos, el hombre que mi padre dice que se llama Tucker vuelve a entrar en la habitación.

Ya te dije que era muy raro.

CAPÍTULO NUEVE

ANTES DE IR al instituto subo el ordenador a mi cuarto. Allí lo uso para buscar en Google si Tucker es un apodo para las personas que se llaman Peter. Antes de terminar de escribir la pregunta Google me sugiere que Tucker es a veces un apodo para personas que se llaman William o Thomas. Aunque lo más habitual es que sea solo un nombre. Viene del inglés antiguo, donde significaba alguien que hacía telas, o algo por el estilo. Así que cuando vuelvo a bajar, y Tucker está en el salón vistiéndose, le pregunto a papá.

—¿Tucker se llama de verdad Peter? —Le observo atentamente mientras hablo, pero no le dejo ver que estoy muy interesado.

—¿Peter? —Papá frunce el ceño—. No. ¿Por qué lo preguntas?

—No, por nada. Pensé que igual era un apodo.

Papá se queda mirándome unos instantes pero no dice nada. Si está mintiendo lo hace muy bien.

—Vale. Bueno, me voy que si no pierdo el autobús.

Siento que papá sigue observándome mientras salgo por la puerta.

Todavía estoy tratando de darle sentido a todo en el instituto. Apenas presto atención a mis clases de la mañana, lo cual sería un problema si no fuera porque soy muy buen estudiante y voy bastante adelantado en clase. Sigo dándole vueltas a la cabeza a la hora de la comida. Es entonces cuando miro el móvil y veo que he recibido un correo electrónico que me distrae por completo. De hecho, lo cambia todo. Esto es lo que dice:

«Estimados señores,

He encontrado su agencia en Internet y he decidido contratar sus servicios. Me gustaría que investigaran la desaparición de mi querido marido, Henry Jacobs. Llevo media vida rezando para que se resuelva el misterio de su desaparición. Ahora que me estoy acercando al final de mis días me gustaría saber que he hecho todo lo posible para averiguarlo.

Confío en que estén ustedes más acostumbrados a recibir este tipo de cartas que yo a escribirlas y que sabrán cómo proceder a continuación. Ciertamente, parecen ser una empresa profesional y de fiar, lo que me llena de confianza en que tendrán éxito, incluso en este caso tan difícil. Espero que me informen de los pasos a seguir.

Atentamente,

Señora Barbara Jacobs.»

Al principio estoy desconcertado mientras lo leo. Luego me acuerdo de la página web de la agencia de detectives y de que debe de estar relacionado con eso. A continuación comienzan a llegar los mensajes de texto.

«No me jodas, Billy. ¿Me estás tomando el pelo?»

Enseguida recibo otro:

«¡Esto es de verdad! ¡No me lo creo!»

Y por último:

«Te veo en la biblioteca, capullo.»

Los mensajes son de Ámbar. Ahora recuerdo que Ámbar añadió mi dirección de correo electrónico como contacto en la página web de la agencia de detectives. No le di mucha importancia en su momento, pero claro que nunca pensé que alguien se fuera a poner en contacto con nosotros. Ahora ya no sé qué pensar. Hago lo que me dice de todas maneras.

—¡Billy! Estoy aquí —dice y me silba desde los ordenadores.

No me hace nada de gracia que silbe porque se supone que no se puede hablar en voz alta en la biblioteca, mucho menos silbar.

—He intentado buscar en Google «Henry Jacobs» pero hay como seis millones de personas con ese nombre, así que no va a funcionar.

Miro hacia su pantalla abierta con los resultados de la búsqueda en Google.

—¿Tienes alguna idea?

Tiene un cuaderno abierto en el escritorio y ha escrito «Henry Jacobs» en mayúsculas en la parte superior. Luego lo ha subrayado dos veces. El resto de la página está en blanco.

—¡No puedo creer que tengamos un cliente de verdad! —dice Ámbar antes de que pueda responder—. ¡Esto es de puta madre!

Me siento a su lado.

—¿Qué más hacen los detectives? —pregunta Ámbar—. Aparte de buscar nombres en Google, quiero decir.

—No lo sé.

—¿Cómo que no lo sabes?

—Pues no lo sé, ¿por qué iba a saberlo?

—¿No eras tú el detective?

—No.

—Hiciste la página web.

—Ya... Bueno, mira, ¿has contestado ya?

—Todavía no. Pensé que primero deberíamos decidir qué decir.

—Ah, vale. —Dudo—¿Te refieres a si debemos aceptar el caso o no?

—No —Ámbar me mira—. Me refiero a cómo vamos a encontrar a este tío. No cabe duda de que vamos a aceptar el caso.

Vuelvo a vacilar.

—Yo no estoy tan seguro —digo por fin.

—Esperaba que encontrásemos algo en Google que pudiéramos seguir, como una pista... —Se detiene y se gira para mirarme—. ¿Qué has dicho?

—He dicho que no estoy seguro de que debamos involucrarnos. Quiero decir, no somos detectives privados de verdad y si esto es importante para esta señora, y parece que lo es, ¿no debería acudir a una agencia de detectives de verdad?

Ámbar frunce el ceño.

—¿Y por qué tendría que hacer eso?

Estoy un poco confundido con la actitud de Ámbar. Quiero decir, ¿no es obvio? Supongo que estoy distraído con el asunto de Tucker/Peter en casa. ¿Por qué papá le llama Tucker, o finge que se llama Tucker, si su verdadero nombre es Peter? Ya tengo algunas teorías: que es una especie de agente secreto, o que vive una doble vida, o que está en el Programa de Protección a Testigos...

—Joder, Billy. Si esta es tu actitud ¿por qué me hiciste perder el tiempo haciendo una página web para una agencia de detectives privados?

—¡Tú no la hiciste! ¡Fui yo quien la hizo!

—¡Yo la mejoré!

Me sorprende su respuesta.

—Estaba bien...

—Era una mierda. Y de todos modos, soy yo quien la anunció.

—¿La has anunciado?

—Pues claro que sí. De lo contrario nadie la vería y no conseguiríamos ni un cliente.

—¡No quería ningún cliente!

—¿Qué? ¿Para qué abres una agencia de detectives si no quieres clientes? Hay que ser imbécil.

Abro la boca para decirle que solo lo hice porque me gustaba hacer páginas web. Pero de repente no me parece una buena razón. Vuelvo a cerrar la boca.

Ámbar me mira a los ojos un buen rato y luego se da la vuelta.

—Joder, Billy. Eres un raro de cojones, ¿lo sabías?

Pero se gira hacia mí de nuevo.

—En cualquier caso ya es demasiado tarde porque ahora tenemos un cliente.

No nos dirigimos la palabra durante unos minutos. Observo como pincha en algunos de los enlaces de Google que tiene delante. Uno de ellos muestra a Henry Jacobs, el director de un club de golf en Arizona; otro, un médico en Vancouver. Mira ambos y luego cierra las pestañas, descartándolos.

—La cosa es —digo—, no va a querer contratarnos, ¿a qué no? Una vez que sepa que somos adolescentes va a querer contratar a adultos.

—Ya lo había pensado —responde enseguida Ámbar—. Lo haremos todo por correo electrónico. Le diremos que, por nuestra propia seguridad, tendremos que hacerlo así para que nadie pueda descubrir nuestra verdadera identidad. Por seguridad.

Me quedo asombrado mirándola.

—¿Tú contratarías a un detective privado sin conocerlo antes en persona?

—Por supuesto que sí —asegura Ámbar—. Así es como lo hacen la mayoría de las agencias. Es una práctica habitual.

Siento que mi cara se tensa en un ceño.

—¿Ah sí?

—Ni idea. Pero ahí está el truco. Tú no sabes si es así por lo que ella tampoco lo sabrá. Además ya ha dicho que quería contratarnos. Ha tomado su decisión.

Resoplo con lentitud. Supongo que podría funcionar. Temo que está refutando todas y cada una de mis objeciones de una manera un poco injusta.

—Dime, ¿cómo vamos a encontrarlo? No parece que Google sea de mucha ayuda.

Ámbar se vuelve hacia mí. De repente, parece entusiasmada de nuevo, y algo nerviosa.

—Para eso estás aquí. Tú eres el que encontró a esa turista. Resolviste ese caso, ¿cómo lo hiciste?

Lo pienso por un momento. Es cierto. Incluso me condecoraron con una medalla.

—Lo deduje.

—Muy bien, haz eso de nuevo. —La cara de Ámbar se convierte en una amplia sonrisa—. Vamos, Billy. Es una oportunidad genial. Es increíble. Tenemos un caso real que investigar. Como pasa en la televisión. ¡Como en las películas! Va a ser muy divertido.

Lo dudo. Una cosa que sé por todo lo que ha pasado antes es que hacer el trabajo de detective no es para nada como lo que ponen en la televisión. Supongo que la duda se me nota en la cara.

—Mira, incluso si no podemos encontrarlo, nos van a pagar igual. Doscientos dólares al día. Incluso si no lo encontramos.

—¿De verdad?

—Sí. Eso es lo que pone en las condiciones del contrato. Piensa en lo que podrías hacer con ese dinero.

No digo nada. Pero sí que lo pienso.

—Venga, Billy. No seas aguafiestas.

Al final no digo explícitamente que sí pero tampoco digo que no. Nos ponemos a escribir un correo electrónico para responder a la señora Jacobs. Pero es muy difícil saber qué decir. Si hay una remota posibilidad de que lo encontremos, tenemos que hacer un montón de preguntas sobre su marido, pero es casi imposible hacerlas por correo electrónico porque las preguntas que tenemos que hacer dependen de las respuestas que nos dé a las preguntas anteriores. Y lo que es peor, es muy difícil trabajar con Ámbar porque no hace más que sugerir preguntas superestúpidas. Así que cuando suena el timbre de la clase de la tarde apenas hemos avanzado nada. Al final le digo a Ámbar que esta noche trabajaré en nuestra respuesta a la señora Jacobs.

Pero incluso mientras salgo de la biblioteca, no estoy seguro de haber dicho la verdad. Creo que sería mejor responder a la señora Jacobs y decirle que acuda a una agencia de detectives en condiciones, porque parece que se trata de algo muy importante para ella y no de un simple juego.

Total que eso es lo que acabo de hacer, ahora mismo. Le he dicho que sentía lo de su marido y he mentido un poco diciendo que había trabajado con otra agencia y que eran muy buenos, y que estaba seguro de que si alguien podía encontrar a su marido eran ellos. Sé que se supone que no hay que mentir pero creo que dadas las circunstancias está permitido.

Copié a Ámbar en el correo electrónico, así que ella también lo sabe. Seguro que mañana cuando la vea en el instituto va a estar muy enfadada. Mala suerte. No puedo hacer todo lo que la gente quiera.

Ah. Casi se me olvida. Tucker/Peter (como se llame) sigue en casa. Estaba con papá en el salón cuando volví de clase, tomándose unas cervezas y viendo el fútbol. Papá me dijo que me sentara con ellos a verlo pero le dije que tenía que hacer deberes. Más tarde, papá me llamó para cenar, pero le dije que no tenía hambre. Eso también era mentira porque en realidad estoy hambriento. Pero no quería sentarme al lado de Tucker. Por su culpa el salón huele raro y no me fío de él.

CAPÍTULO DIEZ

SUPUSE QUE TUCKER/PETER ya se habría marchado cuando volviera del instituto el viernes, pero seguía aquí. Cuando me desperté el sábado por la mañana, ahí seguía. Había un montón de latas de cerveza y la cocina era un desastre que me tocó a mí recoger. Cuando por fin se levantaron, papá y él se fueron a hacer surf. Papá no ha hecho surf desde hace años. Antes iba muy a menudo pero después del disparo ya te conté que le afectó la flexibilidad y ya no puede ir. No sé cómo Tucker/Peter le convenció y sacaron un par de tablas viejas del cobertizo que tenemos en el jardín. Tucker/Peter incluso me preguntó si quería ir pero le dije que estaba ocupado. Lo cual es cierto. Tengo que enseñar a Steven a volar.

Por la tarde Tucker/Peter y papá se fueron de copas y Tucker/Peter se quedó todo el domingo en casa. Esta mañana, cuando me he levantado para ir a clase aún seguía aquí, es que no me lo creo.

Con todo lo que he averiguado sobre él, que mintió al decir que no tenía teléfono y que miente acerca de su propio nombre, está claro que no me entusiasma la idea de dejarle en casa. La puerta de mi habitación no se puede cerrar con llave así que me he traído el portátil a clase, lo que hace que mi mochila pese un montón. Mi ordenador es lo más importante, pero aun así he tenido que dejar en casa mis prismáticos, mi cámara de fauna salvaje y todo el resto de mi equipamiento de investigación. Intenté esconderlo todo pero Steven no hacía más que seguirme por la casa revelando todos los escondites, por lo cual me resultó imposible. Sin embargo, se me ocurrió una buena idea. Recordé un truco que había visto una vez en una película de James Bond. Consiste en poner un pelo atravesado desde el marco a la puerta. No puede impedir que nadie entre, pero al menos sabes si han entrado. Si el pelo no está en la misma posición cuando regresas significa que han abierto la puerta.

Total, que aún sigo dándole vueltas a esto en la cabeza cuando me encuentro con Ámbar en el pasillo. Tiene la cabeza agachada mirando la pantalla de su móvil. Cuando levanta la vista noto que me echa una mirada extraña. Como si se alegrara de verme pero a la vez le molestara. Lo cual no tiene ningún sentido porque estaba seguro de que iba a estar enfadada por haberle dicho a la señora Jacobs que no íbamos a aceptar su caso.

—Hola Ámbar —le digo. Aparta el teléfono para que no pueda ver lo que estaba mirando.

—Hola Billy —me contesta. Luego mira más allá de mí, como si no quisiera pararse a hablar conmigo.

No entiendo nada, estaba convencido de que iba a estar enfadada.

—¿Sigues enfadada por el correo electrónico que envié?

Vuelve a mirar más allá de mí pero parece cambiar de opinión. Estamos al lado de la puerta de un aula y asoma la cabeza para comprobar si está vacía. Está terminantemente prohibido entrar en aulas a menos que tengamos una clase allí.

—Ven —me dice—. Tenemos que hablar.

—No está permitido entrar en... —empiezo a decirle, pero me agarra por las correas de la mochila y me empuja hacia el interior.

Cierra la puerta tras de sí y me doy cuenta de que está nerviosa por algo, pero parece no saber por dónde empezar.

—He recibido otro correo electrónico —dice por fin—. Estaba leyéndolo ahora mismo.

Frunzo el ceño, sin entender.

—Es de la señora Jacobs, la vieja.

Sigo sin pillarlo.

—Le envié un correo electrónico la semana pasada pidiéndole más información sobre su marido.

—No —la corrijo, después de pensarlo un poco—. Yo le envié un correo electrónico diciéndole que no podíamos ayudarla y aconsejándola que acudiera a la otra agencia de la ciudad.

—Ya, ya lo sé. Me copiaste en el mensaje. —Ámbar parece molesta por un momento—. Pero ella no quiere una agencia en el continente. Quiere que seamos nosotros los que investiguemos.

—¿Cómo lo sabes?

La mirada de Ámbar pasa de estar molesta a estar incómoda.

—Porque me lo dijo. Le envié un correo electrónico justo después de que tú lo hicieras, explicándole que pensabas que estábamos demasiado ocupados pero que a lo mejor podíamos mover a un par de clientes y hacer hueco para ella. Y me dijo lo importante que era para ella que fuera alguien de la isla quien investigara el caso.

—¿Ah sí?

—Y es un verdadero misterio. Me lo ha contado todo. Resulta que su marido se fue a la tienda hace cuarenta años y desapareció. No tiene ni idea de lo que le pasó. Tan solo se desvaneció. ¿No estaría genial poder resolver este misterio?

Pienso por un segundo.

—Supongo... ¿Pero cómo lo vamos a hacer? Cuando intentamos averiguar cosas por Internet no avanzamos nada.

—Por eso he quedado en verla. Hoy, después de las clases. ¿Por qué no vienes conmigo?

Me quedo con la boca abierta. Ámbar está dos cursos por encima de mí en el instituto, debería ser más inteligente.

—Pero... no puedes quedar con ella en persona. Va a ver de inmediato la edad que tienes.

—Ya —reconoce Ámbar—. Es un poco lío la verdad. Estaba pensando que igual podría ponerme mucho maquillaje para parecer mayor. Si eso no funciona podríamos decirle que tenemos un jefe que es mayor pero que tiene que mantener su identidad en secreto. Para que pueda trabajar de incógnito y todo eso.

Me quedo mirándola un buen rato. Al final parece que está un poco avergonzada.

—Vale, de acuerdo, olvídate de ese plan. Pero ¿sabes una cosa? Lo raro de todo esto es que... —continúa Ámbar—, que en realidad tengo la sensación de que no le importa.

—¿El qué no le importa?

—La edad que tengamos. Me da la sensación de que desvaría un poco. Bueno, lo suficiente como para no darse cuenta de la edad que tenemos.

Es ridículo, así que no digo nada.

—Y podría significar que el caso tampoco es tan difícil. Quiero decir, igual el problema es que no entiende de la vida moderna, no controla Internet y esas cosas. Lo mismo podemos resolver el caso tan solo porque entendemos de eso. Porque somos jóvenes.

A mí me parece muy poco probable, la verdad.

—En cualquier caso, ¿por qué no deberíamos investigarlo? Es verdad que tú averiguaste lo que le había pasado a la turista que asesinaron. La encontraste, resolviste el caso que la policía no había sido capaz de resolver.

Todo eso es cierto, pero aun así sacudo la cabeza y voy a darme la vuelta cuando Ámbar me detiene.

—¿Qué piensas?

—¿Qué pienso de qué?

—¿Crees que es una buena idea?

—No. Creo que estás como una cabra.

Ámbar me regala una gran sonrisa.

—Lo sé. Pero ¿vas a venir?

—¿A dónde?

—A conocerla. Estaba pensando que si vamos juntos parecerá...

—Ni hablar —la interrumpo—. Estás loca. Además, tengo otras cosas que hacer. Cosas importantes.

—¿Qué cosas? —pregunta de inmediato.

Me pilla por sorpresa y pienso en la verdadera respuesta. Tengo que trabajar en el proyecto de «La Dama Azul», luego tengo que darle más clases de vuelo a Steven. Tengo que ponerme al día con los deberes... Pero entonces me acuerdo de la situación en casa. Tucker/Peter seguirá allí y no me quedará más remedio que esconderme en mi habitación para no tener que hablar con él. Teniendo en cuenta que Ámbar está completamente chiflada no me apetece contarle nada de esto.

—Nada.

—Bueno, pues entonces anímate. Ven conmigo. A ver qué te parece. Sabes que podríamos ayudarla. Está preocupada de verdad. Si pudiéramos encontrar a su marido realmente la ayudaría. Y sé que quieres...

No respondo.

—Va a estar genial, Billy. Vamos a tener un verdadero misterio que investigar.

Ámbar me mira con los ojos redondos como dos lunas llenas. Junta las manos como si estuviera rezando. Al final tengo que apartar la mirada.

—Nos va a mandar a la porra cuando vea la edad que tenemos.

Ámbar niega con la cabeza.

—No, no va a hacer eso. Pero incluso si lo hace, no perdemos nada. —Inclina la cabeza hacia un lado, igual que Steven cuando quiere algo—. Y de todas maneras ya hemos quedado con ella. No vamos a dejarla plantada.

Me rindo. Y tengo que admitir que tal vez esté un poco interesado por ver qué pasa.

—De acuerdo —digo por fin—. Voy contigo. Pero solo para decirle que no podemos aceptar el caso.

—Ya —responde Ámbar.

—Pues eso.

De verdad que es una idea descabellada.

CAPÍTULO ONCE

ÁMBAR NO TIENE coche pero me dice que podemos usar el de su madre. Así que cuando terminamos las clases nos vamos a su casa. Me hace esperar en la cocina mientras se cambia de ropa. Por suerte no hay nadie en casa y aprovecho para echar un vistazo. Hay juguetes de plástico por todas partes y huele un poco mal, como a una especie de mezcla de papilla y pañal usado.

Cuando Ámbar vuelve está muy maquillada y se ha puesto un traje de chaqueta. Parece mucho mayor. Parece bastante... bueno, supongo que parece muy profesional.

—¿Qué miras? Bicho raro.

—Nada, estás muy…

—¿Muy qué? —Se alisa la falda sobre sus muslos y se pone de lado—. ¿Te ponen cachondo los trajes de chaqueta?

No sé muy bien lo que quiere decir y no me gusta el tono en el que lo dice, así que me alegro cuando cambia de tema.

—Lo he tomado prestado de mi madre, ¿vale? Solía trabajar en una agencia de publicidad y tenía que vestirse así para las reuniones con los clientes. Aunque todo eso fue antes de que llegara el bicho. —Señala una fotografía en la pared que muestra a una bebé rubia. En realidad, hay un montón de fotos de ella por todas las paredes de la casa por lo que veo—. Es mi hermanastra, Grace. Mi madre se casó de nuevo tras la muerte de mi padre y al poco apareció esta. Dejó de trabajar y decidió convertirse en la madre del año. —Ámbar le da una patada a un xilófono de plástico para apartarlo de su camino—. ¡Ah! Nunca sintió la necesidad de dejar el trabajo cuando yo era pequeña, apenas la veía.

No digo nada.

—Pero bueno —continúa Ámbar después de un momento—, será mejor que salgamos antes de que llegue a casa. Si queremos llevarnos el coche claro.

Eso me hace levantar la cabeza.

—¿Pensé que habías dicho que podías tomarlo prestado?

—No, dije que podíamos usarlo, no que nos lo prestara.

Así que nos apresuramos a salir y abre un viejo Toyota Corolla que está aparcado en la entrada. Estoy mirando a mi alrededor con ansiedad, temo ver a su madre aparecer y que empiece a gritarnos, pero no viene nadie. Ámbar enciende el motor torpemente y retrocede del camino de entrada.

—He metido la dirección en el móvil. —Ámbar conduce con una mano mientras abre la aplicación de mapas de su móvil. Se queda mirando la pantalla mientras retrocede hacia la carretera. Una furgoneta se acerca a nosotros, veo al conductor frunciendo el ceño mientras retrocedemos lentamente hacia su camino.

—Erm, Ámbar...—Empiezo, pero me interrumpe la furgoneta tocando el claxon.

—¡Ay joder! —Ámbar levanta la vista justo a tiempo para apartarse del camino. Luego me lanza el teléfono. —¿Por qué no te encargas tú del móvil?

* * *

Enseguida me doy cuenta de que Ámbar no es muy buena conductora, lo que me distrae de pensar en adónde vamos y qué estamos haciendo. Leo las indicaciones y tomamos la carretera que va hacia el lado oeste de la isla. No conozco muy bien esa zona, solo sé que ahí no hay playas: son todo escarpados acantilados con una larga caída hacia el mar, lo que hace que la conducción de Ámbar me dé aún más miedo, sobre todo cuando la carretera se acerca al borde. Aun así no puedo evitar la sensación de que no deberíamos estar haciendo esto. Un par de chavales de instituto pretendiendo ser detectives privados, como si de verdad tuviéramos alguna idea de cómo encontrar al marido de esta pobre mujer. Pero no digo nada. No creo que sea el mejor momento para distraerla.

Por fin llegamos al extremo sur de la isla de Lornea. Aquí no hay ningún pueblo, solo unas cuantas casas esparcidas por el campo. Una de ellas es más grande que las demás.

—¡Madre mía! —Ámbar silba mientras se detiene en la dirección marcada en el teléfono—. ¡Vaya pedazo de casa!

Veo lo que quiere decir. La casa de la señora Jacobs es enorme. Está situada en la parte superior del acantilado y tiene un camino de grava que conduce a la puerta principal. Parece el tipo de casa en la que esperas que te reciba un mayordomo.

Ámbar conduce hacia delante y, mientras lo hace, empieza a tararear para sí misma. Me doy cuenta de que está nerviosa. No sé si eso me hace sentir mejor o peor.

—¿Sabes una cosa? Creo que esto no es muy buena idea —digo.

—Ya, yo tampoco —responde Ámbar. Aun así ha parado el coche, ha echado el freno de mano y me está mirando. Le brillan los ojos de la emoción —. Pero ya que hemos venido…

Se baja del coche y, al cabo de un momento, yo también me bajo. Me imagino que la señora Jacobs nos va a echar de su casa en cuanto nos vea. Y por lo menos entonces se acabará esta locura.

Para cuando llego a la puerta principal Ámbar ya ha llamado al timbre.

CAPÍTULO DOCE

OIGO el zumbido del timbre desde el interior de la casa. Momentos después, se oye una voz lejana que dice «ya voy» seguido de un largo silencio. Por fin oímos el arrastre de pies de alguien acercándose a la puerta. Entonces se abre, hasta donde la cadena lo permite.

—¿Sí? —pregunta una voz aguda. Suena enfadada.

—Hola, ¿señora Jacobs? Soy Ámbar. Venimos de la agencia de detectives.

Veo a una anciana a través de la ranura de la puerta, con la cara desencajada, como si estuviera intentando oír mejor.

—¿Cómo dices?

—Venimos de la agencia de detectives —Ámbar lo repite más fuerte—. Estamos aquí por lo de su marido.

—¿Mi marido? —La voz cambia ahora a incrédula—. No tengo marido. No tengo uno de esos desde hace muchos años.

Ámbar se gira para mirarme con gesto de incredulidad. Pero lo intenta de nuevo.

—Lo sé. Se puso en contacto con nosotros para encontrarlo. Nos envió un correo electrónico. —Hace una pausa—. ¿Lo recuerda?

La anciana responde de inmediato.

—Claro que lo recuerdo, no estoy senil si es eso lo que insinúas.

La puerta se cierra de golpe y se oye el tintineo de la cadena. Un momento después se abre de nuevo, esta vez del todo.

—¿Es eso lo que estás insinuando, jovencita?

Ámbar da un paso atrás.

—No, yo solo…

—Muy bien, porque si fuera así estaríamos empezando con mal pie, sin duda alguna.

La señora Jacobs mira con dureza a Ámbar, que parece que quiere salir pitando de aquí. Aprovecho para examinar a la señora Jacobs. Es alta y delgada, pero elegante. Excepto que parece llevar dos blusas y tiene los botones mezclados de manera que están en los agujeros equivocados.

—¿Quién es este? ¿Es tu amiguito?

Se dirige a mí tan de repente que me hace saltar y no soy capaz de responder antes de que Ámbar hable por encima de mí.

—Este es Billy, Billy Wheatley. También trabaja para la agencia. Es uno de nuestros investigadores junior. —Me mira con un gesto para que le siga la corriente. Me dispongo a hablar pero cuando vuelvo a mirar a la señora Jacobs, algo raro ha sucedido. Es como si de repente hubiera una persona diferente aquí de pie. O tal vez sea que solo ahora me doy cuenta de otros detalles. Parece frágil y mucho más encorvada. Le ha cambiado la cara, ahora parece más triste. No dice nada durante un rato. Cuando lo hace es como si volviéramos a empezar.

—Lo siento, ¿quién dijiste que eras?

Así que Ámbar se lo dice por segunda vez y ella asiente.

—Ah sí, Ámbar, don Billy. De la agencia de detectives. Sí, por supuesto. Por favor, pasad. Os estaba esperando.

Es muy extraño. Es como si hubiera dos personas completamente diferentes contenidas en el mismo cuerpo.

* * *

Entramos en un enorme pasillo. Está decorado como un museo, con retratos en las paredes de hombres en elegantes trajes. Uno de ellos va a caballo. El suelo es de mármol y sobre nosotros hay una enorme lámpara de araña. Miro a mi alrededor y me doy cuenta de que Ámbar hace lo mismo.

—Estaba en el jardín disfrutando de este precioso sol. ¿Os parece que hablemos ahí fuera?

Seguimos la encorvada espalda de la señora Jacobs a través de varias habitaciones, todas oscuras, todas con las cortinas echadas. Parece que tardamos una eternidad y en uno de los cuartos creo ver la cabeza de un zorro disecado colgada de la pared, pero no estoy seguro. Por fin llegamos a una puerta que da a un patio y salimos a un gran jardín bordeado por un alto muro. Es muy bonito, con plantas por todas partes y cubierto de césped, pero no puedo evitar notar que no hay fácil escapatoria en caso de que la necesitemos.

—¿Queréis un té helado?

Tiene una bandeja preparada sobre una mesa de hierro forjado. Nos sentamos.

—Sí, gracias —dice Ámbar y la señora Jacobs nos sirve un vaso a cada uno. Le tiemblan las manos cuando levanta la jarra.

—Qué alegría que hayáis venido a verme —dice, con la voz frágil de nuevo—. Había pasado tanto tiempo.

No sé qué decir a esto, así que me limito a sonreír y a mirar a Ámbar, que levanta un poco las cejas. Se vuelve hacia la anciana.

—Venimos de la agencia de detectives, señora Jacobs. ¿Se puso en contacto con nosotros por lo de su marido?

Por un segundo, el rostro de la señora Jacobs se cubre con una mirada extraña. Continúa vertiendo el té en su vaso y no se detiene ni siquiera cuando está lleno, de modo que se derrama por la mesa donde fluye hacia el borde y de ahí cae al suelo. Tarda un buen rato en darse cuenta y dejar de verter. Cuando por fin lo hace deja la jarra en la mesa y nos mira de nuevo.

—Sí, por supuesto. Discúlpame. Se me había olvidado. —La anciana sonríe con una sonrisa triste, parece perdida—. Sí. Es todo un misterio.

—¿Podría decirnos exactamente qué pasó? —pregunta Ámbar. Saca un cuaderno y lo apoya en sus rodillas.

Pero la señora Jacobs no parece escuchar. En cambio, me mira a mí.

—Si lo hubiera sabido habría sacado unas galletas. No tenía ni idea de que ambos fuerais tan jóvenes.

—En realidad somos más mayores de lo que aparentamos. —Empieza Ámbar, y yo me pongo rígido. Este es el momento que he temido y espero que Ámbar no intente su idea de decir que tenemos un jefe mayor que no quiere revelar su identidad. Es una idea bastante estúpida.

—Ah, no te preocupes por eso, querida. Será como en el caso de los policías.

—¿Perdón?

—Los detectives privados son como los policías. Cada vez son más jóvenes.

La señora Jacobs me sonríe y me doy cuenta de que Ámbar tenía razón. Nuestra edad no es un problema porque la señora Jacobs está completamente chiflada.

—Lo siento, todo esto es bastante difícil para mí. Llevo mucho tiempo pensando en esto.

—No pasa nada, señora Jacobs —dice Ámbar—. ¿Por qué no nos cuenta lo que pasó, con sus propias palabras?

Me da la sensación de que Ámbar se ha pasado toda la noche practicando esta frase, pero parece que funciona porque la señora Jacobs asiente. Se toma un momento para recomponerse y luego comienza.

—Era el 8 de diciembre de 1979. Recuerdo que acabábamos de poner el árbol y todos los adornos y los niños estaban muy emocionados, todavía eran lo suficientemente jóvenes como para creer en Papá Noel y en la magia de los regalos.

Me sonríe por un momento, casi como si no estuviera segura de tener que fingir que Papá Noel es real. Enseguida su rostro vuelve a ponerse serio.

—Era de noche, los niños estaban en la cama y Henry dijo que se iba a la tienda de Newlea. Normalmente hacía yo la compra pero estábamos preparando la Navidad y me di cuenta de que faltaban algunas cosas, así que se ofreció a ir. Se montó en el coche y se marchó. Y eso fue lo último que se supo de él.

Me mira de nuevo y se encoge de hombros como si eso fuera todo. Ámbar está ocupada tomando notas, así que me decido a hacer la siguiente pregunta.

—¿Tal vez tuvo un accidente? ¿Comprobaron los hospitales?

—Pues no. —De repente, me dedica una gran sonrisa—. Es una pregunta muy astuta don Billy. Ya veo por qué eres detective. Pero no, llamamos a todos los hospitales y no estaba en ninguno.

Me complace que me diga que soy astuto así que lo vuelvo a intentar.

—¿Localizaron el coche?

—Otra excelente pregunta. Sí. El coche volvió. Pero Henry no lo hizo.

Ámbar parece haber decidido que va a ser ella la que va a tomar notas por lo que sigo haciendo preguntas.

—¿A qué se refiere?

—Como ya dije, el coche volvió de la tienda. O al menos cuando me fui a la cama, pensaba que tal vez Henry había parado a tomar algo en algún sitio y no volvería hasta tarde, alguna vez lo hacía. Cuando me desperté por la mañana, el coche estaba de vuelta, pero sin compra ni Henry.

—Bueno, tal vez regresó y luego se fue de nuevo, ¿pero no en su coche?

—Supongo que es posible. El hecho es que nadie lo ha visto ni oído desde entonces.

Me observa con atención, quizá demasiada lo que me hace sentir incómodo. Intento pensar en otra pregunta.

—¿Fueron a la policía? ¿Qué le dijeron?

Miro a Ámbar para asegurarme de que lo está anotando todo y cuando vuelvo a mirar a la señora Jacobs parece haber cambiado de nuevo. Tiene la postura encorvada, parece más frágil. Y se le ha apagado el rostro.

—Señora Jacobs, ¿me ha oído? ¿Qué dijo la policía?

Sigue sin responder.

Miro a Ámbar y vuelvo a fruncir el ceño. No entiendo en absoluto lo que está pasando aquí.

—Señora Jacobs, ¿acudió a la policía para notificar la desaparición de su marido?

—¿Cuánto tiempo hace que no nos vemos? —pregunta de repente la señora Jacobs—. No consigo acordarme.

Ámbar y yo nos miramos, totalmente confundidos.

—Señora Jacobs, esta es la primera vez que nos vemos —digo por fin.

—¿De verdad? —Nos mira a los dos, como si le costara reconocer quiénes somos—. ¿Y quién eres?

Ámbar interviene de nuevo, pero esta vez su voz es diferente, menos segura.

—Somos de la agencia de detectives —repite—. Nos ha pedido que averigüemos qué le pasó a su marido.

Entonces la señora Jacobs frunce el ceño, como si intentara desesperadamente darle sentido a esto, antes de continuar.

—Sí, por supuesto. —Se lleva una mano a la cabeza y la deja allí, presionando contra su sien. Vuelvo a deslizar mis ojos hacia Ámbar—. Lo siento mucho. Debo parecer bastante... confundida. Parece que hoy en día no consigo recordar nada. Quiero saber qué pasó pero se me olvida todo.

—Está bien, señora Jacobs —dice Ámbar—. ¿Nos estaba contando si fue a la policía? ¿Qué dijeron?

La señora Jacobs parece reflexionar durante un buen rato. Cuando por fin habla sacude la cabeza.

—Lo siento. No... no consigo acordarme. Es como si lo tuviera todo aquí —se da un golpecito en la cabeza—, pero no fuera capaz de acceder a la información. Es muy frustrante. Es por eso por lo que pensé que ustedes podrían ayudarme por lo de trabajar en una agencia tan profesional como la suya.

Miro a Ámbar. Intento transmitirle el mensaje de que no deberíamos estar aquí ya que no somos una agencia de detectives en absoluto.

—¡Cocos! —suelta la señora Jacobs de repente.

—¿Cómo dice? —pregunta Ámbar de la manera más educada posible.

—Cocos. Recuerdo algo sobre los cocos.

—¿Qué pasa con los cocos?

—No lo sé. Eran importantes, de alguna manera.

—¿En qué sentido?

Hay una pausa.

—No lo sé. Tal vez tenga algo que ver con palmeras... No consigo acordarme... —La señora Jacobs se detiene. Parece frustrada.

Ámbar lo intenta de nuevo.

—¿Dice que no recuerda si fueron a la policía, o que no recuerda lo que le dijeron?

—Había nieve en el suelo. No mucha, no lo suficiente como para ir en trineo. ¿Te gusta montar en trineo, don Billy?

No tengo ni idea de qué responder así que me quedo callado.

—¿Quieres más té? —Vierte té en mi vaso. Ya está lleno, así que se desborda de nuevo y fluye por la mesa una segunda vez.

Ya he visto todo lo que había que ver. La señora Jacobs está loca de remate y de ninguna de las maneras voy a involucrarme en esta investigación. No tengo tiempo para estas tonterías.

—Señora Jacobs —empiezo—, la verdadera razón por la que hemos venido hoy es para decirle que no podemos encargarnos del caso. —Siento que Ámbar me clava la mirada, pero me da igual—. Le recomendamos que acuda a la agencia de la ciudad ya que nosotros estamos muy ocupados...

—Ah, no, ni hablar. —La señora Jacobs me interrumpe, y hay algo en su voz que me hace parar—. Tenéis que ser vosotros.

Se hace un silencio.

—¿Por qué?

—Porque tengo un presentimiento. —Se da un golpecito en la nariz, como si eso lo explicara todo. Por supuesto que no lo hace—. Lo supe en cuánto vi vuestra página web tan maravillosa. Tuve el mismo presentimiento cuando tu colega organizó esta reunión y ahora lo sigo teniendo. Tengo la sensación de que vosotros sois los únicos que podéis ayudarme.

No tengo ni idea de qué responder, así que no digo nada.

—Y no voy a aceptar un «no» por respuesta.

Trago saliva.

—Sí, bueno, le agradezco que diga eso y demás, pero...

—Y si es por el dinero don Billy, como podéis ver no me falta.

—No es por eso...

—Don Billy, he leído con detenimiento las condiciones de contrato publicadas en la página web. Entiendo que no se da ninguna garantía de éxito y estoy dispuesta a correr ese riesgo. Toma.

Se agacha y junto a su silla hay un bolso en el que no había reparado antes. Lo lleva a su regazo y saca un talonario de cheques envuelto en un estuche de cuero. Arranca el cheque superior y me lo tiende.

—Cinco mil dólares. Debería ser suficiente para empezar. Obviamente, habrá más cuando descubráis lo que pasó. —Sonríe y pone el cheque delante de mí, lo suficientemente cerca como para que pueda leer su enrevesada letra. Vuelvo a tragar saliva—. Toma, cógelo.

No es mi intención pero hago lo que ella dice. Son cinco mil dólares después de todo. Más dinero del que he visto nunca.

—Me canso con facilidad así que si no os importa me voy a retirar.

Abro la boca para decirle de nuevo que no podemos aceptar el caso. Pero no me sale ninguna palabra. No puedo dejar de pensar que no debería aceptar el dinero: está claro que la anciana está loca. Pero ¿cinco mil dólares? Y lo único que tenemos que hacer es encontrar a su marido. Recapacito, ¿cómo vamos a hacer eso? Podría haberle pasado cualquier cosa, fue hace cuarenta años después de todo. Pero la señora Jacobs interrumpe mis pensamientos.

—¿Sabes una cosa? A veces me pregunto si sé lo que le pasó a Henry pero se me ha olvidado.

La miro fijamente y luego vuelvo la mirada hacia Ámbar, que sonríe encantada.

—Muy bien, me voy a echar la siesta.

CAPÍTULO TRECE

MIENTRAS SALIMOS por la puerta principal de la mansión y después cuando caminamos por la grava de la entrada siento los ojos de la señora Jacobs clavados en mí. Una vez en el coche Ámbar empieza a reírse, me molesta que lo haga.

—¿Te gusta montar en trineo, don Billy? —dice Ámbar mientras arranca el motor—. Está pirada. Me parto de solo acordarme.

Le da la vuelta al coche mientras la ignoro. Vuelvo a mirar hacia la señora Jacobs, de pie en el umbral, y de nuevo me da mucha pena. Parece muy triste y sola así que no me apetece reírme.

—¿Qué me dices? ¿Qué opinas de ella? —me pregunta Ámbar una vez en la carretera. Por suerte, ahora está conduciendo más despacio.

—Creo que está un poco loca.

—¿Un poco loca? Está como una puta cabra

—Ya —digo al rato. Lo cierto es que no es una mala descripción.

—¿Y qué opinas de lo del marido?

Me encojo de hombros.

—Es un poco raro, ¿no? —insiste.

—¿El qué es raro?

—Pues que se fuera a comprar y nunca más volviera. ¿Cómo es eso posible?

Me lo pienso un rato antes de contestar.

—No sabemos con certeza si salió a comprar y desapareció. Podría haber fallecido en circunstancias normales. O igual sigue viviendo con ella ¡y no se ha dado cuenta!

Ámbar vuelve a reírse cuando lo piensa, pero al momento se detiene.

—En cualquier caso, tenemos que averiguarlo —prosigue.

La miro.

—Pero está loca. No podemos aceptar dinero de una loca. —Incluso mientras lo digo, estoy pensando en lo que podría hacer con ese dinero, en cómo podría cambiar la vida de papá.

—¿Cómo qué no? ¿Qué son cinco mil dólares para alguien con una casa así? —Ámbar se vuelve hacia mí, de modo que ya no está mirando a la carretera.

—No se trata de cuánto tiene —digo con más firmeza de la que siento en realidad—. Se trata de si es lo correcto aceptar dinero de una persona que no está bien del todo. No sé si es ético, quiero decir.

Ámbar no dice nada durante un rato. Luego repite la palabra «ético» con tono burlón.

—¿A qué te refieres con ético?

No le contesto.

—Mira, Billy —Ámbar lo intenta de nuevo—. No estoy sugiriendo que no lo busquemos. Vamos a desempeñar el trabajo por el que nos van a pagar. Y como ya te he dicho, igual es fácil y todo. Si luego resulta que se le había olvidado lo que pasó en realidad, o si nunca pasó nada, y es solo que está un poco chiflada pues entonces va a ser muy fácil de resolver. Le contamos lo que pasó y que ella, no sé, que lo escriba en una nota y la pegue al cabecero de la cama, para que lea la verdad cada mañana cuando se levante.

Tardo unos instantes en comprender por qué no me gusta su lógica.

—Sí, pero no está un poco loca, ¿a qué no? Como tú dices, está como una verdadera cabra.

Ámbar se ríe a carcajadas.

—Vamos, Billy. Tenemos que intentarlo al menos... Te propongo un plan. No cobres el cheque. Si no podemos ayudarla se lo devolvemos y punto. Así no hay ningún problema ético.

De nuevo pienso en lo que podría hacer con el dinero. Como podría usarlo para encaminar el futuro de papá. Me doy cuenta de que Ámbar sigue mirándome, ignorando por completo la carretera por la que conduce.

—Venga, Billy —Aletea las pestañas, aunque sé que lo hace de broma.

—¿Te importa mantener la vista en la carretera, por favor?

Me ignora.

—Por favor, Billy, porfi porfa —me sonríe de nuevo. Creo que es una suerte que estemos en un tramo recto de la carretera y que Ámbar no nos haya tirado ya por el precipicio, pero nos estamos acercando a una curva.

—¡Ámbar!

—Billy... —Ha entornado los ojos y pone una mueca como si fuera a darme un beso.

—Vale. Vale, ¡mira a la carretera, por favor!

Por fin Ámbar se ríe y vuelve a mirar hacia adelante.

Y sin más, hemos aceptado el caso.

CAPÍTULO CATORCE

PAPÁ NO ESTÁ cuando llego a casa así que cojo algo para comer y subo a mi habitación.

Estoy a punto de abrir la puerta de mi cuarto cuando me acuerdo del pelo, el que pegué en el marco como lo hicieron en la película de James Bond. Casi no me molesté en comprobarlo ya que estaba concentrado en el caso de la señora Jacobs, pero algo me hace detenerme. Dejo el plato en el suelo y examino cuidadosamente el marco de la puerta. Al principio no lo entiendo, porque ni siquiera encuentro el pelo que había puesto. Enseguida me doy cuenta de lo que significa. Esa era la razón de ponerlo. Significa que han entrado en mi habitación mientras yo no estaba. No puede haber sido papá. Ya sabe que no debe entrar y de todos modos ha estado trabajando todo el día. Así que sólo queda una posibilidad. Tucker. O Peter. O como se llame.

Me quedo un rato de pie en el pasillo, pensando. Entonces las cosas empeoran. Empiezo a oír un ruido extraño que parece provenir del interior de mi habitación. No sé qué será pero estoy seguro de que viene de dentro del cuarto. Suena... no sé... suena como un ruido extraño de respiración. Empiezo a preocuparme un poco, ya que estoy solo en casa. Me pregunto qué será lo que esté ahí dentro. Se me ocurre que igual debería buscar una especie de arma, para defenderme. Estoy seguro de que tenemos un bate de béisbol en el cobertizo. Pero recapacito y me doy cuenta de que es ridículo: no puedo tener miedo de entrar en mi propia habitación. Así que me digo a mí mismo que no sea estúpido y agarro el pomo de la puerta.

—¿Hola? —Llamo, intentando sonar lo más valiente posible. El ruido se detiene, pero nadie responde. Al cabo de unos segundos vuelvo a oír el ruido.

Siento como los músculos de la cara se tensan. Agarro el pomo de la puerta, lo giro con rapidez y empujo la puerta para abrirla. Entonces me llevo un buen susto.

Por un instante no veo nada raro pero enseguida oigo un fuerte chillido y una gran bola de plumas grises se lanza hacia mí y comienza a picotear mi cara. Las largas alas me golpean las orejas.

—¡Ay! ¡Steven, déjame en paz!

Intento apartarlo pero está tan contento de verme que casi me tira al pasillo. Debe de estar hambriento, aquí solo. Consigo que se siente en mi brazo y entro en la habitación. Descubro la causa del ruido; Steven ha estado intentando comerse la esquina de mi escritorio, arañándola con el pico. Ya es hora de que lo suelte. Se está volviendo loco encerrado aquí todo el día.

Comparto la cena con Steven, lo que significa que se come la mayor parte. Y mientras tanto me pongo a investigar sobre Henry Jacobs. Hay tanta gente con ese nombre que no encuentro nada, ni siquiera cuando añado otras palabras clave como «Isla de Lornea», «desaparecido» o «asesinato». Me llevo un gran chasco y por eso me alegro cuando oigo que papá vuelve a casa, igual él me distrae. Me levanto para ir a verlo pero en ese momento oigo otra voz, la de Tucker. O como se llame. No quiero ver a Tucker así que me quedo arriba. Papá grita por las escaleras para ver dónde estoy y le respondo a gritos que tengo que hacer deberes. Al cabo de un rato me voy a la cama.

* * *

Al día siguiente tengo clases. He estado teniendo unos problemillas en el instituto. No te lo había contado porque no es gran cosa pero ya que estamos pues te lo cuento ahora. Son algunos de mis compañeros, que son tontos de remate. ¿Me imagino que en tu clase también tendrías chicos de este tipo cuando ibas al instituto? O si todavía vas igual conoces a chavales así. Son de los que se sientan al fondo de la clase, haciendo el tonto y quejándose de que las clases son aburridas. Es bastante irónico la verdad, porque la única razón por la cual las clases son aburridas es porque tenemos que dar un temario básico para que ellos lo entiendan.

Hoy, uno de ellos ha traído una bolsa de golosinas con forma de botellitas de Coca-Cola y se han pasado la clase chupándolas para ponerlas pegajosas y lanzándoselas a la profesora, la señorita Smith, cuando estaba de espaldas escribiendo en la pizarra. Al principio no se dio cuenta y parece que solo se preguntaba por qué se estarían riendo, pero cuando cayó en lo que estaba pasando hizo lo peor que podría haber hecho: trató de fingir que no se había dado cuenta. No sé por qué no enseñan a los profesores a no hacer eso. Nunca funciona, lo único que consiguen es que la clase entera se ría con los tontos del fondo de la clase. Eso es lo que ha pasado esta mañana, hasta que al final más y más gente se animó a lanzarle golosinas a la profe.

A continuación sucedió lo siguiente. Yo estaba intentando ignorarles mientras cogía apuntes cuando sentí que algo me golpeaba en la nuca. Cuando me toqué el cuello para ver qué era no se trataba de una simple golosina sino de un montón de botellas a medio masticar, pegajosas y enredadas en el pelo. Me giré para ver quién lo había hecho y vi a James Drolley mirándome. Es el jefecillo de los idiotas de la clase. Varios de sus amigotes estaban también mirando y riéndose. Total que no pude decirle a la profesora quién había sido.

Mejor no digo más. Supongo que será una de esas cosas que no te queda más remedio que aguantar pero aun así me ha fastidiado la mañana.

* * *

Cuando por fin llega la hora de comer voy a la biblioteca y veo a Ámbar sentada junto a los ordenadores. No sé por qué pero en ese momento me alegro un montón de verla. Cuando estoy a punto de llegar a su lado me detengo. No me ha mandado ningún mensaje esta mañana y he asumido que estaría aquí trabajando en nuestro caso, pero ¿y si no fuera así? ¿Y si en realidad está haciendo deberes y no se ha tomado en serio lo de investigar el caso de la señora Jacobs?

Así que vacilo un rato, no estoy seguro de si debería ir a hablar con ella o no. Estoy a punto de darme la vuelta para irme cuando levanta la vista y me ve.

—¡Hola Billy! Ven, siéntate aquí.

Normalmente no me gusta que se hable en la biblioteca pero hoy no me importa. Me acerco a ella y veo que, en efecto, no estaba haciendo ningún trabajo de clase sino investigando a la señora Jacobs. Me alegro un montón.

—¿Por qué estás tan contento? —pregunta Ámbar.

—No lo estoy.

—Sí, te he visto.

Estoy bastante seguro de que no estaba sonriendo pero, por si acaso, me aseguro de cambiar el gesto.

—¿Y ahora qué haces? ¿Te encuentras bien?

—¡Pues claro! —Me concentro en poner cara seria.

—Así está mejor. Siéntate, tenemos mucho que hacer. —Empuja la silla que está a su lado y me siento—. He estado buscando a Henry Jacobs...

Me inclino y examino su pantalla.

—El problema es que hay un montón de gente en Facebook con ese nombre. Así que vamos a tener que estudiarlos uno por uno hasta que...

—No, eso no va a funcionar.

—¿Qué? ¿Por qué no?

—Ya lo hice anoche. Hay siete mil trescientas cuarenta y siete personas con el nombre Henry Jacobs en Facebook. Y habrá más que no sepan usar ordenadores.

—¿Cómo lo sabes?

—He encontrado una página web que te lo dice. Escribes un nombre y cuenta cuántos perfiles de Facebook hay bajo ese nombre. También los habrá que tengan los ajustes de seguridad en modo privado, lo que quiere decir que no podremos ver esos perfiles.

—Vaya mierda —dice Ámbar.

—Y aunque se pudieran ver es poco probable que nuestro Henry, si lo que quería era desaparecer, haya creado una cuenta de Facebook con ese nombre.

Ámbar frunce el ceño.

—Vale, entonces ¿qué hacemos?

—Podrías añadir otros términos a la búsqueda.

—¿Por ejemplo?

—Pues escribes «Henry Jacobs + Isla de Lornea + desaparecido» y eso igual ayuda a reducir los resultados.

Ámbar empieza a teclear en el ordenador de inmediato.

—Pero tampoco te va a servir de nada —le digo. Se detiene y suspira.

—¿Por qué no?

—Bueno, es obvio, ¿no?

Ámbar vacila.

—Sí. Es porque cuando el señor Jacobs desapareció aún no se había inventado Internet.

Vuelve a fruncir el ceño tanto que se le arruga la frente por completo.

—Internet no se inventó hasta 1983. Bueno, en realidad hay quien dice que no entró en funcionamiento hasta los años 90, cuando Tim Berners Lee inventó la *world wide web*, pero de cualquier manera no va a haber ninguna información sobre alguien que desapareció en 1979.

—Ya, ya lo pillo. —Ámbar parece abatida—. Entonces ¿qué hacemos?

Hurgo en la mochila para sacar una carpeta.

—Puede que no podamos buscar a Henry Jacobs, pero podemos buscar a Barbara Jacobs. — Abro la carpeta y empiezo a leer—: Barbara June Jacobs es la nieta de Charles Bennett, que abrió la primera mina de plata en Northend, en la isla de Lornea, en 1899. Aunque la mina de Northend cerró tras la catástrofe de 1950, *Northend Mining Corporation* sigue siendo una de las empresas más importantes de extracción de minerales en todo el mundo, sobre todo en África. Barbara Jacobs formó parte del consejo de administración de la empresa hasta el 2005, año en el que abandonó su puesto.

—¿Cómo sabes todo eso? —me pregunta Ámbar. Le entrego el papel que estaba leyendo. En él hay una foto de la señora Jacobs, solo que sale bastante más joven, con un vestido rojo de fiesta.

—Pertenecía a una asociación que se llamaba «Consejo de la Isla de Lornea». Cuando pinchas en la foto, esa es la información que te sale.

Ámbar se pasa un buen rato leyendo todas las páginas que he imprimido. Delante de ella hay una fiambrera con un par de bocadillos. Esta mañana no he tenido tiempo de hacerme nada para comer y ahora con solo mirarlos me entra hambre. Para ser más exactos, no es solo que no haya tenido tiempo, es que entre Tucker y Steven no nos queda mucha comida en casa.

—¿Me puedo comer un bocadillo? —me animo a preguntar.

—¿Qué? —Ámbar levanta la vista—. Sí, claro. Aunque no están muy buenos que digamos. Son de atún con mayonesa, pero el atún está un poco pasado creo. Era lo único que encontré en la despensa.

Se vuelve a la lectura. Y como yo ya lo he leído todo, cojo un bocadillo y empiezo a comérmelo.

—Vale. Sabemos que viene de una familia buena de la isla y que le gustaba ir a actos benéficos. Total, que tiene pasta, pero eso ya lo sabíamos. Lo que no sabemos es nada acerca de su marido, y mucho menos de cómo desapareció. O incluso si ha desaparecido de verdad. Así que ¿cómo vamos a encontrarlo?

Ámbar tiene razón con lo del atún. Sabe bastante raro. Decido envolver lo que queda para dárselo a Steven más tarde. Ámbar levanta la vista.

—Tengo una idea —digo con la boca todavía medio llena de comida.

—Dime.

No puedo evitar sonreír un poco, porque es muy buena idea.

—Ya sabes que dije que Internet no se inventó hasta el 1983, excepto para la gente que no lo considera el verdadero Internet hasta que Tim Berners Lee...

—Ya, ya...

—Bueno. Conoces el *Island Times*, el periódico más importante de la isla de Lornea ¿no? ¿Sabes que se pueden buscar ediciones antiguas del periódico en Internet?

—¡Sí! —responde Ámbar que ya está abriendo la página web del periódico. Sonrío de nuevo.

—Entonces sabrás que las ediciones digitales solo se remontan al año 2000, porque antes de esa fecha no existía Internet.

Ámbar se detiene.

—Ah. Ya, sí, también lo sabía.

Está claro que no lo sabía.

—Pero aun así, todavía salía el periódico. Quiero decir, el *Island Times* lleva publicándose desde mucho antes de que se inventara Internet.

—¿Y?

—Por lo tanto, todavía se pueden buscar ediciones antiguas, pero no en Internet. Hay que ir a la oficina del periódico y hacer las búsquedas allí. Tienen una sala especial para ello, con una máquina de microfichas. Lo pone en la página web.

Ámbar me mira a los ojos durante un momento con aire pensativo.

—Enséñamelo.

Me inclino para usar el teclado, sigo hablando mientras escribo la dirección y la página se carga.

—Es como en esas películas —continúo, porque no estoy seguro de que me esté entendiendo del todo.

—¿Qué películas?

—Ya sabes el tipo de películas, cuando buscan en los archivos en algún remoto lugar, siempre les lleva una eternidad, pero luego, justo al final encuentran lo que quieren. Aquí lo tienes.

Ámbar lee acerca de la sala de archivos del *Island Times* en la página web. En un instante se levanta y se pone a recoger todos sus papeles a la vez.

—Vamos.

—¿A dónde vamos?

—A la oficina del periódico. Tengo el coche de mi madre.

Me pilla por sorpresa ya que tan solo tenemos una hora para comer y ya han pasado quince minutos. No nos va a dar tiempo a ir y volver.

—¿Qué pasa con las clases?

—¿Qué pasa?

—Bueno, no podemos faltar.

—Anda, Billy. Esto es mucho más importante.

Me he quedado boquiabierto. Y Ámbar ya se ha ido.

CAPÍTULO QUINCE

METO la carpeta en la mochila. Ámbar no ha devuelto los libros que había utilizado, así que los pongo en el carrito que la señora López utiliza para llevar los libros de vuelta a las estanterías, porque se supone que no puedes dejarlos en las mesas del ordenador como ha hecho Ámbar.

Entonces empiezo a correr, veo a Ámbar al final de las escaleras y no parece que tenga intención alguna de esperarme. Llego casi a su altura en el vestíbulo y estoy a punto de decir algo cuando se detiene.

—Espérame aquí, voy al cuarto de baño —dice y al momento desaparece dentro del baño de chicas. Empiezo a pensar que Ámbar es un poco pesadita.

Entonces ocurre algo sorprendente. Empiezo a observar el vestíbulo, es uno de esos espacios que no he estudiado con detalle a pesar de que paso por él todos los días. Hay un largo mostrador de recepción, vacío, porque las recepcionistas tienen una pequeña oficina detrás desde la que trabajan. Hay unas cuantas plantas para engañar a padres y visitantes y hacerles creer que el Instituto de Educación Secundaria Isla de Lornea es un centro más agradable de lo que en realidad es. La pared está recubierta por un panel de madera con placas que muestran los nombres de personas importantes para el centro a lo largo de los años. Es una especie de cuadro con menciones honoríficas. No sé muy bien por qué, empiezo a leer los nombres del cuadro. No estoy prestando atención, solo pasando el tiempo, cuando de repente noto algo.

Antes de que pueda hacer algo al respecto, me interrumpe una voz justo detrás de mí.

—¡Hola, Wheatley!

Reconozco la voz enseguida. Es James Drolley, el idiota de mi clase. Cuando me doy la vuelta está con toda su pandilla, los que me fastidiaron la clase de Geografía esta mañana.

—¿Qué, merodeando por el baño de chicas? ¿Por qué no entras?

Los amigotes de Drolley empiezan a reírse, como si lo que hubiera dicho de verdad tuviera gracia alguna. No la tiene. No respondo. Tengo el mal presentimiento de que no van a pasar de largo. Al fin y al cabo es la hora de comer y tienen mucho tiempo.

En efecto, tengo razón. Se detienen y me rodean en un círculo. A continuación James se acerca mucho a mí.

—¿Para qué te metes en mi camino? —pregunta Drolley. Me empuja en el pecho. Es uno de los chicos más pequeños de la clase, no es mucho más grande que yo. Creo que eso le molesta un poco.

—¿En el camino de quién? —pregunto.

—¡Antes, en clase, capullo! Estaba apuntando a la profesora y te pusiste en todo el medio. —Me empuja de nuevo, más fuerte esta vez. Los otros se ríen.

—Vamos James —le dice uno de sus amigos—. Dale una hostia. —El chico se llama Paul. Me solía llevar bien con Paul, hasta que se juntó con James Drolley y su pandilla.

No vale la pena responderles, así que me alejo y vuelvo a mirar el tablero de madera, aún sin creerme lo que vi antes. Pero entonces me empujan muy fuerte por detrás y casi me caigo.

—No me des la puta espalda, Wheatley —dice Drolley. Apenas consigo mantenerme en pie pero de alguna manera se me cae la mochila por el hombro. En un instante Drolley la ha agarrado. Me doy cuenta de que me duele el hombro.

—Oye —digo. Siento que tengo que concentrarme o las cosas se van a poner feas—. Devuélvemela.

—¿Por qué? —noto el reto en el tono de James—. ¿Me vas a obligar? —Sacude la mochila—. ¿Tienes algo de comida para mí, Wheatley? Tengo un poco de hambre.

—No —respondo—, no tengo nada.

Drolley me mira por un segundo.

—Vamos a comprobarlo, ¿vale? Vamos a asegurarnos de que estás diciendo la verdad. —Abre la cremallera y mira dentro. Mientras lo hace, me acuerdo del bocadillo de atún con mayonesa que guardé para Steven.

—Bueno, bueno, mira lo que hemos encontrado... —Drolley lo saca y abre el paquete—. Mmmm. Bocata de atún. Mi favorito. Así que nos estabas mintiendo ¿no, Wheatley? Cabroncete, ¿crees que puedes mentirnos así porque sí? —Le lanza el bocadillo a uno de sus amigos, pero con el paquete abierto los dos trozos de pan se separan y caen al suelo, donde Paul los pisa.

—Ay, joder —dice Drolley—. Ahora ya no me lo puedo comer. ¿Tienes algo más? —Vuelve a hurgar en la mochila, saca mis libros y carpetas para comprobar si hay algo más. Entonces saca la carpeta que hice anoche. Se me encoge el estómago cuando lo hace.

—Vaya, vaya, ¿qué tenemos aquí?

En la parte delantera de la carpeta que sostiene Drolley está el logotipo que Ámbar diseñó para la agencia de detectives, solo que lo he coloreado y lo he mejorado. Alrededor del logotipo hay una frase dentro de un círculo alrededor de la imagen de la lupa. Drolley gira la cabeza mientras intenta leerlas.

—Isla Newlea... ¿Agencia de detectives?

Se le ilumina la cara de alegría, porque, aunque sea estúpido, sabe cuándo ha dado con algo que puede utilizar para meterse conmigo.

—¿Eres tú, Wheatley? ¿Has creado la mierda de la Agencia de Detectives de la Isla de Newlea?

Abre la carpeta, lo que hace que se caigan unas hojas al suelo, y empieza a leer mis notas. Presiento que va a explotar todo cuando se oye un grito desde el otro lado del vestíbulo.

—Dejadlo en paz, maricones de mierda.

Antes de darme cuenta de lo que está pasando Ámbar ya está a mi lado, parece una gata salvaje. Le da un empujón en el pecho a James con tanta fuerza que se cae de culo. Antes de que pueda levantarse hace amago de pegarle una patada con esas enormes botas negras que lleva. James se escabulle como puede, parece un escarabajo, y al final ella no lo patea. En su lugar, se dirige a los amigotes. Se hace un silencio repentino pero al momento los chicos se agrupan, siguen siendo cinco contra dos aunque Ámbar sea mayor que ellos.

—¿Qué coño tiene que ver esto contigo, gótica de mierda? —pregunta Paul, pero lo dice murmurando y está bastante atrás así que no sé si Ámbar le habrá oído. Pero se vuelve contra él.

—¡Qué te jodan! ¡Cabrón! —le grita mientras da un paso hacia él. Paul casi se tropieza de lo rápido que retrocede—. A que te arranco la polla y te la meto en el culo, cabrón.

Aprovecho el repentino silencio para recoger mis papeles y meterlos en la mochila. Cuando vuelvo a mirar, Drolley se ha puesto de pie y está intentando hacerse el valiente.

—¿Tú también eres parte de esto, gótica? —pregunta Drolley con valentía ahora que está rodeado de nuevo por sus amigos—. ¿El puto club de detectives de Billy Wheatley?

—Ya te he dicho que te jodan, pichacorta. —Y Ámbar va y le escupe. No me lo puedo creer. Pero Drolley se ha escondido detrás de sus amigos y el escupitajo aterriza en la mochila de Paul. Parece que igual Paul va a reaccionar pero Ámbar se arremete hacia delante como si fuera a matarlos a todos y se apartan de inmediato. Los amigos se dan cuenta de que pueden volverse contra Paul y reírse de él, por lo de tener la mochila manchada con la flema de Ámbar. Total que pueden seguir siendo matones y fingir que no le tienen miedo a Ámbar. Paul no parece muy contento al respecto pero al menos se están yendo. Mientras lo hacen Drolley grita por encima de su hombro.

—Te veo en clase, Wheatley. No siempre vas a tener a tu amiguita la vampiresa cerca para protegerte.

Hay un silencio incómodo mientras Ámbar y yo los vemos desaparecer, empujándose unos a otros y riéndose a carcajadas como si no hubieran estado preocupados en absoluto.

—Odio a los matones hijos de puta —me dice Ámbar—. Les odio con todas mis ganas, ¡joder!

Se me ocurre explicarle mi idea del rastreador de matones pero decido que igual ahora no es un buen momento.

—Venga. Nos piramos —continúa Ámbar.

—Espera —le pongo la mano en el brazo para detenerla y se gira sorprendida. A continuación le señalo el tablero en el que me fijé antes.

—¿Qué pasa?

El instituto de Newlea es muy antiguo. No te lo había dicho, pero lo es. Lleva en funcionamiento desde hace más de cien años. Así que la lista de personas importantes se remonta bastante. El cuadro de honor los enumera a todos, en grandes letras doradas. Uno de esos nombres, que brilla con fuerza por un rayo de sol que se ha colado por el tragaluz, es el nombre que llevamos varios días buscando.

—Mira el cuadro de honor.

—¿Por qué?

—Mira la lista de directores del centro.

Ámbar vuelve a fruncir el ceño, pero veo que sus ojos empiezan a escudriñar la lista. Entonces llega a 1972-1979, donde el director figura como «Henry Arthur Jacobs».

—¡No me jodas! —exclama Ámbar—. ¿Era director del instituto?

CAPÍTULO DIECISÉIS

NO ESTÁ lejos pero el viaje es aterrador por lo mal que conduce Ámbar en tráfico de ciudad. Casi atropella a tres personas y a un perro. Cuando llegamos aparca con medio coche en la acera. No sé qué me preocupa más, si haber salido del instituto a la hora de comer o morir en un accidente de coche.

La oficina del *Island Times* es uno de los grandes edificios de piedra del centro de Newlea. Nunca he entrado pero lo he visto por fuera muchas veces. Tiene ese aspecto de lugar que solía ser muy importante pero que ya no lo es. En cualquier caso, tiene una puerta giratoria por la que es bastante divertido pasar.

Dentro hay dos señoras detrás de un largo mostrador en la recepción. Hay ejemplares de la edición de esta semana del periódico dispuestos ordenadamente y un anciano está dando los detalles de un listado para la sección de anuncios de segunda mano. No sé por qué está aquí ya que se puede hacer por Internet.

—Queremos ver ediciones antiguas del periódico —dice Ámbar cuando una de las recepcionistas se dirige a nosotros—. En su página web dice que se pueden ver aquí. ¿Tienen una especie de sala de lectura?

—Así es. —Nos estudia por un momento, parece sospechar—. ¿Es para un proyecto escolar?

—En realidad no — responde Ámbar sonriendo. La mujer no le devuelve la sonrisa.

—Si es con fines comerciales tengo que cobrarte.

—Ah no. Definitivamente es para un proyecto escolar —dice Ámbar mientras me pisa con fuerza.

No digo nada. De verdad, a veces me pregunto si Ámbar se pensará que soy tonto.

La mujer se levanta y nos conduce a una puerta en la esquina de la recepción que lleva a una sala muy pequeña donde hay una terminal de ordenador y un par de sillas.

—¿Dónde está la máquina de microfichas? —pregunto.

—Los registros han sido digitalizados. Jamás dejaríamos a niños usar los archivos originales. —Mueve el ratón para activar el ordenador—. Ahí se ponen los términos de búsqueda. —Señala la pantalla—. ¿Seguro que es para un proyecto escolar?

—Por supuesto que sí —responde Ámbar y al momento la mujer nos deja solos. Todavía estoy un poco decepcionado por no poder utilizar la máquina de microfichas, pero Ámbar se sienta y empieza a escribir. Pone las palabras:

«Henry Jacobs»

Tras unos instantes, el ordenador carga los resultados y los hojeamos. Hay muchas menciones de «Henry» y bastantes «Jacobs», pero ninguna entrada los menciona juntos. Así que le digo que lo escriba bien, así:

«Henry + Jacobs»

Eso genera tan solo tres artículos.

El primero, de febrero de 1979, muestra el siguiente titular:

«Las obras en la carretera hacen que los alumnos pierdan hasta una hora de educación a la semana, confirma el director del centro.»

Pinchamos en el artículo para leerlo pero no sucede como en una página web normal. Nos lleva a un ejemplar real del periódico, maquetado en 1979. Hay una única mención a Henry Jacobs por lo que tardamos en encontrarla. Cuando lo hacemos dice así:

«El director del centro, Henry Jacobs, advirtió que los autobuses escolares no pueden llevar a los alumnos al instituto debido a las obras de mejora del enlace principal entre Silverlea y Newlea.»

Lo ojeamos pero no parece muy relevante.

—Vuelve hacia atrás —dice Ámbar—. ¿Cuál es el siguiente artículo?

Pincho de nuevo y pruebo con el siguiente enlace.

«Un proyecto de construcción de vanguardia para dotar al instituto de Newlea de un gimnasio de primera categoría.»

Esta vez el artículo es un poco más interesante.

«Han comenzado las obras de un nuevo proyecto para construir un gimnasio de primera categoría en el instituto de Newlea. Henry Jacobs, director del centro, comentó que los alumnos podrán practicar una gran selección de deportes en las nuevas instalaciones cubiertas.»

El artículo incluye una imagen, que en lugar de ser una fotografía es una impresión artística de niños, con pantalones cortos de uniforme a la antigua, en un gimnasio. Es interesante porque no es que sea un gimnasio cualquiera. Es nuestro gimnasio. Es el gimnasio que usamos de verdad en el instituto.

—¿Instalaciones de primera categoría? Joder, ¡qué optimista! —dice Ámbar—. A ver, vuelve otra vez. Mira el siguiente.

Hago lo que me dice y pincho en el último enlace.

«Primer día para el nuevo director del instituto de Newlea.»

Con fecha de febrero de 1980, el artículo menciona brevemente a Henry Jacobs.

«La señora Clarke ocupa la vacante dejada cuando Henry Jacobs dejó su puesto de director en la Navidad del año pasado.»

Estoy nervioso mientras lo leo, esperando que diga lo que le pasó al antiguo director pero no dice nada. Tan solo pone que la nueva directora quiere hacer avanzar el centro y preparar a los alumnos para el mundo laboral, y cosas así.

—¿Eso es todo? —pregunta Ámbar—. ¿No hay más?

Buscamos un poco más, probando diferentes palabras clave. Pero no aparece nada. Es un poco decepcionante después de un comienzo tan prometedor. Tras otra media hora de búsqueda nos damos por vencidos.

—No puedo creer que no haya nada más. ¿Cómo puede desaparecer alguien, no cualquiera sino el director del instituto, y que no salga en el periódico?

—No lo sé —respondo—. Pero al menos coincide con lo que dijo la señora Jacobs. Nos contó que su marido desapareció en la Navidad de 1979, al menos sabemos que recuerda bien esa parte.

—Sí, supongo que sí —responde Ámbar, pero está claro que no está satisfecha.

Sin embargo, a mí me preocupa algo más.

—Oye, ¿no crees que deberíamos volver? Sino, nos vamos a meter en líos por hacer pellas.

Si Ámbar me ha oído desde luego que ha decidido ignorarme.

—Es que ya me han mandado al despacho de la directora una vez este mes.... —No quiero tener que decirlo, ya que Ámbar obviamente ya lo sabe, pero se me escapa. No pasa nada porque Ámbar no me hace caso de todas formas.

—¿Qué sabemos? —pregunta en su lugar. Agarra el cuaderno y pasa a una nueva página—. ¿Qué sabemos acerca de lo que pasó en realidad?

No le contesto, pero de nuevo me ignora. Responde a su propia pregunta.

—Sabemos que la señora Jacobs dice que su marido desapareció en 1979, en las navidades. Dijo que estaban poniendo las decoraciones cuando se fue a comprar y nunca regresó.

Ámbar escribe en la página en blanco «Navidad 1979» y lo rodea.

—Y sabemos, por el cuadro honorífico que hemos visto en el vestíbulo hoy, que Henry fue director del instituto de 1973 a 1979. Por el *Island Times* sabemos que el nuevo director comenzó en 1980. —Me mira, como si fuera mi turno de añadir algo a la lista de datos.

—Sabemos que la señora Jacobs está loca. Así que podría no haber desaparecido en absoluto. Puede que simplemente se haya... marchado.

Ámbar me lanza una astuta mirada.

—Entonces, ¿por qué cree que ha desaparecido? No nos habría contratado si no fuera un misterio para ella.

No tengo respuesta y le doy vueltas en la cabeza. Supongo que debe contar como prueba, aunque no sea muy evidente.

—Bueno, tal vez, pero no sabemos nada más —concluyo.

—Te equivocas —dice Ámbar mientras empieza a sonreír.

—Ah, ¿sí?

—Sí. Hay algo más que sabemos.

Frunzo el ceño y trato de entender lo que quiere decir. No me gusta mucho la cara de satisfacción que pone.

—Venga, Billy, piensa. Hemos buscado en el periódico, ¿verdad? ¿Encontramos algo sobre la desaparición?

—No.

—¿Qué significado tiene ese detalle?

De verdad que quiero resolverlo antes de que me lo diga y estoy a punto de hacerlo cuando me interrumpe.

—Significa que lo que sea que le pasara no fue algo importante. Si hubiera sido víctima, no sé, de un asesino en serie, o si hubiera muerto en un trágico accidente de coche, habría salido en todos los periódicos y lo habríamos encontrado. Dado que no hay nada publicado lo que sabemos es que cuando desapareció no fue un acontecimiento importante. No fue noticia.

Abro la boca para protestar pero me doy cuenta de que no puedo. Lo cierto es que es una sugerencia muy inteligente.

CAPÍTULO DIECISIETE

CUANDO VOLVEMOS al instituto es media tarde. Anticipo que nos van a echar la bronca en cuanto pasemos por la recepción, pero las recepcionistas están en su oficina en la parte de atrás y no salen a vernos. Me veo raro de pie en el vestíbulo mirando el cuadro de menciones honoríficas. Me fijo en el nombre de Henry Jacobs. Por un momento es como si me transportase al centro de aquella época. Alguien debe de saber lo que le pasó, por qué se fue...

—Venga, Billy —Ámbar interrumpe mis pensamientos—. No te quedes ahí parado, te van a pillar.

—Ah, vale.

—Cuando llegues a clase di que has tenido cita con el médico. Si te preguntan di que es una cuestión personal, así no podrán interrogarte.

Asiento con la cabeza y Ámbar se va a la clase que tenga, y yo me voy a Matemáticas. Decido decirle al profesor Duncan que tenía cita con el dentista y me dispongo a fingir que tengo dolor de muelas, pero no parece importarle y simplemente me dice que me siente. Después de mates tengo Valores Éticos. Cuando termino las clases cojo el autobús de vuelta a casa. Me paso todo el viaje pensando en cómo podemos averiguar más sobre Henry Jacobs. Se me ocurren algunas ideas también. Sin embargo cuando llego a casa, todo cambia para peor.

Parece una emboscada. Cuando entro en la cocina, papá y Tucker me están esperando.

—Billy —comienza papá—. ¿Te puedes sentar, por favor? Tenemos que hablar.

Por el sonido de su voz creo que estoy metido en un lío. Por un segundo me pregunto si se habrá enterado de que he hecho pellas, pero ¿cómo es posible? ¿Se dio cuenta el profesor de que estaba mintiendo sobre lo del dentista? Luego se me ocurre que quizá sea Tucker el que tenga problemas. Tal vez papá se ha dado cuenta de que nos mintió sobre su nombre, o con lo de que no tenía móvil. Pero por la forma en que Tucker sonríe, dando un sorbo a una cerveza, tampoco parece ser eso.

—Venga, Billy, siéntate.

Todavía no me había quitado la mochila, por lo que me la quito ahora y la deslizo por detrás de la mesa de la cocina. Papá está sentado frente a mí. Me sonríe, pero no es una sonrisa natural. Es falsa.

—¿Qué pasa? —le pregunto.

La sonrisa de papá desaparece.

—Tengo que contarte algo. Tengo noticias, buenas noticias.

—¿Qué ha pasado? —pregunto de nuevo.

Papá mira hacia otro lado y se frota la barba de la cara, así que sé que no son buenas noticias después de todo.

—¿Qué noticias?

—¿Sabes que dije que Tucker se iba a quedar aquí un par de días? —comienza.

—Sí. Eso fue el jueves pasado, así que se supone que se tenía que haber marchado hace dos días...

—Ya —papá levanta la mano para interrumpirme—. Ya lo sé. La cuestión es que todavía necesita... —Papá se detiene y vuelve a frotarse la barbilla. Cuando continúa ha cambiado de tema—. Mira, me ha llamado Frank. ¿Te acuerdas de Frank, el que trabaja en el puerto?

Espero. Supongo que yo también debo fruncir el ceño, ya que papá sigue explicándome.

—¿Te acuerdas o no? Es el capitán del buque pesquero Alba.

Por un segundo no sé de qué habla, pero luego lo recuerdo. El Alba es uno de los barcos de pesca, uno de los grandes. Aunque a decir verdad no me acuerdo muy bien de Frank. Creo que una vez me dejó subir a bordo para hacer un recuento de las especies de peces que habían pescado.

—Ha surgido una vacante, para un trabajo.

Parpadeo.

—Es solo una prueba, pero pagan bien. Si conseguimos una buena pesca, me pagarían lo suficiente como para poder ahorrar y todo. Podemos empezar a guardar un poco para... bueno para lo que sea.

Tanto él como Tucker me miran con atención. Deslizo los ojos de uno a otro.

—¿Pero el Alba es un buque de altamar?

—Sí que es verdad que faena un poco más lejos — asiente papá—. Claro que sí. Pero ahí es donde está el dinero. Es un barco moderno, Billy. Es totalmente seguro. Lo único es que significa que estaré fuera un poco más de tiempo. —Papá deja que su voz se desvanezca. Así que tengo que preguntar para entender lo que quiere decir.

—¿De cuánto tiempo hablas?

Papá pone un gesto raro, como si fuera esta la peor parte.

—Frank calcula que se tarda un día y medio en llegar a las zonas de pesca. Lo mismo para volver. Así que depende de las capturas, podrían ser cuatro noches. Una semana como mucho.

—¿Una semana? ¿Y quién va a cuidar de mí?

Enseguida me enfado conmigo mismo por soltar eso. No necesito que nadie me cuide. La mayor parte del tiempo soy yo quien cuida de papá. Pero una semana es mucho tiempo.

Entonces me vuelvo hacia Tucker. O Peter. O cualquiera que sea su verdadero nombre. Veo que me devuelve la mirada, observando mi reacción.

—Como te iba diciendo, Tucker… —continúa papá, pero apenas le oigo —… necesita un lugar para dormir. Solo para quedarse un tiempecito.

—Pero me dijiste que se iba a quedar un par de días —le interrumpo—. Debería haberse ido ya hace tres días.

—¡Billy! Es una buena solución. Tucker puede cuidarte mientras se establece. Necesito demostrarle a Frank que puede confiar en mí. Es la oportunidad que estábamos esperando desde hace mucho tiempo.

—¿Mientras se establece?

—Sí. Tucker se va a quedar en Lornea una temporada. Va a buscar trabajo.

—¿A buscar trabajo? —Siento que mi voz se eleva de nuevo. Siento que me traiciona.

—Venga, Billy. Ya sé que esto es una sorpresa. Pero también sabes que llevo un buen tiempo esperando que me salga trabajo en un barco de pesca. Lo habíamos hablado.

—Ya, ¡pero no en uno de los barcos grandes que van a altamar! Hablamos de embarcaciones que se quedan en la bahía.

—Ya no hay peces en la bahía, Billy. Y lo sabes.

No respondo. De repente me doy cuenta de que estoy respirando muy fuerte.

—Billy, por favor. Necesitamos esta oportunidad. Necesitamos que entre

dinero, tenemos facturas que pagar. Y si puedo ahorrar un poco podemos...
—papá no termina su frase. Pero intuyo lo que iba a decir. Tiene que ver con mi idea de comprar «La Dama Azul» y hacer excursiones de avistamiento de ballenas para los turistas.

Intento pensar rápido. Tal vez sea una buena idea. Entonces me acuerdo de Tucker. O de Peter. Pienso que voy a quedarme a solas con él, cuando ni siquiera sé cuál es su verdadero nombre. ¿Cómo se le ocurre a papá pensar que es buena idea? Tengo que decir algo.

Pero no lo hago.

—¿Cuándo te marchas? —pregunto en su lugar.

Esta vez papá no responde de inmediato. Respira hondo y exhala. Como si esta parte fuera a ser complicada.

—Zarpamos en la próxima marea alta.

Dirijo los ojos a la ventana. Como estoy sentado en la mesa no puedo ver la playa, pero ni siquiera lo necesito. Siempre sé lo que hace la marea.

—¿La próxima altamar? Es esta noche —he alzado la voz de nuevo.

—Sé que es poco tiempo, Billy. Uno de los miembros de la tripulación llamó para decir que estaba enfermo. Por eso Frank me ha llamado. Por eso quería hablar contigo ahora, tan pronto como volvieras de clase. Quería hablar contigo antes de irme.

Calculo en mi cabeza. La próxima marea alta es en dos horas. Es una media hora de viaje hasta Holport, desde donde zarpa el Alba. Tendrá que marcharse en una hora y media.

—Tengo que ayudar a cargar —continúa papá como si estuviera leyendo mi mente—. Tengo que salir ahora.

—¿Ahora?

¿Por qué me sigue saliendo la voz tan alta?

Vuelvo a mirar por la ventana. Veo el cielo suspendido sobre el mar. La luz se está desvaneciendo y resalta las grises nubes que se agrupan en cúmulos de tormenta. Me imagino a papá navegando hacia la tormenta, a cientos de kilómetros de distancia.

—Se acerca una tormenta —suelto. No sé por qué lo digo, porque en realidad no es cierto. Es solo un poco de lluvia. Al menos, lo es aquí. Es verdad que no sé cómo será a cientos de kilómetros en altamar.

—Es un barco nuevo, Billy. Es seguro. Y… eficiente. Si consigo trabajo fijo en el Alba, va a ser un sueldo seguro.

En ese momento Tucker se une a la conversación. Hasta ahora no había dicho ni una palabra, solo estaba ahí bebiendo cerveza.

—Va a estar bien, Billy —su voz suena rara. Es espeluznante—. Nos va a dar la oportunidad de conocernos un poco mejor. —Me sonríe, y noto que sus incisivos son muy largos. Están amarillentos en la punta, y marrones por donde se unen a la encía porque no se los cepillará bien. Le da un trago a la cerveza. Siento que se me llenan los ojos de lágrimas y no quiero que Tucker las vea. De verdad que eso es lo último que quiero. Me vuelvo hacia papá.

—Me voy a mi habitación. Tengo que hacer deberes.

Papá vuelve a acariciarse la barbilla un par de veces y luego se limita a asentir.

—Muy bien.

No me lo esperaba. Creía que me detendría, pero ahora que no lo hace no tengo otra opción. Recojo la mochila del suelo y me dirijo a las escaleras. Mientras subo sigo esperando que papá me llame. Pero no lo hace. Así que al final entro en mi habitación y tengo que lidiar con Steven saltando sobre mí y picoteándome la cara. Y encima se me ha olvidado su bolsa de pescado en la cocina. No voy a volver a por ella, ni hablar.

Así que espero. Estoy bastante seguro de que papá vendrá a verme antes de irse. Espero atento el chirrido de las tablas del suelo en las escaleras, el sonido que me indica que papá está subiendo. Decido que, cuando lo haga, se lo voy a contar todo. Voy a contarle que Tucker no se llama Tucker de verdad y que me mintió diciendo que no tenía móvil, cuando en realidad sí lo tiene. Y según lo pienso, me acuerdo del pelo en la puerta y de que no estaba allí cuando volví, lo que demuestra que ha estado rebuscando en mi habitación.

Sé que cuando le cuente todo esto a papá se dará cuenta de que no puede dejarme aquí con Tucker. Papá lo solucionará. Se dará cuenta de quién es Tucker en realidad y se asegurará de que no vuelva a entrar en casa jamás. Sé que ha estado tratando de conseguir un puesto en un barco durante mucho tiempo. Sé que necesita el dinero. Pero se dará cuenta de que no puede hacerlo así.

Pero en lugar del chirrido de las escaleras oigo otro ruido: un portazo. Me acerco a la ventana y me asomo con sigilo, ya que puede que sea Tucker el que esté fuera y no quiero que me vea.

Pero no es Tucker. Es papá. Ha echado su bolsa en la parte trasera de la camioneta y ahora se está subiendo al asiento del conductor. Tucker se sube al otro asiento, riéndose mientras lo hace. Oigo el ruido del motor encendiéndose. Creo ver a papá mirando hacia mi ventana mientras empieza a dar la vuelta, y me aparto de su vista. Cuando vuelvo a mirar, ya se están alejando por el camino.

CAPÍTULO DIECIOCHO

YA HA AMANECIDO. Me siento un poco mejor. Bueno, tan bien como es posible dadas las circunstancias.

Anoche me quedé despierto hasta muy tarde, trabajando. Primero descargué una nueva aplicación en mi ordenador. Se llama «Buscador de barcos» y se usa para ver dónde se encuentran todos los barcos del mundo, en tiempo real. Así que la he configurado para que me muestre con exactitud dónde está papá. En este momento, está aquí:

latitud: 42,25495 longitud: -68,13995

Se dirige a 077 grados a una velocidad de diez nudos. Lo que quiere decir que están a unas sesenta millas náuticas de distancia y siguen navegando hacia altamar. El tiempo no es muy malo. El viento es de fuerza cuatro y se prevé que baje. Eso no es nada. Aquí es peor.

Así que decidí que el problema más urgente era el estar en casa a solas con Tucker. O cualquiera que sea su verdadero nombre.

Entonces me puse a pensar. Intenté utilizar la lógica para resolverlo, partiendo de lo que sé con seguridad. Por ejemplo: sé que papá cree que se llama Tucker. Pero también sé que tiene una tarjeta en su cartera donde pone que se llama Peter Smith. No puede llamarse de las dos formas a la vez, así que uno debe de ser falso. Igual piensas que la identificación oficial, la que muestra su licencia de conducir, es la más probable que sea la verdadera, pero te olvidas de un detalle. Papá y Tucker crecieron juntos en Crab Creek.

Si papá cree que se llama Tucker debe ser cierto. Lo que significa que Peter Smith podría ser un nombre nuevo, o un alias.

Hago una lista de las razones por las que usar un alias. Esto es lo que escribo:

1. Porque eres un espía.
2. Porque eres un policía de incógnito.
3. Porque estás en el programa de protección de testigos.

Luego miro en Google y encuentro varias posibilidades más. Agrego lo siguiente:

1. Porque eres un autor que escribe bajo un seudónimo.
2. Porque eres famoso y quieres viajar de incógnito.
3. Porque eres un criminal y quieres ocultar tu identidad.

Tacho las ideas que son imposibles y las que son muy improbables. La única que queda es la última. Total que Tucker es un criminal que quiere ocultar su identidad.

A continuación, echo un buen vistazo a mi habitación, para ver si falta algo después de que entrara. No creo que falte nada. Tengo la sensación de que algunas cosas estaban fuera de lugar: los cajones de mi escritorio no estaban cerrados como yo los había dejado, ese tipo de cosas, pero para ser sincero, podría haber sido Steven. Entonces se me ocurre una buena idea. Empiezo a pensar en por qué Tucker podría haber intentado entrar en mi habitación en primer lugar. La respuesta obvia es que estaba buscando cosas para robar ya que es un criminal. Pero dado que está viviendo en nuestro salón, no tiene mucho sentido que robe cosas de mi habitación y se las lleve abajo. ¿Así que tal vez no estaba buscando robar algo, sino haciendo otra cosa? Pero si ese es el caso, ¿entonces qué estaba haciendo?

Por fin lo resuelvo. ¿Recuerdas que la mañana siguiente a su llegada me preguntó si podía usar mi ordenador? Dijo que lo quería para acceder a Internet, porque no tenía teléfono pero luego descubrí que mentía acerca de lo de no tener móvil. Tenía uno, pero lo tenía escondido. En ese momento no entendí por qué. Pero creo que ahora lo entiendo. Tiene que ver con el funcionamiento de los teléfonos móviles.

He visto un documental sobre ello. Es bastante complicado de entender pero la idea básica es la siguiente: Los teléfonos móviles se conectan a las estaciones base mediante ondas de radio que transmiten de ida y vuelta. Cada vez que se enciende un teléfono móvil, este envía mensajes que se llaman saludos, a la estación de base más cercana, como si dijera «Hola, estoy aquí». Lo hace para que la compañía telefónica sepa a dónde enviar todas las llamadas y mensajes que recibes. De lo contrario, tendrían que enviar cada llamada y cada mensaje a cada estación base, por si acaso sus clientes estuvieran al lado de ella. Eso sería una locura, porque las estaciones base se llenarían y probablemente explotarían. Lo cual implica que cuando tienes tu teléfono móvil encendido tu compañía telefónica sabe dónde estás. Y la policía también lo sabe. Tienen acceso al mismo sistema y lo utilizan para localizar a delincuentes. Lo hacen a menudo. Y no es que sea un gran secreto: los delincuentes también lo saben. Quizá porque vieron el mismo documental que yo.

La razón por la que esto es importante es la siguiente. Cuando los delincuentes huyen de la policía tienen que dejar sus teléfonos apagados. Ni siquiera pueden utilizarlos para buscar en Internet, porque el mero hecho de encender el teléfono significa que enviará un mensaje de saludo a la estación base más cercana, diciendo «¡aquí estoy!».

Por eso Tucker/Peter mintió diciendo que no tenía teléfono: porque no podía encenderlo. También explica por qué quería entrar en mi habitación. Debe haber necesitado usar Internet de nuevo. Así que entró en mi habitación para usar mi ordenador. Por suerte lo tenía conmigo en ese momento.

Y entonces, parece que las buenas ideas vienen de cuatro en cuatro, tengo otra buena idea. Me doy cuenta de que si Tucker no quiere encender su teléfono porque la policía lo está usando para buscarlo, entonces hay una manera muy fácil de deshacerse de él. Lo único que tengo que hacer es encontrar su teléfono y encenderlo. Enviará un saludo a la estación base más cercana, la policía lo verá y sabrá exactamente dónde está. Vendrán y lo arrestarán. Como ni siquiera sabrá lo que ha pasado le pillará por sorpresa. Y lo mejor de todo es que nadie sospechará que fui yo.

Sin embargo, ahora no puedo hacerlo por dos razones. En primer lugar, no quiero meter a papá en un lío. No estoy seguro de si es ilegal o no, pero no creo que a Asuntos Sociales les parezca bien que me haya dejado una semana en casa con un violento criminal. La otra razón es que no sé dónde está el teléfono de Tucker. No lo he visto desde aquella vez que registré sus vaqueros. Así que tendré que vigilarle con atención para ver si encuentro alguna pista de dónde lo ha escondido.

Entonces se me ocurre otra idea. Incluso mejor que lo de encender el teléfono de Tucker.

Al principio no estaba seguro de si funcionaría, así que tuve que consultar Internet, y para entonces ya era casi medianoche. Lo sé porque fue entonces cuando oí que la camioneta de papá volvía, miré por la ventana y vi a Tucker bajándose. Debió de haber ido al bar después de dejar a papá. Lo observé con la luz apagada, para ver si estaba borracho. Pero era difícil saberlo.

Volví a trabajar. Encontré un programa que ofrecía un período inicial gratis por lo que no me iba a costar nada. Luego borré del ordenador todo lo que era importante, por si acaso. De todos modos, tengo una copia de seguridad de todo. A continuación hice un par de pruebas para comprobar que funcionaba. Eran las dos de la mañana cuando por fin me fui a la cama.

Cuando me vaya hoy a clase no me voy a llevar el portátil. Se me va a olvidar. Lo voy a dejar en la mesa de la cocina, encendido, con la contraseña desactivada. Como si hubiera querido meterlo en la mochila pero en el último momento se me hubiera olvidado.

Por supuesto que jamás haría algo así.

Le he tendido una trampa.

CAPÍTULO DIECINUEVE

ME RESULTA CASI imposible concentrarme en las clases. No paro de darle vueltas a la cabeza preguntándome si Tucker/Peter habrá picado o no. La primera clase se me hace eterna, y luego en el recreo de la mañana tengo un pequeño encontronazo con James Drolley y su pandillita. Por suerte aparece el profesor Stewart. Es uno de los profesores de gimnasia y como les encanta la gimnasia actúan como si fueran estudiantes ejemplares en su presencia, así que me dejan en paz.

A la hora del almuerzo voy a ver si Ámbar está en la biblioteca. Pero no está. Miro por la ventana para ver si el coche de su madre está en el aparcamiento y tampoco lo veo. Aunque eso no significa nada porque hay días que Ámbar no puede cogerlo.

Luego tenemos clase de Historia toda la tarde y terminamos con un examen. Al menos eso es bastante divertido.

Por fin suena el timbre y me voy al autobús. Y entonces, como es normal, tengo que esperar mientras los demás se bajan, ya que mi parada es la última de la ruta.

Al rato el autobús llega a la parada de Littlelea y se oye un silbido cuando se abren las puertas. Me bajo y me apresuro a subir por el camino hasta nuestra casa. Cuando veo la camioneta de papá aparcada de manera diferente a como la deja papá, empiezo a sentirme menos emocionado y más... bueno, nervioso, supongo. Después de todo, papá está a cientos de kilómetros en el mar y yo estoy aquí solo con un peligroso y violento criminal. Y el caso es que anoche, cuando estaba preparando mi trampa, supuse que sería un criminal normal. Pero ¿y si he cometido un error? ¿Y si en realidad es un criminal experto en informática? Ya sabes, del tipo que desactiva alarmas y abre cajas fuertes como sale en las pelis. No me parece que lo sea pero nunca se sabe, igual va de incógnito.

Recuerdo la fotografía que llevaba en su cartera, en el carné de conducir que mostraba su verdadero nombre, Peter Smith. Tengo que admitir que en esa foto sí que parecía un experto en informática. Si Tucker/Peter es un experto en esos temas seguro que sabrá que le he tendido una trampa.

Empiezo a sentir que me falta el aire. ¿Estará ahí dentro ahora, sabiendo que he descubierto quién es, que sé que la policía lo busca? Me vienen a la cabeza todos esos músculos que le cubren el cuerpo entero. Me estoy poniendo fuerte pero ni por asomo estoy tan cachas como él.

Me obligo a pensar con lógica. Está claro que no es un experto en informática, no sé ni porqué se me ha ocurrido tal tontería. Los expertos en informática no tienen esos músculos, ni siquiera cuando van de camuflaje. Si Tucker/Peter es un delincuente, y me recuerdo a mí mismo que aún no lo sé al 100%, entonces será de los que se pelean y usan la violencia. O, más probable aún, seguro que es de los mediocres, ya que la policía lo anda buscando.

Total que, aunque no tenga forma de saberlo a ciencia cierta, decido que es poco probable que Tucker se haya dado cuenta de que dejarle el portátil en casa era una trampa. Así que tomo dos bocanadas de aire fresco y me preparo para abrir la puerta de casa.

* * *

Tucker está en la cocina. No me lo esperaba. Está de pie junto a los fogones removiendo algo en una gran cacerola. Se gira para mirarme, con el rostro impasible. No consigo descifrar nada de su gesto.

El portátil sigue en la mesa de la cocina, pero no está donde lo dejé. Lo han movido al filo de la mesa. El hueco donde estaba tiene ahora platos y cubiertos preparados para la cena.

—Ya era hora —dice Tucker—. Iba a empezar a cenar sin ti. —Remueve una especie de salsa roja en una cacerola. Si está enfadado por lo de la trampa lo está disimulando bastante bien—. Espero que te guste el picante.

Esboza una media sonrisa que muestra sus dientes amarillos y me echa una mirada que no sé cómo interpretar, parece que se está divirtiendo. No tengo ni idea de lo que significa.

Me he quedado de piedra en la puerta de casa.

—Vamos, Billy. Siéntate ya, joder. Tengo hambre.

No me muevo, excepto para mirar de nuevo mi ordenador. La tapa está cerrada, la dejé abierta para que pareciera lo más tentadora posible, con la pantalla desbloqueada y la batería enchufada, listo para usarlo en cuánto él quisiera.

—Cuéntame, ¿qué tal tu día? ¿Le has dicho tres verdades a tus profes? Venga, no seas tímido, hablemos.

Levanto la vista y me doy cuenta de que ha seguido mi mirada. No estoy seguro al cien por cien, pero creo que por un momento parece culpable.

—Vamos, chico. Siéntate.

No me queda otra, así que hago lo que me dice. Le observo mientras va a la nevera.

—¿Quieres una cerve? No te preocupes, no se lo voy a contar a tu viejo.

—No me gusta la cerveza.

Tucker se encoge de hombros y coge una para él. Le da una patada a la puerta de la nevera para cerrarla, coge dos platos y sirve dos raciones de arroz enormes cubierto de lo que fuera que estaba cocinando. Resulta que son judías con tomate. Pone un plato delante de mí y se sienta en el otro extremo de la mesa. Me pregunto si va a intentar entablar una conversación, pero en su lugar se pone a comer, engullendo la comida con rapidez. Pruebo un poco de la salsa y, aunque es muy picante, está buena. Lo que quiero hacer de verdad es subir a mi cuarto con el portátil para ver si mi trampa ha funcionado pero aun así empiezo a comer.

—¿Sabes algo de tu viejo? —me pregunta al cabo de unos minutos. Levanto la vista y veo que ya ha terminado.

—No.

—¿Sabes dónde está?

Esta pregunta podría ser una especie de prueba. He dejado la aplicación «Buscador de Barcos» abierta en mi portátil. ¿Es esta su manera de hacerme saber que ha usado el ordenador?

—No, la verdad es que no lo sé. —Me concentro en la cena. La verdad es que está muy rica. Jamás me hubiera imaginado que un tío como Tucker cocinara tan bien.

—Me dijo a dónde iban. Parece muy lejos pero en realidad no lo es. Y les está haciendo bueno, mejor allí que la mierda de tiempo que tenemos aquí.

No le respondo. Pero le miro a la cara y me dedica otra media sonrisa. Bajo la mirada de nuevo.

—¿Te gusta el deporte? —me pregunta a cuento de nada.

—¿Perdón?

—¿Que si te gusta el deporte? ¿Juegas al fútbol o al baloncesto? No sé, ¿al bádminton?

—Ah. No, no mucho.

Tucker se ríe.

—No eres muy hablador, ¿no, Billy? —dice Tucker de nuevo. Sigo sin decir nada—. Has salido a tu padre, supongo. Me acuerdo de que era el típico tipo duro y callado. Tal vez fue eso lo que tu madre vio en él. Desde luego que ella venía de una familia muy habladora. Panda de charlatanes. En mi humilde opinión tienes suerte de haber salido a él.

Me acerco a la boca otro tenedor cargado de cena pero esta vez no la pruebo. Nunca he conocido a nadie, aparte de papá, que conociera a mi madre. En cierto modo, me gustaría saber más sobre ella. Pero no creo que este sea el momento de preguntar.

En ese momento mi móvil da un pitido. Es el tono que indica que he recibido un mensaje. Lo saco, miro la pantalla y veo que es de Ámbar. Está claro que no voy a ponerme a leerlo en la mesa delante de Tucker.

—Es importante —le digo a Tucker, asegurándome de que no pueda ver la pantalla—. Voy a…

—Por supuesto —dice inclinando la cabeza, como para darme permiso para irme.

—Es de… —me detengo, molesto conmigo mismo. No tengo porqué darle explicaciones a Tucker pero ahora que he empezado no me queda más remedio que terminar la frase—… de un trabajo para el instituto —suelto por fin, suena un poco patético la verdad.

—No te preocupes. Vete a trabajar, yo me encargo de recoger la cocina. —Se reclina en la silla y se golpea el pecho con los puños, como si fuera un gorila. Me meto otro par de bocados en la boca y suelto el tenedor. Guardo el móvil en el bolsillo de los pantalones y cojo el ordenador. Estoy a punto de subir las escaleras cuando me doy la vuelta para mirarle.

—Muchas gracias —le digo—. Por la cena, estaba muy buena. —Solo porque sea un criminal no quiere decir que tenga que ser maleducado con él.

—De nada, chaval. Ya le dije a tu viejo que te iba a cuidar bien.

* * *

En cuanto llego a mi habitación, abro el portátil. No me pide contraseña, pero la introduzco de todos modos. Es una contraseña secreta que impide que el programa que instalé anoche se active. Me pongo manos a la obra, abriendo programas y escaneando resultados.

Noto enseguida que tengo varios resultados. Ha usado mi portátil mientras estaba en clase. La trampa ha funcionado.

CAPÍTULO VEINTE

A CONTINUACIÓN todo cambia muy rápido.

Instalé dos tipos de programas en mi portátil. El primero era uno que se llama «Cazador de espías». Lo que hace es grabar en secreto todo lo que ocurre en tu ordenador. Cada vez que alguien utiliza el teclado se enciende la cámara web y comienza a grabar. Con la diferencia de que no hay nada que le indique a la persona que está usando el portátil que la cámara web se ha activado. Lo hace en secreto. Ni siquiera se enciende la lucecita roja así que el que esté usando el ordenador no se da cuenta de que le están grabando.

Eso es lo primero que miro. Abro el «Cazador de espías» y veo que tiene una lista de vídeos que ha hecho durante el día, junto con la hora a la que los hizo. El primero es a las 08:47. Cojo el autobús a las 08:30 lo que quiere decir que Tucker debe de haber usado mi portátil a los pocos minutos de que me fuera al instituto.

Lo sabía.

Pincho en el archivo y espero a que se cargue el reproductor de vídeo. Entonces aparece una imagen de Tucker inclinado sobre el ordenador. Verlo allí de repente me deja sin aliento. De verdad que me ha robado el ordenador. Si estaba en lo correcto en eso quizá también tenga razón en todo lo demás, lo cual hace que me sienta vulnerable. No me gusta que esté abajo en la cocina mientras yo estoy en mi cuarto sin cerrojo. Por eso, antes de empezar a ver el vídeo me levanto y empujo el mueble de cajones hacia la puerta de la habitación, de esa manera no habrá ninguna posibilidad de que me pille por sorpresa entrando de repente en mi habitación. Luego me pongo los auriculares para que tampoco oiga nada desde la cocina y me dispongo a ver los vídeos.

Tucker no lleva camiseta y se le ven los tatuajes y sus músculos. Está sentado a la mesa de la cocina, frunciendo el ceño ante algo que está justo debajo de la pantalla. Tardo en darme cuenta de que está frunciendo el ceño ante el teclado. Debe de estar tratando de escribir, solo que tiene que buscar las teclas mientras lo hace. Ahora sí que estoy seguro de que, sea cual sea el tipo de delincuente que es, no es un experto en informática.

Con el «Cazador de espías» no veo lo que está escribiendo pero no me preocupa porque lo puedo mirar luego con el otro programa que instalé. De momento sigo observando las imágenes y durante un rato largo me mira fijamente a través de la pantalla. Veo que sus ojos se mueven de izquierda a derecha, así que supongo que estará leyendo algo. También veo que mueve los labios.

Entonces de repente, se levanta. No estoy seguro pero parece enfadado. Creo que es por la forma en la que se aparta de la mesa. A continuación sale del encuadre durante un rato y estoy a punto de darle al botón para adelantar cuando vuelve. Se sienta de nuevo y está sacudiendo la cabeza. Luego hay una sección muy larga de la grabación en la que se sujeta la cabeza con las manos. Después se frota la cara por todas partes, cubriéndose los ojos. Cuando veo su rostro de nuevo hay un momento en el que parece que está llorando.

De repente se vuelve loco. Empieza a insultar. Grita tan fuerte que me entra el pánico, pero enseguida me acuerdo de que solo grita en los auriculares. No voy a repetir la palabrota, pero la suelta una y otra vez. Es la que empieza por «J». La grita muy fuerte.

Pasan un par de minutos en los que se levanta de la silla varias veces. Cuando vuelve noto de inmediato que tiene el móvil en la mano. Presto atención.

Parece que se ha calmado. Se queda sentado mirando el teléfono, no como si lo estuviera usando, sino como si estuviera decidiendo si usarlo o no, porque veo que sigue apagado. De vez en cuando, su pulgar pasa por encima del botón de encendido, como si quisiera encenderlo pero hubiera algo que se lo impide. Entonces hay un momento que me hace dar un bote.

¡Cataplum!

Sin venir a cuento ha golpeado la mesa con fuerza con el móvil. Debe de haber hecho saltar también al portátil porque la imagen cambia, como si la pantalla se hubiera golpeado y el ángulo de la cámara hubiera cambiado.

Ahora muestra la puerta de la cocina y no veo a Tucker. De repente lo veo de nuevo, cruzando el umbral de la puerta del patio.

Estoy desconcertado. Sigue sin llevar camiseta, lleva solo los vaqueros por lo que no debe estar yendo a ningún sitio. Estoy a punto de darle al botón de avance cuando veo que regresa a la cocina. Después Tucker cierra el portátil de golpe, lo que hace que termine la grabación.

Rebobino y lo vuelvo a ver. Esta vez intento fijarme en si lleva algo en la mano mientras sale de la cocina. No estoy muy seguro pero parece que lleva algo negro en la mano, quizá el móvil. Y cuando vuelve está claro que no tiene nada en las manos ya que las veo con perfecta claridad cuando se acerca al portátil para cerrarlo.

Minimizo la pantalla de «Cazador de espías» y cavilo. Tengo una estación meteorológica en el tejado encima de mi habitación desde hace un par de años. También tengo una cámara que apunta hacia la playa y que está conectada a Internet para que se vea el tiempo y las condiciones de surf en la playa de Silverlea. La primera que instalé no era muy buena y solo sacaba una foto por hora y encima, tras una tormenta, le entró agua por el objetivo, por lo que salía la imagen empañada. Así que hace un año me compré una cámara mejor en eBay, una que graba vídeos de verdad. Se supone que puedo conectarme desde cualquier parte del mundo y ver la vista desde la ventana de mi habitación, en tiempo real y en alta definición. El problema es que la cámara era de segunda mano y no funcionaba muy bien así que no conseguí que se conectase a Internet. Sin embargo, la sigo teniendo. Conseguí usar el mismo soporte que tenía para la anterior, así que la instalé en el tejado y funciona. En este mismo momento estará grabando.

Me voy a la mesa y enciendo el otro ordenador. Me conecto a la aplicación de la cámara y rebobino la grabación hasta las 08:47 de ayer. Debo admitir que me sorprende que todavía funcione, pero así es. La imagen no muestra movimiento alguno durante un rato, tan solo se ve la vista de la cima del acantilado, la camioneta de papá y la playa de abajo. Pero entonces, a las 08:56:12, Tucker aparece de repente en el encuadre. Es bastante pequeño, ya que la cámara está alejada, pero no hay duda de que es él. Sale al frente, junto al borde del acantilado. Se queda ahí durante un par de segundos. Luego echa el hombro hacia atrás y lanza algo por el borde del acantilado hacia el horizonte.

No se ve lo que lanza ya que es un objeto demasiado pequeño. Pero ya sé lo que es por las imágenes de dentro que ha mostrado el portátil.

CAPÍTULO VEINTIUNO

EL OTRO PROGRAMA que instalé se llama «Grabador de teclados». Sirve para registrar qué teclas se han pulsado, es decir, todo lo que se escribe en el teclado, pero lo hace en secreto para que el que esté escribiendo no sepa que lo están grabando todo. Si no has oído hablar de los grabadores de teclados te recomiendo que te informes. Los piratas y ciberdelincuentes los utilizan todo el rato para obtener contraseñas y números de tarjetas bancarias. Es muy probable que tu ordenador tenga uno de estos programas instalado. Deberías comprobarlo. Los que se creen que los programas antivirus están solo para proteger de los virus se equivocan porque también funcionan para detectar los grabadores de teclados. Es una de las razones por las que me llevó tanto tiempo configurar el portátil la otra noche. Tuve que ingeniármelas para que no apareciera en mi propio antivirus. Estás seguro de que tienes un buen antivirus, ¿no? Si no, míralo por favor.

Bueno, me pongo con los resultados. Me muestra otra lista de archivos y pincho en la casilla titulada «pulsaciones de teclas» para ver lo que ha escrito Tucker.

A las 08:47:12 escribió lo siguiente:

«Guardia de segridad de la joyería Clásica de Playa de Los Perros»

Luego borró la palabra «segridad» y la cambió por «seguridad».

Después no escribió nada durante un tiempo. Supongo que sería cuando estaba leyendo. Lo siguiente que escribió fue esto:

«Guardia de seguridad Adam Smith joyería Clásica»

El grabador de teclados no muestra imágenes ni nada por lo que no veo dónde lo ha escrito, en qué programa me refiero. Si tuviera el programa completo podría verlo pero esta es solo la versión de prueba gratuita y algunas de las funciones están restringidas. Pero es bastante obvio que estaba buscando en Internet. Así que copio lo que escribió y lo pego en la barra de búsqueda de Google.

El resultado de la búsqueda muestra que hay más de 3 millones de resultados. En ese momento temo que voy a tener el mismo problema que antes, el no saber qué página abrir. Pero me doy cuenta de algo. En la primera página de los resultados de la búsqueda algunos de los enlaces tienen otro color. ¿Sabes a lo que me refiero? ¿Has notado cómo cambia el color de un enlace cuando ya lo has mirado? Pues así es como sé en qué enlaces ha pinchado Tucker. El primero que abrió es del periódico *Noticias del Oeste*. Nunca he oído hablar de él, pero cuando pincho para abrirlo esto es lo que dice:

«Muere un guardia de seguridad en un asalto a mano armada»

«Un padre de dos hijos ha muerto esta noche tras recibir tres disparos durante un asalto a mano armada a una joyería en Playa de Los Perros. El asalto tuvo lugar el martes por la mañana en la joyería Clásica de Playa de Los Perros, una tienda familiar que lleva más de 50 años abierta. Se cree que un hombre enmascarado entró con una pistola en la tienda y exigió artículos de las vitrinas. Adam Smith, empleado de seguridad de la joyería desafió al asaltante, quien abrió fuego. El Sr. Smith recibió tres disparos y murió a las pocas horas en el hospital. La tienda ha emitido un comunicado en el que confirma que sufrió un robo esta mañana y que permanecerá cerrada hasta nuevo aviso. Los dueños ofrecen sus condolencias a la señora Smith y a su familia, y afirman que rezan por los afectados».

Dejo de leer. Compruebo la fecha. El robo ocurrió hace dos semanas. Reflexiono unos instantes y vuelvo a leer el artículo.

Todo encaja. Está bastante claro.

Hago otra búsqueda en Google, esta vez busco Playa de Los Perros. Nunca había oído hablar de ella, pero resulta ser un pueblecito en la costa a unos cincuenta kilómetros de Crab Creek, el pueblo donde nació papá. Y donde nació Tucker también. El pueblo en el que vivía hasta hace dos semanas, cuando de repente se plantó en nuestra casa.

Vuelvo a la búsqueda de Google y leo el resto de los enlaces: son todos de periódicos o de páginas de noticias, y lo único que ha leído son artículos acerca del atraco.

Sopeso si llamar a la policía. Podría añadir mi cama a la barricada de la puerta, para que no haya forma de que Tucker pueda entrar antes de que lleguen. Pero luego me doy cuenta de que no puedo llamarlos. Por culpa de papá. La policía querrá saber cómo es que no está en casa y cómo es que me ha dejado aquí con un asesino. Así que en lugar de eso me aseguro de tener todas las pruebas guardadas en copias de seguridad y pienso en qué hacer a continuación. No tardo en tramar un plan.

CAPÍTULO VEINTIDÓS

ME PASO el resto de la tarde en mi habitación, no es seguro bajar con Tucker allí.

Poco a poco me doy cuenta de que voy a necesitar pruebas. Puedo probar que Tucker ha estado leyendo artículos de periódico sobre un robo pero eso no prueba que fuera él el ladrón. E incluso el vídeo que le muestra tirando el teléfono por el acantilado no prueba nada. No es ilegal tirar un teléfono móvil. Excepto por contaminación medioambiental.

Si tuviera su teléfono tendría pruebas. Pruebas de verdad.

El acantilado de Littlelea tiene 60 metros de altura, pero solo la parte inferior es completamente vertical. En la parte superior se puede bajar un poco y hay muchos salientes donde crece la hierba y anidan los pájaros. Pero no se debe bajar por ahí porque la pendiente es cada vez mayor y si te resbalas no hay nada que te impida caer hasta la playa. A veces les pasa a las ovejas. Nunca las he visto caer, pero me las encuentro en la playa, muertas, con todos los huesos rotos.

Repaso el vídeo en el que Tucker lanza su teléfono e intento deducir el lugar exacto dónde puede haber caído. Igual piensas que Tucker lanza muy bien pero qué va, ni siquiera se colocó justo en el borde para llegar más lejos. Supongo que le daría miedo caerse. Veo que lo lanzó en ángulo, tal vez para asegurarse que caía en el mar. Después de soltarlo hay un momento en el que se inclina hacia delante, como si esperara oír el chapuzón, pero no parece llegar.

Entonces me doy cuenta de que son las dos de la mañana y decido que es mejor que me vaya a la cama.

* * *

Por la mañana se me ocurre una idea muy buena.

Bajo las escaleras como haría cualquier mañana. Tucker está durmiendo en el salón y se me hace raro saber que es un asesino y que estoy solo en casa con él. Pero intento no pensarlo mucho. Desayuno, doy de comer a Steven y luego hago ver que voy a tomar el autobús escolar, como todas las mañanas.

Pero en lugar de llevar a Steven a mi habitación, saco la caja afuera. Tucker ya está despierto, así que le grito que me voy a clase. En vez de bajar por el camino hacia el autobús, cojo la caja de Steven y comienzo a caminar por el sendero costero en dirección contraria, hacia la playa. Cuando estoy seguro de que ya no se me ve desde casa abro la caja y saco a Steven.

Steven es bastante manso ahora, así que no hay peligro de que salga volando y no vuelva. Por el contrario, lo que más me preocupa es que cuando tenga que volar no quiera hacerlo. Ahora mismo está quieto delante de mí, con las alas estiradas esperando a que le lance trozos de pescado al aire para que los coja. Pero no lo hago.

En su lugar, saco el móvil del bolsillo y se lo enseño a Steven. Dejo que lo vea bien, ha inclinado la cabeza hacia un lado y lo inspecciona con un ojo. También lo picotea con cuidado.

—Muy bien, Steven —le digo.

Cuando parece que va a perder interés en el móvil, lo cojo y hago amago de tirarlo. Me lo escondo en la espalda para que Steven no sepa dónde está. Parece un poco confuso por mi actitud y se vuelve para mirarme, graznando un poco.

—¡Búscalo! —le digo. Pero Steven me ignora. Lo intento de nuevo. Consigo que se interese por el teléfono y luego hago como si lo tirara por el acantilado. Esta vez Steven se limita a mantener la cabeza de lado y a observarme, como si creyera que me he vuelto loco.

Lo intento de nuevo, esta vez untando un poco de paté de pescado en la parte posterior del móvil. Siempre tenemos unas latas de paté por si papá no trae pescado del puerto. Steven muestra mucho más interés ahora que he sacado el paté. Al principio picotea el teléfono con entusiasmo, y luego me mira con enfado cuando lo tiro.

Se posa a un par de metros sobre unas malas hierbas. Me mira durante unos segundos y luego se acerca al teléfono y empieza a picotearlo de nuevo, llenándose el pico de paté cada vez que puede.

—Tráemelo, Steven. Aquí.

Saco un pescadito de la fiambrera que tenía en la mochila y se lo muestro a Steven. En un instante, vuela hacia mí para cogerlo, pero niego con la cabeza.

—No. Tráeme el teléfono primero. —Steven intenta picotearme el puño pero no le dejo. En su lugar me dirijo al teléfono y lo señalo—: Primero tráeme el teléfono. Luego te doy el pescado.

No sé si habrás intentado alguna vez entrenar a una gaviota argéntea, pero se necesita mucha paciencia. Pasa una hora antes de que consiga que haga lo que quiero, que es agarrar el teléfono con el pico y volar de vuelta hacia mí para devolvérmelo. Le doy muchos elogios y salta arriba y abajo graznando, agitando un pez arriba y abajo en el pico antes de inclinar la cabeza hacia atrás y tragárselo. Pasa otra hora y ya he conseguido que salga volando detrás del móvil, me lo traiga y lo deje caer en el suelo antes de que le de otro pez.

Así que paso a la siguiente parte de mi plan. Recojo el teléfono del suelo y, esta vez, finjo que lo tiro. Pero en realidad no lo hago. Solo finjo que se ha salido volando en la misma dirección en la que vi a Tucker lanzar su teléfono en el vídeo. Esta vez me escondo bien el teléfono, me lo meto en el bolsillo de la chaqueta y cierro la cremallera.

—¡Vamos, Steven! Busca, busca —le espoleo para que salga volando. Al principio se limita a agitar las alas sobre mi cabeza pero le sigo haciendo señas con los brazos para que se aleje. Al final se hace a la idea y levanta el vuelo, pero empieza a planear de un lado a otro por encima de mí, usando las corrientes de aire que suben por la pared del acantilado. Vuelvo a hacer señas hacia donde debe estar el teléfono de Tucker, en la parte más empinada del acantilado. Pero Steven no va hacia allá. Se limita a dar vueltas por encima de mí y, al cabo de un rato, aterriza y me observa.

Pasada otra hora me rindo. Y no es solo porque me haya quedado sin pescado. Vuelvo a subir por el sendero del acantilado. Voy más despacio según me acerco a la cima, pero en cuanto veo mi casa me doy cuenta de que la camioneta de papá no está. Eso es buena señal porque indica que Tucker debe de haberse ido a algún sitio. Lo que quiere decir que puedo ir a la cima del acantilado, al lugar desde donde Tucker lanzó su teléfono, e intentar ver dónde puede haber aterrizado el móvil.

Me quedo ahí un rato, observando. Considero la posibilidad de tirar mi teléfono e intentar recrear el lanzamiento de Tucker, esta vez con Steven mirando... Pero no me fío de Steven, así que no lo hago.

En su lugar voy al cobertizo que tenemos en el jardín y rebusco hasta encontrar algo de cuerda. Tengo un buen trozo que rescaté hace unos años de la playa después de que una tormenta arrastrara unos aparejos de pesca hasta las rocas del otro lado del cabo. Me costó mucho, pero conseguí recuperar unos cuarenta metros. Una vez en casa no supe qué hacer con ella así que acabó en el cobertizo. Ato un extremo con cuidado alrededor del poste de la puerta, dándole un buen tirón para asegurarme de que es sólido. Luego hago nudos en el resto de la cuerda para que sea más fácil trepar. Lanzo el extremo abierto por el acantilado hasta que lo pierdo de vista. Y bajo la atenta mirada de Steven, empiezo a descender hacia donde Tucker ha debido tirar el teléfono.

Llevo unos cinco metros de descenso cuando deseo haber cogido un arnés. No es por el esfuerzo de aguantar mi peso, es porque me empiezan a sudar las manos de los nervios, y me doy cuenta de que, si se me resbalan por la cuerda, no habrá nada que me impida caerme y acabar como una de esas ovejas. Pero ya he empezado así que me obligo a seguir.

Poco a poco voy bajando, pisando los salientes del acantilado o simplemente apoyándome en la tierra. Unas cuantas veces desprendo trozos sueltos de barro y piedras, que caen por debajo de mí, algunos quedan atrapados en otros salientes y otros desaparecen por el borde. Esto hace que me suden aún más las manos.

A unos cinco metros por debajo de mí hay un gran saliente y ahí es a dónde me dirijo. Creo que igual es ahí donde aterrizó el móvil. Voy echando más cuerda, agarrándola con cuidado ya que cada vez tengo las manos más resbaladizas. Al final llego y puedo relajarme un poco. Miro alrededor de los pies, esperando ver el plástico negro de un teléfono incrustado en algún lugar de la hierba, pero no veo nada. Al final decido que tendré que bajar más.

Mientras voy bajando por la cornisa me doy cuenta de que he cometido un gran error. Por encima de mí no se ve más que el acantilado, así que no puedo vigilar la casa y ver cuándo vuelve Tucker. Es una idea horrorosa. Podría estar ya allí, en lo alto del acantilado, viendo esta cuerda que se extiende desde el marco de la puerta del cobertizo hasta el borde del acantilado. Si la ve sabrá enseguida que soy yo quien está colgado en el otro extremo de la soga ya que, desde que cerraron el sendero de la costa, nadie más viene a esta parte del acantilado. Y también sabrá lo que estoy haciendo, porque obviamente sabe que tiró su teléfono y sabe que se quedó atascado en el acantilado, así que deducirá que lo estoy buscando.

Si lo deduce sabrá que sospecho que es un criminal. Y lo peor de todo es que le he puesto muy fácil como detenerme. Lo único que tiene que hacer es cortar la cuerda.

Intento convencerme de que es una locura: si corta la cuerda, me caeré y moriré. Y no querrá matarme de verdad ¿no? Pero cuanto más lo pienso, más me preocupa la respuesta. Si fue capaz de asesinar a un guardia de seguridad para escapar cuando robó la joyería, ¿qué diferencia hay entre eso y asesinarme a mí? Y mi muerte ni siquiera parecería un asesinato. La policía podría pensar que estaba contando nidos o algo así y que simplemente me resbalé.

En ese momento me entran unas ganas terribles de volver hacia arriba y ponerme a salvo de la caída al vacío que se extiende bajo mis pies. No dejan de sudarme las manos por lo que la cuerda está cada vez más resbaladiza. Trato de calmarme y desciendo unos cuantos pasos hasta llegar a otro pequeño saliente donde puedo apoyarme y descansar un rato. Intento ralentizar mi respiración. Me miro los pies, escudriño la cornisa, esperando contra toda esperanza que tal vez vea el teléfono y pueda subir hacia la cima del acantilado. Pero no hay nada más que los restos de nidos de charranes y algunos trozos de hierba. En realidad ya no me importa. Lo único que quiero es salir de aquí.

Entonces siento que la cuerda se mueve, como si la estuvieran agarrando desde arriba.

CAPÍTULO VEINTITRÉS

ME ENTRA EL PÁNICO. Siento las vibraciones de la sierra que estará utilizando Tucker para cortar la cuerda. La cornisa en la que me encuentro no es tan ancha como para poder aferrarme a ella sin usar la cuerda, por lo que me impulso hacia arriba para subir a una zona más ancha que se encuentra justo por encima de mi cabeza. Según lo hago descubro cuál es el verdadero problema. Es Steven, que ha bajado volando para ver lo que estoy haciendo y se ha posado en la cuerda. Las vibraciones que sentía era él moviendo las alas arriba y abajo para mantener el equilibrio. Me quedo inmóvil para intentar analizar las vibraciones. Steven se asienta y picotea la cuerda un par de veces. Siento cómo hace que la cuerda se mueva. No es Tucker el que está arriba, era solo Steven el que está haciendo que se mueva.

Doy un tirón a la cuerda, para intentar que se baje. Cuando vuelve a volar a mi alrededor, rozando la cara del acantilado en el aire, palpo la cuerda con mucho cuidado, para asegurarme. Ya no se mueve.

—Estúpido pájaro —grito—. Si quieres ser útil, ¿por qué no vas a comprobar que la camioneta de papá no está de vuelta? —Pero se limita a mirarme y a pasar planeando por encima de mi cabeza con las alas extendidas.

Tras el susto empiezo a ganar un poco más de confianza. Ahora que estoy cerca de la parte inferior de la cuerda, me doy cuenta de que puedo enrollarla alrededor de mi cuerpo y que funciona como una especie de arnés. Mientras no me suelte, aguantará bastante bien mi peso. Descubro que incluso puedo desplazarme de izquierda a derecha en pequeños arcos lo que me permite cubrir una zona más ancha del acantilado. Al hacerlo, desciendo hasta el límite de la cuerda, justo antes de que el acantilado pase a ser totalmente vertical. Es entonces cuando lo veo. En el último saliente antes de que el acantilado termine en las rocas de abajo veo un Samsung Galaxy S9. Está boca arriba y tiene la pantalla destrozada.

Quiero bajar el último tramo para agarrarlo pero no consigo llegar. Me he quedado sin cuerda. Intento desenrollarla pero incluso sujetando el extremo de la cuerda no soy capaz de alcanzarlo. Tendría que soltar la cuerda del todo y si lo hiciera no habría nada que me impidiera caer al vacío. La marea está alta pero aun así no golpearía el agua, sino que caería sobre las rocas.

Miro hacia abajo y observo la franja dentada de granito y el azul del océano en calma. Trago saliva.

Me pregunto si podré aguantar con una sola mano y estirar así la otra para alcanzar el teléfono. No quiero hacerlo, me sudan las manos, pero me obligo. Me agacho y deslizo la mano por la cara del acantilado, tanteando la roca y la tierra. Pero no sirve de nada. Sigo estando demasiado alto.

En su lugar intento alcanzar con el pie y esta vez llego a un par de metros del teléfono, pero no más cerca. Empiezo a sentirme muy frustrado cuando Steven de repente aterriza en la misma cornisa que el teléfono. Supongo que se habrá aburrido de sobrevolar alrededor de mi cabeza.

Sin esfuerzo ninguno, se acerca al teléfono de Tucker. Picotea la pantalla un par de veces y luego me mira. Contengo la respiración, casi sin poder mirar.

—Vamos Stevencito. ¡Cógelo!

Lo picotea de nuevo. Lo levanta con el pico con cuidado y le da la vuelta. Al hacerlo, lo empuja casi hasta el borde.

—Cuidado chico. Solo tienes que pillarlo con el pico.

Pero entonces parece perder interés. Levanta una de sus patas, la mete entre las plumas más suaves que rodean su vientre y cierra un ojo.

—¡Steven! —le grito, y me mira de nuevo.

Finjo que tengo pescado para él. Me toco el bolsillo de la chaqueta. Steven parece interesado.

—Vamos Steven, coge el teléfono.

Todo el entrenamiento definitivamente le enseñó algo, pero no está seguro de qué es lo que quiero que haga. Me gustaría poder hablar un poco mejor el idioma de las gaviotas. Me acaricio el bolsillo de nuevo, le señalo el teléfono y por fin vuelve a acercarse a él y le da un zarpazo con una garra.

—¡Agárralo!

Por fin Steven hace lo que le he pedido. Agarra suavemente el teléfono con el pico, al principio casi se le escapa, pero consigue equilibrarlo, y luego echa la cabeza hacia atrás. A continuación estira las alas y, antes de que pueda detenerlo, despega, alejándose del borde del acantilado.

Vuela unos cinco metros antes de que se le escape del pico y se caiga. Steven se lanza tras él de inmediato, tratando de arrancarlo del aire, pero acaba chocando con él. El teléfono se aleja de la pared del acantilado y en un instante cae al mar. Por un momento espero que Steven se lance a por él. O que el móvil flote en la superficie del mar, pero no ocurre nada de eso. En su lugar, no queda nada más que la superficie del agua en calma como un espejo, interrumpida únicamente por un pequeño anillo de ondas que crece desde el lugar donde se ha hundido el teléfono.

CAPÍTULO VEINTICUATRO

VUELVO A SUBIR por la cuerda y encuentro a Steven esperándome en la cima. Tengo ganas de gritarle, pero no tiene sentido. Por lo menos aún no hay rastro de Tucker. Subo toda la cuerda y la guardo en el cobertizo. Ahí agarro mis gafas de bucear.

Después bajo todo el camino del viejo acantilado hasta el mar. La marea está alta, pero es un día tranquilo. Trepo por las rocas a lo largo del borde de la base del acantilado hasta que estoy justo debajo de donde acababa de subir. Me quito la ropa y me meto en el mar.

Antes me daba mucho miedo el agua. Sabía nadar, papá se aseguró de ello, pero no me gustaba nada. No me metía en el mar, sí en la piscina pero solo porque había socorristas y podía quedarme en lo bajo y tocar el fondo todo el rato. Mi miedo al agua empeoró cuando papá trató de enseñarme a hacer surf. Me confundí y pensé que en realidad estaba tratando de asesinarme. Tuve sesiones de terapia después y me dijeron que todo estaba relacionado con lo que me había pasado cuando era bebé y mi madre había intentado ahogarme. No creo que el terapeuta ayudara mucho, pero aun así, ahora me gusta el agua, nadar y bucear. No se puede ser biólogo marino y que no te guste el agua. Al fin y al cabo es en el agua donde sucede todo.

Comienzo a nadar con las gafas aún en el pelo. Intento situarme justo en el sitio en el que el teléfono entró el agua. Es difícil ser exacto, a pesar de que me he orientado y de que conozco muy bien las rocas. Cuando llego al lugar donde creo que cayó el teléfono me pongo las gafas de bucear y meto la cabeza bajo el agua.

Tengo suerte de que sea un día muy claro. Cuando hay oleaje, la arena se agita y no se puede ver más que unos pocos metros, pero el mar lleva en calma varios días y la visibilidad es buena. Puedo ver hasta el fondo, a cuatro o cinco metros de profundidad. Las rocas y la arena están bañadas por una luz azul verdosa. Respiro profundamente y doy una patada hacia el fondo.

Un par de lubinas me observan mientras desciendo. Alargo la mano y me agarro a una roca. Antes no me gustaba tocar cosas bajo el agua, sentía que me iban a agarrar y no dejarme salir, pero ahora no me importa. Incluso las largas hebras de algas que parecen que te van a envolver los pies, ahora sé que son solo plantas. Plantas submarinas.

Me agarro a una roca. Miro a mi alrededor. El agua está fría aquí abajo, a diferencia de la de la superficie, donde está templada por el sol. Siento mi pelo flotando en el agua mientras miro de un lado a otro. Veo algo en el fondo del mar, en un trozo de arena. Nado en esa dirección pero me quedo sin aire y tengo que volver a salir a la superficie antes de llegar al objeto.

Me duelen los pulmones cuando llego a la superficie y tengo que flotar un rato para recuperar el aliento antes de estar listo para volver a sumergirme. Vuelvo a respirar con fuerza y meto la cabeza bajo el agua. Nado hacia abajo dando fuertes brazadas. Cuando voy por la mitad tengo que taparme la nariz y soplar con fuerza para igualar la presión en los oídos.

Pero esta vez llego hasta el fondo y allí, frente a mí, está el teléfono de Tucker. Lo agarro con ambas manos, asegurándome de que no se me vuelva a caer como le pasó a Steven. Entonces doy una patada desde el fondo y dejo que un chorro de burbujas fluya por mi nariz mientras asciendo a la superficie.

* * *

Nado hasta las rocas y salgo con cuidado. Me seco con una toalla. Estoy un poco frustrado por el esfuerzo que me ha llevado, pero al mismo tiempo estoy satisfecho con mi trabajo del día. Me llevo el teléfono a mi habitación.

La parte trasera de cristal y la pantalla están totalmente destrozadas y tiene un par de rozaduras en la parte de aluminio. Ni siquiera me molesto en intentar encenderlo. Es imposible que funcione. En su lugar, abro el cajón y rebusco hasta encontrar un clip. Aprieto el botón para liberar la bandeja de la tarjeta SIM y sale enseguida. Entonces no puedo evitar esbozar una amplia sonrisa.

¿Recuerdas que te dije que había visto un documental sobre teléfonos móviles? Hablaba de que la mayoría de los teléfonos móviles de Estados

Unidos no usan tarjetas SIM porque utilizan la red CDMA. Eso significa que los datos se almacenan en el teléfono mismo. Así que si el teléfono se rompe, digamos por ejemplo que se le da un fuerte golpe contra una mesa y luego se lanza por un acantilado al mar, los datos se pierden. Pero algunos teléfonos, sobre todo los de las compañías de T-Mobile y AT&T, utilizan una red celular diferente que se llama GSM. Los teléfonos GSM almacenan toda la información en un pequeño chip electrónico que se introduce en el teléfono y que se llama tarjeta SIM. En estos teléfonos no importa lo dañado que esté el móvil porque toda la información está en la SIM.

El teléfono de Tucker es de la compañía T-Mobile y la SIM sigue ahí dentro.

CAPÍTULO VEINTICINCO

—¡BILLY! ¿Dónde coño te has metido?

Me estoy bajando del autobús en la parada del instituto pero no puedo avanzar porque Ámbar está de pie en la parada, gritándome. Hay algo diferente en ella. Tardo un momento en darme cuenta de lo que es. Entonces lo veo. Ya no tiene el pelo azul, ahora es una especie de rojo intenso y oscuro. A decir verdad, me gusta bastante.

—Te he estado llamando, enviándote mensajes, te intenté contactar por Skype y nada.

Me mira a los ojos. Abro la boca para responder, pero no sé qué decir. Por fin se mueve lo suficiente para que pueda bajarme del autobús.

—¿Dónde estabas ayer? —Ahora me está siguiendo—. No viniste a clase.

No te lo he dicho, pero ayer mientras estaba intentando entrenar a Steven tuve que apagar el móvil porque Ámbar no paraba de mandarme mensajes y de hacer sonar el teléfono lo que hacía que Steven se distrajera. Intento pasar junto a ella, pero se pone a mi lado.

—¿Recibiste mis mensajes?

Intento seguir mirando al frente, pero no hay forma de escapar de ella.

—He estado ocupado...

—¿Ocupado? ¿Haciendo qué? ¿Cómo puedes estar ocupado? —De repente se para y cuando no hago lo mismo me agarra del hombro para detenerme—. Oye, no estarás trabajando en otro caso, ¿no? ¿En uno del que no me has hablado?

—¿A qué te refieres?

—A la agencia. ¿No habrás quitado mi correo electrónico de la página web? ¿No estarás trabajando en un caso del que no sé nada?

—No. —Entorno los ojos. A decir verdad lo de eliminar su correo electrónico es muy buena idea. Por si llegara otro correo electrónico. Pensé en quitar la página entera pero Ámbar lo vería y se volvería loca—. Por supuesto que no.

Ámbar me mira con desconfianza durante unos instantes.

—Más vale que no. Somos compañeros, ¿a qué sí?

Asiento a medias con la cabeza.

—Tengo que ir a clase.

—Que le den por culo a las clases, tenemos que trabajar.

Me resulta muy difícil acostumbrarme al lenguaje que utiliza Ámbar.

—No puedo... No puedo no ir a clase.

—Sí que puedes. ¿Qué clase tienes?

—Geografía, con el profesor Parker.

—El profesor Parker es un cretino. Haz pellas. Venga, vamos.

Y así, sin quererlo, me veo dándome la vuelta y siguiendo a Ámbar en dirección contraria al instituto. Hay bastantes estudiantes que están aún llegando y siento que deben estar mirándome. Pero nadie dice nada y en un instante doblamos la esquina y nos perdemos de vista.

—¿A dónde vamos?

—A Smithson.

Espero a que me explique más, pero no lo hace.

—¿Qué es Smithson?

—Ya te lo dije. Te envié un mensaje — responde Ámbar, y luego no dice más, solo camina muy rápido para que no pueda seguirla.

—Bueno, ¿puedes recordármelo? —le pregunto, cuando la alcanzo

—Los has leído, ¿verdad?

—Por supuesto que sí.

—Muy bien.

Sigue caminando muy rápido.

—¿Me lo puedes recordar? Dame una pista...

Ámbar se detiene, pero solo por un segundo. Luego suspira.

—Eres increíble, Billy. Smithson es el taller de coches que está al final de la calle principal. Lleva abierto un montón de años.

Ámbar se gira para empezar a caminar de nuevo. Pero la detengo.

—¿Y por qué vamos allí? —Me pregunto si tal vez ha estrellado el coche de su madre. No me sorprendería.

—Vamos a hablar con Gerry Smithson.

—Vale. ¿Por qué?

—Pensé que habías dicho que habías leído mis mensajes.

—Tal vez me salté uno o dos. He tenido algunos... problemas.

Esto hace que Ámbar se detenga por segunda vez.

—¿Qué quieres decir? —ladea la cabeza. Me recuerda un poco a Steven, cuando cree que escondo un pescado en la espalda.

—Nada.

No deja de mirarme.

—¿Quieres que los lea ahora? —Lo pregunto solo para que deje de mirarme así.

—A la mierda. Léelos más tarde. Por ahora tan solo presta atención.

Entonces empieza a caminar de nuevo, tan rápido como antes. Tengo que medio correr para seguir su ritmo.

—Se me ocurrió una idea. Si Henry Jacobs fue el director del centro de secundaria de Newlea en 1979, entonces debe de haber un montón de gente en la isla que fue al instituto ese mismo año. Estudiantes, quiero decir. Y puede que se acuerden de él y de lo que le pasó.

Pienso por un momento. Tiene sentido.

—Así que hice cálculos, necesitamos personas que, hace cuarenta años, tuvieran entre 13 y 17 años. Gente que hoy en día tenga entre 53 a 57 años. Busqué en Facebook a gente que haya puesto que su colegio es el Instituto de Educación Secundaria de Newlea y con una fecha de nacimiento entre 1963 y 1967.

Me mira y espera, como si supiera que voy a comprobar sus cálculos. Lo resuelvo en un par de segundos y asiento con la cabeza.

—Con la excepción de que, como ya sabrás, en realidad eso no se puede hacer ya que Facebook no te muestra la edad de la gente.

Me dedica una sonrisa de satisfacción.

—Aun así, puedes hacerte una idea bastante clara de la edad de la gente. Así que empecé a enviar mensajes a todos los que encontré que parecían tener la edad adecuada y que habían asistido al instituto de Newlea. Les pregunté si recordaban al director, Henry Jacobs, o si conocían a alguien que lo recordara. Gerry Smithson, del taller de la calle principal, me respondió que se acordaba de él. Así que por eso vamos a verlo. ¿Vale?

Hago lo que puedo para procesar toda esta información.

—Vale.

—Muy bien.

El taller no está lejos y a pesar de que me surgen un millón de preguntas no tengo la oportunidad de hacerlas.

* * *

El taller de Smithson está justo al lado de la carretera, tras una verja azul. Para acceder hay que atravesar unas puertas de doble ancho también en azul. Dentro del taller hay un par de coches alzados en el aire. La música está puesta y hay un hombre con un mono azul grasiento inclinado sobre el motor de un destartalado coche familiar. Dado que esta idea es de Ámbar, dejo que tome la iniciativa.

—Disculpe, ¿es usted Gerry Smithson? —pregunta.

—Sí. —Tiene las manos metidas en el motor, pero incluso así sostiene un cigarrillo entre los labios—. ¿Qué quieres?

—Soy Ámbar. Le envié el mensaje de Facebook.

El Sr. Smithson estrecha los ojos. Parece confundido.

—¿Eres la detective?

—Así es.

Frunce el ceño.

—En la foto del ordenador pareces más mayor.

Ámbar sonríe ante esto, pero el hombre no le corresponde.

—Gracias —dice Ámbar. El Sr. Smithson no se mueve. No estoy seguro de que lo haya dicho como un cumplido—. ¿Dijo que recordaba a Henry Jacobs, de cuando iba a la escuela? Me comentó que no le importaría reunirse... Para hablar de ello.

El Sr. Smithson aún no se ha movido, sigue trabajando en el motor.

—¿Qué leches es esto? ¿Una especie de proyecto de instituto?

Ámbar me mira y se quita el bolso del hombro. Durante un momento rebusca dentro del bolso y tras unos instantes saca una pequeña tarjeta rectangular. Vuelve a mirarme y la sostiene para que el Sr. Smithson pueda verla. Tengo que inclinarme hacia delante para ver lo que pone.

—En absoluto. Como ya dije, trabajamos para la Agencia de Detectives de la Isla Lornea. Estamos investigando la desaparición de un tal Henry Jacobs en 1979. Me dijo que quizá podría ser de ayuda.

Es una tarjeta de visita en toda regla y ha puesto el logotipo de nuestra página web en el centro. Debajo está su nombre.

Ámbar Atherton
Investigadora Privada

Gerry Smithson mira de la tarjeta a Ámbar varias veces. Luego me mira a mí también y me doy cuenta de lo confundido que está. Yo también estoy bastante confundido, pero intento que no se me note en la cara.

—¿Dijo que recordaba a Henry Jacobs? —continúa Ámbar—. Fue director del instituto desde 1973 hasta 1979. ¿Me contó que usted fue estudiante del centro durante esos años?

Por fin el señor Smithson saca las manos del motor y se aleja hasta un banco. Está lleno de herramientas grasientas y partes de motores de coches. Coge un trapo y se limpia la mano. Luego se vuelve hacia Ámbar.

—Sí, lo recuerdo.

Ámbar se muerde el labio e intenta no parecer emocionada.

—¿Podría decirnos que le pasó al director? —pregunta. Pero el señor Smithson se limita a fruncir el ceño un rato y luego se encoge de hombros.

—Que yo sepa, no le pasó nada.

—¿Pero dejó de ser el director? Una mujer se hizo cargo en su lugar. ¿Recuerda a la directora Clarke?

El señor Smithson sigue limpiándose las manos un rato y cuando acaba se encoge de nuevo de hombros.

—Si tú lo dices. Yo no la recuerdo. Fue hace mucho tiempo. —Se detiene, y creo que eso es todo lo que va a decir, pero luego continúa—. Pero sí recuerdo a Jacobs. —No explica la mirada que nos dirige, y no continúa.

—¿Qué recuerda de él? ¿Había algo... memorable? —pregunta Ámbar.

No he dicho ni una sola palabra desde que llegamos aquí y quizá el señor Smithson se haya dado cuenta ya que se vuelve hacia mí para mirarme. Todavía tiene la tarjeta de Ámbar en la mano y la estudia de nuevo.

—Así que vosotros sois ¿el qué? ¿detectives? —vacila, suena bastante inseguro—. A ver, ¿de qué va esto? Este chico es demasiado joven para trabajar en una agencia de detectives.

Sin dudarlo, Ámbar responde.

—¿Recuerda el caso de Olivia Curran, la chica turista que asesinaron hace dos años?

Mira a Ámbar, confundido.

—Sí, lo recuerdo.

—Mi colega puede parecer joven, pero le aseguro que fue absolutamente decisivo para resolver el caso. —Ámbar hace una pausa y me mira, como si debiera decir algo. Pero no sé qué decir, así que me limito a asentir de una forma que espero parezca significativa—. Desde entonces ha resuelto muchos crímenes. Es un investigador con mucha valía.

Me pongo muy serio y asiento un poco más con la cabeza.

El señor Smithson parece no saber si Ámbar está hablando en serio o le está gastando una broma. Pero al final se decanta por lo primero, o quizá simplemente decide que quiere deshacerse de nosotros lo antes posible.

—¿Qué edad tendría el tipo ahora?

—¿A quién se refiere?

—A Jacobs.

Ámbar tarda una eternidad en calcular, así que decido intervenir.

—Setenta y dos años.

Al principio no estoy seguro de que el señor Smithson me haya oído porque no responde de inmediato. Pero cuando lo hace se dirige a Ámbar de nuevo.

—Y sigue... Me refiero... —baja la voz, supongo que intentando que solo le oiga Ámbar—. ¿Sigue haciéndolo? ¿A esa edad? ¿Es por lo que has venido con este chaval?

Ámbar y yo nos miramos.

—¿Qué quiere decir? ¿Haciendo el qué? —dice Ámbar al fin.

El señor Smithson nos mira fijamente.

—Nada.

Y se da la vuelta.

—Señor Smithson, sea lo que sea que esté tratando de decirnos, necesitamos saberlo. —Ámbar suena un poco desesperada, como si se muriera por saber qué es lo que quería decir. Pero el señor Smithson se limita a mirarnos de uno a otro. Tengo que admitir que no sé lo que está pasando.

Al cabo de un rato el señor Smithson vuelve a hablar.

—¿Me prometes que no tiene nada que ver con la policía? No quiero meterme en ningún lío.

—Lo prometo. Por supuesto que no, de ninguna manera. —Ámbar sacude la cabeza con firmeza—. Puede contarnos cualquier cosa en la más estricta confidencialidad. Solo lo usaremos para profundizar en el caso. —Le dedica otra sonrisa, pero no parece tranquilizarle mucho.

—Mira, no estoy seguro de querer hablar de esto. Pasó hace mucho tiempo...

—¿Qué es lo que pasó hace mucho tiempo, señor Smithson? —parece que a Ámbar se le van a salir los ojos de las órbitas, toda su cara le suplica—. Cuéntenoslo, señor Smithson, por favor. Podría ser increíblemente importante.

Vuelve a mirar a su alrededor. Como si esperara que hubiera alguna manera de alejarse de esta chica que lo mira con sus grandes ojos sombríos, pero ella se inclina hacia él, pendiente de cada palabra.

—A mí no me pasó nada, ¿vale? Nunca me pasó nada, pero sabía lo que sucedía. Todo el mundo lo sabía en realidad.

—¿Saber el qué? —pregunta Ámbar—. ¿Qué es lo que sabía todo el mundo?

Hincha las mejillas y luego sacude la cabeza.

—Jesús. No me puedo creer que esté diciendo esto. Fue hace cuarenta años. ¿Para qué quieres revolver en el pasado? —Respira con lentitud, pero Ámbar es implacable.

—Por favor, señor Smithson. Es importante. Estamos trabajando para alguien relacionado con Henry Jacobs. Están desesperados por descubrir lo que le pasó. Contarnos lo que sabe es hacer lo correcto. Lo que sea que aún sienta, le ayudará hablar de ello.

Se ríe, pero le sale más bien una tos.

—No necesito ninguna ayuda. No he pensado en la escuela en cuarenta años. Y no veo por qué debería mencionarlo ahora. Especialmente a un par de chavales que parecen estar todavía en edad de colegio.

Me mira mientras dice esto. Tengo la sensación de que no va a decir nada. Mira hacia otro lado y exhala con lentitud. Luego parece tomar una decisión.

—De acuerdo. Pero no te has enterado de nada de esto por mí, ¿vale?

—Por supuesto, claro que no. —Ámbar hace ademán de cerrar la boca con cremallera y él la observa, con el rostro inexpresivo.

—Muy bien. —Empieza a caminar de vuelta al coche que estaba arreglando cuando entramos—. Cuando estaba en el instituto el director Jacobs tenía mala reputación. Eso es lo que recuerdo. La gente decía que le gustaban demasiado sus alumnos, en especial los chicos.

—¿A qué se refiere? —Me sorprende mucho que sea yo quien haga esta pregunta. Y creo que el señor Smithson también lo está porque me mira por un momento antes de continuar.

—¿No decís que sois detectives? Pues a ver si lo descifráis: le llamaban «Henry el Manitas».

CAPÍTULO VEINTISÉIS

—¡VAYA, no me lo esperaba! —dice Ámbar en cuanto nos alejamos del taller lo suficiente para que el señor Smithson no nos oiga—. Sabes lo que quiere decir, ¿no? Que le gustaban los chicos. Significa que abusó de ellos, que toqueteaba a los estudiantes. ¡Joder! Vaya lío.

No contesto.

—Significa que era un pedófilo, Billy. Esto lo cambia todo.

Sigo sin responder.

—¿Qué hacemos ahora? ¿Volvemos a la señora Jacobs y se lo contamos? ¿Que su marido era un tocón? ¿Crees que nos pagará igual? —Vuelve a caminar rápido y ya estamos a mitad de camino de vuelta al instituto—. Quiero decir, todavía tenemos el cheque, ¿verdad? ¿Los 5,000 dólares? ¿Todavía podemos cobrarlo?

No respondo.

—¿Billy? ¿Qué te parece?

De mala gana le respondo.

—Creo que debemos tener cuidado.

Se gira para mirarme.

—¿Qué quieres decir?

Dudo. No sé cómo decirlo.

—No sabemos que era un pedófilo de verdad. Tan solo sabemos que el señor Smithson oyó rumores que decían que lo era. No es lo mismo.

—Por supuesto que lo es. ¿Por qué diría lo contrario sino?

Arrugo la cara, estoy intentando tratar de encontrarle sentido a esto. Al principio no entiendo por qué me siento incómodo con todo esto, entonces me acuerdo.

—Cometí un error. Una vez, hace unos años.

Ámbar espera, con el rostro fruncido en un profundo ceño.

—Cuando empecé a investigar el caso de aquella turista desaparecida había un tipo que solía andar por Silverlea. Tenía una cojera y la gente pensaba que era un pedófilo. También yo asumí que lo era. Y pensé que eso probaba que era el asesino. Pero resultó que no lo era. Ni siquiera era un pedófilo. La gente lo pensaba por su aspecto. Por eso creo que debemos tener cuidado. Eso es todo.

Ámbar no responde pero intuyo lo que está pensando.

—Muy bien.

Asiente con la cabeza y volvemos a caminar, esta vez en silencio.

—¿Te ha gustado la tarjeta? —me pregunta al rato.

Me encojo de hombros.

—Las encargué por Internet. Pensé que podrían ayudar a convencer a la gente de que vamos en serio.

—Están bien. —Siento que mi cara está aún tensa porque estoy frunciendo el ceño.

—Fue una buena idea, ¿no?

Me vuelvo a encoger de hombros.

—¿Te ha gustado el diseño? ¿Crees que está bien?

De verdad que no sé por qué no lo deja.

De repente, Ámbar se detiene en seco en la acera y avanzo un par de pasos antes de darme cuenta de que ya no está a mi lado. Me doy la vuelta y la veo rebuscando en su bolso. Entonces saca una pequeña caja.

—Aquí tienes. —Me entrega una caja y, un poco dudoso, la cojo. Quito la tapa y dentro hay otra pila de tarjetas de visita. Pero esta vez tienen un nombre diferente en el frente.

William Wheatley
Investigador privado

Levanto la vista hacia ella.

—¿William?

—Pensé que sonaba más serio que Billy.

Ámbar me sonríe y me doy cuenta por mi cara de que también estoy sonriendo.

—¿De verdad crees que iba a olvidarme de ti?

Siento que la felicidad me invade por unos momentos. No se nota que no es real porque Ámbar es muy buena diseñadora.

—Cuestan 35 dólares. Tendremos que descontarlo de lo que nos pague la señora Jacobs cuando descubramos lo que le pasó a Henry. Lo cual haremos, no me cabe ninguna duda.

Nos ponemos en marcha de nuevo y pronto estamos de vuelta en el instituto. La única manera de entrar es a través de recepción. Ámbar asoma la cabeza por la puerta para echar un vistazo y se aparta enseguida.

—Mierda. Las recepcionistas están ahí, tendremos que esperar hasta que se metan en la oficina.

Siento una punzada de ansiedad pero Ámbar se apoya en la pared, esperando. Parece totalmente relajada.

—¿Te han pillado alguna vez haciendo esto? —pregunto después de un rato.

—¿Haciendo el qué?

—¿Pellas?

—Últimamente no muchas —se encoge de hombros.

Tengo la extraña sensación de que tal vez quiere que le pregunte más. Pero no lo hago.

—Dime —dice Ámbar unos momentos después—, si Henry toqueteaba a niños, ¿no sería un motivo bastante fuerte para que alguien acabase con él? —Me mira y ladea la cabeza.

—Supongo.

—Por ejemplo, un padre enfadado que descubre lo que está haciendo. ¿No crees que podría perder el control cuando descubriera que habían abusando de su hijo? ¿Tal vez lo mataron? —La luz de los ojos de Ámbar baila mientras dice esto y es obvio que ya se lo cree a medias. Respiro un par de veces con profundidad y trato de mantener mis pensamientos claros.

—Tal vez.

Supongo que no suena lo suficientemente entusiasta para ella.

—Vamos Billy, tienes que admitir que es bastante probable.

—Supongo que es posible —acepto—. Pero aun así, había cientos de alumnos en el centro y fue hace cuarenta años. No veo cómo vamos a averiguar de quiénes abusó, y quién podría haberlo descubierto.

Ámbar mira hacia otro lado, considerando mi respuesta.

—Supongo que podríamos ir a la policía —reflexiona y enseguida empiezo a pensar en eso también, ya que lo he estado considerando para resolver mi problema con Tucker. Pero es un poco complicado ya que papá sigue en el barco...

—¿Pero qué les diríamos? —continúa Ámbar—. Ni siquiera sabemos con seguridad que ha desaparecido. Necesitamos más pruebas, algo concreto.

De repente, Ámbar se acerca y me coge la mano. En un principio no tengo ni idea de lo que está haciendo pero entonces me da la vuelta a la muñeca y lee la hora en mi reloj. Es raro que me toquen así. No me gusta, pero a la vez, en cuanto me suelta la muñeca, me gustaría que la siguiera sujetando.

—Vamos. Es la hora del descanso. Vamos a arriesgarnos. Mándame un mensaje si averiguas qué hacer a continuación.

Sin decir nada más cruza el umbral con confianza. Yo no me siento tan seguro, pero la sigo de todos modos.

Llegamos a la mitad del vestíbulo, casi nos hemos unido al flujo de estudiantes que van hacia su próxima clase. Pero en ese momento oímos una llamada desde el interior de la oficina de la recepcionista.

—¿Srta. Atherton?

Ámbar se congela, pero su voz sale tranquila y clara. No se inmuta.

—¿Sí?

Una de las recepcionistas sale y tengo la sensación de que ha estado escondida allí, donde sabía que no podíamos verla.

—La directora Sharpe te ha estado buscando. Debes ir a su oficina de inmediato.

—¿Para qué?

Ámbar ya no parece tan segura y la recepcionista ignora la pregunta. Para mi sorpresa, se dirige a mí.

—Y tú eres Billy Wheatley, ¿verdad? La directora quiere hablar contigo también.

Miro a Ámbar, como si de alguna manera esperase que tenga algún truco secreto para sacarnos de este lío. Pero, por supuesto, no tiene nada.

—Venga, poneos en marcha por favor. Os está esperando en su oficina.

CAPÍTULO VEINTISIETE

—¡SENTAOS ahora mismo! —suelta la directora Sharpe cuando entramos en su despacho. Esta vez no hemos tenido que esperar afuera, nos han hecho entrar enseguida.

Espera a que Ámbar y yo nos sentemos frente a su escritorio y entonces se sienta ella también, en una silla mucho más grande. Parece tranquila, más o menos. Pero cuando junta las manos, apoyadas en el escritorio, veo que le tiemblan.

—Señorita Atherton, fui a buscarte esta mañana a tu clase de Historia, pero no estabas. Bastante irónico, dadas las circunstancias, ¿no crees?

Levanto la vista, sin entender la referencia. La recepcionista no quiso decirnos por qué la directora Sharpe quería hablar con nosotros. Supuse que era por faltar a clase, pero no veo cómo podría ser irónico.

Ámbar no responde, se limita a estudiar el suelo y la directora Sharpe la mira sin parar durante un buen rato. Luego desliza sus ojos hacia mí.

—Y Billy, parece que tenías algo más importante que asistir a tu clase de Geografía esta mañana, ¿te importaría explicar qué era? —espera, y yo intento pensar en algo que decir, pero no puedo decirle lo que hemos estado haciendo, así que no digo nada.

La directora Sharpe suspira.

—Ya me lo imaginaba.

Nos mira a los dos durante unos segundos más, luego abre uno de sus cajones y saca una hoja de papel.

—Anoche se puso en contacto conmigo un amigo preocupado. Alguien que pensó que había algo de lo que debía estar al tanto. Billy, esto empieza a ser un poco repetitivo, ¿no crees?

Intento averiguar a qué se refiere. No puede ser sobre el rastreador de acosadores. Me vio que borraba la página y no he vuelto a trabajar en ese proyecto desde entonces.

—De verdad que no sabía qué pensar cuando lo vi. Puedo decirlo con sinceridad, en todo el tiempo que llevo enseñando, nunca me he visto enfrentada a una situación así. —Mira hacia la ventana, y cuando nos vuelve a mirar está sonriendo—. Así que bien hecho, por eso al menos.

Supongo que, como yo, Ámbar ha decidido que no debemos decir nada. Parece que a la directora Sharpe le gustan mucho las preguntas retóricas.

—Ámbar Atherton, tengo entendido que has estado enviando mensajes en las redes sociales a antiguos alumnos de este centro, haciéndote pasar por una especie de investigadora, y pidiendo información sobre antiguos directores. En particular sobre Henry Jacobs. ¿Es correcto?

Ámbar levanta la vista con brusquedad a mitad de la pregunta. Cuando la directora Sharpe termina, Ámbar duda un poco pero enseguida se encoge de hombros y asiente. La directora espera para ver si Ámbar va a decir algo más y, al no hacerlo, se sirve un poco de agua de una jarra que tiene en su escritorio.

—Me enviaron uno de estos mensajes esta mañana. ¿Quieres que lo lea en voz alta?

Ámbar vuelve a encogerse de hombros.

—¿Quieres que lo lea?

Resulta que esa pregunta no era retórica después de todo.

—La verdad es que no —dice Ámbar.

En respuesta, la directora coge el papel y empieza a leer.

—Soy detective privada y estoy buscando a Henry Jacobs, que fue director del instituto Newlea y que desapareció -por cierto, desapareció lleva acento en la o- en 1979. En su perfil de Facebook dice que fue al instituto de Newlea por esa época, así que pensé que podría recordarlo. Si es así, por favor, póngase en contacto conmigo, bla, bla —la directora Sharpe deja caer el papel sobre su escritorio—, bla.

Se hace el silencio.

—¿Una detective privada? Sé que muchos alumnos de tu curso tienen trabajos a tiempo parcial —sonríe con frialdad—, de hecho yo les apoyo a que lo hagan. Pero nunca he oído que ninguno trabaje como detective privado.

La directora Sharpe espera en silencio hasta que Ámbar empieza a decir algo, pero no oigo lo que es, porque la corta de inmediato.

—Y entonces me pregunté, qué interés podrías tener en un hombre que fue director de este centro hace cuarenta años. ¿Te importaría explicármelo? —Se sienta de nuevo en su silla y espera.

Ámbar es más cuidadosa esta vez, pero por fin responde.

—No se lo tome a mal, directora Sharpe, pero no podemos hablar de ello.

—¿No podéis hablar de ello?

—No. Porque tenemos un cliente y...

Se oye un ruido seco cuando la directora Sharpe golpea con la palma de la mano sobre su escritorio. Hace que Ámbar se detenga. Casi me hace saltar de la silla.

—Tenéis un cliente —repite la directora—. ¿Y quién podría ser? Te ruego que me lo digas.

—Tampoco podemos decirlo.

—Por supuesto que no. Por supuesto que no. Porque eso sería una violación de la confidencialidad, ¿no? —Se inclina de nuevo hacia delante—. Bueno, tal vez podría preguntarte esto: ¿se puso el cliente en contacto con vosotros sobre este asunto? ¿O fuisteis vosotros los que la contactasteis? —La directora nos observa con atención.

—Lo hizo ella —responde Ámbar—. Quería saber qué le ha pasado al tal Henry. Se lo ha estado preguntando todos estos años y ahora está envejeciendo... —Ámbar se detiene y se queda con la boca abierta por un momento—. ¿Cómo sabía que era una mujer? —pregunta.

—¿Cómo? Tengo que decir que no me estás impresionando en absoluto como detective, Ámbar Atherton. Ninguno de los dos de hecho. —Me mira por un segundo—. Decidme, ¿cuándo pensabais entrevistarme sobre este asunto?

Ámbar levanta la vista.

—¿A usted? ¿Por qué?

Parece imposible, pero las cejas de la directora Sharpe suben aún más.

—Bueno, pensé que yo habría sido un testigo clave por quien empezar. Como actual directora del centro... —hace una pausa y luego continúa—, y dado que Henry Jacobs era mi padre.

CAPÍTULO VEINTIOCHO

ES COMO si hubieran aspirado todo el aire de la habitación de repente y lo hubieran sustituido por aire frío, como si saliera de un congelador.

—¿Su padre? —dice Ámbar después de un largo rato—. ¿Qué quiere decir?

—Bueno, no debería ser tan difícil de entender, no para una detective como tú. Vuestro «cliente», por llamarlo de alguna manera, es mi madre, y debo señalar que es una anciana muy frágil y vulnerable. Así que me preocupé mucho cuando hablé con ella anoche y descubrí que tiene la impresión de haber contratado a una agencia profesional para localizar a mi padre.

Ámbar se vuelve hacia mí. Sus ojos son tan redondos como monedas. Luego se vuelve hacia ella de nuevo.

—¿Padre? ¿Henry Jacobs era su padre?

—Lo sé, es increíble. Incluso los directores de instituto tienen padres. Sé que esto debe ser una gran conmoción para vosotros.

Ámbar se vuelve hacia mí de nuevo, con la boca abierta. Luego se vuelve hacia la directora.

—Bueno, entonces... ¿Qué le pasó? —pregunta Ámbar—. ¿Lo sabe?

—Por supuesto que lo sé.

De repente, la directora se levanta de detrás del escritorio y se dirige a una mesa auxiliar situada en el borde de la sala. En ella hay una bandeja con más vasos.

—¿Os apetece un vaso de agua? —nos pregunta a los dos, pero no espera a que le respondamos. En lugar de eso, vuelve de pie junto a nosotros, y nos sirve un vaso de agua a cada uno. Mientras está distraída con el agua Ámbar me susurra: «¡Es la hija del puto Henry Jacob!».

Algo de lo que, obviamente, ya me había percatado.

Entonces la directora vuelve a hablar.

—En circunstancias normales diría que esto no es en absoluto asunto vuestro. Pero ya que mi madre parece haber desempeñado su papel en la creación de esta situación, me siento obligada a daros suficiente información para satisfacer vuestra curiosidad. Pero cuando acabe de hablar este asunto quedará cerrado y no saldrá de este despacho. ¿Está claro?

Ni yo ni Ámbar decimos nada, así que la directora lo repite.

—¿He dicho que si está claro?

Asiento rápidamente con la cabeza y luego miro a Ámbar para ver si hace lo mismo, pero si lo hizo me lo perdí.

La directora Sharpe respira con profundidad.

—Muy bien. —Se sienta de nuevo detrás del escritorio—. Mi madre tiene setenta y cinco años y, por desgracia, sufre una rara forma de demencia. La pérdida de memoria es el síntoma más evidente, pero también afecta a su personalidad. Puede pasar de una versión de sí misma a otra. No sé si os habréis dado cuenta.

Vuelvo a asentir con la cabeza. La directora parece molesta por la interrupción. Pero luego me sonríe.

—Las personas con esa enfermedad tienden a perder primero sus recuerdos más antiguos o traumáticos. No es raro que se angustien bastante y dediquen tiempo y esfuerzo a intentar recuperar esos recuerdos. Sienten que hay un vacío importante que hay que llenar. —Se ríe de repente—. La ironía es que a menudo hay otra parte de su personalidad que todavía guarda esas memorias. Así que a veces sabe lo que pasó y otras veces no. Pero las dos partes ya no se conectan.

Ámbar y yo esperamos en silencio.

—Mi madre siempre ha llevado una vida muy activa, desde luego no es de las que se sientan a angustiarse. Parece que, cuando una parte de ella perdió la memoria de lo que le había ocurrido a mi padre, esa misma parte llegó a la conclusión de que era un gran misterio. Decidió buscar ayuda para resolverlo y, de alguna manera, se topó con vosotros dos haciéndoos pasar por detectives...

Me mira a los ojos. No sé lo que está pensando.

—Entonces, ¿qué le pasó? —pregunta Ámbar.

La mira, parece molesta.

—Nada.

—Bueno, ¿dónde está entonces?

—No hay ningún misterio, señorita Atherton. Siento mucho decepcionarte.

—Pero... Descubrimos que fue director hasta el año 1979, luego desapareció y nadie sabe qué pasó con él. —Ámbar hace una pausa, tal vez se haya dado cuenta de que eso podría no ser del todo correcto—. Al menos, no pudimos encontrar nada sobre lo que le pasó. No había nada en el *Island Times* sobre él.

La directora frunce el ceño.

—¿Por qué habría de aparecer algo en el *Island Times*?

—No sé... Pensamos... Bueno, si algo ocurrió debió de ser noticia.

El ceño se frunce aún más.

—Entonces, ¿qué le pasó? —reitera Ámbar.

—Te lo dije. No pasó nada, al menos nada dramático. Mis padres se separaron y él se fue de la isla.

Por un momento parece que la directora Sharpe va a decir algo más, pero no lo hace. Hay unos momentos de silencio antes de que Ámbar vuelva a hablar.

—Pero la señora Jacobs dijo que había desaparecido. Que salió una noche y nunca regresó.

—No. No fue así como sucedió. —La directora Sharpe tamborilea con los dedos sobre el escritorio—. Tal vez esa sea la demencia... —Se detiene y nos observa. Unos momentos después continúa—. Hay un elemento de verdad en ello. Tal vez por eso...

Pero entonces se detiene de nuevo y suspira, antes de continuar.

—Mi padre se fue, es cierto. Sucedió unas navidades. Podría haber sido en 1979, no estoy segura. —Respira con profundidad—. No me puedo creer que esté explicando mi infancia a dos de mis alumnos. —Toma un sorbo de su agua—. Tenía nueve años, y sí, durante unas semanas no supimos dónde estaba. Pero no era la primera vez que se marchaba. Mi madre pensaba que volvería, como siempre, pero esta vez no lo hizo. Entonces recibimos una postal de Hawái. Mi padre explicaba que había conocido a otra persona y se había mudado con ella a la isla de Maui. Siguió enviando cartas y tarjetas de cumpleaños durante unos años. Al tiempo cesaron de llegar. Fue muy duro para mi madre. Fue muy duro para todos nosotros. Pero no hay ningún misterio. Nunca lo hubo.

Hay un silencio durante un rato. Entonces Ámbar habla.

—Palmeras —dice sin más.

—¿Perdón?

—La señora Jaco... Su madre dijo que recordaba algo sobre las palmeras. Que eran importantes.

—Hmmm. Quizás. Es posible que aparecieran en las postales.

Me desconecto por un rato. Tengo una sensación muy extraña al ver a la directora Sharpe. Todo el tiempo que la he conocido ha sido una figura de autoridad aterradora, pero ahora es como si pudiera ver más allá. Que no siempre fue así. En un pasado no muy lejano fue tan solo una niña a la que le pasaron cosas malas. Pero Ámbar no parece pensar lo mismo.

—¿Sabe si sigue allí? —pregunta.

La directora Sharpe tarda en contestar.

—¿Perdón?

—Me refiero a su padre. ¿Sigue allí ahora? ¿En Hawái?

—No lo sé. A los pocos años de marcharse se acabaron las cartas. Y para ser honesta, después de la forma en que nos trató, no me importaba gran cosa de cualquier manera.

Hay un largo silencio mientras toma otro sorbo de agua y veo cómo le tiemblan las manos. Al dejar el vaso se derrama una gota que cae sobre el papel que leyó antes. La tensión superficial la sostiene como una mancha translúcida antes de que finalmente se desplome, absorbida por el papel.

No puedo quitarle los ojos de encima.

CAPÍTULO VEINTINUEVE

TENEMOS clases después de la reunión pero quedamos para almorzar en el comedor del instituto. Cuando llegamos vemos que no hay ningún sitio libre para sentarnos y hablar en privado. Ámbar lo resuelve ordenándole a unos chicos de primero que se larguen.

—¿Y bien? ¿Qué opinas de todo esto? —pregunta una vez que se han alejado los chavales amenazando con que se lo van a contar al profesor. Pienso por un momento cómo responder.

—No está tan mal ¿no? Me refiero a la directora Sharpe, debajo de toda esa... —busco la palabra correcta— dureza de carácter.

—Ya, —me interrumpe Ámbar— pero ¿de verdad que la crees?

—¿Creerla?

—Sí. Porque yo no estoy segura de creerla. —Ámbar da un mordisco a su perrito caliente y un goterón de kétchup se derrama en el plato.

—¿Por qué no?

Mastica un minuto, rápido, porque quiere seguir hablando.

—Por lo que nos dijo el tío del taller. —Toma otro bocado.

Pienso en lo que dijo el mecánico. Lo de que Henry Jacobs tenía fama de que le gustaban los chicos.

—¿Qué tiene eso que ver?

—Como ya te dije, es un motivo. Es una razón de sobra para que alguien quisiera matarlo.

—Pero ahora sabemos que nadie lo mató. No es que desapareciera, es que simplemente abandonó la isla.

—Eso es lo que dice la Sharpe. No significa que sea verdad. ¿Y si fue asesinado por lo que les hacía a los estudiantes y el asesino se dedicó a enviar cartas a la señora Jacobs, fingiendo que eran de su marido y explicando que se había enamorado de otra mujer? —Ámbar abre la boca de par en par y empuja el resto del perrito caliente hacia dentro. Luego sigue hablando, aunque tenga la boca llena hasta arriba—. Otra posibilidad: ¿y si lo hizo ella? Me refiero a la señora Jacobs. Sospechábamos que estaba un poco loca pero la Sharpe lo ha confirmado ahora. ¿Qué pasa si está loca de verdad? ¿Y si se lo cargó y le contó a la hija que se había largado con otra? Es posible ¿no?

Sopeso estas teorías por un instante. No estoy seguro de que sean posibles.

—¿Qué me dices? ¿Es posible o no?

—Supongo que podría serlo. ¿Pero no es más probable que se haya ido a vivir a Maui, como dice la directora Sharpe?

Ámbar parece molesta y gira la cabeza lo que hace que me sienta un poco incómodo. Le doy un mordisco a mi perrito caliente, lo mastico con cuidado y trago. Luego abro la boca para hablar.

—Vi un documental sobre Maui...

—¡No se fue al puto Maui!

—¿Qué? —casi me atraganto del susto.

—Que no se fue a Maui. No me puedo creer que seas tan tonto. Era un pedófilo que desapareció. ¿No te parece una gran coincidencia?

—Pero ¿y las postales que recibieron? ¿Las tarjetas de cumpleaños?

—Es muy fácil falsificar postales, Billy —dice Ámbar, como si fuera una experta en ello.

—¿Ah sí? —pregunto sorprendido—. Yo pensaba que sería difícil. ¿No hay que ir a Maui para enviar la postal desde allí y que le pongan el matasellos correcto?

—¡Vamos Billy! ¿Qué coño te pasa? —me interrumpe Ámbar de nuevo—. ¿No se supone que eres tú el experto en estas cosas? ¿No te mintió tu padre sobre tu madre durante años? ¿No te dijo que estaba muerta, cuando en realidad estaba encerrada en un psiquiátrico? No entiendo cómo, pasándote lo que te ha pasado, no seas capaz de aceptar que le haya sucedido lo mismo a la Sharpe.

No respondo. De hecho, me quedo paralizado, el único movimiento que hago es un ligero temblor de manos que hace que el perrito tiemble sobre mi plato. Ámbar me mira durante un rato y luego suspira.

—Lo siento, no quería ser tan brusca. Debe de ser duro tener tanta mierda en tu familia. —Me ofrece una sonrisa—. Pero ¿no lo ves? Si te puede pasar a ti le puede pasar a otros también ¿no?

Sigo sin responder. Pero se equivoca. No me importa que hable de todo lo que pasó en el pasado. El problema es que ahora están pasando muchas cosas, con papá a cientos de kilómetros en medio del océano y yo en casa con un asesino. Tal vez tenga razón y he estado demasiado distraído para ver la realidad de este caso.

—¿De verdad que no crees a la directora Sharpe?

Me observa durante mucho tiempo antes de responder.

—No sé qué creer. Pero creo que debemos seguir investigando. Es posible que Henry Jacobs nunca haya salido de la isla. O al menos, que no saliera con vida.

Resoplo con fuerza. Al salir de la oficina de la directora de verdad que pensé que este asunto con la señora Jacobs se había terminado y podría concentrarme en resolver el asunto de Tucker. De repente me siento abrumado por todo lo que está pasando.

No puedo contenerme. Me meto la mano en el bolsillo y saco la tarjeta SIM que encontré ayer mismo en el teléfono de Tucker. Me parece que hayan pasado semanas.

—¿Qué es eso? —pregunta Ámbar.

—Es una tarjeta SIM.

—Ya lo veo. ¿Por qué me la enseñas?

Entonces se lo cuento, se lo suelto todo de golpe. Le explico que un viejo amigo de papá se presentó en nuestra casa hace un par de semanas, de forma totalmente inesperada, y que no se quiere ir. Le explico que sospecho que es un delincuente y por eso lo engañé para que usara mi ordenador cuando yo estaba en clase, y cómo descubrí que había asesinado al guardia de seguridad de una joyería mientras la atracaban. Le cuento que papá se ha ido en un barco pesquero y me ha dejado con él en casa. Y cómo vi que rompió su teléfono y lo tiró por el acantilado y cómo fui a buscarlo bajando por la cuerda. Cuando termino, el perrito caliente se ha quedado helado en el plato y Ámbar tiene la boca abierta de asombro. De repente suelta una carcajada.

—Joder, Billy. Ahí estaba yo pensando que eras un inútil en esto de ser detective cuando en realidad tienes este lío en casa. No me extraña que andes distraído.

Esto me anima bastante.

—¿Qué vas a hacer? —me pregunta interesada.

Le cuento que la policía tendrá el móvil vigilado y que si pongo su tarjeta en mi teléfono parecerá que lo han encendido. Entonces la policía verá que está aquí en la isla de Lornea, vendrán y lo arrestarán.

—Joder —dice Ámbar de nuevo. Luego piensa un poco—. ¿A qué esperas? —pregunta—. Mete la tarjeta.

Le brillan los ojos de la emoción.

—Aquí no puedo.

Frunce el ceño.

—¿Por qué no?

—Porque entonces la policía vendría aquí, al instituto. Tengo que hacerlo en casa. Para que la policía sepa que es allí donde está.

—¿Cuándo lo vas a hacer?

—Esta tarde, supongo. En cuanto llegue a casa meteré la tarjeta de Tucker en mi teléfono. No importa qué teléfono uses, siempre y cuando esté desbloqueado para que pueda enviar la señal a la estación de base.

—Vale. —Ámbar parece pensativa. Luego vuelve a hablar—. Tengo una idea. —Le brillan los ojos aún más—: Hoy tengo el coche de mi madre. ¿Por qué no te llevo a casa? Así podré ayudarte a hacerlo. Y conoceré a un asesino de verdad...

CAPÍTULO TREINTA

¡PIIII! ¡Piiii! La furgoneta blanca nos pasa disparada, el conductor apoyado en el claxon con cara de alarma por la forma en que Ámbar ha invadido su carril.

—¡Cabrón! —grita Ámbar mientras le hace un corte de manga.

Lo bueno de ir a casa con Ámbar es que no tengo que ir en el autobús escolar y dejar a medio instituto por el camino. Lo malo es que creo que solo tengo un cincuenta por ciento de posibilidades de llegar vivo.

—Hay que tener cuidado con el desvío de la carretera de Silverlea hacia Littlelea —le digo, intentando no sonar tan nervioso como me siento—. Es un giro a la izquierda y papá siempre dice...

—Por si no te habías dado cuenta, sé conducir. —Ámbar me echa una mirada que me deja callado.

En realidad no es solo la forma de conducir de Ámbar lo que me inquieta. Estoy nervioso por el plan de alertar a la policía de dónde está Tucker. Pero hay algo más que me inquieta. La cosa es que nunca ha venido nadie del instituto a mi casa. Jamás. No es que me avergüence de dónde vivo. Es solo que... bueno, me preocupa un poco que haya cosas que le parezcan un poco raras. Eso es todo.

Estoy tenso durante el resto del viaje y hago un vago plan para intentar al menos mantenerla alejada de mi habitación. Y, milagro puro, llegamos vivos. Se detiene detrás de la camioneta de papá. Vuelvo a notar la forma en que Tucker la ha aparcado mal, no le da la vuelta, lista para salir tal y como lo hace papá.

—¡Joder, Billy, vives al borde del puto acantilado! —Ámbar está fuera del coche de pie mirando hacia abajo—. Es increíble. Se puede ver a kilómetros de distancia.

No le contesto.

—Está aquí —respondo en su lugar—. Papá le ha prestado su camioneta, así que debe de estar en casa.

Ámbar se da la vuelta y parece fijarse en la camioneta por primera vez. Luego observa la casa y el patio.

—¿Qué es eso? —pregunta.

Frunzo el ceño sin saber a qué se refiere, pero dirijo los ojos hacia donde está señalando.

—Ah, eso. Es el hueso de la mandíbula de un cachalote. En realidad no es...

—¿De dónde leches lo has sacado?

—Lo encontré en la playa, pero no tiene importancia. Tenemos que entrar en casa.

Los ojos de Ámbar se detienen en el hueso por un momento, pero luego se da la vuelta.

—Vale. —Entonces me mira y sonríe. Sus ojos brillan de emoción. De verdad que no sé por qué está tan emocionada por conocer a un asesino.

Entramos. Tucker no está en la cocina pero oigo que la televisión está encendida en la habitación de al lado.

—¿Eres tú, Billy? —Tucker llama desde el salón. Ámbar y yo nos miramos.

—Sí —respondo, pero no muy alto.

—He hecho una lasaña vegetal. Me parece que habéis estado comiendo demasiada carne... — aparece en la cocina. Enseguida se fija en Ámbar— ... roja. Vaya, hola.

Sus ojos se fijan en ella. No se centran en su pelo, que por cierto, ahora es verde oscuro. En cambio, recorren su cuerpo de arriba abajo.

—Vaya, Billy, no me dijiste que ibas a traer a una amiga.

Tampoco me gusta la forma en que Ámbar lo mira, como si fuera un tigre blanco en un zoológico. Peligroso y raro, pero bonito.

—¿Entonces qué? ¿No vas a presentarnos? —La sonrisa de Tucker se amplía.

Mientras pienso qué decir, Ámbar se adelanta.

—Me llamo Ámbar. Soy amiga de Billy. —Se aparta un mechón de pelo de la cara y se lo coloca detrás de la oreja. Sus ojos brillan con gran intensidad.

—Y yo soy Tucker.

—Billy me ha hablado mucho de ti.

—¿Ah sí? —Tucker levanta las cejas—. ¿Nada malo, espero?

Ámbar se encoge de hombros, pero sonríe para mostrar que está bromeando. Ambos se limitan a mirarse, como si yo no estuviera presente.

—Ámbar necesitaba que la ayudara con los deberes —digo para romper el extraño silencio—. Así que vamos a subir... —Ya sé que dije que no la quería en mi habitación. Pero cuando los planes salen mal, hay que adaptarlos.

—Por supuesto —Tucker me mira, pero luego se vuelve hacia Ámbar—. Dime, Ámbar, te quedas a cenar, ¿verdad? He hecho bastante —Tucker se ríe—. No tiene pinta pero aquí el amigo come por siete.

—No puede porque tiene que... —empiezo a decir, pero Ámbar me interrumpe.

—Claro, me encanta la lasaña vegetal.

—Fenomenal. Una chica que comparte mis gustos —sonríe. Ahora sí que parece un tigre de verdad, o un gato ronroneando—. Dentro de un rato pongo la mesa y os aviso cuando esté lista la cena.

Se miran a los ojos un poco más.

—Vamos, Ámbar —le digo. Y como no se mueve, la agarro de la manga y tiro de ella hacia las escaleras, con tanta fuerza que casi se tropieza.

Subimos las escaleras y noto que Ámbar está estudiando todo lo que hay en nuestra casa. Mete la cabeza en el baño y luego en la habitación de papá. Me detengo antes de dejarla entrar en la mía.

—Puede que te sorprendas un poco —digo—, por lo que vas a ver en mi cuarto.

—¿Por qué? ¿Qué tienes ahí? ¿Un museo lleno de huesos de dinosaurio? ¿O tienes una colección entera de revistas porno? No me sorprendería, Billy. Nada de ti me sorprendería...

No termina lo que está diciendo porque en ese momento Steven se despierta. Se oye un fuerte graznido y luego un gran golpe en la puerta.

—No. No es nada de eso.

Abro la puerta y, de repente, me asalta una gaviota argéntea juvenil que agita sus alas y trata de frotar su cuello contra el mío. La atrapo, le aliso las plumas para calmarla y le digo que enseguida le traigo la cena. Al final consigo que se siente en mi antebrazo, graznando ruidosamente. Entonces miro a Ámbar. Se ha quedado boquiabierta mirando a Steven.

—Tienes... ¿una gaviota como mascota?

—No es una gaviota. Y no es una mascota. No está permitido tener pájaros salvajes como mascotas. La estoy cuidando hasta que esté lista para que la libere.

Ámbar echa un vistazo a la habitación. Veo que se fija en mi colección de estrellas de mar secas, mis pósteres de peces y el nido de Steven, que está en una cama de plástico para perros, con su nombre escrito con rotulador negro en la parte superior.

—¿Steven? —pregunta—. ¿Así se llama?

—Sí.

—¿Por qué? —pregunta.

—Fue idea de mi padre. Hay un actor que se llama Steven Seagal y le pareció divertido.

Ámbar me mira, arrugando la nariz.

—Joder. Los padres son tan patéticos a veces.

Al menos estamos de acuerdo en eso.

—¿Muerde? ¿Puedo acariciarlo?

—Si eres cuidadosa no te hará nada.

Le tiendo a Steven. Ámbar lo rodea con las manos y lo levanta.

—Pesa un montón. ¡Hola Steven! —dice—. ¡Me encantan tus ojos! Tienes los ojos enormes y muy marrones. Eres muy guapo, ¿a qué sí?

De repente me siento un poco raro. De verdad que no puedo explicarlo. Es como si... no son celos, ni nada de eso. Es solo que, la forma en que se dirige a Steven. Me gustaría que me hablara así a mí. Sacudo la cabeza, qué idea tan ridícula. Me siento en el escritorio.

—¿Qué estabas haciendo? ¿Cuándo estábamos abajo? ¿No te dije que es un asesino? Es peligroso, ¿y quieres cenar con él?

—¡Claro que sí! No me contaste que estaba muy bueno.

Ese extraño pensamiento se me vuelve a cruzar por la cabeza. Steven capta mi inquietud y se revuelve con torpeza en el brazo de Ámbar.

—Oye, no pasa nada, guapo —lo tranquiliza Ámbar.

Desvío la mirada y me dirijo a mi equipo de música. Lo enciendo y lo pongo a todo volumen, aunque la canción es de algún rapero. Ámbar levanta la vista, interrogante.

—Nunca me hubiera imaginado que fueras fan del hip hop.

—No es eso. Es que no quiero que Tucker nos oiga mientras hablamos.

—Ah. Vale. Bueno, de todos modos, tú vas a cenar con él.

—Sí, pero a mí no me queda más remedio.

—Ya. —Se encoge de hombros—. Pero dime, ¿qué clase de asesino hace lasaña vegetal para cenar? —Le hace la pregunta más a Steven que a mí, lo sé por el tono cursi que pone—. ¿Eh, expertito en pájaros? No es un asesino tan peligroso ¿a qué no?

Así que tengo que hablarle con bastante brusquedad para recuperar su atención.

—¡Ámbar! Es posible ser asesino y buen cocinero a la vez. Los dos atributos no son mutuamente excluyentes.

Ámbar me ignora, acariciando el plumaje de Steven. Pero luego, con mucho cuidado, lo deja en el suelo. Steven se queda en la alfombra mirándola y ofreciéndole una de sus patas tal y como le he enseñado.

Ámbar juega con él un rato, cogiendo su pata y sacudiéndola como si estuviera saludándole.

—Entonces, Sherlock —dice al fin—, ¿vas a meter la tarjeta o no?

CAPÍTULO TREINTA Y UNO

ME METO la mano en el bolsillo y saco un trozo de papel donde la había metido para no perderla. La pongo sobre el escritorio y la miro un momento.

Ámbar me observa. La anticipación está grabada en su rostro. Sus ojos brillan por la emoción.

Me meto la mano en el otro bolsillo y saco el teléfono. Compruebo si hay mensajes y, cuando veo que no hay ninguno, pulso el botón para apagarlo. Mientras espero, abro el cajón y rebusco un poco hasta encontrar un destornillador. En cuanto la pantalla del teléfono se queda en negro, aprieto con cuidado la parte trasera del teléfono y saco la tarjeta SIM de la ranura. La sustituyo por la de Tucker y vuelvo a colocar la carcasa trasera del teléfono en su sitio.

—¿Eso es todo? ¿Eso es todo lo que tienes que hacer?

—Sí, porque es un móvil de T-Mobile —empiezo a explicar, aunque ya se lo había explicado en el instituto—. Los datos del teléfono se almacenan en la tarjeta, así que la red pensará que es su teléfono el que se ha encendido.

—Vale, vale. ¿Cuánto crees que tardará la policía en empezar a rastrearlo?

Dudo, porque en realidad no lo sé.

—Puede que tengan algún tipo de alerta, para saber el momento en que se enciende. —Considero esta posibilidad durante un instante—. O puede que no. No estoy seguro.

Todavía tengo el teléfono en la mano, pero no lo enciendo. No sé por qué no lo hago.

—Es una pena en cierto modo. Parece un tipo genial. Y encima está tan buenorro. —Ámbar me mira para indicarme que está bromeando. O al menos creo que está bromeando—. Bueno ¿qué? ¿No vas a encenderlo?

Trago con cuidado. A continuación pulso el botón para encender el teléfono.

Al principio no pasa nada. El teléfono se carga, y es extraño porque sigue pareciendo mi teléfono. La foto que muestra es la de siempre, un pez remo muerto que encontré en la playa el otro día, pero cuando voy a los contactos, no están mis números. En su lugar hay un montón de nombres que no reconozco. Ámbar se inclina hacia mí para poder ver la pantalla. Noto su fragancia y siento su pelo rozando mi cara. Sostengo el teléfono un poco más lejos, para que no tenga que acercarse tanto.

—Comprueba los mensajes —sugiere Ámbar, inclinándose de nuevo.

—Vale.

Esta vez no me alejo.

Pero cuando los compruebo noto que son mis mensajes. Un par de papá y muchos de la propia Ámbar.

—¿Cómo es que...? —Ámbar comienza, pero sé lo que va a decir.

—Es porque los mensajes se almacenan en el teléfono una vez que se han entregado —le digo—. Esperan en la red hasta que se entregan, pero luego se quedan en el teléfono. Sino, las estaciones base de telefonía se llenarían, incluso podrían explotar.

—Vaya —parece confundida por esto, pero luego se anima—. ¿Qué hay de las fotos?

Sacudo la cabeza de inmediato. En realidad no estoy seguro de la respuesta, pero lo que sí sé es que no voy a mostrarle mis fotos a Ámbar.

—¿Qué hacemos entonces? ¿Esperar? —Se sienta de nuevo en mi cama y cruza las piernas.

Es curioso, en realidad nunca he estado con nadie más en esta habitación. Obviamente papá sí ha entrado y supongo que Tucker también, pero no porque yo le invitase. Y quizás cuando la policía registró la casa, cuando buscaban a papá, debieron de entrar. Pero aparte de eso, nunca ha habido nadie más en mi habitación. Y ahora hay una chica. Una chica que tiene dieciséis años. No sé por qué, pero ese pensamiento me viene a la cabeza. Me arriesgo a mirar a Ámbar, no entiendo por qué de repente me parece un riesgo. Está inclinada sobre mi mesita de noche, hurgando en mis estrellas de mar.

—¡Puaj! —exclama frunciendo la nariz. Nunca lo había notado, pero hay algo realmente interesante en la forma de su nariz. No puedo dejar de mirarla.

De repente se aleja de mí y se dirige a la ventana. Es un alivio, al menos, eso creo.

—Me gustaría tener una vista como ésta —dice—. Se ve toda la playa. —Aparta las cortinas para poder ver mejor.

Se medio gira hacia mí, todavía de cara a la ventana, pero con la cabeza y el cuello hacia mí. Eso significa que su pecho está de perfil, y no puedo evitar notar cómo su blusa está tensa sobre sus tetas. No me había fijado en que tuviera tetas, a ver, sabía que las tenía pero no había pensado en ellas. No sé por qué estoy pensando en eso ahora.

Intento dejar de pensar en ellas.

—¿Es verdad que las cerraron? —pregunta.

—¿De qué me hablas?

—De las cuevas ¿Las cerraron por lo que te pasó?

—Ah. —Me encojo de hombros—. No lo sé.

Me lanza una mirada divertida, una especie de media sonrisa, y de nuevo me doy cuenta de lo interesante que me resulta su rostro. Es un rostro bonito en realidad.

—¿Billy? ¿Estás bien? Tienes la cara rara.

—Sí, sí... estoy bien.

Me doy la vuelta de inmediato, pero me doy cuenta de que aún puedo verla en el reflejo de la pantalla de mi ordenador. Se aleja de la ventana dando un pequeño bote. Sus tetas también rebotan. Me gustaría poder dejar de mirarlas.

—Bueno, vamos pues.

—¿Vamos a dónde?

—Abajo. Ya estará lista la lasaña. Trae el teléfono.

CAPÍTULO TREINTA Y DOS

LA CENA ES REALMENTE EXTRAÑA. Tucker ha puesto tres platos, tres vasos y una jarra de agua en la mesa. Nos ofrece cerveza y Ámbar dice que sí y me lanza una mirada inocente mientras Tucker saca dos latas de la nevera. Una vez que Ámbar y yo estamos sentados, Tucker saca una gran bandeja de lasaña del horno, y tengo que admitir que tiene muy buena pinta, la capa de queso que la cubre está crujiente y burbujea por el calor del horno. La pone en el centro de la mesa y sirve primero a Ámbar, luego a mí y por último se sirve una gran porción.

Está superbuena. Creo que puede que sea la mejor lasaña de verduras que he tomado nunca lo cual me molesta un poco ya que es una de las recetas que hago yo de vez en cuando.

—¡Mmmmm, está increíble! Señor... —dice Ámbar cuando lo ha probado, sin decir su apellido aunque sepa cuál es porque se lo he dicho.

—Llámame Tucker —dice—. El secreto es asar las berenjenas en el horno antes de ponerlas en la lasaña. Así quedan tiernas y sabrosas.

—Está deliciosa. Ojalá mi padrastro cocinara así.

Los ojos de Tucker se dirigen a Ámbar.

—¿Padrastro?

—Sí, mi verdadero padre murió.

Recuerdo que Ámbar mencionó esto una vez antes. No sé por qué lo vuelve a mencionar.

—Vaya, lo siento —dice Tucker. Luego continúa—. ¿Qué le pasó?

Ámbar no responde de inmediato. De hecho, suena un poco extraña cuando responde.

—Cáncer de páncreas. Hace cuatro años. Mi madre se volvió a casar y han tenido un bebé, así que no tienen mucho tiempo para mí.

—Joder —dice Tucker. Luego piensa un rato—. El cáncer es una puta mierda.

Esta vez Ámbar no responde. Al rato asiente con la cabeza.

No digo nada durante el intercambio. Pienso que tal vez podamos cenar rápido y salir al patio. Podría decirle a Tucker que queremos que Steven practique el vuelo, o que tenemos que terminar el trabajo que estábamos haciendo, pero entonces Ámbar vuelve a abrir la boca.

—Así que tú eres... ¿Eres el tío de Billy o algo así? —Le mira a la cara, sus ojos redondos. Aletea las pestañas un poco y todo.

—Más o menos. El padre de Billy y yo somos amigos desde que éramos pequeños. —Duda un momento—. ¿Sabes algo de lo que le pasó a Billy?

—Sí, me lo ha contado todo —dice Ámbar, como si quisiera que siguiera. Pero no lo hace.

—Entonces sabrás que no es fácil hablar de ello. —Tucker aspira entre dientes, como si deseara poder decir más pero algo le detuviera. Luego le regala una sonrisa. Se hace el silencio por un momento.

—¿Y tú? No creo que vayas a su clase, pareces mucho mayor...

Ámbar parece encantada con este comentario.

—No, yo... decidí ayudarle, hace unas semanas, con un proyecto.

—¿Ah sí?

—Sí, estamos trabajando en ello juntos. —Se vuelve hacia mí—. ¿A qué sí, Billy?

Me pregunto qué es lo que quiere que diga, no creo que sea una buena idea explicarle a un asesino en fuga que en realidad somos detectives privados. Pero al final me salvo de decir nada cuando suena un fuerte pitido en mi bolsillo. He recibido un mensaje en mi móvil, solo que ya no es mi teléfono. Tanto Ámbar como Tucker me miran, expectantes, pero supongo que por motivos diferentes.

Decido que es mejor fingir que no he oído nada.

—Sí, es para Biología —digo, un poco demasiado alto y luego, para disimular, me invento rápidamente algo—. Estamos haciendo un recuento de focas grises en el cabo. Su número sigue disminuyendo así que vamos a vigilarlas. —En realidad ya hice este proyecto hace un tiempo, así que podría hablar de ello durante horas si lo necesitara.

Tucker termina de masticar un bocado de comida.

—Ya veo —dice cuando termina.

—Sí. Hay unas cien en este momento. O, mejor dicho, cincuenta parejas reproductoras —continúo. Y eso también es cierto—. Tienen sus crías más adelante en el año, en octubre por lo general, así que tal vez el número volverá a subir. Eso espero, porque el número de focas es una buena indicación de la salud general de los océanos.

Tucker asiente con seriedad y luego su rostro se ilumina.

—Oye, se me olvidó decírtelo. Hoy he visto una ballena en la bahía.

—¿En serio? —Esto es bastante interesante—. ¿Sabes de qué tipo?

—No lo sé, estaba muy lejos. Solo vi el soplo y tal vez la mitad de su cola.

—La aleta caudal querrás decir.

—¿Qué?

—Que se llama aleta caudal —le explico.

—¿De qué hablas? —Tucker suena un poco enfadado, como si le estuviera acusando de algo, así que tengo que volver a explicarle.

—La cola de las ballenas no es más que otra aleta, que se llama aleta caudal y está formada por dos partes. La gente siempre se equivoca y lo llaman cola.

—Ya veo —dice Tucker. Y entonces mi teléfono, con su tarjeta dentro, vuelve a pitar. No ha terminado de dar el tono cuando vuelve a pitar. Así que supongo que habrán llegado dos mensajes más. Al poner la nueva tarjeta debe de haber restablecido el teléfono a su configuración de mensajes, porque el mensaje de notificación suena muy alto.

—Estás muy solicitado esta noche, ¿no, Billy? —dice Tucker.

No respondo, se me acaba de ocurrir que tal vez la tarjeta de Tucker contenga la notificación que Tucker ha elegido para sus mensajes. Si es así, podría reconocer el ruido que hace mi teléfono.

Antes de que termine ese pensamiento llega otro mensaje.

Hay otro silencio.

—¿Seguro que no quieres mirar el móvil? Podría ser tu viejo —dice Tucker. Entonces, obviamente, tengo que mirar. Deslizo los ojos hacia Ámbar, esperando que se le ocurra alguna excusa, pero se limita a sonreírme con picardía.

Así que tengo que sacar el teléfono del bolsillo y, con mucho cuidado, usando la otra mano para proteger la pantalla y que Tucker no pueda verla, le echo un vistazo. No se ven todos los mensajes, pero me dice que he recibido cuatro mensajes, todos de la misma persona. Y por lo que veo, son bastante raros.

—No son de papá —digo mientras lo meto de nuevo en el bolsillo. Al hacerlo vuelve a sonar.

Me como el resto de la comida tan rápido como puedo, pero no puedo subir hasta que Ámbar deja de hablar. Está hablando de su padre con Tucker y siguen hablando hasta que Tucker termina de lavar y secar todos los platos.

CAPÍTULO TREINTA Y TRES

ESTE ES EL PRIMER MENSAJE. Es de un tal Vinny. Lo enviaron hace una semana. No parece que Tucker haya contestado.

«¿Qué te ha pasado? ¿Dónde coño te has metido?»

Este es el segundo mensaje. Lo enviaron un día después.

«Tenemos que hablar. Llámame»

El siguiente pone:

«No estoy cabreado. Solo quiero saber dónde estás»

Luego hay un montón más, todos repitiendo lo mismo. Se los enseño a Ámbar, que está muy emocionada.

—¿Quién es Vinny?

—No lo sé.

—¿Por qué han llegado todos los mensajes ahora de golpe?

—Te lo dije. Se almacenan en la red hasta que se puedan mandar al móvil.

—Es alucinante. ¿Crees que la policía ya habrá rastreado el teléfono?

—No lo sé.

—¿Qué vas a hacer ahora?

—No lo sé.

Esperamos unos momentos y entonces Ámbar se levanta y se acerca a la ventana, como si esperara que la policía apareciera en cualquier momento, pero por supuesto no lo hacen.

—¿Hay alguna forma de saber si la policía ya ha localizado la señal del teléfono?

Pienso por un momento.

—No.

—Entonces, ¿hay algo que puedas hacer para alertarlos?

De nuevo sacudo la cabeza.

—No lo creo.

—Y ¿aún quieres hacerlo? —me pregunta Ámbar—. Quiero decir, ¿estás seguro de que es un asesino de verdad? A mí me parece un tío genial.

La miro, un poco molesto.

—¿Quieres leer los artículos sobre el hombre que mató? —Esto la hace callar, se vuelve a la cama y se sienta. Luego mira el reloj—. Voy a tener que marcharme pronto.

No la respondo. Todavía estoy un poco molesto.

—¿Por qué no le llamas por teléfono? Así salimos de dudas.

—¿Llamar a quién?

—Pues a Vinny, ¡a quién va a ser! Parece que tiene muchas ganas de hablar con Tucker. Oye... —vacila y se da la vuelta para mirarme—, tal vez sea de la policía, o su oficial de libertad condicional o algo así. Tendría sentido, por cómo suenan los mensajes.

Los leo de nuevo, tratando de ver lo que quiere decir. No me convencen.

—Yo le llamo si quieres.

Es una idea tan estúpida que ni siquiera la considero. Pero se me ocurre otra cosa.

—Podríamos devolverle el mensaje. ¿Preguntarle qué quiere? ¿Quizás así nos diga algo más?

Ámbar se muerde el labio mientras lo piensa.

—Venga, vale.

—¿Qué ponemos?

Tras deliberar un poco al final nos ponemos de acuerdo en escribir esto:

«¿Qué quieres?»

Parece simple, pero en realidad es una pregunta muy astuta. No revela nada acerca de quiénes somos, pero obliga a Vinny, sea quien sea, a decirnos qué es lo que quiere. Y en caso de que Vinny sea el agente de la condicional de Tucker, lo cual me sigue pareciendo improbable, le alertará de que ha vuelto a conectar el teléfono y así podrá informar a la policía para que lo rastreen.

Le explico todo esto a Ámbar, que está toqueteando el teléfono en la cama, y mientras lo hago empiezo a preguntarme si de verdad es tan buena idea. Lo cierto es que no sabemos nada del tal Vinny ni de lo que quiere y estamos metiéndonos en asuntos de Tucker que quizá no deberíamos. Me pregunto cómo explicarle esto a Ámbar cuando me interrumpe.

—Hecho. Mensaje enviado.

—¿Qué?

Tira el teléfono sobre la cama y se encoge de hombros.

—Ya lo he mandado.

Así que eso es todo.

Ámbar se queda mirando el teléfono, como si esperara que ocurriera algo de inmediato, cosa que obviamente no pasa. Me doy la vuelta y abro el portátil. Lo enciendo, pongo la contraseña para que deje de grabar y a continuación saco la lista de palabras clave que ha utilizado Tucker.

—¿Qué estás haciendo? —me pregunta Ámbar mientras se acerca a mí.

Empiezo a explicarle cómo funcionan los programas que he instalado, el «Cazador de espías» y el «Grabador de teclados» pero noto que pierde interés.

—¿Así que puedes espiar el historial de búsqueda en Internet de alguien? Dudo.

—No, no exactamente.

—Lo hago con mi padrastro todo el tiempo. Siempre se le olvida borrar su historial de búsqueda. Por lo que veo, juega bastante al póker. Y a veces navega por páginas porno, parece que le van las asiáticas. No tengo ni idea de por qué está con mi madre.

No sé qué responder, así que le muestro los artículos de periódicos que hablan del atraco en la joyería de Playa de Los Perros.

—Joder —exclama cuando termina de leerlos—. Es muy fuerte.

Me siento un poco mejor con esa reacción. Abajo estaba actuando como si Tucker fuera el mismo Bruce Willis en *La jungla de cristal*.

—¿Qué más ha buscado desde entonces?

—¿Hmmm?

—¿Ha utilizado tu ordenador desde entonces? ¿Le has grabado mirando algo más?

—Ah eso. —Es bastante difícil responder. He utilizado mi portátil desde que instalé el programa espía, además de dejarlo como trampa para Tucker, así que sus páginas estarán mezcladas con las mías. Aun así, pongo la lista en la pantalla y ambos nos inclinamos para mirar. Ordeno los resultados por hora del día, seleccionando las horas en las que estaba en el instituto. Eso lo reduce a unos quince resultados en la pantalla. Quince páginas web que Tucker ha visitado. Pero incluso entonces hay un problema. La mayoría de ellas son imposibles de leer. Puedes ver que hay algo escrito pero el programa ha difuminado las palabras para que no puedas leerlas.

—¿Por qué no se ve lo que dice? —pregunta Ámbar.

—Porque instalé la versión gratis que solo funciona durante unos días y luego hay que pagar.

—¿Y tampoco puedes pinchar en ellas? ¿Para ver a dónde van?

—No, solo se pueden leer.

Ámbar se queda callada estudiando la lista con atención. Pone la mano en el ratón del portátil y coloca el puntero sobre el primer nombre legible de la lista. Se expande para mostrar la dirección web completa. Luego se desplaza hacia abajo, va al segundo nombre legible y luego al tercero.

—Billy, todas estas páginas son de joyerías…

—¿Ah sí?

Entonces pincha en el enlace en el que tenía el cursor.

La ventana de Internet se abre y se carga una página con exasperante lentitud. Comienza a reproducirse un vídeo que muestra a una pareja feliz bailando en la playa de Silverlea y en un primer plano de sus manos se ven anillos en los dedos. Es de una tienda que se llama 18 Quilates.

—Esa es la joyería de Newlea, la que está al final de la calle principal.

Ámbar frunce el ceño y pincha en la siguiente página de la lista. Enseguida veo que es otra joyería, también de la isla. Pincha en la tercera búsqueda de la lista y se abre otra página web de otra joyería.

—¿Por qué está buscando solo joyerías?

—Ahora que lo pienso papá dijo, antes de marcharse en el barco, que Tucker estaba buscando oportunidades aquí en la isla de Lornea.

Ámbar se gira para mirarme, con el ceño fruncido.

—¿Oportunidades para trabajar?

—Eso es lo que pensé pero... Tal vez lo que quería decir era que iba a atracar otra tienda.

CAPÍTULO TREINTA Y CUATRO

NOS QUEDAMOS en silencio un buen rato, luego Ámbar se levanta.

—No sé. ¿Tal vez está buscando un collar?

—Pero ¿tú le has visto? ¿Para qué va a querer este un collar? Además, papá me dijo que estaba buscando trabajo aquí. Ese es su trabajo.

Todavía parece dudar pero al cabo de un rato se ríe.

—¿Qué te hace tanta gracia? —pregunto, confundido.

—Tú. Todo el mundo en el instituto se piensa que eres un friki raro y empollón, pero resulta que tienes una vida familiar de lo más jodida y nadie se lo huele. Me parto de la risa.

Por muy extraño que parezca, yo no me río.

—¿De verdad crees que está planeando atracar una joyería aquí en la isla? —me pregunta al rato.

Me encojo de hombros.

—No creo nada. Solo estoy examinando las pruebas. Sabemos que robó una joyería en el pueblo ese Playa de los Perros. Y ahora está estudiando todas las joyerías de la isla.

—Tal vez... —pero su voz se apaga. Al final tan solo me mira a los ojos—. Joder, Billy. Menudo puto lío.

* * *

Ámbar tiene que irse a casa poco después, así que no tenemos oportunidad de hablar sobre qué hacer a continuación. Pero me promete que me va a ayudar. Ya sea a conseguir más pruebas que nos ayuden a demostrar que Tucker está planeando atracar joyerías o a contactar a la policía para explicarles lo que sabemos. Sea lo que sea lo que decidamos, me va a ayudar.

Baja las escaleras mientras miro por la ventana. Tarda un rato en salir y la oigo reírse abajo. Por fin aparece, se sube al coche y se va. Entonces me aseguro de que el escritorio esté bien colocado frente a la puerta de mi habitación y me voy a la cama.

Supongo que debo estar acostumbrándome un poco más a vivir con un delincuente o quizá sea que estoy agotado. En cualquier caso me duermo con bastante facilidad y cuando me despierto a la mañana siguiente estoy de bastante buen humor. Será porque, para variar, me despierto de forma natural, en lugar de con la alarma del móvil ya que obviamente no funciona porque no tiene mi tarjeta.

Enciendo la radio. Está sintonizada en la cadena Isla de Lornea FM. Es una emisora de música que solía escuchar cuando era pequeño, pero lo cierto es que me había olvidado de ella, hasta anoche, cuando encendí la radio para asegurarme de que Tucker no pudiera escuchar lo que estábamos diciendo. Me doy cuenta de que me agrada escuchar música y dicen que es bueno para el cerebro, que ayuda a las neuronas a conectarse entre sí. No creo que los resultados de los estudios que han hecho sean contundentes, pero aun así es agradable.

Después de un rato me levanto y echo un vistazo al «Buscador de Barcos» y mi estado de ánimo mejora aún más porque veo que el barco de papá está volviendo de los caladeros. Me doy cuenta de que va a llegar esta noche, es decir, antes de lo que había dicho. Eso es doblemente bueno, porque los barcos solo regresan antes si vienen cargados de peces, lo que quiere decir que papá va a ganar un buen sueldo.

Me apuro a hacer los deberes porque he estado tan ocupado con todo el lío de Tucker, y de la señora Jacobs, que no he tenido ocasión de hacerlos y tengo dos trabajos que tengo que entregar esta mañana. Así que ahí estoy, ocupado haciendo los deberes cuando de repente suena mi teléfono.

Sé lo que estaréis pensando, pero supongo que estaba pensando en papá aún por lo que asumo que debe de ser él, que tal vez ha vuelto a tener cobertura ahora que está más cerca de la costa. Por eso, sin darme cuenta de lo que estoy haciendo, contesto la llamada.

—¡Hola, papá!

—¿Quién es? —dice una voz extraña. Enseguida me doy cuenta de lo que he hecho.

Bajo el teléfono para mirar la pantalla. El identificador de llamadas pone «Vinny».

—He dicho que quién es —vuelve a decir una voz que suena un poco enfadada.

—Nadie —respondo, tratando de averiguar qué hacer a continuación.

—¡Cómo que nadie! Serás alguien. Y ese alguien tiene el teléfono de Tucker. —El hombre continúa—, ¿sabes dónde está?

No respondo, pero no puedo evitar que la respuesta me venga a la cabeza. Está abajo en el sofá, durmiendo. Enseguida se me ocurre otra cosa, puede que en realidad ya no esté abajo. Llevo un tiempo haciendo los deberes y a veces Tucker se levanta temprano y tiene la costumbre de subir a ducharse sin que nadie le haya dado permiso. Si está aquí arriba y me oye hablar por teléfono se va a preguntar con quién estoy hablando. Así que, por si acaso, giro el botón del volumen para poner la radio más alta.

—¿Qué me dices? ¿Sabes dónde está? —repite el hombre del teléfono.

—No —miento—, no está aquí.

El hombre, supongo que debería llamarlo Vinny ya que sé que ese es su nombre, no responde, y me pregunto si debería colgar. Pero paso demasiado tiempo pensando en ello y pierdo mi oportunidad.

—Dime, ¿dónde es «aquí»?

—Erm. No lo sé.

Me pregunto si Vinny podría ser de verdad el agente de la condicional de Tucker, como sugirió anoche Ámbar, pero sé que no lo es. No suena para nada como lo haría un agente de libertad condicional.

—Dime chaval, ¿cómo es que tienes el teléfono de Tucker?

Ahora ya no estoy tan seguro, parece que suena más simpático. ¿Qué pasaría si es un oficial de libertad condicional o un policía? ¿Cómo podría saberlo?

—Mira chico. Solo quiero hablar con él. No tiene nada de qué preocuparse, no le voy a hacer daño.

Trago saliva porque la forma en que lo dice me hace pensar exactamente lo contrario.

—¿Dónde estás, chico? No pareces de por aquí. ¿De dónde es ese acento? Dime dónde está Tucker...

No cuelgo y empiezo a entender por qué. Me estoy envalentonando. Me doy cuenta de que, sea quien sea, no hay forma de que con una llamada telefónica sea capaz de averiguar dónde estoy. Por eso sigue preguntándome, porque necesita que se lo diga. Así que, siempre y cuando tenga cuidado con lo que diga, estaré a salvo. No solo eso, también puedo empezar a hacerle preguntas lo cual podría ayudar cuando hable con la policía.

—¿Quiénes eres y por qué buscas a Tucker?

Hace una larga pausa y al final se ríe.

—¿Qué quién soy yo? Manda huevos. ¿Y quién dice que estoy buscando a Tucker? Lo único que estoy intentando hacer es cuidar de él, ¿me entiendes?

No contesto.

—Venga, chaval, ¿dime dónde estás? ¿De dónde es ese acento que tienes?

No respondo. Sé lo que está tratando de hacer.

—¿Me suena que es de algún sitio de la costa este?

Una vez más, guardo silencio. No va a conseguir liarme para que revele nada.

—Tucker es amigo tuyo, ¿verdad?

—No. Conoce a mi padre, eso es todo. —Enseguida me doy cuenta de que no debería haber dicho eso. Lo sé por su forma de responder, cortante y rápida.

—¿Quién es tu padre?

Intento no responder pero Vinny se limita a esperar a que hable. Es curioso lo difícil que es no decírselo, con la pregunta flotando en el aire. Temo que estoy a punto de responder, aunque no quiera hacerlo, cuando vuelve a hablar.

—¿Quién es tu padre, chaval? ¿Cómo se llama?

De alguna manera eso hace que sea más fácil no contestarle. No debería haber dejado escapar lo de papá, pero no es suficiente para que Vinny sepa dónde estamos y no voy a cometer un segundo error.

—¿De dónde es ese acento? No parece que seas de por aquí... —le ha cambiado la voz ahora. No suena malo, más bien como alguien ofreciendo caramelos a un niño.

Decido que, para estar seguros, lo mejor es colgar. Pero entonces sucede algo malo de verdad. Algo muy desafortunado. Justo antes de pulsar el botón para terminar la llamada, la canción de la radio termina y el presentador empieza a hablar. Sé lo que va a decir, porque lo he oído antes, cuando escuchaba esta emisora con frecuencia. Hay una película muy antigua, quizá la hayas visto. Es sobre la guerra de Vietnam y va de un presentador de radio en el ejército que siempre saluda de la misma manera, lo interpreta un actor antiguo que se llama Robin Williams. Creo que el DJ de esta emisora ha debido ver la película porque siempre saluda igual.

— *Gooooooooood moooooorning...* —me entra el pánico. Debería colgar, pero en lugar de hacerlo me lanzo al otro lado de la habitación para apagar la radio. Pero no llego a tiempo— ... ¡Isssssssla de Loooooooooooornea!

La habitación se queda en silencio de repente. El teléfono se me ha caído al suelo y me agacho para recogerlo, rezando para que se haya roto o se haya cortado la llamada al caerse al suelo. Entonces me doy cuenta de que Vinny sigue hablando.

—¿Qué era eso, chaval? ¿Estás ahí...?

No espero lo suficiente para escuchar el resto de la frase. Tanteo los botones hasta que la pantalla del teléfono se queda en blanco.

Durante unos instantes no dejo de mirar al teléfono y entonces la pantalla se ilumina y el identificador de llamadas muestra que Vinny ha vuelto a llamar. Tan rápido como puedo, y con bastante dificultad porque me tiemblan las manos, consigo deslizar la parte trasera y sacar la batería. A continuación saco también la tarjeta y la lanzo tan lejos de mí como puedo. Corta el aire, como cuando tiras un naipe, pero luego golpea la pared y cae al suelo en seco.

CAPÍTULO TREINTA Y CINCO

ÁMBAR ME ACORRALA al bajar del autobús escolar y me pregunta si Vinny ha respondido al mensaje. Lo cual es bueno porque significa que no le tengo que mentir. Le digo que no ha enviado ningún mensaje y en un principio parece decepcionada, pero enseguida empieza a hablar de otra cosa.

—He tenido una idea —me dice—. Es acerca de la señora Jacobs.

Tengo que ir a clase, así que no es el momento de hablar.

—¿Recuerdas que la Sharpe nos contó que Henry Jacobs se había ido con otra mujer? Pero sabemos que estaba más interesado en chavales que en mujeres.

—¿Y?

—Pues que eso demuestra que no se fue con ninguna mujer. ¿Entiendes lo que quiero decir?

Intento seguir su lógica, pero no tiene ninguna. No hay nada lógico en lo que acaba de decir.

—¿Cómo sabes que no se fue?

—Porque le gustaban los chicos. Por eso no se iría con una mujer, ¿a qué no? Piénsalo...

—Quizá le gustaban los chicos y las mujeres.

Me mira, asombrada.

—Mira, Billy, así es como funcionan estas cosas —dice Ámbar mientras se pone a mi lado para que caminemos juntos por el pasillo—. ¿A ti qué es lo que te va?

—¿Qué quieres decir?

—¿Chicas? ¿Chicos? ¿Qué es lo que te gusta?

Siento que se me está calentando la cara.

—No sé lo que quieres decir.

—Está muy claro. A Henry el Manitas le gustaban los chicos jóvenes. Por lo que no le van a gustar las mujeres también. ¿A ti quien te gusta? ¿Hay alguna chica que te guste?

No la miro, hago un esfuerzo tremendo para no mirarla.

—No.

—¿Por qué no? ¿Te gustan los chicos?

—¡No!

—No pasa nada. A mí no me importa.

—Yo no...

—Mira, lo que quiero decir es que a la gente le suele gustar una cosa o la otra. Excepto a los bisexuales, supongo. Y los hay que les gustan las ovejas, tal vez les gusten las cabras también, no lo sé.

Abro la boca para replicar, pero sigue hablando.

—Si a Henry Jacobs le gustaban los chicos, entonces creo que eso prueba que no se fue con otra mujer. O si no lo prueba, entonces casi lo hace. ¡Porque no le gustaban las mujeres! No en un sentido sexual.

No sé qué decir. Creo que quiero que termine esta conversación. Por fin lo hace, pero no de la manera que esperaba.

—En cualquier caso, — dice Ámbar— me tengo que ir a clase. He tenido una idea buenísima sobre lo que deberíamos hacer con la señora Jacobs. Te lo cuento en la hora de la comida.

Y desaparece.

* * *

No te lo había dicho pero he tenido algunos problemillas de acoso últimamente, desde lo que pasó en el vestíbulo cuando Ámbar atacó a James Drolley. Hasta ahora no había sido nada demasiado serio pero esta mañana cuando iba de una clase a otra, han empeorado las cosas. La mayoría de las aulas del instituto están en el bloque principal con la excepción de los laboratorios de Ciencias que se encuentran en el anexo. Para llegar allí hay que atravesar un largo pasillo. Estoy caminando por ahí cuando oigo que alguien me llama. Me doy la vuelta y veo a Drolley con un par de personas más. Enseguida sé que tiene mala pinta. Siempre se sabe.

—Wheatley. ¿A dónde crees que vas?

Intento decidir si debiera correr hacia el aula pero todavía es la hora del recreo. El profesor aún no habrá llegado, así que estaré atrapado con ellos en la clase aún más enfadados por haber tenido que perseguirme. Así que los espero, con la esperanza de que pase pronto el chaparrón. La pandilla de Drolley se detiene a unos pasos pero el propio Drolley continúa hacia adelante. Sigue caminando hasta estar casi encima de mí y entonces, sin frenar ni dudar, me da un puñetazo muy fuerte en el estómago.

Me duele el doble porque no me lo esperaba. Me doblo del dolor. Sigo de pie, pero me ha dejado sin aliento y no consigo volver a respirar. Empiezo a sentir pánico, trato de respirar, pero es como si mis pulmones se hubieran roto.

—Hoy no te va a proteger tu vampiresa, ¿eh, Wheatley? —me dice Drolley y enseguida siento una nueva ola de dolor cuando me da otro puñetazo, seguido de un tercero.

Esta vez no me mantengo en pie. No sé cómo pero estoy en el suelo, con polvo en las mejillas.

—Friki de mierda —le oigo murmurar por encima de mí. Luego noto un golpe en la espalda, creo que me está dando patadas. Me hago un ovillo, las patadas no me duelen tanto como los puñetazos por lo que, por fin, vuelvo a tomar aire.

Es horrible, pero al menos pasa rápido, porque enseguida se van, riéndose por el pasillo hasta que entran en el aula. Poco a poco el dolor disminuye y al menos comienzo a respirar sin que me duela. Me empujo contra la pared del pasillo con los pies y, al cabo de un rato, consigo sentarme. Algunos de mis compañeros de clase han pasado por mi lado pero ninguno ha hecho nada. En realidad no pueden, porque Drolley se metería con ellos si lo hicieran, así que se limitan a pasar de largo, como si fingieran no haber visto nada. Sé que tengo que levantarme antes de que el profesor venga a dar clase, porque sino me preguntará qué estoy haciendo aquí en el suelo. Y si le dijera lo que ha pasado, Drolley sabría que me he chivado y volvería a darme de palos.

Ya estoy de pie cuando llega el profesor Edwards. Me mira de forma extraña.

—¿Todo bien, Billy?

Sigo sin poder hablar, así que asiento con la cabeza y me responde con una mueca. Nunca me he llevado bien con este profesor.

—Bueno, no te quedes aquí como un pasmarote. Entra en clase. —Espera a que entre delante de él en el aula. Normalmente llego temprano para poder reservar un pupitre en la primera fila pero como llego tarde no queda ninguno y tengo que sentarme al fondo, al lado de Drolley que me sonríe con maldad.

Así que la siguiente clase no es que sea muy agradable, la verdad.

* * *

—Repite eso, por favor —le digo a Ámbar a la hora de comer.

—Tiene que ser ella. Todo encaja.

Miro a Ámbar con asombro.

—¿En serio crees que la señora Jacobs mató a su marido Henry?

—Estoy segura de ello.

—¿Por qué?

—Porque descubrió que era un pedófilo, no le hizo ninguna gracia y ¡pum! —imita la acción de darme un tiro en la cabeza.

—¿Y qué hay de las cartas? ¿De las tarjetas de cumpleaños que la directora Sharpe recibió de su padre, explicando que vivía con otra mujer en Maui?

—Todo falso.

No dejo de mirarla.

—¿Pero por qué nos contrataría para encontrarlo, si fue ella quien lo mató?

—Ya, es de locos, ¿verdad? Pero ¿qué pasa si se le ha olvidado? ¿Si su estado senil, o como se llame, la hizo olvidar pero en realidad quiere saberlo todo?

—¿Te refieres a la demencia senil?

—Sí, eso.

Me doy cuenta de que estoy sacudiendo la cabeza.

—Mira Billy, lo único que digo es que es una posibilidad. Así es como se investigan estas cosas. Haces una hipótesis y luego buscas pruebas.

—¿Y cómo vas a probarlo?

—Vamos a probarlo así, compañero: vamos a ir a verla para explicarle que hemos descubierto la verdad, que sabemos que fue ella quien lo mató. Si es cierto la hará recordar. No será capaz de ocultarlo. Y lo grabaremos todo, para tener las pruebas.

—Pero... —Hay tantas razones por las que esto es una locura que no sé por dónde empezar—. La directora Sharpe nos dijo que no podíamos volver a hablar con ella.

—También nos mintió acerca de que Henry Jacobs se mudara a Maui. ¿De verdad vas a hacerle caso?

—No sabemos si mintió y es la directora de nuestro instituto...

—Yo no voy a hacerle caso. ¿No lo ves? Estaba encubriendo a su madre. Esa es la razón por la que no quiere que hablemos con ella. Porque sabe muy bien lo que le pasó a Henry Jacobs. No quiere que lo descubramos.

—O quizá no quiera que molestemos a su madre porque tiene...

¿demencia mental?

Ámbar sacude la cabeza para descartar esta posibilidad de inmediato, pero luego se detiene.

—En realidad es un problema bastante gordo para la Sharpe, ¿no? Aquí está su madre con este oscuro secreto, que ahora se está volviendo loca y podría soltárselo a cualquiera.

Abro la boca para protestar de nuevo, para explicar que la directora Sharpe tiene cartas de su padre que prueban que su madre no lo mató, pero me doy cuenta de que no voy a llegar a ninguna parte. Ámbar se ha convencido a sí misma. Así que intento otro enfoque.

—¿Cómo vas a hacerlo? No tenemos ningún equipo de grabación secreto.

Ámbar se inclina hacia su bolsa con una amplia sonrisa.

—Amigo, te equivocas, sí que tenemos. —Saca una maraña de cables negros—. He tomado esto prestado del departamento de música. Lo único que hay que hacer es pegarte este cable al pecho debajo de la camiseta y conectarlo a un teléfono. No nos va a registrar, ¿no?

Mientras habla, no puedo evitar imaginarme un micrófono secreto en miniatura, como los que se ven en las películas de espías. Pero el micrófono que saca no es de esos. Es de los que se enganchan a la camisa, como los que llevan los presentadores de noticias. Supongo que podrías llamarlo discreto, pero de ninguna manera es secreto.

—¿Por qué yo? ¿Por qué tengo que ser yo quien lo lleve?

—Porque yo voy a hacer las preguntas, así que me mirará a mí y puede que lo vea.

—No lo veo claro —digo, tras considerar todo esto.

—¿Qué quieres decir? ¿Qué es lo que hay que ver?

—No sé si deberíamos hacerlo. Quiero decir, después de lo que dijo la directora. ¿Y si la señora Jacobs le dice que hemos ido a hablar con ella de nuevo?

—No puede impedir que hablemos con ella. Es nuestra clienta. Además, ya has visto que es una anciana solitaria. Estará encantada de vernos. Si estamos equivocados nos dará la oportunidad de informarla de los avances en la investigación. Podemos decirle que descubrimos que su marido se mudó a Maui. Si es verdad, deberíamos decirle eso al menos.

Lo pienso un rato. Supongo que, así puesto, tiene sentido.

—No puedo ir esta noche —le digo—. Papá ha vuelto y quiero verlo.

—Vale. —Por primera vez Ámbar parece razonable—. ¿Vas a contarle lo de Tucker? ¿Lo de que está estudiando las joyerías de la zona?

Asiento con la cabeza. No sé cómo voy a decírselo pero sé que tengo que hacerlo.

* * *

Cuando llego a casa y miro en el «Buscador de Barcos», el barco de papá todavía está bastante lejos de la isla y me doy cuenta de que he cometido un error al calcular la velocidad a la que iba. Descubro que se puede medir la distancia real en la pantalla y sabiendo la velocidad del barco, esta vez hago los cálculos correctamente, deduzco que el Alba atracará sobre las diez de la noche. Supongo que tendrá que ayudar a descargar así que igual no vuelve hasta pasada la medianoche. No podré hablarle de Tucker a esas horas así que tendrá que ser por la mañana, antes de ir al instituto. Entonces por fin papá podrá echarlo y yo ni siquiera estaré presente.

Al menos Tucker no está aquí esta noche. Todavía queda la mitad de la lasaña de verduras en la nevera y ha dejado una nota en la mesa diciendo que ha tenido que salir y que me la coma.

Me pongo al día con los deberes y ordeno un poco la casa, para papá. No va a ser fácil contarle lo de Tucker. Me preguntará cómo lo he averiguado y se imaginará que he estado fisgoneando, cosa que odia. Solo deseo que, dado lo que he terminado descubriendo, entienda que he hecho lo correcto. Pero con papá nunca se sabe.

Todavía estoy pensando en esto cuando, justo antes de irme a la cama, me meto en el correo electrónico de papá. Lo hago de vez en cuando, no porque me esté entremetiendo o porque sea un cotilla, no es nada de eso, es para estar al tanto de las cosas. Casi todas las facturas de la casa llegan por correo electrónico y necesito saber si papá está al día. Así que ojeo su bandeja de entrada un poco distraído y estoy a punto de pinchar en otra pantalla cuando veo algo que me detiene en seco. Es un correo electrónico de Tucker, que está en la bandeja de entrada de papá. Ya lo han abierto, supongo que papá estará cerca de la costa y lo ha visto en su teléfono. Pincho en el mensaje para ver lo que dice y tras un momento se abre.

Es muy corto, contiene un enlace a una página web y cuatro palabras:

«¿Qué te parece esta?»

Confundido, pincho en el enlace y la pantalla muestra una página web que me resulta familiar. Es la página que tenía el vídeo de la pareja con anillos en los dedos bailando en la playa, la de la joyería 18 Quilates. Tucker se lo ha enviado a papá. Lo que significa... Lo que significa que no necesito decirle a papá que Tucker está buscando una joyería para atracar.

Porque papá ya lo sabe.

CAPÍTULO TREINTA Y SEIS

HAY una cosa que quiero dejar bien clara y es que mi padre no es mala persona. Es solo que ha tenido una vida muy dura. Cuando era pequeño sus padres no tenían dinero por lo que no pudo ir a la universidad, ni siquiera terminó el instituto porque tuvo que ponerse a trabajar para que tuvieran suficiente para comer. Debió de haber pensado que le iba a cambiar la vida al conocer a mi madre, ya que venía de una familia adinerada con negocios y propiedades. Pero mi madre se volvió loca, asesinó a mi hermana, intentó matarme a mí y su familia le echó la culpa de todo a papá. No tuvo más remedio que huir conmigo y vivir en secreto. Total que le cambió la vida pero para peor.

Y si no fuera suficiente con eso, papá se vio involucrado en todo el lío de Olivia Curran. Eso sí que fue mala suerte. Empezó a salir con una chica que por fuera parecía muy maja pero que resultó ser una asesina. Culparon a papá del asesinato que en realidad había cometido su novia y, aun hoy, medio pueblo sospecha que tuvo algo que ver con el asesinato a pesar de que cogieran a la novia y la metieran en la cárcel. Por eso creo que si está metido en el tema de Tucker de robar una joyería es porque estará desesperado. Lo único que quiere es ganar el dinero suficiente para que podamos vivir tranquilos y que nos dejen en paz.

Aun así, no consigo dormir por la preocupación. Sigo tratando de decidir qué hacer. No tiene sentido que le cuente a papá lo de Tucker porque está claro que papá ya lo sabe.

Tampoco puedo ir a la policía porque si vienen a arrestar a Tucker investigarán sus correos electrónicos y descubrirán que papá también está involucrado en el plan.

Ni siquiera puedo hablar con Ámbar, porque... Bueno, porque Ámbar está prácticamente pirada.

Ya sé que las preocupaciones siempre parecen peores por la noche pero aun así no puedo dejar de llorar. Una vez que empiezo no puedo contenerme y enseguida noto que la almohada está empapada de mis lágrimas.

Tengo que admitir que al rato me siento un poco mejor. Justo a tiempo además porque entonces oigo un ruido fuera, me asomo a la ventana y veo a papá y a Tucker saliendo de la camioneta de papá. Se están riendo y papá parece muy contento. No sé qué sentir al respecto. Me alegro de volver a ver a papá y quiero que sea feliz. Pero me aterra lo que va a hacer.

Me lavo la cara con rapidez y vuelvo a la cama. Finjo estar leyendo un libro para que cuando entre para decirme que ha vuelto y que ha ido todo bien, no se dé cuenta de que he estado llorando. Los oigo abajo, siguen riéndose durante un buen rato y por fin oigo pasos en la escalera. Me froto la cara de nuevo y me preparo para cuando entre papá.

Pero no lo hace. Oigo ruidos en el baño seguidos de la puerta de su habitación abriéndose y cerrándose de nuevo. Y luego nada. Así que me quedo allí, sujetando el libro que en realidad no estoy leyendo.

Al cabo de un buen rato dejo el libro en la mesita de noche y trato de dormir.

CAPÍTULO TREINTA Y SIETE

AL DÍA siguiente estoy un poco distraído en el instituto así que cuando Ámbar me alcanza y me dice que hagamos pellas por la tarde para ver a la señora Jacobs, ni siquiera intento discutir. Lo más fácil es ir con ella. Hay una profesora de pie junto a la verja de entrada pero solo controla a los alumnos que entran y nosotros vamos en el coche de la madre de Ámbar, en dirección contraria.

Cuando salimos de Newlea se detiene y me dice que me quite la camiseta. Una vez más, hago lo que me dice sin discutir. Tiene un poco de esa cinta aislante de color gris que se pega a cualquier cosa. Arranca largas tiras de cinta y las utiliza para pegarme los cables del micrófono alrededor del torso y por la espalda. Colocamos el micrófono justo debajo del cuello de la camiseta. Cuando me la vuelvo a poner, no puedo moverme porque la cinta me tira la piel.

—¿Te ha respondido el tal Vinny? —pregunta Ámbar mientras presiona la cinta de nuevo contra el pecho—. ¿Al mensaje que le mandamos?

Siento que se me tensa el cuerpo y me obligo a relajarme. Me había olvidado de ese asunto.

—No.

—¿Qué tal tu padre? ¿Volvió anoche? ¿Le has contado que Tucker planea robar la joyería?

—No.

—Relájate, ¿quieres? Vas a rasgar la cinta.

—Estoy relajado. Deja de meterte conmigo.

Ámbar no lo vuelve a mencionar.

Entiendo por qué, es porque está distraída. Está superemocionada con lo que estamos haciendo. He descubierto cómo saber si está nerviosa por algo, lo sé por la forma en que le brillan los ojos. Está convencida de que la señora Jacobs asesinó a su marido y no cree que sucediera lo que dijo la directora. Y de verdad parece que va a intentar persuadir a la señora Jacobs para que confiese. Es una idea ridícula, tal y como lo es Ámbar casi todo el tiempo. Supongo que sí estoy de acuerdo en decirle a la señora Jacobs lo que hemos descubierto. Igual la señora Jacobs está demasiado chiflada para entendernos, pero a lo mejor no lo está y ¿quién sabe? Tal vez acabemos ayudándola y todo. Si es así quizá podamos quedarnos con el cheque de 5,000 dólares. Todavía no he decidido qué hacer con él.

Aparcamos en frente de la casa de la señora Jacobs y antes de que salgamos del coche Ámbar no deja de toquetearme los cables hasta que le quito la mano de un golpe. La señora Jacobs nos habrá oído llegar y puede estar mirando por la ventana.

—Vale, tranquilo Billy —dice Ámbar. A continuación pulsa el botón de grabar en el iPhone y me lo da para que me lo meta en el bolsillo. Me echa una mirada cargada de emoción, salimos del coche y nos dirigimos a la puerta principal.

Ámbar toca el timbre y esperamos un rato, pero no pasa nada. Empiezo a sentirme un poco aliviado porque, ahora que me veo aquí, me doy cuenta de que no quiero continuar con el plan. Me parece una estupidez y creo que puede traernos muchos problemas.

—Venga, vámonos a clase —digo enseguida—. No está. Incluso si estuviera, no nos va a contar nada.

Ámbar vuelve a pulsar el timbre y no contenta con eso, golpea la puerta con el puño.

—Joder —murmura.

—Venga —digo de nuevo—. Volvamos antes de que nos echen de menos... —Pero entonces la puerta se abre, solo un poquito hasta donde la cadena lo permite. Se oye un crujido desde el interior y vemos una franja de la cara de la señora Jacob. Lo suficiente para ver sus ojos lechosos y un poco asustados.

—¿Señora Jacobs? Soy Ámbar de la agencia de detectives. Quedamos en que volveríamos hoy...

Parpadea los ojos con lentitud, parece confusa.

—¿De qué agencia de detectives?

No la recordaba tan mayor como la veo ahora.

—La agencia que contrató, señora Jacobs —Ámbar ha subido el tono de voz y la pobre anciana hace una mueca, como si le dolieran los oídos por los gritos—. Para averiguar qué le pasó a su marido.

Le veo los ojos de nuevo, parpadeando. Aunque no le puedo ver la cara al completo aun así me da pena y deseo que no nos deje pasar ya que me preocupa lo que pueda decirle Ámbar.

—Lo que le pasó a Henry, señora Jacobs. ¿Se acuerda? ¿Se acuerda de su esposo Henry? Desapareció unas navidades. Nos pidió que averiguáramos qué le sucedió.

Entonces los ojos de la señora Jacobs se mueven con rapidez mientras inspeccionan primero a Ámbar y luego a mí. Me siento incómodo al estar tan cerca, es como si sintiera los cables del micrófono sobresaliendo a través de la fina tela de mi camiseta.

—¿Mi marido?

—Así es, señora Jacobs. Tenemos noticias. —Ámbar se muerde el labio con esperanza—. ¿Podemos entrar, por favor?

De repente, la puerta se cierra y, durante un instante, siento la ligera esperanza de que no nos va a dejar entrar. Pero, por supuesto, está quitando la cadena de seguridad. Hace un ruido sordo durante mucho tiempo, como si le estuviera costando y a continuación la puerta vuelve a abrirse con lentitud pero por completo.

Había olvidado lo encorvada que está. Y lo loca que está. Hoy lleva una blusa con dos botones desajustados encima de una chaqueta de lana. La hace parecer más rellena. Ámbar me echa una mirada rápida.

—Gracias, señora Jacobs. Se lo agradecemos.

La señora Jacobs echa una especie de sonrisa y se aparta de la puerta. Ámbar entra y yo no tengo más remedio que seguirla.

Recuerdo el gran pasillo, las pinturas al óleo. Todo parece más oscuro esta vez. Se me ocurre un extraño pensamiento; de repente me imagino a la directora Sharpe corriendo por aquí como una niña de nueve años que acaba de perder a su padre. Pero en mi cabeza no es una niña de nueve años, es una especie de directora Sharpe en miniatura, reducida al tamaño de una niña.

A continuación la señora Jacobs cierra la puerta lo que hace la entrada más oscura todavía. Vuelve a poner la cadena de seguridad. Tarda una eternidad y mientras lo hace, Ámbar y yo nos quedamos esperando. Por fin lo consigue y eso es un alivio en sí mismo. Me pregunto si esta vez nos va a llevar a algún sitio loco para hablar, como al baño. Pero, al igual que la otra vez, nos lleva al jardín.

—¿Queréis tomar algo? ¿Un café o un té helado? —nos pregunta y ambos decimos que no de inmediato, pero no parece oírnos—. Estoy segura de que tengo un refresco en alguna parte. No tardo nada. —Hace un gesto con la mano y Ámbar y yo nos quedamos mirando de nuevo el jardín.

—¿Qué le vas a decir? —pregunto. La verdad es que he estado un poco distraído todo el día, con todo el tema de papá y Tucker y no he tenido tiempo de pensar lo que vamos a hacer aquí.

—Ya te lo dije —responde Ámbar—. Vamos a decirle lo que hemos descubierto y hacer que confiese.

—Pero qué pasa con... —No termino lo que estoy diciendo porque en ese momento la señora Jacobs vuelve con dos latas de limonada en una bandeja. Pone la bandeja en la mesa y nos obliga a usar posavasos.

—Ya sé cómo sois los jóvenes con las bebidas —dice guiñándome un ojo.

Cojo la limonada y me doy cuenta de que la pestaña ya está abierta. La huelo de manera sospechosa pero parece estar bien, siento el cosquilleo de las burbujas en la nariz, así que le doy un sorbo.

—A ver, querida —le dice la señora Jacobs a Ámbar—. ¿Dijiste que habías descubierto algo sobre Henry?

Me alegro de que le haya preguntado a Ámbar porque no sé lo que debemos decir. No veo cómo le vamos a contar que la directora Sharpe, su propia hija, nos ha contado que el señor Jacobs se fue con otra mujer. Ni cómo ella, la señora Jacobs, debe haber sabido la verdad todo este tiempo pero se le había olvidado porque está un poco loca. ¿Cómo la hará sentir? Resulta que tampoco creo que Ámbar sepa qué decir, porque empieza explicando cómo descubrimos que Henry era el director del instituto de Newlea cuando desapareció y que buscamos en los archivos del periódico información al respecto. Y todo el tiempo la señora Jacobs se queda sentada con toda una serie de miradas en su cara, desde confundida hasta enfadada.

—¡Pero yo ya sé todo esto! —exclama cuando Ámbar termina. Luego me mira a mí.

Y eso hace que Ámbar me mire también. Así que tengo que decir algo.

—Hablamos con su hija. O mejor dicho, ella habló con nosotros. Es la directora de nuestro instituto.

Hay un momento en el que la señora Jacobs sonríe, supongo que por la mención de su hija, pero luego parece desconcertada.

—¿La directora de vuestro instituto?

—Sí. Nosotros vamos al instituto de Newlea. ¿Sabe que ella es la directora allí, no?

—Bueno, sí. Por supuesto. Pero... —levanta una mano frágil y me señala —, ¿eres un estudiante del centro de Wendy?

—Ambos lo somos.

Hay un momento de silencio y luego intento sonreír. Ámbar no parece muy contenta. ¿Pero qué se suponía que debía decir?

—La directora nos dijo...

—Pero ¿no erais detectives? Ella me dijo que eráis detectives. —La señora Jacobs gira en su silla y vuelve a mirar a Ámbar, pero está más confundida que enfadada.

—Somos detectives y también somos estudiantes.

Hay un momento extraño en el que no sé cómo se lo va a tomar la señora Jacobs, pero luego se ríe.

—¡Ay madre! Ya pensaba yo que parecíais demasiado jóvenes. —La señora Jacobs hace una pausa y tuerce la cara de nuevo como si se le acabara de ocurrir algo—. Pero Wendy no sabe lo que le pasó a Henry.

No estoy seguro de lo que quiere decir con eso, así que decido corregirla.

—En realidad, señora Jacobs, eso es lo que queríamos... —Pero no llego a terminar la frase porque hay un cambio repentino en la señora Jacobs. De repente se sienta más recta en su silla, parece menos frágil. Y se le endurece la voz. Es como lo que pasó la primera vez que estuvimos aquí.

—Esa niña no tiene ni idea de nada. Nunca ha sabido nada.

Es como si alguien hubiera hecho desaparecer por arte de magia a la señora Jacobs y la hubiera sustituido por otra persona. Todo en ella es diferente. Incluso la opacidad de sus ojos ha desaparecido.

—¿Qué te contó? —exige la señora Jacobs—. ¿Qué te dijo la tonta esa?

Miro a Ámbar, quiero que se haga cargo de nuevo de la conversación, pero se limita a asentir con los ojos muy abiertos, instándome a seguir. Siento los penetrantes ojos de la señora Jacobs. De repente me parecen malvados. Sigo adelante, con todo el cuidado que puedo.

—Nos contó que su marido se fue de la isla con otra señora. Que empezó una nueva vida con ella en Hawái. Que les mandó cartas. Por eso sabe lo que le pasó.

Los ojos de la señora Jacobs se entornan quizá por sorpresa, o duda. Pero no dice nada.

—Lo siento mucho —empiezo a decir.

—¡Y una mierda que se fue de la isla! —estalla de repente—. No hay manera de que ese hombre fuera a abandonarme. Ya me aseguré yo de ello.

Se hace un largo silencio. Lo único que oigo es el piar de los pájaros y el oleaje de fondo en los acantilados.

—¿Podría repetir eso, señora Jacobs? —oigo a Ámbar preguntar, pero parece que habla desde muy lejos.

—¿Repetir el qué? —responde de mala manera.

—Lo que acaba de decir, lo de que se aseguró de que no la abandonara. ¿Qué ha querido decir con eso?

Hay otro cambio en la señora Jacobs y por un momento creo que la dulce anciana ha vuelto. O tal vez sea que espero que eso ocurra, porque esta versión me da miedo. Pero me equivoco. Vuelve a ser otra persona. Menos enfadada, pero más lúcida.

—Henry nunca iba a dejarme. Yo hacía que fuera respetable. Mi familia tenía dinero. Ah no... — levanta la mano de nuevo e incluso ese gesto parece de alguna manera menos frágil que antes—. No. Yo lo maté. —Se sienta y sonríe, sus labios se retraen para mostrar sus viejos dientes manchados y sus encías rojas como la sangre.

Ámbar se gira para mirarme y hay toda clase de miradas en su cara, desde un «te lo dije» hasta un «más te vale estar grabando esto».

—Usted... ¿hizo el qué? —pregunta Ámbar volviéndose hacia ella.

La señora Jacobs le lanza una mirada de lástima a Ámbar. Es como si no tuviera tiempo para la estupidez de Ámbar.

—Lo maté, querida. Le advertí que lo haría. Si seguía con el toqueteo le avisé lo que pasaría. Pero no me quiso escuchar. Así que lo maté.

Se vuelve hacia mí y vuelve a sonreír. Soy medio consciente de que tengo la boca abierta.

—Tú le habrías gustado, don Billy. Estoy segura de ello. Habrías sido uno de su «alumnos favoritos». Pero no, no podía dejar que siguiera así. Nos habría arruinado cuando saliera a la luz. Y habría salido a la luz. Tarde o temprano.

—¿Entonces qué pasó? —pregunta Ámbar. Su voz aún me suena distante.

—¡Te lo acabo de decir! Me prometió que no volvería a pasar. Pero yo sabía no sería así. Me di cuenta. Y en efecto ahí estaba, volviendo a casa tarde del instituto. ¡Trabajando hasta tarde! Ya sabía yo qué significaba eso. Así que fui a confirmar mis sospechas al centro. Llegué justo a tiempo para ver a un chico salir, con la ropa revuelta. Entré. Se sorprendió de verme allí.

Nos mira a cada uno de nosotros a los ojos y hay una extraña expresión en su rostro. Orgullo. Arrogancia.

—¿Le disparó? —pregunta Ámbar casi sin aliento.

—Por supuesto que no. ¿De dónde iba a sacar yo una pistola? —Pone los ojos en blanco y se vuelve hacia mí—. Fingí que no pasaba nada, que solo venía de paso. Le pedí que me enseñara las obras, el nuevo gimnasio que estaban construyendo, ya que parte del dinero venía de mi familia. Accedió, más que nada porque se sentía culpable por lo que había estado haciendo unos momentos antes. Entonces, cuando estaba de espaldas, le golpeé en la cabeza con un ladrillo. Cayó como un saco de patatas. Fue bastante fácil.

Arrastré el cuerpo por el suelo hasta que cayó al fondo de un hoyo que habían excavado para las obras y lo cubrí con escombros. Al día siguiente vertieron hormigón en el hoyo y lo cubrieron por completo.

La señora Jacobs se gira y me sonríe.

—Y así fue como acabó mi Henry.

CAPÍTULO TREINTA Y OCHO

—¿DIME que lo has grabado todo? ¡No se te ocurra decirme que te sentaste en el teléfono y dejaste de grabar! Por favor, dime que lo tienes todo.

Estamos en el coche de Ámbar, conduciendo de vuelta hacia el instituto. No sé cómo describir el ambiente. Nos hemos quedado, no sé, alucinados. Después de que la señora Jacobs nos contara que mató a su marido, se transformó en la dulce anciana asustada de antes, con la misma mirada confusa en sus lechosos ojos. Cuando Ámbar le pidió más detalles, no parecía saber quién era el señor Jacobs y mucho menos lo que le había pasado. Ni siquiera estoy seguro de que supiera quiénes éramos nosotros.

Desbloqueo el teléfono con cuidado, asegurándome de no hacer nada estúpido como borrar el archivo. Y luego le doy al *play*. Es un poco difícil oír con el ruido del motor de fondo, pero se nos oye bien, a los dos saliendo del coche y yendo a la puerta.

—Vamos, volvamos al instituto —oigo mi voz de antes—. Creo que no nos va a decir nada más.

Supongo que Ámbar no oye bien porque gira el volante con brusquedad para aparcar en una zona de aparcamiento al lado de la carretera y una vez allí frena tan fuerte que las ruedas derrapan en la grava.

—Sube el volumen —dice.

Hago lo que me dice y también ajusto el control en la parte inferior de la pantalla para avanzar a la parte en la que la señora Jacobs confiesa.

«Lo maté, querida. Le advertí que lo haría. Si seguía con el toqueteo le avisé lo que pasaría.»

—Joder —exclama Ámbar—. No me lo puedo creer.

No respondo. Me quedo mirando por el parabrisas. El aparcamiento es uno de esos que tienen vistas al mar. A lo lejos, la capital es una sombra gris en el horizonte. A cierta distancia pasa un buque de carga con enormes contenedores rojizos por el óxido. Más cerca aún, una bandada de alcatraces se alimenta en las frías corrientes que se arremolinan alrededor del extremo sur de la isla de Lornea, plegando sus largas y delgadas alas y sumergiéndose en el agua como flechas. Veo los pájaros, el buque, pero apenas registro nada de ello.

—Tenemos que ir a la policía —dice Ámbar. No respondo—. No nos queda otra opción. Sabemos que se ha cometido un crimen, un asesinato. No podemos no ir a la policía.

Todavía no digo nada. Estoy pensando.

—¡Y pensar que enterró el cuerpo bajo el jodido gimnasio! Todavía estará allí. Ayer mismo estuve en el gimnasio en clase de Educación Física. Qué asco.

Me detengo a observar los alcatraces. Me he quedado hipnotizado mirándolos. Cuando llegan al agua son capaces de bucear hasta veinte metros, como si pudieran volar bajo el agua. Me gustaría criar un polluelo de alcatraz algún día pero no anidan en la isla, prefieren islotes aislados en mar abierto.

—¡Billy!

Mi cabeza se gira para mirarla.

—Tenemos que ir a la policía.

Abro la boca para responder pero no digo nada. El caso es que no puedo quitarme de la cabeza lo que pasó la última vez que fui a la policía cuando Olivia Curran había desaparecido y pensé que tal vez el cojo de Silverlea la había secuestrado y asesinado. De hecho, saqué una foto de lo que pensé que era él sacando el cuerpo de la casa enrollado en una alfombra. Con la pequeña diferencia de que no era ella en absoluto. Estaba renovando su casa. Era solo una alfombra.

Sin decir nada vuelvo a pulsar el *play* en el teléfono. La voz de la señora Jacobs vuelve a sonar. Por el tono se puede decir que la que habla es su versión desagradable.

«Le golpeé en la cabeza con un ladrillo. Cayó como un saco de patatas. Fue bastante fácil. Arrastré el cuerpo por el suelo hasta que cayó al fondo de un hoyo que habían excavado para las obras y lo cubrí con escombros. Al día siguiente vertieron hormigón en el hoyo y lo cubrieron por completo...»

Se oye una risotada. En su momento no me di cuenta pero se oye muy clara en la grabación. Es más un cacareo que una risa, como si la señora Jacobs fuera una bruja de verdad.

—¿Billy? Tenemos que ir a la policía.

Asiento con la cabeza.

—Sí, lo sé.

CAPÍTULO TREINTA Y NUEVE

UNA VEZ que hemos tomado la decisión de ir a la policía nos ponemos a discutir cómo hacerlo. Quiero decir, no se puede entrar en la comisaría de Newlea diciendo que tienes pruebas de un asesinato, ¿a qué no?

Pues en realidad resulta que sí se puede. O al menos, no se nos ocurre una idea mejor. Así que eso es lo que hacemos. En lugar de volver al instituto Ámbar nos lleva a la comisaría, la misma donde me entrevistaron hace un par de años.

Es raro estar aquí de vuelta. No parece que hayan pasado dos años desde la última vez que estuve aquí y me pregunto si reconoceré a alguien. Pero el funcionario de la recepción no me resulta familiar.

—¿Necesitáis ayuda? —Entorna los ojos como si no le gustaran los adolescentes. Había olvidado que la policía era así.

—Tenemos que hablar con un inspector —digo, tratando de sonar más seguro de lo que me siento—. Tenemos pruebas de un asesinato.

El agente parece querer demostrar que esto es lo de siempre, pero veo que levanta las cejas en señal de sorpresa.

—¿Qué pruebas?

En respuesta, sostengo el teléfono de Ámbar y pulso el *play*. Se oye la voz de la señora Jacobs en el silencio de la comisaría. Detengo la grabación justo después de su risa cacareada.

—¿Quién es la que habla? —pregunta el agente, pero yo niego con la cabeza.

—Tenemos que hablar con un inspector —insisto.

El agente nos mira a los ojos durante un buen rato antes de moverse. Está claro que está enfadado pero me da igual, sé que necesitamos a un agente de más rango.

—Voy a buscar a alguien con quien podáis hablar.

—Gracias.

Diez minutos después, el mismo agente nos conduce a una sala de interrogatorios. Nos dice que nos sentemos y que alguien estará con nosotros en breve. Es aún más extraño estar de nuevo aquí: es la misma sala en la que estuve la última vez. Todavía tiene las antiguas grabadoras que tenían antes, las que usan cintas. Se las señalo a Ámbar pero frunce el ceño como si no le interesara.

—¡Son analógicas! —le digo.

Sigue frunciendo el ceño y luego murmura, más para sí misma que para mí.

—Vaya puto lío.

Entonces se abre la puerta de golpe y entra un hombre a grandes zancadas. Está a punto de cerrar la puerta cuando se detiene al verme. Mantiene la cabeza quieta durante unos instantes.

—¡Wheatley! Sabía que recordaba ese nombre. —Luego cierra la puerta, pero lo hace con lentitud como si se estuviera tomando tiempo para recordar todo lo que pasó hace dos años.

Me doy cuenta de que yo también lo conozco. Era uno de los agentes con los que no me llevé bien hace dos años. Aunque en realidad sí que hubo muchos con los que no congenié. Se sienta frente a nosotros. Antes de volver a hablar mira a Ámbar con curiosidad, pero luego vuelve a dirigirse a mí.

—Billy Wheatley.

No respondo. No recuerdo su nombre. Después de un tiempo debe caer en eso.

—Soy el inspector jefe James Langley. Ya nos conocemos. —Se vuelve hacia Ámbar— ¿Y tú eres?

Mientras le dice su nombre recuerdo un poco más sobre él. Era el encargado de la investigación de la chica desaparecida, pero no era muy bueno que digamos. Le molestó bastante que intentase ayudar.

—Frank me dice que tenéis algo que debo escuchar. —No pone en marcha la grabadora del escritorio, así que no parece que haya mejorado como inspector. Se me ocurre indicarlo pero al final no lo hago. En su lugar, vuelvo a reproducir el audio de la confesión de la señora Jacobs.

El inspector Langley escucha en silencio con la mirada severa. Cuando termina se rasca la oreja.

—¿Esto qué es, una especie de broma?

—No. —Estoy un poco confundido con su sugerencia. ¿Por qué iba a hacer esto como una broma?

Langley reflexiona un rato más.

—¿Y quién es la que habla?

—Se llama Barbara Jacobs —dice Ámbar. Parece bastante nerviosa. Había olvidado que nunca había estado dentro de una comisaría.

—¿Y de quién está hablando?

—De su marido, Henry Jacobs. Fue el director del instituto de Newlea hasta 1979, cuando lo mató.

Ámbar se calla y Langley nos mira a los dos durante un rato, uno tras otro.

—¿Dices que fue en 1979? Hace…

—Hace cuarenta años —tengo que interrumpir. Puedo verle contando en su cabeza.

—Bien —asiente con la cabeza y se vuelve hacia Ámbar.

—¿Cómo conseguiste la grabación?

Ámbar duda antes de responder.

—Hemos estado... Hemos estado investigando lo que le pasó.

Langley no se mueve.

—¿Por qué?

—Porque... Pensamos que... bueno... —está claro que Ámbar no sabe qué decir, así que vuelvo a interrumpir.

—Hemos abierto una agencia de detectives —confieso. Se va a enterar tarde o temprano así que mejor decírselo—. Y la señora Jacobs nos ha contratado. Ya es muy mayor y no quiere morir sin averiguar qué le pasó a su marido. Resulta que lo mató y se le había olvidado porque tiene demencia.

Siento que los ojos de Langley se posan en mi cara, como si estuviera absorbiendo toda esta información, procesándola pieza por pieza.

—¿Quién dices que ha abierto una agencia de detectives?

Me señalo a mí mismo y a Ámbar.

—Nosotros.

Le cambia la cara al inspector. Se pone rígido, tratando de no mostrar en qué está pensando.

—¿Habéis abierto una agencia de detectives?

—Así es.

—¿Tú? ¿Billy Wheatley? ¿Una agencia de detectives?

—Sí. Y luego Ámbar se incorporó también.

Hay una pausa.

—¿Por qué?

—Creo que porque estaba aburrida. No hay mucho que hacer en la isla de Lornea y su madre está más interesada...

—No. ¿Por qué has montado tú una agencia de detectives?

—Ah —hago una pausa—. Bueno, en realidad no era mi intención. Estaba practicando cómo hacer páginas web y una cosa llevó a la otra... —Me callo. No necesita saber todos los detalles.

Ahora Langley parece perplejo. Empieza a parpadear sin parar y sacude la cabeza.

—Y esta señora... esta tal Barbara Jacobs. ¿De verdad que te contrató como detective?

Miro a Ámbar, ya le había dicho antes de entrar que acabaríamos respondiendo las mismas preguntas una y otra vez.

—Sí.

—¿Por qué? ¿Qué quería?

—Quería que encontráramos a su marido.

—¿El que admitió haber matado?

Intento explicarlo de nuevo.

—Se le olvidó la causa de la desaparición porque tiene problemas de demencia, así que nos contrató para averiguarlo. Pero entonces lo descubrimos... Y, bueno —señalo el teléfono que hay sobre la mesa.

—Entonces cómo... —se detiene—, ¿cómo habéis conseguido la grabación?

—Dedujimos que debió haber sido ella y decidimos hacerla confesar.

—Lo deduje yo —interrumpe Ámbar.

—Sí, Ámbar lo resolvió —admito, porque es lo justo.

El inspector Langley se sienta en silencio un momento, golpeando la mesa con los nudillos. No nos mira. Por fin se levanta.

—Esperad aquí.

Llega hasta la puerta, se da la vuelta y vuelve. Coge el teléfono de la mesa.

—¿Te importa?

Tanto Ámbar como yo sacudimos la cabeza.

—Vuelvo enseguida.

Tan pronto como se ha ido me siento un poco nervioso. Acaba de llevarse la única prueba que tenemos y no nos ha dado ni siquiera un recibo. Creo que Ámbar está igual de nerviosa así que nos sentamos en silencio, sin mirarnos.

Acabamos esperando un buen rato. El inspector Langley vuelve en varias ocasiones para hacernos nuevas preguntas aunque también repite las mismas de vez en cuando. A veces viene solo y otras veces entra con compañeros. En un momento dado, el Comisario de Policía se asoma. Lo conocí cuando me dieron la medalla, así que lo saludo con la mano pero no me devuelve el saludo, ni siquiera dice nada, tan solo nos mira y se marcha de nuevo.

Luego nos dicen que han llamado a nuestros padres porque tienen que hacer entrevistas formales. Sabía que esta parte iba a llegar y no me apetecía, pero no se puede evitar. Al menos papá ha vuelto del barco, así que no se va a meter en problemas por dejarme solo. Me pregunto si el hecho de tener que venir a la comisaría de nuevo le recordará que el atraco que está tramando con Tucker es mala idea. Si así fuera sería una ventaja inesperada.

El padrastro de Ámbar llega primero. No le había conocido. Lleva un traje y es muy educado con los agentes, pero parece muy enfadado con Ámbar, como si fuera una molestia pero esto ya fuera otro nivel. Ámbar se tiene que ir con él y el agente que me espera me explica que quieren entrevistarnos por separado. Quieren comprobar si nuestras historias coinciden, pero no me preocupa porque estamos diciendo la verdad.

Entonces entra papá. Hace más de una semana que no lo veo. No ha debido afeitarse en el barco porque tiene barba de varios días que me araña la cara mientras me abraza. Parece más preocupado que enfadado. Me pregunta en un susurro en qué lío me he metido esta vez pero no tengo la oportunidad de responderle porque enseguida entran el inspector Langley y otro agente. Se sientan para empezar el interrogatorio formal.

CAPÍTULO CUARENTA

TENGO que repetir una y otra vez lo que ya les había contado. Luego, cuando terminamos, quieren volver a hablar de partes concretas, como por ejemplo, lo que yo creía que había querido decir el tipo del taller cuando nos dijo que a Henry le gustaban los chicos. Es agotador. Siguen parando y pausando la cinta, luego salen y nos quedamos allí esperando durante mucho tiempo antes de que empiecen de nuevo.

Papá sigue preguntando cuándo nos podremos ir a casa, pero siempre tienen una pregunta más, hasta que se hace muy tarde y estoy tan cansado que no puedo mantener los ojos abiertos. Entonces papá insiste y al final acceden, pero dicen que tenemos que volver mañana a primera hora. Nos llevan a casa en un coche de policía. Hay un ambiente raro en casa, con papá y Tucker y todo eso, así que me voy a la cama. A la mañana siguiente regresamos a la comisaría y todo sigue igual que el día anterior. Al cabo de un rato me desconecto de todo hasta que, a la hora de comer, me entra mucha hambre. Tengo un hambre que no veo. Anoche no cené y esta mañana he desayunado solo un par de tostadas. Por fin se lo digo a uno de los detectives. No era mi intención, simplemente me sale así.

—¿Puedo comer algo?

Eso los detiene en seco. Uno de los inspectores, el que está al cargo de nosotros, da un golpe en la mesa.

—Claro. ¿Te gustan las hamburguesas?

—Sí.

—De acuerdo entonces. —Se levanta y se va.

Eso fue hace una hora. Desde entonces estamos solos, papá y yo, sin hablar. Me ha hecho algunas preguntas sobre la agencia de detectives y se le nota que no le gusta la idea pero no me regaña. Aquí no puede.

Por fin se abre la puerta y el inspector vuelve con una bolsa de comida para llevar del Burger King. Huele increíble. Normalmente no me gusta mucho el Burger King pero ahora mismo me comería cualquier cosa.

Antes de que pueda empezar a comer el inspector Langley regresa a la sala. Era el único agente que no habíamos visto esta mañana. En una mano lleva una carpeta de plástico llena de papeles. Le dice algo en voz baja al otro inspector, luego le quita la bolsa del Burger King y cierra la puerta tras de sí, de modo que estamos tan solo papá, él y yo en la sala. Se sienta y aparta las hamburguesas a un lado. Luego abre su cartera de plástico y saca los papeles.

—Billy, tenemos que hablar de algo —dice el inspector Langley.

Es muy difícil no mirar las hamburguesas, pero aparto los ojos y le miro.

—Acabo de volver de hablar con Barbara Jacobs. —Me mira a los ojos, su cara no delata nada. Miro a las hamburguesas, esperando que se dé cuenta. Pero no lo hace—. Niega haber matado a su marido. Nos ha dicho que desapareció en 1979 y que no sabe qué le pasó después.

De nuevo miro a las hamburguesas. Puedo hablar y comer bastante bien. Me pregunto si debería explicárselo al inspector Langley.

—Bueno, eso no significa nada —oigo que responde papá—. No ahora que ya ha confesado en la cinta que grabó Billy.

—Esa grabación se hizo sin su conocimiento ni consentimiento. No podemos usarla.

—¿Entonces van a dejarla marchar? —pregunta papá—. Ya han oído lo que ha dicho...

—No he dicho que vayamos a dejarla marchar. Estamos buscando en los registros para ver si hay alguna entrada de Henry Jacobs después de 1979. En Maui o en cualquier otro lugar.

—¿Y las hay?

Sé que debería seguir esto con más atención, pero es que no puedo con tanta hambre. De repente, me rugen las tripas y el inspector Langley se calla y me mira. Por fin lo entiende y vuelve a poner las hamburguesas delante de él. Mira dentro de la bolsa.

—¿Tienes hambre, Billy? —me pregunta y yo me contengo la respiración. Me rugen las tripas de nuevo, esta vez más fuerte aún.

Me pasa la bolsa. Enseguida meto la mano y saco una hamburguesa doble con queso y beicon. Está aún mejor de lo que me había imaginado.

No presto atención durante el siguiente rato ya que estoy demasiado ocupado comiendo. Cuando termino me doy cuenta de que papá y el inspector Langley llevan un buen rato hablando y ya parecen estar terminando.

—Y entonces ¿qué pasa ahora? —pregunta papá.

—Te llevas a Billy a casa y te aseguras de que no se entrometa más en este caso. Eso es lo que pasa.

CAPÍTULO CUARENTA Y UNO

EL RESTO del día lo paso en una especie de trance, me siento un poco mareado. No estoy seguro de lo que es real y lo que no. Tengo la sensación de que papá tampoco sabe cómo reaccionar. Parece creer que debería enfadarse conmigo pero sin saber muy bien por qué o incluso si esa es la mejor opción. Después de todo, no es que sea una situación muy normal.

No para de intentar entablar conversación conmigo pero una vez que empieza parece no saber cómo continuar. Sacude la cabeza varias veces, me pregunta si estoy bien y luego no sabe qué decir. En cierto modo, se lo está tomando bastante bien; tanto es así que me planteo decirle que lo sé todo sobre Tucker y sus planes. Pero quizá sea demasiado, no voy a tentar la suerte. Así que me callo.

Paso el resto del día con Steven, intentando liberarlo. En realidad es algo que debería haber hecho hace tiempo, ya que es obvio que está listo. Lo pongo fuera, en una especie de jaula que papá ha construido para este fin. Está cubierta por una malla de gallinero para que Steven no pueda salir volando así que remuevo la malla porque en realidad quiero que Steven salga volando si quiere. Por supuesto, no lo hace. Cuando vuelvo a casa me sigue y se sienta en el alféizar de la ventana. Cierro las cortinas para que no pueda verme pero sé que sigue ahí.

Entonces me doy cuenta de lo cansado que estoy. Bueno, cansado no, agotado. Me voy a la cama temprano y, por una vez, ni enciendo el ordenador ni nada. Me meto en la cama y me duermo.

Al día siguiente me despierta el teléfono, hace unos días le puse mi tarjeta de vuelta y veo que es Ámbar.

—No te lo vas a creer —dice cuando contesto.

—¿El qué? —respondo. Todavía estoy medio dormido.

—La policía está en el Instituto. Van a levantar el suelo del gimnasio.

CAPÍTULO CUARENTA Y DOS

NO CIERRAN EL INSTITUTO, tan solo el gimnasio. Ni siquiera cancelan las clases de Educación Física, simplemente las trasladan al patio. De hecho, al principio es como si no pasara nada con la excepción de que haya unos cuantos coches de policía aparcados en la entrada del gimnasio y un agente uniformado junto a la puerta para asegurarse de que nadie pueda pasar. Pero entonces empieza el ruido.

Un machaqueo profundo y retumbante que se oye por todo el instituto.

No le cuento a nadie lo que sé, me concentro en los ruidos, pero los rumores ya han comenzado. Dicen que es la directora Sharpe a quien la policía espera encontrar allí enterrada lo cual es una tontería cuando lo piensas, pero es buena indicación de la inteligencia de algunos de los estudiantes del instituto. Otros hablan de que podría haber cuerpos de estudiantes allí, cientos de ellos, asesinados por profesores a lo largo de los años. Como ya dije, muchos de los alumnos aquí no son muy brillantes que digamos.

Incluso los profesores cotillean aunque fingen que no lo hacen. Dicen que quieren que sigamos trabajando con normalidad, pero cuando aparece una furgoneta de televisión con una gran antena parabólica en el techo y toda mi clase de Ciencias va a mirar por la ventana, el profesor Matthews no hace nada para detenernos. Incluso él también se pone a mirar. Vemos a una mujer con un vestido rojo y micrófono en mano hablando a la cámara en frente de los coches de policía. Entonces alguien se las arregla para conseguir que su entrevista se transmita en directo por un móvil y acabamos reuniéndonos alrededor del teléfono, tratando de escuchar.

—...La comisaría de policía de la Isla de Lornea se niega a declarar en este momento por qué están interesados en el gimnasio del Instituto de Educación Secundaria Isla de Lornea, confirmando solo que están actuando en base a información creíble...

En ese momento el profesor Matthews nos hace volver al trabajo. Pero es imposible concentrarse, incluso en la clase de Ciencias, con el ruido de las máquinas rompiendo hormigón. Y los rumores siguen corriendo como la dinamita.

Veo la entrevista entera con la presentadora del vestido rojo más tarde en casa con papá y Tucker. Pero no hay noticias como tal. Solo que la policía está buscando algo pero aún no lo han encontrado. Lo mismo ocurre al día siguiente, y al siguiente. Luego es sábado, así que no voy a clase pero continúo pendiente de las páginas web de noticias para ver qué pasa. El domingo por la noche estoy arriba y papá me llama para que baje a ver algo en la tele con él. Casi no me molesto, pero dice que es importante. Así que bajo. Esta vez hay noticias de verdad, hay novedades.

Pero no son las que me espero.

CAPÍTULO CUARENTA Y TRES

EN LA TELEVISIÓN, el inspector jefe Langley está sentado en una mesa con el comisario de policía a un lado y una mujer que no reconozco al otro. Hay un montón de micrófonos frente a él.

—¿Qué es esto? —le pregunto a papá.

—Una rueda de prensa —dice—. Acaba de empezar.

«Como ya saben —la voz de Langley llega a través de los altavoces en forma de zumbido—, durante los últimos días hemos estado llevando a cabo una búsqueda detallada en los cimientos del gimnasio del instituto de Newlea. Esta operación se llevó a cabo en respuesta a información creíble sobre la posibilidad de descubrir pruebas relacionadas con un posible homicidio. —Langley hace una pausa, por un momento mira a la cámara equivocada y luego parece darse cuenta—. Sin embargo, esa búsqueda no ha revelado ningún indicio de actividad sospechosa por lo tanto ya no consideramos que este sitio sea de interés en esta investigación.»

A continuación urge al público para que se pongan en contacto si tienen alguna información pero no presto atención a esa parte.

—¿Qué significa esto? —pregunto, cuando la televisión pasa a otra cosa. Papá baja el sonido—. ¿Significa que no han conseguido encontrarlo?

—No —responde papá—, significa que no había nada que encontrar.

* * *

Paso el resto del día tratando de darle sentido a todo. Es posible que la policía no haya mirado bien. O que la señora Jacobs nos mintiera. O tal vez que se confundiera y en realidad no matara a su marido. No consigo ver cuál de esas opciones es la correcta.

Al día siguiente la policía quiere verme de nuevo, lo cual me alegra porque al menos me explicarán lo que está pasando. El agente del mostrador de la entrada nos lleva a papá y a mí a una antesala al lado de la recepción. Anticipo que nos va a llevar a la sala de interrogatorios como de costumbre, pero en su lugar subimos a una sala llena de escritorios en el primer piso. Continuamos hasta el fondo de la sala hasta que llegamos a un pequeño cubículo.

—El inspector jefe Langley llegará en cualquier momento —dice el agente antes de marcharse.

El escritorio del inspector jefe Langley es como cualquier escritorio normal, como los que tienen las secretarias del instituto. Hay varios montones de papeles ordenados en un lado, una taza de café y un marco de fotos con la espalda hacia nosotros. No puedo ver la foto así que me inclino hacia delante para verlo mejor.

—Ahí quieto Billy. No toques nada.

—Yo no... No iba a...

No continúo. Papá parece más enfadado hoy. Creo que hasta ahora me había dado el beneficio de la duda porque pensaba que podría haber resuelto un asesinato. Si así fuera no le quedaría otro remedio. Sin embargo, ahora que la policía no ha encontrado ningún cádaver, papá ya no parece tan paciente. Supongo que lo averiguaré más tarde, ya que ahora mismo entra el inspector Langley a grandes zancadas, con el mismo traje marrón de siempre y su placa de inspector en el cinturón. Cierra la puerta de su cubículo de cristal y se dirige a papá.

—¿Quieres un café?

—Vale.

Hay un armario junto a la pared con una cafetera medio llena. Langley sirve dos tazas y pone una delante de papá. A mí no me ofrece nada.

—¿Has visto las noticias?

Miro a papá y me devuelve la mirada.

—No encontramos nada. —Langley sacude la cabeza—. Levantamos todo el suelo, el hormigón, hasta que llegamos a la tierra. —Me mira—. Supongo que no vas a dar clases en el gimnasio por un tiempo...

—No me importa —interrumpo, y frunce el ceño como si le hubiera molestado que hablase. Luego se sienta detrás del escritorio.

—Mira, chico. La razón por la que te he traído es que ya hemos estado en esta situación otras veces y de verdad no quiero verme en estas de nuevo.

Me mira muy serio pero no sé qué quiere decir.

—Esa página web que hiciste, esa agencia de detectives... —se detiene y suspira—, ¿eras consciente de que necesitas una licencia para operar como investigador privado en la isla de Lornea? Además tienes que ser mayor de edad. Te podríamos poner una multa de diez mil dólares. Podríamos presentar cargos por fraude. Si Barbara Jacobs quisiera, podría presentar una demanda civil.

No estoy del todo seguro de lo que significa todo esto pero me pone nervioso. No me atrevo a mirar a papá, pero es él quien habla.

—¿La señora Jacobs va a poner una demanda?

Langley vacila.

—Todavía no lo ha hecho.

—¿Y qué hay de vosotros? ¿Vais a presentar cargos?

Langley no responde de inmediato.

—Tampoco. En su lugar vamos a tener una pequeña charla para asegurarnos de que no nos encontremos en esta situación de nuevo. Y quiero decir nunca jamás. —Se vuelve hacia mí—. ¿Te enteras, Billy? Esto se acaba aquí. Nada de meterse en asuntos ajenos. Nada de agencias de detectives. Se acabó. Punto pelota.

Abro la boca para hablar pero me lo pienso mejor.

—Porque si esto vuelve a suceder no te vas a escapar con una charleta. Vamos a ir a por ti con todas las de la ley.

Sigo sin responder.

—¿Lo entiendes?

Asiento con la cabeza.

—Necesito oírte, Billy.

—Sí. Lo entiendo.

—Muy bien. —El inspector Langley toma un trago de su café.

—¿Y qué pasa ahora con la señora Jacobs?

—¡Billy! —Langley pone su taza de café en la mesa con un golpe. —¿No has entendido lo que te acabo de decir?

—Sí, pero quiero saber qué va a pasar con la señora Jacobs...

—No parece que me hayas entendido. Esto no es asunto tuyo. Escúchame y presta atención. La comisaría de Policía de la Isla de Lornea te agradece que nos hayas alertado sobre este asunto. Y ahora te pedimos que te apartes de nuestro camino. Como me entere de que no lo haces yo mismo me encargaré personalmente de presentar todos los malditos cargos que podamos contra ti.

Se hace el silencio y es papá quien lo rompe esta vez.

—Lo entiende perfectamente, ¿a que sí, Billy?

Al final asiento con la cabeza.

—Claro. Lo entiendo.

Después, papá me lleva al instituto. Pensaba que me iba a dejar así que me desabrocho el cinturón de seguridad en la carretera, pero me sorprende cuando sigue adelante hasta el aparcamiento.

—¿Qué estás haciendo? —le pregunto—. ¿A dónde vas?

—A ver a la directora —dice papá dando un volantazo para meterse demasiado rápido en un hueco.

—¿Por qué? —pregunto, pero lo único que hace es tirar con fuerza del freno de mano—. ¿Por qué quieres ver a la directora Sharpe? —insisto.

—¿Qué te hace pensar que quiero verla?

Y así, por tercera vez en un mes, me encuentro citado en el despacho de la directora Sharpe. Con la diferencia de que esta vez entro con papá.

CAPÍTULO CUARENTA Y CUATRO

ESTÁ MUY ENFADADA. Lo veo enseguida. Tiene que esforzarse por ser educada con papá, porque no se le permitirá gritar a los padres de la misma manera que lo hace a los alumnos. Pero aun así habla con labios apretados, lo que hace evidente que lo odia a muerte.

—¿Sabe qué es esto? —Sostiene una carpeta llena de documentos.

La vena del lado del cuello sobresale y palpita.

—¿Señor Wheatley?

Es raro estar aquí con papá. Cuando entramos pensé que tal vez papá exigiría respuestas sobre lo que le pasó a Henry Jacobs, pero ahora tiene pinta de que le están regañando a él también.

—Esta es la póliza de seguros del centro. He pasado la mañana leyéndola. Así como la jurisprudencia sobre el artículo 12 de la Ley de Derechos Civiles de 1983. ¿Sabe por qué?

Papá la mira y, por un instante, parece que va a pelear pero luego suspira.

—No.

—Ya, ¿le gustaría saberlo?

Papá hace un gesto con la mano, como si supiera que se lo va a decir de todos modos.

—Lo he estado leyendo porque durante la última semana la policía, gracias al acoso de su hijo a mi madre, ha destruido completamente el gimnasio del centro. Con un coste estimado de... —se detiene y busca un papel en su escritorio—... más de trescientos mil dólares. Y al parecer ni la policía ni la aseguradora lo van a pagar. Lo que significa que tendrá que salir del presupuesto del instituto. Lo que implica que la educación de todos los estudiantes de este centro se verá afectada.

Deja caer la carpeta sobre el escritorio.

—¿Y bien?

Papá sólo sacude la cabeza.

—¿Y bien, señor Wheatley?

—¿Y bien, qué?

—Bueno, ¿no tiene nada que decir?

Al principio parece que no lo hace. Me imagino que no querrá meterse en una pelea con la directora de mi instituto. Pero luego responde, con voz tranquila y casi casual.

—La policía tenía una orden de registro, lo que significa que debían tener motivos para hacer lo que hicieron. Tal y como lo veo yo, esto no es culpa de Billy.

—Ah, sí, claro señor Wheatley. Se me olvidaba que usted es un experto en asuntos legales. No me sorprende, dados sus antecedentes penales.

Le mira a los ojos con dureza y papá le sostiene la mirada.

—Lo que me pasó no tiene nada que ver con esto.

—¿No? ¿No lo cree? Porque me pregunto si en realidad es parte del problema. No es una vida muy estable la que le está dando a su hijo, ¿no le parece? ¿Era usted consciente de que Billy estaba operando una supuesta agencia de detectives ilegal?

Los ojos de papá se dirigen a mí y luego vuelven a mirar a la directora.

—No.

—Tengo entendido por el inspector jefe Langley que es un delito hacerlo sin licencia pero que, por razones que no consigo entender, no van a presentar cargos. Ya les he hecho saber que estoy en total desacuerdo con esa decisión.

Hace una pausa durante un rato en el que ni papá ni yo nos atrevemos a hablar.

—También me he asesorado acerca de si es adecuado o no que Billy siga asistiendo a este centro. Como estoy segura de que podrá apreciar, en circunstancias normales lo que Billy ha hecho está muy por encima del nivel necesario para expulsarlo del centro, mucho más allá, de hecho.

Esto me hace levantar la mirada. No creí que te pudieran expulsar si eras un buen estudiante como yo.

—Y sinceramente dudo, si eso ocurriera, que cualquier otro centro de la isla lo aceptara.

Ahora dirige su mirada a mí, como si me odiara de verdad y empiezo a sentirme bastante preocupado. No me gusta mucho el instituto de Newlea, pero tengo que sacar buenas notas. Sino, no podré seguir estudiando para ser científico. Y terminaré como papá, con trabajillos sin futuro. Si ni siquiera puedo ir a clases en la isla entonces no sé qué haremos. Tendremos que irnos.

—Sin embargo —y de repente parece decepcionada de verdad—, el equipo directivo y el consejo escolar me han convencido de que podría parecer inapropiado que tomara la decisión en este caso dada la implicación de mi familia. —Me mira fijamente—. No les quepa la menor duda de que me opuse a esa decisión con rotundidad. Pero hemos llegado al siguiente acuerdo. En este caso la junta directiva no tomará ninguna medida. Sin embargo, si Billy continúa con su invasión de mi privacidad, o la de mi madre, entonces lo expulsaré, inmediatamente, sin más advertencias y con todas las repercusiones que eso conlleva. ¿Está claro?

Miro a papá, para ver si va a discutir pero está mirando al suelo. Siento los ojos de la directora clavados en mí, vuelvo a levantar la vista y la veo sonriendo.

—Billy, quiero que escuches con mucha atención.

No respondo.

—Te pedí muy clarito que dejaras en paz a mi madre. Te expliqué la enfermedad que padece. Sin embargo, me ignoraste. Al hacerlo, has causado un daño incalculable a este centro, tanto en términos financieros como de reputación. Además, has causado mucha ansiedad y estrés a una señora mayor que no ha hecho nada malo. Si te vuelves a pasar de la raya, Billy, si se te ocurre pasarte de la raya, te expulsaré con mucho gusto. Y si vuelves a acercarte a mi madre te perseguiré en los tribunales hasta que compenses el daño que has causado. ¿Entendido?

Al cabo de un rato asiento con la cabeza.

Pero después de eso nos deja ir. No me castiga ni nada, lo cual me parece aún más extraño. Me mandan a clase como si nada hubiera pasado. Y luego la tarde es como una tarde de lunes normal y corriente. Excepto que la clase de Educación Física la damos en el patio en vez de en el gimnasio.

CAPÍTULO CUARENTA Y CINCO

HACE MÁS de una semana que ocurrió todo aquello, aunque parece que haya pasado más tiempo. Papá volvió a decirme que teníamos que hablar como es debido y que tenían que cambiar las cosas para que no volviera a pasar nada parecido, pero luego salió con Tucker y no volvió hasta tarde. Cuando volvieron noté que estaban un poco borrachos. A los pocos días me dijo que le habían llamado para otro viaje en el Alba y que era muy importante que fuera porque la última vez había ganado un buen sueldo. Cuando le pregunté quién iba a cuidar de mí me dijo que Tucker y que esta vez se aseguraría de vigilarme mejor. Me dieron ganas de señalar que no necesitaríamos tanto dinero si no estuviera aquí comiéndose nuestra comida y viviendo sin pagar alquiler ninguno. Pero no podía decir eso así que tuve que morderme la lengua.

Tampoco he visto a Ámbar. Su madre la castigó sin salir y la directora Sharpe la castigó a quedarse en clase todas las horas de la comida. Además, tiene que presentarse en la recepción del instituto antes de cada clase para vigilar que no haga pellas. Es un rollo porque de verdad necesitaba verla. Si Henry Jacobs no está enterrado bajo el gimnasio después de todo, deberíamos hablar acerca de lo que le pasó en realidad.

Al final decido que tal vez es para bien. Quizá debería dejar este tema y olvidarlo todo.

Pero entonces ocurre algo, algo bastante malo.

CAPÍTULO CUARENTA Y SEIS

OCURRE cuando estoy haciendo los deberes, son unos deberes bastante aburridos así que decido hacer una pausa para echar un vistazo a los correos electrónicos de papá.

Lo normal sería pensar que, cuando te vas en un barco de pesca no puedes enviar correos electrónicos, pero en realidad es la mejor manera de mantenerse comunicado. Cuando están en altamar pasan mucho tiempo sin hacer nada, esperando mientras las redes están en el agua o cuando van de un sitio a otro. Y, aunque los teléfonos móviles no suelen funcionar tan lejos, tienen una red especial que les permite rebotar la señal de Internet de un barco a otro, hasta cubrir sesenta millas. Es un poco como el Internet de antaño, no se pueden descargar vídeos pero las páginas web y los correos electrónicos funcionan bien.

Total, a lo que voy: Papá utiliza el correo electrónico todo el rato cuando está en el barco. Le envío mensajes recordándole que tome fotografías y vídeos si ve alguna ballena y que anote las coordenadas del sitio donde las ha visto.

Así que, cuando miro en su bandeja de entrada, ahí arriba están los mensajes míos, algunos de ellos aún sin abrir. También tiene los típicos correos de propaganda. Estoy a punto de cerrar la página cuando aparece un nuevo correo electrónico, como si lo acabaran de enviar en ese momento. Es de Tucker.

Lo miro sorprendido. Tucker está abajo viendo el béisbol. Me llamó hace un rato para ver si quería verlo con él pero obviamente le ignoré.

El asunto del correo electrónico es el siguiente:

«La mierda del Whatsapp no para de caerse...»

Luego, justo debajo, incluso sin abrirlo veo las primeras palabras que ha escrito:

«De acuerdo. Vamos a por ello...»

Así que ahora tengo un problema. Tengo curiosidad por saber de qué están hablando pero para averiguarlo tengo que pinchar en el mensaje. Si lo hago, el estado del mensaje cambiará de «no leído» a «leído». Y si da la casualidad de que papá está mirando su correo en este mismo momento, le alertará el hecho de alguien está leyendo sus correos. En circunstancias normales esto no es un gran problema ya que puedo volver a cambiar los correos a no leídos una vez que los haya mirado. Pero con papá en el barco no puedo hacerlo en caso de que esté mirando sus mensajes en este preciso momento.

Así que espero treinta segundos para ver si papá abre el correo electrónico. No pasa nada. Eso significa que, o bien está fuera de cobertura o no está mirando su teléfono. Tal vez han tenido que recoger las redes o algo así. Así que tomo una decisión y pincho en el mensaje. Lo leo tan rápido como puedo y lo vuelvo a cambiar a «no leído». Con un poco de suerte, papá nunca lo sabrá. Pero justo en ese momento, como sucede a veces, nuestro Internet se cae. La pantalla se queda en blanco y luego se abre un cuadro en la pantalla, pero sin ningún texto. Pasan casi treinta segundos antes de que la página se cargue por fin, lo que me pone un poco nervioso. Cuando por fin se restablece la conexión, esto es lo que dice el mensaje.

«De acuerdo. Vamos a por ello el día que vuelvas. A primera hora, antes de que se llene. Será mucho más fácil que intentarlo en un banco y el efectivo es mejor. No te preocupes. Va a salir genial.»

Hay un enlace de la Joyería 18 Quilates en Newlea.

Lo leo dos veces para asegurarme de que lo he entendido bien. Y luego, apresuradamente, cierro el mensaje y pincho en el botón derecho del ratón para restablecerlo y que parezca que no está abierto. Me tiembla la mano de lo nervioso que estoy y justo entonces se corta el Internet haciendo que la pantalla se ponga en blanco otra vez. Aparece un mensaje en el medio que dice:

«¡Oh no! No hemos podido cargar esta página.»

Así que tengo que reiniciar el rúter, lo que me lleva unos cuatro minutos, durante los cuales no dejo de pensar si he conseguido cambiar el mensaje a «no leído» antes de que se cortara la conexión. Si no lo hice y papá vuelve a conectarse verá que ya han leído el mensaje y descubrirá que le están espiando.

Cuando por fin vuelve Internet vuelvo a entrar en el correo de papá. Y estoy en lo cierto. El mensaje sigue ahí, marcado como «leído». Estoy a punto de cambiar su estado cuando me doy cuenta de algo más. Hay un pequeño símbolo de una flecha junto al correo electrónico lo que significa que algo más ha cambiado. Alguien ha respondido al mensaje. Papá ha debido ver el mensaje y ha respondido a Tucker. Puedo ver la respuesta si quiero, lo único que tengo que hacer es ir a la carpeta de enviados. Cuando lo hago, esto es lo que pone:

«No puedo creer que esté diciendo esto. Pero adelante, hagámoslo.»

CAPÍTULO CUARENTA Y SIETE

«¿HAGÁMOSLO?» ¿Hacer qué?

«¿Más fácil que intentarlo en un banco?» ¿Qué quieren decir con eso?

Vuelvo a pinchar en el enlace y aparece de nuevo la página web de la joyería. Esta vez no me molesto en ver el vídeo de la pareja en la playa, sino que pincho en «Inicio». Tras navegar varias pestañas encuentro una fotografía de la fachada de la tienda, con sus bandejas de terciopelo en el escaparate llenas de anillos y demás joyas. Nunca me había fijado en esta tienda, no es que me interesen mucho las joyas, pero ahora veo que es un local bastante pequeño y es imposible no entender lo que quiere decir Tucker con lo de que será más fácil que un banco. Se refiere a la seguridad, 18 Quilates no tiene el mismo nivel de seguridad que los bancos. No tiene esas pantallas metálicas que se cierran de repente ni botón de pánico. Es un pequeño negocio familiar y por eso Tucker lo ha elegido, para un robo.

«Hagámoslo.»

Y papá le va a ayudar. Lo primero que se me ocurre es ¿por qué? Papá está ganando dinero por fin a bordo del Alba, ¿por qué necesita robar una joyería? Pero tan pronto como me lo pregunto me doy cuenta de que sé la respuesta. El trabajo en el Alba es solo temporal hasta que se mejore el tío que trabaja ahí de manera permanente. Tan pronto como ocurra, papá volverá a fregar suelos en el almacén y sé lo mucho que odia hacer eso.

Sin embargo, por mucho que lo odies no puedes ir por ahí robando. Lo que más me fastidia es que papá ni siquiera estaría considerando esta opción si no fuera por Tucker. Si Tucker no estuviera aquí molestando, papá encontraría otro trabajo y punto. Yo también puedo ayudar, puedo buscar un trabajo a tiempo parcial o dejar el instituto y ponerme a trabajar en serio. Un trabajo de verdad, no ir por ahí fingiendo ser detective privado. Mira como hemos acabado con ese...

¿Y qué pasó la última vez que Tucker intentó un robo? El pobre empleado de la joyería acabó muerto con un par de tiros. ¿Y si pasa lo mismo aquí? Ya tenemos a medio pueblo que sospecha que papá es un criminal. Ay madre...

Pincho en el mensaje de Tucker de nuevo para releerlo. Esta vez me fijo en cuándo lo van a hacer: pasado mañana, una vez que papá haya regresado. Tengo dos días para decidir cómo detenerlo.

Supongo que podría ir a la policía. Considero esta opción durante un buen rato pero me imagino lo que diría el inspector Langley si les dijera que creo que papá está planeando un robo a mano armada. No creo que me hiciera caso pero aunque lo hiciera lo único que conseguiría sería que arrestaran a papá. Y ¿qué ayuda va a ser esa?

Entonces se me ocurre que podría ir a la policía y contarles solo lo de Tucker. Nadie vino a detenerlo cuando activé su tarjeta SIM. ¿Tal vez no tuve el móvil encendido suficiente tiempo? Aun así, no quiero encenderlo de nuevo por si el tal Vinny vuelve a llamar.

Al final decido llamar por teléfono a Ámbar. Contesta de inmediato y se lo suelto todo; lo que he averiguado acerca del plan de Tucker y papá y todo lo demás. Una vez que termino se queda callada durante mucho tiempo.

—Joder, Billy —dice por fin.

No continúa.

Parece que tampoco sabe qué hacer.

* * *

Cuando me voy a la cama no consigo dormirme así que me levanto. Miro dónde se encuentra el barco de papá en el programa de mi portátil con la esperanza de que igual hayan dado con mal tiempo y tengan que dar un rodeo por lo que no llegarían a tiempo para atracar la joyería el día que quiere Tucker. Pero no serviría de nada, lo único que harían sería retrasarlo un día. No es que la joyería se vaya a ir a ninguna parte. Y en cualquier caso, no hay tormentas y parece que papá va a volver justo a tiempo.

Entonces, sentado frente a mi teclado, me doy cuenta de algo que debería haber notado hace mucho tiempo. Medito durante unos segundos y a continuación me pongo manos a la obra tan rápido que no me parece que pueda teclear con la suficiente agilidad.

CAPÍTULO CUARENTA Y OCHO

A VECES me pregunto si debería ser abogado cuando sea mayor. Creo que se me daría bien. O tal vez reportero de un periódico, eso si todavía hay periódicos cuando sea mayor claro. Tal vez si nos inundamos por el cambio climático no quedará un mundo en que ser algo. Tal vez eso sea lo mejor.

Ayer no fui a clase. Lo que estaba haciendo era mucho más importante. En un momento dado oí sonar el teléfono en el piso de abajo, debió de ser la oficina del instituto preguntándose dónde me había metido, pero no contesté. Tucker no estaba, habría salido a investigar la joyería. Por mí puede investigar todo lo que quiera porque su plan no va a salir adelante. No va a atracar ninguna joyería y papá por supuesto tampoco.

Cuando terminé de trabajar lo imprimí todo y lo organicé en tres carpetas. O tal vez dosieres sea la palabra correcta. No estoy muy seguro de lo que es un dosier pero suena mejor. He decidido que así es como voy a llamarlos: dosieres. En cada dosier me aseguré de que todo estuviera en orden, que las imágenes estuvieran debidamente etiquetadas y todo lo demás. Me llevó un buen rato y por eso no pude ir a clase. Tenía que estar terminado para esta tarde.

* * *

A las siete Tucker grita por las escaleras para decirme que ha llamado papá y que va a ir a recogerlo al muelle. Se tarda una media hora en ir y volver. Aprovecho el tiempo para repasar mi plan pero antes de darme cuenta oigo el rugido del motor de la camioneta en el camino. Me pongo nervioso. Podría decir que estoy cansado o que tengo que hacer deberes y a papá no le parecería raro. Incluso no le importaría, porque querrá repasar el plan con Tucker. Pero no puedo hacer eso. Si finjo que esto no está pasando, papá va a acabar atracando la joyería. Y todo lo que hemos construido aquí se arruinará.

Así que recojo los dosieres y bajo las escaleras.

CAPÍTULO CUARENTA Y NUEVE

—HOLA BILLY —papá me sonríe al entrar. Parece cansado, no me lo esperaba
—. ¿Sigues sin meterte en líos? —Me echa una pequeña sonrisa como para
mostrar que es una pregunta retórica o una especie de broma por lo del
gimnasio del instituto. Deja la maleta en un rincón del salón. Tucker le sigue,
no me dice nada, pero va directamente a la nevera y coge dos cervezas con
una mano. Las abre y le da una a papá. Los restos de la cena están en la
mesa.

—Te hemos guardado un poco —dice Tucker—, no mucho porque tu
chaval come como una lima.

No respondo. No es mi culpa si estoy en la edad de crecer.

Sin embargo, papá sigue sin responder. Se sirve lo que queda de la cena y
empieza a comer.

Tengo los dosieres en la mano, sujetos contra el pecho.

—¿Habéis pescado mucho? —le pregunto, todavía de pie junto a la
puerta.

—Sí —responde papá mientras traga un bocado—. Pero ha sido un viaje
duro. Me voy a tomar esto y me voy a la cama. Estoy destrozado.

Quiere estar fresco para mañana. Este es mi momento, ahora o nunca.
Empiezo a estirar el brazo para mostrar los dosieres frente a mí pero me
entran los nervios y los vuelvo a apretar junto al pecho.

—Tenemos que hablar antes de que te vayas al saco —dice Tucker
apoyado en la encimera—. Para repasar algunos detalles para mañana.

No puedo evitar sentirme indignado por la libertad con la que está hablando del crimen que planean.

—¿Qué va a pasar mañana? —No pierdo de vista a papá mientras pregunto y, tal y como esperaba, le lanza una mirada de enfado a Tucker. Está claro que le ha molestado que sacara el tema delante de mí. Ese gesto me anima un poco pero no lo suficiente, ya que sigo abrazando los dosieres contra mi pecho sin decir nada.

—Nada. Nada importante —dice papá mientras sigue comiendo.

Sigo quieto en la puerta, como si fuera a volver a subir a mi cuarto en cualquier momento. Es tan tentador hacerlo. No quiero seguir con esto. Pero si desisto ahora, papá va a atracar una joyería y una vez hecho ya no habrá marcha atrás. A partir de ese momento será un verdadero criminal. Tengo que detenerlo.

—Papá —empiezo.

—Dime.

Doy un paso adelante y dejo caer el dosier sobre la mesa.

—Papá, sé lo que estáis planeando para mañana y no voy a permitir que lo hagáis.

El silencio retumba en la cocina, es como estar al lado de una catarata. Ambos se han girado para observarme. Papá se ha quedado paralizado con el tenedor cargado de comida a medio camino de la boca.

—¿Qué dices, Billy? —pregunta papá con voz tranquila excepto por un ligero titubeo que no puede controlar.

—He dicho que sé lo que estás planeando hacer en la joyería.

Papá vuelve a bajar el tenedor al plato. Tiene el rostro preocupado y también un poco confuso.

—¿Cómo lo sabes?

—Porque te he estado espiando. Bueno, a los dos. Sé que Tucker es un criminal. Sé que usa un nombre falso y que está huyendo de la policía. Sé que asesinó a un guardia de seguridad en un sitio que se llama Playa de Los Perros... —Cuando digo esto Tucker escupe la cerveza que estaba bebiendo, se derrama por el suelo y parte de ella también cae sobre papá. Pero no me detengo. Ahora que he empezado no puedo parar—. Y sé que estáis planeando atracar la joyería 18 Quilates en Newlea mañana. Iba a llamar a la policía pero no creo que me hagan caso así que he pensado que lo mejor es contarte que lo sé todo y rogarte que no lo hagas...

Otra vez retumba el silencio. Pero esta vez es más ensordecedor. Papá se gira para mirar a Tucker, como si no se pudiera creer todo lo que he soltado. Luego se vuelve hacia mí.

—¿De qué coño estás hablando, Billy?

Me fulmina con la mirada y luego lanza una mirada desesperada a Tucker. No me lo quiero creer pero veo que va a negarlo. Solo yo sé la verdad y sabía que lo intentaría negar. Por eso preparé los dosieres. Le entrego uno a Tucker, le doy otro a papá y luego abro mi copia.

—Vale. Primera página: cuando Tucker llegó por primera vez mintió al decir que no tenía teléfono móvil. Cuando investigué, descubrí que tenía documentos de identidad a nombre de Peter Smith. Ese es el nombre con el que se presenta ahora, pero no puede usarlo contigo, porque tú sabes cuál es su verdadero nombre de cuando erais pequeños. Por eso no lo usa aquí. Segunda página: Tucker debía mantener el teléfono apagado porque la policía lo estaría rastreando, por eso ha estado entrando en mi habitación para usar Internet en mi ordenador. Instalé un programa que hacía que grabara en vídeo a quien lo usara.

Expongo una imagen a toda página de Tucker sentado ante mi portátil. Deliberadamente elegí una no muy halagadora, se estaba hurgando la nariz en ese momento.

—Tercera página: estas son las páginas web que Tucker ha estado mirando. Son noticias de un atraco a una joyería en Playa de Los Perros. ¿Por qué está tan interesado en este atraco, si no es porque estuviera involucrado?

Lo que he puesto en esta página son todos los artículos de periódicos que cuentan lo que le pasó al guardia de seguridad. Los primeros son de cómo le dispararon y después de cómo murió en el hospital.

—La cuarta página muestra…

—Ey, ey, ey, ¡Billy! ¿Qué leches es esto? ¿Pero qué narices has estado haciendo? —Papá me interrumpe y tiene que hacerlo en voz muy alta porque no le oigo muy bien. Parece que me he emocionado un poco.

—La cuarta página muestra... —Intento continuar pero me resulta difícil ver con tanta lágrima.

—¡Billy, para!

—...es otra foto de la cámara de mi ordenador. Muestra a Tucker con el viejo teléfono que pretendía no tener. Y luego, en la siguiente página, se ve cómo lo destroza. También están los mensajes que tiene en el teléfono que encontré cuando recuperé la tarjeta SIM…

—Billy, ya está bien.

—... Son... Son de un tal Vinny que está desesperado por saber dónde está Tucker. Y me pregunté si igual era el oficial de libertad condicional de Tucker o algo así. Aunque dijo que no era un oficial de libertad condicional cuando hablé con él, sonaba más como un matón o algo así...

—¡Billy!

—Y la última página tiene todos los mensajes que Tucker te ha estado enviando. Sobre la joyería en Newlea y vuestro plan de atracarla...

Siento que me arrancan el dosier de las manos y el impacto me hace retroceder contra la pared.

—Papá, no lo hagas. Por favor, no lo hagas. Si lo haces te van a pillar y esta vez van a tener razón. Piensa en la gente que se cree que eres un asesino y un criminal. Acabarás en la cárcel. Y no quiero que te manden a la cárcel.

CAPÍTULO CINCUENTA

—NO, no, no, Billy. Te equivocas. Lo has entendido todo al revés.

He dejado de llorar, bueno, casi. Todavía siento lo húmeda que tengo la cara. Noto la puerta apretándome la espalda. Papá estaba justo delante de mí pero ahora ha retrocedido. A pesar del bronceado que tenía después de pasar una semana en altamar se ha quedado completamente pálido. Como si el bronceado se hubiese disuelto en un instante.

—Has... no sé cómo coño lo has hecho... Pero lo has entendido todo del revés.

Lo dice de tal forma que quiero creerle. Papá hojea con lentitud su dosier. Parece que no supiera por dónde empezar, pero lo mira de principio a fin.

—Este plan de mañana. No es un... No es un atraco. No sé de dónde... No me puedo creer que pudieras pensar que soy capaz de eso.

—«Más fácil que intentarlo en un banco» —me sé el correo de Tucker de memoria, así que se lo recito—. Y tú le responses «Hagámoslo».

—Eso es... Joder, Billy. Hay que ver cómo eres...

Se da la vuelta y se pasa una mano por el pelo.

—Eso es... Mira, iba a contártelo. Pero no hasta que estuviera hecho. Porque hay una posibilidad tan remota de que funcione en esta puta isla donde nadie te da una puta oportunidad.

Respira con dificultad durante un momento. Luego se vuelve hacia mí.

—No vamos a atracar ninguna joyería. Vamos a intentar que nos den un depósito para un préstamo.

Intento darle sentido pero me es imposible.

—¿Un préstamo?

—Sí. Tucker ha estado indagando, tratando de encontrar a alguien, a cualquiera, que esté dispuesto a aceptar unas joyas de segunda mano como aval para un préstamo. Cuando no se tiene la reputación, cuando las joyas son de dos tíos desconocidos como nosotros no es fácil de hacer.

Entorno la cara con confusión.

—¿Por qué necesitas un préstamo?

Papá vacila y luego da un profundo suspiro.

—Para un barco, Billy. Vamos a ir a medias y comprar el Alba.

La cabeza me da vueltas. ¿Se lo estará inventando en el momento, para ocultar lo que de verdad están planeando? Si es así, ¿cómo es que se le ha ocurrido tan rápido? No es que papá sea el tío con más imaginación del mundo.

—¿Quieres comprar el Alba?

—Sí. No quería decírtelo hasta estar seguro de que podríamos conseguir el dinero. Desde que somos pequeños Tucker y yo hemos soñado con que un día tendríamos un barco juntos. Con dos patrones para hacer turnos te aseguras de que el barco esté siempre en funcionamiento. Es un buen negocio.

Miro a papá a los ojos, aún no sé si creerle.

—Billy, sé que no te gusta cuando me voy, así que pensé que ayudaría si Tucker pudiera vigilarte, cuando yo esté en altamar. No va a vivir siempre aquí. Se alquilará algún sitio tan pronto como tengamos el barco funcionando y consigamos algo de dinero. Pero podrá venir de vez en cuando para asegurarse de que estás bien.

Sigo mirándole. Me doy cuenta de que tengo la boca abierta, pero no me siento capaz de cerrarla.

—Vamos, Billy... No te lo vas a creer pero fuiste tú quien me dio la idea. ¿Te acuerdas de lo que me contaste de «La Dama Azul»? Bueno, eso nunca iba a salir adelante. No tengo cuentas que un banco pueda analizar para decidir si soy una buena inversión. Pero esta joyería, a ellos no les preocupa tanto eso. Si puedes dar algo de depósito, unos ahorros o lo que sea. Yo tengo algún dinerillo y Tucker tiene unas joyas, por eso creemos que igual hacen una excepción. La joyería cobra más intereses pero pensamos que podremos ganar suficiente si tenemos una buena racha en el mar. —Se pasa la mano por el pelo de nuevo—. No me puedo creer que pensaras que yo... que iba a intentar atracar una joyería.

Me quedo en silencio durante unos instantes, y papá también. De hecho, tan solo se oye el tictac del reloj en la pared.

—¿Y qué hay de Tucker? —protesto de repente—. ¿Qué pasa con todo lo he descubierto sobre él? ¿El nombre falso? ¿El atraco en la Playa de Los Perros? Eso pasó de verdad. El guardia de seguridad acabó muerto.

—Eso es... —comienza papá, pero enseguida se detiene. Se vuelve hacia Tucker, que no ha dicho ni pío desde que escupió la cerveza—... ¿Tucker? ¿De qué se trata eso?

Tucker no responde, pero sus ojos van de un lado a otro. Como si tratara de ver una forma de salir de aquí.

—Tucker, dile a Billy de qué se trata. Dile que no has tenido nada que ver con... con lo que sea eso.

Sigue sin responder y tras unos momentos papá se da la vuelta para mirarle a los ojos.

Tucker sigue sin responder. Y entonces papá sacude la cabeza.

—Ay joder —dice papá—. Ay Tucker, ¿qué coño has hecho?

CAPÍTULO CINCUENTA Y UNO

—YO NO LE DISPARÉ —dice Tucker.

—¡Mierda! —papá se sujeta la cabeza con las manos.

—No hice nada. Me conoces de sobra para saber que jamás dispararía a nadie.

—¿Pero estabas allí?

Tucker se queda quieto durante un largo rato y por fin asiente con la cabeza.

—Sí, estaba allí.

Papá emite un gruñido. Entorna los ojos y se los aprieta con los pulgares.

—Sigue —dice.

Por un momento Tucker no lo hace, pero luego comienza a hablar con una voz desprovista de expresión.

—Estaba trabajando en Granville, en la planta de acero. Y me iba bien. Pero entonces despidieron a un grupo de desgraciados, yo incluido. Uno de los colegas con los que había estado currando no paraba de repetirme que tenía un trabajillo que podíamos hacer, cosa fácil —se detiene un segundo—. ¿Te acuerdas de Vincent? ¿Vincent McDonald?

Papá se le queda mirando.

—Dime que estás de coña.

—No quería hacerlo. Después de haber pasado un tiempo a la sombra estaba seguro de que no quería volver. Pero Vinny no dejaba de insistir. Es muy persuasivo cuando quiere. Y yo no tenía otra opción, tenía facturas que pagar. De algo hay que vivir.

—¿A la sombra? —papá lo agarra—. ¿Has estado en la cárcel?

—No fue nada, solo un par de meses.

—¿Por qué? ¿Qué demonios hiciste?

Tucker vacila.

—Asalté una licorería. Más bien lo intenté. Mira, necesitaba la pasta.

—¡Es que eres tonto del culo!

Guardan silencio durante unos segundos.

—¿Por qué no me lo contaste? —pregunta papá por fin.

Entonces, de repente, Tucker suena muy enfadado.

—¿Contártelo? Venga no me jodas. ¿Cómo coño te lo iba a contar cuando te desvaneciste como un puto fantasma.

Papá abre la boca. La cierra de nuevo.

—Sabes que tenía que hacerlo. Tenía que proteger a mi familia... Lo que quedaba de mi familia.

—¿Y yo no soy tu familia? Venga hombre, que te jodan.

Durante un largo rato se miran, ambos respirando con dificultad.

—Me abandonaste, colega. Atravesé el país contigo y me dejaste en la acera como a un puto perro abandonado. ¿Y sabes lo que es peor? Lo hiciste porque no confiabas en mí, joder.

Tucker respira como si acabara de terminar una carrera de atletismo.

—Así que tal vez por todo eso no te he mantenido al tanto de lo bien que me va en mi jodida vida.

Se da la vuelta. Papá le mira la nuca y, al cabo de un rato, habla. Se ha calmado. Suena derrotado.

—¿De qué se trata? El asunto este de la Playa de Los Perros, ¿qué pasó?

Tucker se da la vuelta. Se frota una mano en la cara.

—Ya te lo he dicho. Tenía facturas que pagar. Vinny me contó que había encontrado a este guardia de seguridad en una pequeña joyería familiar, que se había topado con él de pura casualidad y que comenzó a observarlo. Se supone que los guardias de seguridad tienen que tomar descansos, tomarse el bocata, ir al baño, todo eso. Pero deben variar la rutina. Ya sabes, un día van a las diez, al día siguiente a las doce, al día siguiente no se mueven del puesto. Lo importante es que no mantengan el mismo patrón. Pero este guardia era un pelín vago y le encantaba su rutina. Siempre se tomaba un descanso de quince minutos a las diez y media de la mañana, sin falta. Fui y lo observé para comprobarlo por mí mismo. Y Vinny tenía razón. A las diez y media salió a la calle y dejó a una dependienta sola detrás del mostrador.

La cara de papá no revela nada.

—Lo único que teníamos que hacer era entrar, enseñar la pistola y salir con suficiente oro como para no tener que preocuparnos por encontrar trabajo durante una buena temporada.

Tucker se calla y papá se levanta. Camina hacia el fregadero y se sirve un vaso de agua. Lo sostiene en el aire pero no bebe.

—¿Oro? ¿Estoy en lo cierto al pensar que ese oro es el que vamos a poner mañana como garantía para nuestro préstamo?

Tucker no responde al principio. Luego asiente con la cabeza.

Papá toma un sorbo de agua.

—Así que cuando me dijiste que te lo había dejado tu tía en herencia, ¿era una puta mentira?

El movimiento es leve pero Tucker asiente de nuevo. Papá hace girar su mandíbula, como si le hubieran dado un puñetazo. Luego continúa.

—Bueno, ¿qué salió mal entonces? ¿En la joyería?

Tucker se frota la cara con su mano tatuada.

—Este tío, Vinny. Es... bueno, ya sabes cómo es. Pensé que igual había cambiado. Pensé que se había reformado. Pero resulta que no ha cambiado en absoluto.

Se detiene. Ahora ni siquiera puede mirar a papá.

—Mira, lo hablamos de antemano. Le dije que no estaba interesado a menos que me jurara que no habría violencia. Ni siquiera quería llevar armas, pero él insistió en que las necesitábamos aunque solo fuera para aparentar. —Le cambia el tono de voz—. Pero una vez que entramos allí...

—¿Qué pasó, Tucker? ¿Qué es lo que hizo Vinny?

Tucker sacude la cabeza con lentitud.

—Todo iba bien. Llegamos a la tienda y tal como lo habíamos planeado estaba la dependienta sola. El guardia de seguridad ya estaba fuera en el descanso. Así que teníamos quince minutos, tiempo de sobra. Entramos. Le decimos a la dependienta que se aparte del mostrador no vaya a ser que intente apretar el botón de alarma. Vinny la apunta con la pistola. Lleno las bolsas. Es un buen alijo: cadenas de oro, anillos y relojes. Bueno tú ya lo has visto. Nos damos prisa y va todo bien. En total no vamos a tardar ni cinco minutos. De repente el guardia regresa diez minutos antes de lo que se supone que debería volver. No sé si estará miope o qué porque entra y casi se choca con nosotros. Va silbando, como si fuera el día más feliz de su vida... No sé. Tal vez le atendieron en el bar antes de lo normal. No sé qué coño pasaría.

—¿Y luego qué pasó? —pregunta papá.

Tucker suelta una carcajada atormentada.

—Es una puta pena, ¿sabes? Cuando apareció el guardia se le notaba que no quería problemas. No era el típico héroe. Levantó las manos en cuanto vio lo que estaba pasando. Pero Vinny se asustó igual. Empezó a amenazarle con ejecutarlo. Pensé que se estaba tirando un farol, le dije varias veces que nos teníamos que largar de allí. Pero entonces Vinny le disparó. Como si fuera un juego. Como si no fuera nada.

Se hace un silencio durante unos instantes y me pregunto quién va a hablar a continuación. Al final es papá quien lo hace.

—¿Y después qué hicisteis?

—Me entró el pánico. Me puse a correr, salí pitando y me metí en el coche. Juro por Dios que pensé que Vinny estaba conmigo. Al rato me di cuenta de que todavía estaba dentro de la maldita tienda. Seguía agitando su puta pistola como si estuviera en una película. Así que me puse a conducir. Me largué de allí. Fue más tarde cuando me di cuenta de que seguía sosteniendo la puta bolsa llena de joyas en la mano.

Por primera vez soy capaz de anticipar lo que va a decir.

—Y por eso vine aquí.

CAPÍTULO CINCUENTA Y DOS

—VAYA LÍO —dice papá tras un buen rato—. Vaya puto desastre.

Ojea el dosier que estaba en la mesa de la cocina. Llega a la parte del nombre falso de Tucker y donde aparecen mis resultados de la búsqueda de todos los posibles «Peter Smith».

—¿Qué hay de esto? ¿Cómo es que tienes una identificación falsa?

Tucker suspira antes de responder.

—No es falsa.

Papá comienza a sostener el dosier pero Tucker continúa.

—De verdad que no tengo una identificación falsa, lo juro.

—Entonces, ¿quieres explicar por qué Billy piensa lo contrario?

Tucker tarda un siglo en contestar.

—Ya no la tengo. La tiré a la basura, la eché a un cubo de basura en Newlea.

—Vale. La has tirado, pero ¿cómo es que la tuviste en primer lugar?

Tucker vuelve a suspirar y se mira los pies. Luego levanta la cabeza y mira a papá.

—La robé. Tras el atraco no tenía nada encima; ni identificación, ni dinero en efectivo ni nada. Solo una bolsa llena de putas cadenas de oro con las que no sabía qué hacer. No podía ir a casa. No sabía quién podía estar esperándome allí, Vinny o la policía. Así que me dediqué a conducir sin destino fijo. Traté de entenderlo todo. Fue entonces cuando decidí venir aquí. Para buscarte. Pero no podía llegar aquí sin dinero. Entonces me topé con una cafetería, una de esas pequeñas que tienen mesas afuera. Había un pringado sentado allí. Estaba hablando muy alto por el móvil, presumiendo de un negocio que acababa de adquirir. Pensé que igual se parecía un poco a mí, incluso mientras se comportaba como un capullo. —Tucker esboza una triste sonrisa—. Total, que ahí estaba el tío tomándose un frapuccino de mierda, tan jodidamente concentrado en su conversación que no se dio ni cuenta de que tenía la cartera en la mesa, a plena vista. La cogí y seguí caminando como si nada.

Tucker se detiene un momento antes de continuar.

—Mira, no estoy orgulloso ¿vale? No estoy orgulloso de nada. Pero no me quedaba otra opción. Lo entiendes, ¿verdad?

Papá no responde, así que Tucker continúa.

—El pringado tenía unos doscientos dólares en la cartera, lo suficiente para llegar hasta aquí. Y también tenía el permiso de conducir. Mira, no te voy a decir que pareciésemos gemelos ni nada de eso. Pero nos parecíamos lo suficiente para que pudiera pasarme por él si se diera el caso. Así que me lo guardé. Pensé que me podría ser útil. Cuando dejaste que me instalara aquí cambié de opinión. Por eso lo tiré a la basura.

Papá sigue sin decir nada, pero me mira a mí y a los dosieres que están esparcidos por la mesa de la cocina. No sé lo que está pensando, pero no puedo entender cómo he podido equivocarme de esta manera. Todo lo que contienen está mal, otra vez. Entonces Tucker continúa.

—Sabes que aún podemos hacerlo —dice en voz baja.

—¿Hacer el qué?

—Podemos seguir adelante con nuestro plan. Comprar el barco. Empezar de nuevo. No van a venir a buscarnos hasta aquí.

—Eso es lo que pensaba yo —responde papá, sin mirarlo—, cuando llegué a Lornea por primera vez.

Se hace el silencio durante un rato.

—Y funcionó, ¿no? —dice Tucker—. Nadie te encontró. Funcionó hasta que pasó toda la mierda esa de la chica desaparecida. Y eso fue... —se encoge de hombros—, ¿mala suerte?

Papá no responde. No sé lo que está pensando.

—¿Quién no va a venir? —dice al final. Veo el parpadeo de confusión en los ojos de Tucker.

—¿Cómo?

—¿Quién no va a venir a buscarnos aquí?

Tucker no parece querer responder pero papá le mira con dureza así que no tiene elección.

—La policía. No me buscan a mí. Será Vinny el que les interese.

Recuerdo el momento en el que puse la tarjeta SIM de Tucker en mi teléfono. Para alertar a la policía de dónde se escondía. Entonces Tucker continúa.

—Nadie sabe que estoy aquí. Y las joyas están limpias. He estado investigando, no las pueden rastrear. No veo por qué no podemos seguir con el plan. Las entregamos a cambio de efectivo, ponemos el efectivo como depósito y compramos el barco. Como siempre habíamos planeado cuando éramos chavales. Como si nada de esto hubiera ocurrido.

Papá se queda en silencio un rato, pero al final se vuelve hacia mí.

—Teníamos este sueño —me dice—. Cuando éramos niños, Tucker y yo nos sentábamos durante horas a hablar de él. No teníamos dinero. Así que solíamos poner los cebos en las cajas de cangrejo y los pescadores nos pagaban. Nos sentábamos allí, cortando cabezas de peces o rompiendo mejillones hablando de que cuando fuéramos mayores haríamos esto mismo pero en nuestro barco. Iríamos a pescar y a hacer surf y no tendríamos que preocuparnos de nada.

Una sonrisa se dibuja en su rostro.

—Supongo que me he dejado llevar por ese sueño estas últimas semanas. Pensé que esta era nuestra oportunidad. Mi amigo de la infancia aparece de repente y como si fuera un milagro viene cargado de joyas. Una herencia dice. No me molesté en preguntar detalles de este milagro. Quiere comprar el barco con las joyas, ir a medias conmigo. Pensé que así es como siempre tuvo que ser. Una segunda oportunidad. —Papá sacude la cabeza lentamente —. Pero no existen las segundas oportunidades.

Mira a Tucker.

—¿A qué no, Tucker?

Tucker parece ansioso cuando responde.

—Ya te lo dije. No tenemos que cambiar nada. Podemos seguir adelante...

—No podemos. En realidad nunca fue posible.

—¿A qué te refieres?

—A las joyas. Cuando me dijiste que las habías heredado de una tía de la que nunca había oído hablar en realidad no te creí. Pero no me importó. Pensé que si no sabía la verdad entonces no importaba de dónde las habías sacado Pero no es cierto. Sí que importa.

—¿Por qué? La tienda estará asegurada. Nadie pierde. Y vamos a construir algo con lo que he robado. Vamos a hacer una inversión...

—Porque va en contra de la ley. Y porque un pobre hombre murió en el atraco.

Hay otro largo silencio, luego Tucker lo intenta de nuevo.

—No va a venir nadie, la policía no va a venir hasta aquí. Están buscando a Vinny. Y él no sabe dónde estoy, gracias a Dios...

De repente, papá coge uno de los dosieres de la mesa. Lo hojea un momento y se vuelve hacia mí.

—Billy, ¿no dijiste que habías hablado con el tal Vinny?

Siento que ambos me miran.

—Lo dijiste hace un momento. Que en su momento te preguntaste si sería el oficial de libertad condicional de Tucker, pero que te sonaba más como un matón. ¿Qué quisiste decir con eso?

Tengo que decírselo.

—Cuando Tucker tiró su teléfono por el acantilado, bajé y lo rescaté. Quería saber qué es lo que escondía. Saqué la tarjeta SIM y la puse en mi teléfono.

Levanto la vista, preguntándome si tengo que explicarle cómo funcionan los teléfonos, pero no parece que tenga que hacerlo.

—Cuando llegaron todos estos mensajes de texto de Vinny, los contestamos. —Me detengo. No quería haber dicho «nosotros».

Pero papá no parece darse cuenta.

—Continúa —dice.

—Pensé que tal vez me devolvería el mensaje, me explicaría quién era y por qué Tucker estaba huyendo de él. Pero en lugar de eso, llamó por teléfono.

—¿Y respondiste a la llamada? —pregunta papá.

Dudo. No quiero explicarle que pensaba que era él quien llamaba y que me hacía ilusión porque no me había llamado en todo el tiempo que había estado en el barco. Al final asiento con la cabeza.

—¿Qué te dijo?

Respiro con profundidad antes de responder.

—Parecía... Parecía estar tratando de averiguar dónde estaba Tucker.

Hay un momento de silencio. Tucker se levanta. Se acerca a la ventana y mira hacia afuera. Está oscuro, no sé qué estará buscando.

—No se lo dije —continúo con rapidez, pero no puedo dejar de pensar en lo que pasó con la radio. —Pero hubo... —Me detengo, trago saliva.

—¿Qué? —dice papá de inmediato. —¿Qué pasó?

Tengo que seguir. Tengo que contárselo, así que les explico cómo no estaba seguro de haber llegado a la radio a tiempo, antes de que el presentador dijera «Buenos días, isla de Lornea» de esa forma tan divertida.

—Ay madre de Dios —dice Tucker, mirando de nuevo hacia afuera.

—¿Cuándo fue esto? —pregunta papá.

—Hace una semana más o menos. Antes del asunto del gimnasio.

Papá mira a Tucker. Se pasa las manos por el pelo una y otra vez.

—¿Quién es este Vinny? —pregunto, ya que ninguno de los dos dice nada.

Se miran el uno al otro. Al final papá se dirige a mí.

—Es un viejo conocido del instituto. Nunca tuve mucho que ver con él, incluso entonces era obvio que era un maldito psicópata.

Mira a Tucker, que no le mira a los ojos.

—¿De quién estabas huyendo? Has venido hasta aquí. ¿Estabas huyendo de la policía o de Vinny?

—No sé, no estaba necesariamente huyendo…

—Mentira. Vienes hasta aquí para empezar una nueva vida. Tiras tu teléfono por el acantilado. ¿A quién le tenías más miedo? ¿A la policía o a Vinny?

—No veo que importe. Vinny no va a venir hasta aquí a buscarme, al igual que la poli.

—Entonces, ¿por qué estaba presionando a Billy para sacarle información sobre tu paradero?

Tucker no tiene respuesta.

—Joder, te fuiste de un robo sin él. Le dejaste allí, abandonado. ¿No crees que eso te convierte en alguien de quien querrá vengarse?

Tucker se encoge de hombros y sacude la cabeza.

—Pero no hay manera de que lo sepa. Es decir, aunque haya oído el nombre de la isla, es imposible que me encuentre aquí. Nadie en el continente ha oído hablar de la Isla de Lornea, al menos no hasta que pasó lo de la chica…

—Ya. Y cuando la chica desapareció todo el puto país se enteró de que me culpaban a mí. Piénsalo. Él sabe que tú y yo éramos amigos. Sabe que desaparecí para esconderme en la Isla de Lornea. ¿Cuánto tiempo pasará hasta que lo relacione? ¿Eh? Incluso el mismo Vincent McDonald es capaz de deducirlo.

Hay un largo silencio.

—Ay, mierda —dice por fin Tucker.

CAPÍTULO CINCUENTA Y TRES

AL INSTANTE, papá abre el armario de la cocina y saca una linterna. Comprueba que las pilas funcionan y se dirige a Tucker.

—Quédate aquí con Billy —dice papá mientras se dirige a la puerta.

Pero Tucker lo bloquea.

—Para —le dice—. No lo hagas.

Papá parece sorprendido.

—¿Qué haces? Solo voy a revisar el patio

—¿Con eso? —Tucker mira hacia la luz. Luego suspira.

—Si Vinny ha venido hasta aquí para buscarme me apuesto lo que quieras a que ha traído algo más que una linterna.

Papá no se mueve.

—¿No tienes una pistola? —le pregunta Tucker pero papá sacude la cabeza.

—Después del tiro que me metieron decidí que no me gustaban mucho. —Duda un segundo y luego mira a Tucker a los ojos—. Bueno, atracaste la joyería a mano armada. ¿Dónde está esa pistola?

Pero Tucker sacude la cabeza.

—Me deshice de ella. La tiré a un río.

Permanecemos en silencio durante un rato.

—Se puede fabricar una pistola —digo, sin pensar siquiera si es buena idea.

Papá se vuelve hacia mí de inmediato.

—¿Ah sí?

—Sí, con una impresora 3D se puede hacer una. Lo vi en un programa de televisión. Te descargas los planos de Internet y listo.

Papá no responde, pero Tucker parece interesado.

—¿Tienes una impresora 3D?

Sacudo la cabeza.

—No. Quería una pero son muy caras.

Tucker me observa durante un rato antes de apartar la mirada.

Papá enciende la linterna.

—Voy a echar un vistazo para asegurarme de que está todo bien. Luego decidiremos qué diablos vamos a hacer a continuación. —Esta vez Tucker no lo detiene—. Quédate aquí con Billy.

No me muevo, sino que observo la luz de la linterna que parpadea en el exterior. Tucker y yo permanecemos callados. No sé él, pero yo estoy bastante nervioso, casi espero oír el disparo de una pistola. Unos minutos después, papá vuelve a entrar.

—¿Y bien? —pregunta Tucker, mientras papá cierra la puerta.

—Nada —responde papá—. No hay nadie. Pero tenemos que hacer un plan. Tenemos que decidir qué hacer.

La ventana de la cocina no tiene persianas y creo que nos sentimos un poco nerviosos con la luz encendida y expuestos a la negra noche, así que nos vamos al salón. Ahora que se ha convertido en la habitación de Tucker llevaba mucho tiempo sin entrar aquí.

—¿Qué hay de la policía? ¿Hay alguna forma de decirles dónde está Vinny? —pregunta papá.

Tucker tarda en responder, pero por fin se decide a hablar.

—No sé dónde está.

Ante eso, papá tampoco dice nada durante un buen rato.

—¿Y qué hay de ti? Crees que tal vez deberías...

—¿Qué insinúas? —dice Tucker, cuando papá no termina su frase.

Papá suspira.

—No lo sé. ¿Tal vez deberías ir a hablar con ellos? Para contar tu versión de las cosas. Si no estuviste involucrado en el asesinato de este tipo... tal vez sea mejor que te entregues.

Se hace una pausa muy larga mientras Tucker mira alrededor de la habitación. Tamborilea con los dedos sobre la mesa de centro y se rasca la barba incipiente de la barbilla.

—No estoy seguro. Creo que tal vez sea demasiado tarde para eso. Tengo antecedentes. ¿Y qué va a pasar contigo? Van a querer saber dónde he estado este último mes. ¿De verdad crees que no te van a detener por albergar a un fugitivo?

—¿Entonces qué sugieres?

Tucker vuelve a hacer una pausa.

—No es que haya muchas opciones, ¿a qué no? —dice al final—. Tendré que irme. Escaparme de aquí. —Casi se le quiebra la voz al decirlo lo cual me sorprende porque parecía un tipo tan duro, y ahora, de repente, está casi sollozando.

Aprieta la palma de la mano contra los ojos, como si tratara de forzarlos para que detengan las lágrimas, y cuando baja las manos me pregunto si me he equivocado porque allí no hay lágrimas ni nada.

—No era solo tu sueño, ¿sabes? —mira a papá—. Lo del barco, yo también soñaba con eso. Cuando huiste, ese sueño me ayudó a seguir adelante. —Su cara está tensa porque está tratando de evitar llorar—. Pero supongo que tienes razón. La idea de que a tipos como nosotros se les dé una segunda oportunidad, está claro que es imposible.

Papá parece incómodo pero cuando habla está tranquilo.

—Mañana te llevo a Goldhaven. Desde ahí puedes tomar el ferry que sale de la isla. Busca un lugar alejado y establécete... No es fácil, pero —mira alrededor del salón—, joder, yo lo logré. Debe de ser posible.

Papá se vuelve hacia mí.

—Será mejor que te acuestes un rato.

—¿Qué va a pasar con Vinny? —le pregunto asustado.

—Tucker y yo vamos a hacer turnos para vigilar. Lo más probable es que esté a miles de kilómetros de aquí.

No estoy tan seguro, pero estoy agotado. Me siento bastante mal. Me vuelvo hacia Tucker.

—Lo siento mucho —le digo—. Lo he estropeado todo.

El rostro de Tucker se pone rígido por un momento, pero luego se suaviza en una sonrisa triste y amarga.

—No has hecho nada malo, chaval. Me lo he buscado yo solito.

—Pero he sido yo quien le ha dicho a Vinny dónde estabas.

—Lo habría averiguado tarde o temprano —dice Tucker sacudiendo la cabeza—. En el pueblo se sabía que tu padre y yo éramos inseparables. Cuando desaparecí, al final habría caído. No es tu culpa.

CAPÍTULO CINCUENTA Y CUATRO

CUANDO ME DESPIERTO a la mañana siguiente, mientras sigo tumbado en la cama, al principio no recuerdo nada de lo que había pasado la noche anterior. Entonces me levanto de un salto y miro por la ventana. No sé qué espero ver, tal vez al tal Vinny escondido detrás de la camioneta de papá. Pero todo parece normal. Hasta Steven está ahí, esperando en el alféizar de mi ventana y aleteando con emoción cuando me ve.

Bajo las escaleras y encuentro a papá y a Tucker ya levantados en la cocina, puede que, tal vez, ni siquiera se acostaran. Tucker está preparando el desayuno, untando mantequilla de cacahuete en una tostada de pan integral y echándola en un plato.

—Aquí tienes, chaval —dice deslizando el plato hacia mí.

—¿Pasó algo anoche? —pregunto—. ¿Llegó Vinny?

Tucker sacude la cabeza.

—No. Y no va a llegar. Sobre todo cuando sepa que ya me he ido. No te preocupes. No deberías tener que preocuparte.

—¿Y qué va a pasar hoy? —insisto.

—Vas a ir a clase como siempre.

Papá parece agotado, pero intenta sonreír.

—¿Y luego qué?

—Luego nada. Tucker va a tomar el ferry esta noche. Cuando vuelvas de clase habrá vuelto todo a la normalidad. Todo será como antes. —Intenta sonreír de nuevo, pero no le sale muy bien. Ya sé por qué. Lo de antes era bastante horrible—. Pero óyeme una cosa —continúa papá—, quédate en el instituto. No quiero que te vayas a ningún sitio por tu cuenta, ¿vale?

Me vuelvo hacia Tucker. Supongo que la verdad es que me he acostumbrado a tenerlo en casa.

—No te preocupes, Billy. Soy un tipo duro. Sé cuidarme.

—¿Te volveremos a ver? —pregunto—. ¿Papá?

Papá no responde, pero después de unos momentos Tucker lo hace.

—Eres un buen detective, Billy. Estoy seguro de que me encontrarás.

Después tengo que ir al instituto.

* * *

Se me hace muy raro estar en clase hoy. Quiero decir, ya era raro estar en el instituto con todo lo que había pasado con la señora Jacobs, la directora Sharpe y el gimnasio, sin tener que añadir la preocupación de qué estarán haciendo papá y Tucker. Pero a la vez es un alivio saber que no tengo que preocuparme de si papá va a intentar atracar la joyería o no. Tengo que mentirle a mi tutor acerca de dónde he estado los dos últimos días pero papá ya había pensado en eso y me escribió una nota diciendo que estaba enfermo. Por suerte, solo necesitas una nota del médico si faltas más de tres días seguidos.

—Oye, te necesito.

Ámbar me agarra de los brazos mientras habla y me arrastra detrás del banco de taquillas del pasillo principal.

—¿Qué haces?

—¿Dónde has estado? Te he estado buscando, llevas sin venir a clase mil años.

Ah, ¿será eso lo que le preocupa?

—Y tampoco contestas al teléfono.

—Lo siento. He estado un poco liado.

—¿Haciendo qué?

Es la hora de comer, así que la llevo a la biblioteca y cuando encontramos un rincón tranquilo le explico todo lo que ha pasado.

—¡Joder! —dice varias veces mientras se lo voy contando. Se le abren los ojos de par en par y le brillan como siempre lo hacen cuando se emociona.

—¿Así que se marcha en el ferry de esta noche?

—Así es.

—Eso significa que no podré volver a verlo —dice Ámbar y la chispa se apaga un poco—. Y no iban a robar la joyería, ¿solo querían un préstamo?

No contesto.

217

—Nunca creí que lo fueran a hacer —dice—. Tucker es un buen tipo.

En cierto modo, creo que comparto su opinión. Quiero decir, tiene una pinta malísima, ha participado en un atraco a mano armada y es casi un asesino, pero al mismo tiempo, una vez que lo conoces no está tan mal. Y creo que, en cierto modo, era bastante bueno para papá. Quiero decir, está claro que papá debería haberse dado cuenta de que las joyas eran robadas, pero al menos formuló un plan para darles buen uso. Al menos tuvo algo de ambición. ¿Ahora qué va a pasar con papá? Va a volver a fregar suelos en el almacén de pescado, eso es lo que va a pasar.

Estoy tan absorto pensando en todo esto que tardo un buen rato en darme cuenta de que hay algo más que preocupa a Ámbar.

—¿Quieres hacer el favor de prestarme atención?

—¿Qué pasa?

—Tenemos que hablar del caso de la señora Jacobs.

Escucho a medias lo que dice, pero me cuesta seguirle el hilo. En parte, porque todo eso parece haber pasado hace mucho tiempo, y no es muy importante de todos modos, no comparado con papá. Pero además, no podemos hacer nada al respecto o sino nos expulsarán. Se lo recuerdo a Ámbar pero lo ignora como si no tuviera importancia. Así que se lo vuelvo a decir.

—¡Billy! —Ámbar me interrumpe, se está enfadando conmigo—. La Sharpe solo lo dice porque está asustada. Porque estamos demasiado cerca de descubrir la verdad.

La miro con detenimiento, creo que se ha vuelto loca. Pero entonces me doy cuenta de que tiene razón. Tenemos que terminar este asunto.

—¿Entonces qué pasa? —pregunto.

Los ojos de Ámbar vuelven a brillar con intensidad.

—He recordado algo: cometimos un error.

CAPÍTULO CINCUENTA Y CINCO

—JUSTO AL PRINCIPIO —comienza Ámbar—, cuando nos reunimos por primera vez con la señora Jacobs, ¿te acuerdas de lo que dijo?

Es una pregunta estúpida en realidad ya que dijo muchas cosas.

—¿Puedes ser un poco más específica?

—Cuando nos estaba hablando de la desaparición de su marido, ¡venga! Trato de recordar.

—Dijo que fue por navidades —comienzo.

—¿Y...?

—Y... ¿de repente se fue? Aunque ahora ya sabemos que se fue a vivir a Hawái.

—Mentira. Si esa fuera la verdad, la policía no se habría empeñado en excavar el gimnasio. ¿No crees que habrían comprobado si Henry Jacobs estaba vivito y coleando antes de montar todo ese lío?

No me lo había planteado de esa manera.

—¿Quién te ha dicho eso? ¿La policía?

—No. La policía no me ha dicho nada, pero es obvio, ¿no? Deben de haberlo descubierto.

No digo nada. Intento encontrar un fallo en la lógica de Ámbar, y si no lo hay ¿cómo es que no se me había ocurrido a mí? Por lo general, soy bastante bueno para resolver este tipo de cosas.

—Entonces, ¿qué estás insinuando?

—Pues que no debe de haber ningún registro de que Henry Jacobs haya vivido en Maui, al menos nada que la policía pudiese encontrar. Sino, no habrían destrozado el gimnasio. Lo que significa que la Sharpe debe de haber estado mintiendo.

De nuevo me cuesta encontrar el fallo en su argumento, pero cuanto más lo pienso, más veo que es una lógica bastante buena.

—¿Y qué más? —pregunta Ámbar.

—¿Qué más qué?

—¿Qué más dijo la señora Jacobs?

Me esfuerzo por recordar, pero no sirve de nada.

—No lo sé. Hace demasiado tiempo.

Entonces Ámbar saca su cuaderno.

—Permíteme que te lo recuerde —dice, abriendo el libro y hojeando las páginas—. Aquí está.

Me tiende el cuaderno para que lo vea. No soy capaz de leer la mitad porque su letra es muy mala, pero puedo distinguir estas palabras:

«Antes de Navidad, los niños entusiasmados, desapareció»

—¿Y? —pregunto.

—Mira de nuevo. ¿No lo ves?

Sé lo mucho que está disfrutando Ámbar con esto, pero no sé lo que me está mostrando. Me encojo de hombros.

—Niños —dice emocionada—, en plural. La directora Sharpe tiene un hermano o hermana.

Lo pienso por un momento. Creo que ya lo sabía.

—¿Y? —vuelvo a preguntar.

—¿Cómo qué «y»? Hay otro testigo con el que podemos hablar. Alguien que no esté loco como la señora Jacobs o mintiendo como la Sharpe.

Espero a que Ámbar continúe, pero no parece haber nada más. No puedo evitar sentirme decepcionado.

—¿Eso es todo? —pregunto al final.

—¿Qué quieres decir con eso?

—Quiero decir que no tienes más... Como por ejemplo, ¿dónde estará ahora, este hermano o hermana que tiene la directora? —No me molesto en preguntar si es probable que quiera hablar con nosotros. Aunque la respuesta me parece bastante obvia. Para mi sorpresa, Ámbar no suena molesta, sino esperanzada.

—He estado investigando —dice Ámbar señalando el ordenador, pero no he podido encontrar nada.

Me inclino para ver la pantalla con más claridad. Tiene abiertas varias páginas con términos de búsqueda como «hermana de Wendy Sharpe Lornea Island», pero ninguno de los resultados parece ayudar.

—El problema es, creo, el no saber qué nombre hay que buscar...

Ámbar continúa hablando pero no le hago caso y leo los resultados de la búsqueda. Uno de ellos, más o menos a la mitad de la lista, es de una página web de genealogía. Eso me da una idea.

—Estaba pensando que tal vez podríamos preguntarle a la Sharpe —está diciendo Ámbar cuando vuelvo a sintonizar con ella—. Pero supongo que no nos lo dirá. No si ha estado mintiendo sobre todo hasta ahora.

Me incorporo de nuevo. Tratando de captar la idea que se está formando en mi cabeza. O quizás la idea a medias.

—Sé que eres bastante bueno con este tipo de cosas y me preguntaba si tenías alguna idea de cómo encontrar al hermano.

Tiro del teclado hacia mí y empiezo a escribir.

—¿Qué estás haciendo? —pregunta Ámbar, pero estoy demasiado ocupado para responder.

* * *

¿Recuerdas que te dije que mi nombre de verdad no era Billy Wheatley? O al menos, ¿no lo era cuando nací? Mi padre lo cambió cuando nos escapamos después de que mi madre intentara ahogarme. Dado que estábamos huyendo no lo cambió legalmente. Entonces, unos meses después de que todo aquello se solucionara, tuvimos que legalizar el cambio. Y la forma en que lo hicimos fue yendo a la oficina de registros de Newlea mil veces para rellenar papeleo y demás. Papá no tiene mucha paciencia para ese tipo de cosas, así que una vez que empezamos, terminé haciéndolo yo casi todo. O ayudándole al menos. Para ser honesto, la funcionaria de la oficina de registros, la señora Richards, nos ayudó un montón. Llegué a conocerla bastante bien.

* * *

—Habrá un certificado de nacimiento —digo, mientras tecleo.

—¿Un qué?

—Si el señor y la señora Jacobs tuvieron hijos en la isla, debe de haber certificados de nacimiento de ambos. Estarán en la oficina de registros.

Ámbar se inclina lo suficiente como para que pueda oler su piel.

—Ves, sabía que eras bueno con estas cosas, Billy.

Miro hacia su lado y veo que su boca se curva en una cálida sonrisa. La luz empieza a bailar en sus ojos.

—Ni siquiera sabía que existiera la oficina de registros.

—Está en el ayuntamiento. En el primer piso, al fondo del pasillo.

Ámbar me dedica una sonrisa tonta.

—¿Y puedes acceder a ella desde aquí? ¿Puedes buscar en Internet?

He entrado en la página web, Ámbar se inclina, parece nerviosa.

—Para algunas cosas... Ahora lo estoy comprobando. —Me reclino de nuevo en la silla—. No. Tienes que ir allí en persona.

—Ay, mierda. Bueno, ¿podemos ir? ¿Nos dejarán entrar?

Me acuerdo de cómo la señora Richards traía bandejas de brownies especialmente para cuando teníamos citas. Me ponía uno en un plato y luego insistía en que me llevara el resto a casa en una sandwichera. Estaban muy ricos.

—Creo que sí.

Empiezo a meter mis cosas en la mochila, pensando que vamos a salir enseguida, pero entonces hay un problema. Nada importante, solo un contratiempo.

—Tendremos que ir después de clase —dice Ámbar.

—¿Por qué no ahora?

—No puedo. La Sharpe tiene todas mis clases vigiladas para ver si me presento o no. Cualquier excusa le valdrá para echarme del instituto.

—Pero la oficina de registros cierra a las cuatro.

Guardamos silencio por un momento.

Ámbar se vuelve hacia el ordenador, frustrada.

—Bueno, ¿qué tal mañana?

—Siempre cierra a las cuatro. Abre de diez a cuatro, de lunes a viernes.

Ámbar parece irritada. Chasquea la mandíbula.

—Entonces tendrás que ir tú solo. Puedes escabullirte ahora antes de que empiecen las clases de por la tarde.

No sé por qué pero no me gusta la idea, no me gusta nada en absoluto.

—Yo tampoco puedo faltar a clase —le recuerdo.

—Ya, pero no están controlando tu asistencia —dice Ámbar—. Así que no te van a pillar.

Dudo. Si me pillan, es muy probable que la directora Sharpe me expulse. Pero más que eso, papá me dijo que tenía que quedarme en clase. No le he contado a Ámbar lo de Vinny. No quería admitir la parte en la que respondí a su llamada telefónica. Y ahora ya es demasiado tarde para decírselo.

Ámbar se vuelve hacia mí y me suplica.

—Vamos, Billy. Solo ve y averigua. Tenemos que saberlo. Esta podría ser la clave que lo explique todo.

Me recuerdo que no me debo preocupar por cosas que no van a suceder y asiento con la cabeza.

CAPÍTULO CINCUENTA Y SEIS

BAJAMOS juntos al pasillo y pasamos por la entrada para comprobar con disimulo si las recepcionistas están en la ventanilla o no. Por desgracia sí lo están así que tenemos que esperar al otro lado del vestíbulo.

—Te aviso cuando no haya moros en la costa —dice Ámbar, y luego se dirige de nuevo al recibidor donde se para a leer el tablón de anuncios del instituto. Espero con inquietud, arrepintiéndome de haber aceptado a hacer esta locura. Si me pillan se acabó el instituto. Pero en ese momento oigo un leve silbido y no tengo otra opción. Respiro hondo y entro en el vestíbulo. Está vacío, las recepcionistas se han vuelto a su oficina.

Sigo caminando, esperando que en cualquier momento griten mi nombre. Siento ojos en la espalda cuando abro la puerta y salgo. Y aún más cuando atravieso el aparcamiento y salgo hacia la puerta. Pero no oigo nada, solo mis pasos. Por fin, cruzo el umbral de la puerta y desaparezco. Doy un suspiro de alivio. Entonces empiezo a correr. Quiero acabar con esto lo antes posible.

* * *

—Bueno, bueno. Mira quién ha venido a visitarme, el mismísimo Billy Wheatley.

Es la señora Richards. Estaba un poco preocupado mientras caminaba hacia aquí, pensé que tal vez se habría jubilado o quizá había fallecido. No creí que se hubiera cambiado de trabajo porque, según me dijo, llevaba trabajando en esa oficina toda la vida. De una cosa estaba seguro, sabía que no me habría olvidado.

—Hola señora Richards —le saludo—, ¿cómo está?

—No puedo quejarme, Billy —me responde ella—. ¿Qué tal te van tus «proyectos»?

—Muy bien —respondo—. ¿Cómo está Arthur? —Es su gato. Cuando solía venir antes, yo le hablaba de mis experimentos y ella me contaba de Arthur, como si fuera lo mismo.

—Está estupendo —sonríe al pensarlo—. Travieso como siempre. Como otro que yo me conozco...—Me mira expectante—. ¿Qué te trae por aquí? Creía que lo habíamos arreglado todo.

Entonces, de repente, no sé qué decir. Cuando vine antes era siempre para revisar mis registros. No estoy seguro al cien por cien de poder pedir los de otras personas de la misma manera.

—Pues, estoy metido en otro proyecto —empiezo.

—¿Ah sí? —me sonríe y pienso con rapidez.

—Es un proyecto de genealogía... Para el instituto. Tenemos que hacer un árbol genealógico de alguien importante y... —dudo un instante—, he decidido hacerlo sobre la directora del instituto.

—Ya veo —Noto la duda en su voz, como si nadie le hubiera preguntado esto antes, pero no le dura mucho. Supongo que, para ser honestos, he hecho cosas más raras—. Así que se me ocurrió que quizá me podría ayudar.

—Bueno... —se reclina en su asiento—, puedo mostrarte cualquier cosa que forme parte del registro público, para eso está —dice la señora Richards de manera animada—. ¿Qué te gustaría averiguar?

Le pregunto si puede buscar los registros del señor y la señora Jacobs y los de los hijos que tuvieron. Al poco tiempo estamos los dos detrás de su escritorio revisando documento tras documento, todo sobre la familia.

—Pues bien, Henry Arthur Jacobs y Barbara June Bennett se casaron en 1970, aquí mismo en Newlea, en la iglesia de San Ricardo. Luego, cuatro años más tarde, en 1974, hay un nacimiento. Una niña llamada Wendy Amanda Jacobs...

—Esa es la directora Sharpe —digo en voz alta. La señora Richards asiente, parece que está disfrutando con esto.

—Así es. Se cambia el apellido a Wendy Sharpe cuando se casa. —Vuelve a los registros anteriores—. Pero esto es lo que querías saber: dos años después del nacimiento de Wendy, el 12 de marzo de 1976, hay otro nacimiento, un niño esta vez, un tal Eric Henry Jacobs.

Siento una oleada de satisfacción y emoción. Ámbar tenía razón. La directora Sharpe tiene un hermano, un hermano secreto. Esa es precisamente la información que necesitaba. Y a diferencia de la directora Sharpe, el hermano no se habrá cambiado el apellido al casarse, así que en teoría seremos capaces de encontrarlo en Google. Eso si no consigo averiguar dónde está aquí mismo.

—¿Puede decirme si todavía vive aquí en la isla de Lornea? —le pregunto.

La señora Richards no me mira, sigue estudiando la pantalla.

—Tal vez, podría haber algo más reciente... Aquí está...

—¿El qué?

—Hay un registro vinculado al niño, a Eric. Déjame comprobarlo...

Espero impaciente y entonces la señora Richards exclama.

—¡Ah!

—¿Qué ha encontrado?

—Es un... Es un certificado de defunción con fecha del 8 de agosto de 1992.

—¿Su hermano murió?

—Me temo que sí. Cuando tenía tan solo... —Ambos vemos su pantalla, pero es más rápida que yo en leer la parte correcta de los registros—, dieciséis años. Qué triste.

—¿Pone cómo murió?

—Bueno, hay una causa de muerte pero... —se detiene, parece de repente preocupada—. ¿Dices que es para un proyecto escolar?

—Así es. —Intento estirar el cuello para ver la pantalla pero la señora Richards parece intuir que quizá no debería verlo y se inclina hacia delante para dificultar mi visión.

—¿Wendy Sharpe es la directora del instituto al que vas? —me pregunta la señora Richards.

—Ejem, así es.

—¿No ha salido en las noticias la semana pasada? Algo de que la policía había estado excavando en el gimnasio... Oye, no tendrá nada que ver con eso ¿no?

—No —respondo, aún tratando de ver la pantalla—. ¿Dice cómo murió o no? —Vuelvo a preguntar. Me muero por preguntar si fue asesinato, pero eso podría hacerla sospechar más.

—¿No deberías estar en clase?

—Ya le he dicho que es un proyecto escolar. Así que puedo hacerlo en horas de clase.

Está claro que no me cree.

—Billy —dice después de un momento—, es un placer verte aquí, pero creo que debería consultar con la directora antes de darte más información. Dada la naturaleza personal de tu consulta.

—No hace falta —digo con toda la alegría que puedo—, de verdad que no es necesario. En cualquier caso ya tengo todo lo que necesito.

Sonrío, porque es verdad. Acabo de leer la pantalla. Eric Henry Jacobs murió ahogado.

* * *

Casi no puedo contener la emoción según camino de vuelta al instituto. Lo que Ámbar descubrió fue útil, pero ahora se ha puesto interesante de verdad. La directora Sharpe no solo tenía un hermano, sino que murió en circunstancias misteriosas. Es un rollo en el sentido de que no podremos hablar con él, pero por otro lado son buenas noticias porque habrá bastante información en Internet sobre eso. Sucedió en 1992, Internet ya se había inventado para entonces, y un joven de dieciséis años que muere ahogado va a ser noticia sin duda. Así que tengo prisa por volver al instituto de inmediato y meterme en el ordenador.

Pero entonces me doy cuenta de que estoy siendo tonto. No tengo que esperar hasta que vuelva al instituto. Tengo el móvil en el bolsillo y puedo buscar en Google. Así que lo saco y empiezo a escribir mientras camino.

Escribo «Eric Henry Jacobs» y «ahogado en 1992» en Google. No hay tanto como esperaba, tan solo veo un par de resultados. El primer resultado es un artículo del *Island Times*, de la versión más antigua de su página web. Camino con lentitud, teléfono en mano, mientras comienzo a leer la primera línea.

«La búsqueda del adolescente desaparecido Eric Jacobs se ha suspendido hoy después de que la policía revelara que...»

Pero no llego más lejos, porque justo entonces comienza la locura.

226

CAPÍTULO CINCUENTA Y SIETE

NO ES QUE LO VEA, porque tengo los ojos fijos en la pantalla del teléfono, pero soy consciente del movimiento. Un coche blanco sube a la acera delante de mí. Sucede tan rápido que ni siquiera me da tiempo a levantar la cabeza antes de que se abra la puerta del conductor y salga un hombre. Está demasiado cerca de mí. Estoy a punto de gritar cuando me agarra. Me gira y me rodea el cuello con la otra mano, cortándome el aire para que no pueda respirar.

—Ven conmigo —gruñe—. Vamos a dar un paseo.

Siento un dolor agudo debajo de las costillas. Me duele tanto que creo que igual me ha apuñalado y no puedo evitar gritar, pero en el momento en que lo hago me tapa la boca con la mano. Entonces, siento un golpe en la cabeza. Estoy aturdido, asustado y me cuesta entender lo que está pasando, pero veo lo suficiente como para darme cuenta de que es una pistola.

—Entra en el coche.

Me clava la pistola en las costillas con fuerza y me hace daño. Ni siquiera sé si hago lo que me dice o si es él quien me empuja hacia el coche. De lo que sí me doy cuenta es de que se me cae el teléfono en la acera. No me da tiempo a recogerlo. De repente estoy dentro del coche, al volante.

—Échate a un lado —me dice el hombre. Durante un instante no sé lo que quiere decir, pero entonces levanta la pistola y me apunta a la cara. Veo el agujero del cañón. Siento que la bala que hay dentro se va a disparar y va a salir volando hacia mí. No hay espacio para apartarse, ni tiempo para moverse aunque lo hubiera—. ¡Que te eches a un lado!

Me apresuro a hacer lo que me dice. Entonces se sube y cierra la puerta. El motor ya estaba en marcha y, antes de que haya cerrado la puerta, nos ponemos en movimiento. Se aleja de la acera y, segundos después, pasamos la entrada del instituto y comenzamos a salir de la ciudad.

Durante un rato seguimos conduciendo, un millón de pensamientos se me pasan por la cabeza. Me pregunto si podría escapar empujando la puerta y salir rodando, pero ya vamos demasiado rápido. Miro al hombre. Enseguida me devuelve la mirada.

Miro hacia otro lado pero intento procesar lo que he visto. No se me da bien juzgar la edad de los adultos, pero tiene más o menos la edad de papá. Tiene el pelo corto, oscuro y una barba de varios días. Lleva unos vaqueros, con la pistola apoyada en la pierna apuntando en mi dirección. Siento una nueva ola de terror. Ya me han apuntado una vez con una pistola, pero esto me da más miedo aún. Me agobia pensar que basta con que pasemos por un bache para que la dispare, aunque sea por accidente. Vuelvo a mirar a hurtadillas. Me devuelve la mirada. Está atento.

—Es un coche de alquiler. No hagas nada estúpido ni me hagas ensuciarlo todo.

Parpadeo y me fijo en la pegatina del parabrisas: «Coches de alquiler Lornea». Es la compañía que solíamos recomendar a los turistas.

—¿Quién eres?

—Cállate —responde. Sigue conduciendo. Rápido, pero no a lo loco, y deduzco que no quiere llamar la atención. Estamos atravesando Newlea y pronto saldremos de la ciudad.

—¿Qué quieres?

—Quiero que te quedes callado para no tener que meterte un tiro. — Vuelve a colocar la pistola en su regazo. Me gustaría que dejara de apuntarme. Una y otra vez imagino lo que se debe sentir cuando la bala penetre en el cuerpo. No puedo evitarlo. Y luego los últimos momentos de tu vida, en agonía, mientras te mueres. De hecho, me duele solo de pensarlo.

Trato de distraerme observando hacia dónde vamos. No sé si servirá de algo, pero no sé qué más hacer. Ya hemos salido a las afueras de Newlea y solo quedan un par de edificios antes de que la carretera atraviese la parte vacía del centro de la isla de Lornea. Pasamos por la gasolinera a toda velocidad y luego nos adentramos en el bosque. Hay un par de curvas más adelante y luego está el largo tramo recto que lleva hacia Silverlea. Pero en lugar de acelerar, el hombre reduce la velocidad a medida que nos adentramos en los árboles y cuando llegamos a un carril a la izquierda se mete en él. Pasados unos treinta metros salimos del carril hacia el bosque.

Entonces detiene el coche, apaga el motor y se vuelve hacia mí.

—Sal.

Estoy demasiado asustado para hacer lo que dice, así que lo repite. Esta vez más fuerte.

—Sal del coche. Y no hagas ninguna tontería.

Esta vez aferro el pomo de la puerta y me sorprendo cuando se abre a la primera. Pensaba que estaría cerrada con llave.

Cuando salgo del coche me hace adentrarme en el bosque. La mayoría de los árboles son pinos y crecen bastante espesos, así que no hay mucha luz. Tropiezo un par de veces y en ambas ocasiones siento el arma en la espalda empujándome para que vaya hacia adelante. Las dos veces me aprieta con mucha fuerza. Es como si quisiera hacerme daño.

—Vale, para —dice por fin—. Date la vuelta.

Hago lo que me dice y veo que está de pie a unos metros de distancia, sujetando la pistola a la altura de su cintura. Estoy tan confuso que no puedo evitar fruncir el ceño. No sé por qué estamos aquí. ¿A lo mejor no quiere matarme?

—¿Quién eres? —vuelvo a preguntar.

No responde, solo me mira.

—¿Qué quieres? ¿Por qué me has traído aquí? —¿Tal vez no vaya a matarme? Decido que tengo que hacerle hablar—. Eres Vinny, ¿a qué sí? Sabía que ibas a venir. Te diste cuenta de dónde estábamos por la radio.

Al final, el hombre esboza una sonrisa.

—¡*Goooooooooood mooooooorning...* Issssssssla de Loooooooooooornea! Sí, soy Vinny. Fue todo un detalle decirme dónde estabas. —Tiene los dientes muy blancos como los actores de Hollywood.

—¿Pero cómo me has encontrado? —pregunto unos instantes después, cuando vuelve a limitarse a observarme. En realidad no me importa la respuesta. Necesito que siga hablando.

Le cuesta un poco, pero responde.

—Tucker y tu viejo eran muy amigos de pequeños. Cuando tu padre se vio envuelto en el caso de la chica desaparecida hace un par de años salió en todas las noticias y así fue como oí que había venido aquí. Cuando escuché que el teléfono de Tucker había acabado también en la isla de Lornea no me costó mucho deducir que habría acudido a su viejo amigo. Así que volé hasta aquí y empecé a preguntar por ahí, a ver si encontraba a alguien que supiera dónde vive el tal Sam Wheatley. La dependienta del supermercado fue muy amable, me dijo que su hijo iba al instituto de Newlea y que conocía de vista al hijo de Sam. Me describió su aspecto y llevo desde entonces vigilando el centro. Y mira por dónde que hoy has decidido hacer unas pellas por la tarde, ¡qué suerte la mía!

Su voz se apaga, pero la sonrisa permanece en su rostro.

—Entonces, ¿qué quieres?

Vinny no responde. Ladea la cabeza hacia la derecha y levanta la pistola, la gira y me apunta. Luego frunce el ceño, como si no estuviera contento con algo, y gira la pistola para que apunte hacia el otro lado.

—¡Que qué quieres!

—Ya te he oído, chaval.

Vuelve a cambiar de posición, esta vez pasando la pistola de una a otra mano. Al cabo de un rato levanta el brazo y me apunta de cerca.

—Estamos aquí, en este agradable claro del bosque, para que puedas comprender con total claridad la gravedad de la situación en la que te encuentras. Antes de seguir adelante debo preguntarte ¿entiendes la gravedad del asunto?

No respondo. La forma en que está hablando me está asustando.

—Quiero decir, podrías correr. Podrías intentar escaparte de mí. Como hizo tu colega Tucker, pero no me parece buena idea porque si lo intentas voy a tener que dispararte.

Me sonríe de nuevo, mostrando los dientes.

—¿Te animas a intentarlo? ¿Quieres escapar? —Baja el arma, como si me diera una oportunidad. Le miro a los ojos, muevo el pie, no preparándome para huir sino considerando la opción. De repente, su brazo se tensa y, antes de que pueda pensar, sale un destello del cañón de la pistola. En el mismo momento siento que algo corta el aire junto a mi mejilla y a continuación oigo una enorme explosión que rebota entre los pinos.

Me llevo la mano a la nuca, sin estar seguro de si voy a palpar el agujero que ha dejado la bala. Pero cuando retiro la mano solo veo astillas de madera. La bala impactó en un árbol justo detrás de mí. No ha debido de pasar a más de un par de centímetros de mi cabeza.

—Estoy dispuesto a apostar que tengo suficiente puntería como para detenerte —continúa Vinny con una sonrisa en su rostro. Vuelve a relajar el brazo, dejando que el arma, ahora humeante, apunte al suelo del bosque—. Así que no tengamos ningún malentendido, ¿de acuerdo? Porque, si decides no cooperar, tengo otras maneras de conseguir lo que quiero.

Estoy demasiado sorprendido y asustado para hablar, pero poco a poco me doy cuenta de que en realidad está esperando una respuesta, así que intento asentir, pero tengo el cuello tan tenso que no puedo ni moverlo. Si en algún momento se me había cruzado por la cabeza la idea de huir ahora desde luego que la he abandonado por completo. Siento un miedo tan intenso que apenas puedo respirar.

—Muy bien. Ahora vas a decirme dónde está tu amigo Tucker y luego vamos a hacerle una pequeña visita. Si sale todo bien igual no tengo que meterte un tiro. ¿Qué te parece el plan?

Espera a que responda y de nuevo consigo forzar mi rígido cuello a que haga algo parecido a un asentimiento. Intento responderle con la voz también pero tan solo me sale un gemido.

—Vale. —Vuelvo a verle los dientes. Son como los de una estrella de cine, pero por alguna razón lo hacen aún más aterrador—. Empieza a hablar.

De nuevo endereza el brazo y la pistola me apunta a la cara. Su brazo está rígido, como si lo tuviera clavado en un asta.

—Uno... Dos...

No espera. No me da tiempo pero, aun así, no me salen las palabras.

—Tres.

CAPÍTULO CINCUENTA Y OCHO

—ESTÁ EN CASA —suelto de golpe.

Ni siquiera tengo tiempo para mentirle o engañarle. Tengo demasiado miedo. Tampoco tengo la oportunidad de pensar si lo que acabo de decir es cierto. Puede que papá y Tucker se hayan ido ya al ferry.

—Y ¿dónde está tu casa?

—En Littlelea. —Hay un destello de irritación en la cara de Vinny y no sé por qué pero lo cuento como un pequeño triunfo.

—¿Dónde o qué es Littlelea? —pregunta.

—Littlelea es donde vivimos. Está al sur de la isla, con vistas a la playa de Silverlea. Hay que seguir la carretera por la que veníamos antes para llegar.

—Muy bien —regresa su blanca sonrisa—. ¿Y sabes si el señor Nolan espera visitas? —Mientras habla, agita la pistola para indicarme que empiece a avanzar hacia el coche. Cuando lo hago, se coloca detrás de mí y me aprieta el cañón en la espalda. Me cuesta decidir qué decir. ¿Qué es lo mejor que le diga?

—Creo que no —me las arreglo para decir.

—Bueno, por tu bien, esperemos que así sea.

Caminamos hacia el coche. Vinny lo desbloquea con el mando.

—Sube —me ordena mientras abre la puerta del pasajero. Yo obedezco.

Según camina por la parte trasera del coche me doy cuenta de que no me está apuntando con la pistola. Podría hacer algo, incluso podría escapar, pero aún recuerdo el sonido de ese disparo, todavía siento la bala volando hacia mí, rozándome la oreja. Así que no lo hago. En un instante vuelve a estar en el asiento del conductor y me apunta con la pistola, apoyada en el muslo.

—Pues venga, nos vamos a Littlelea —sonríe Vinny.

Volvemos a la carretera principal y trato de pensar. Si tuviera el móvil a mano tal vez podría escribir un mensaje, pero se me cayó al suelo cuando Vinny me atrapó. ¿Quizás alguien lo encuentre? ¿Quizá se den cuenta de que me han secuestrado? Pero incluso si lo hicieran, no sabrían quién me ha cogido ni a dónde me lleva.

¿Tal vez Ámbar descubra que he tardado más de lo debido en volver de la oficina de registros? ¿Quizás descubra lo que ha pasado? No, no creo que esa sea una solución para mí. Miro el reloj del salpicadero del coche, todavía estará en clase. Ni por asomo podría averiguar dónde estoy de todos modos. Y aun si lo hiciera no le daría tiempo de hacer nada.

—¿Cómo es que acabaste con el teléfono de Tucker? —me pregunta Vinny de repente devolviéndome al presente.

—Lo encontré —oigo responder a mi voz. Consigo pararme antes de contarle lo del acantilado, así que simplemente le digo—: Lo tenía apagado y escondido pero lo encontré. Quería averiguar por qué había venido a vernos.

—¿Ah sí? —Vinny sonríe—. Bueno, qué suerte la mía una vez más. Parece que te debo mucho. —Se queda en silencio durante unos instantes antes de continuar—. ¿Y qué? ¿Averiguaste a qué había venido?

Dudo. Soy consciente de que está obteniendo información de mí, cuando lo que yo quería era que fuera al revés. Pero no hay manera de no responderle.

—Sé lo del atraco.

Vinny se gira con brusquedad hacia mí y me estudia durante un largo rato.

—¿Sabes lo que hizo?

Quiero decir que sé lo que hizo él, Vinny, lo de disparar al guardia de seguridad, pero tengo demasiado miedo para entrar en detalles.

—Sé que se fue y te abandonó allí —digo al rato.

—Así es —comienza Vinny, pero luego se calla.

El silencio me inquieta, así que sigo hablando.

—Pero no lo hizo a propósito. Le entró el pánico después de que tú...

Vinny me mira y arquea una ceja.

—¿Eso es lo que te ha contado?

No respondo, me limito a asentir.

—A mí no me pareció que le entrara el pánico. Me pareció más bien que había decidido dejarme allí tirado para que me pillara la policía. —Vuelve a sonreír—. Pero lo que no sabe es que tengo un buen par de pulmones que empleé a fondo para huir de allí corriendo. Fue duro pero lo conseguí. —El tono de voz de Vinny se vuelve oscuro—. ¿Qué más te contó nuestro amigo Tucker?

Pienso por un momento, sin entender a qué se refiere. Luego caigo.

—Que se llevó las joyas que habíais robado de la joyería de Playa de Los Perros.

—Correcto. —Vinny se vuelve hacia mí—. Por eso ahora he venido para reclamar lo que me corresponde.

Estamos llegando al desvío de Littlelea. ¿Lo ignoro y pasamos de largo? Pero entonces acabaremos en Silverlea, lo cual es peor todavía. Y de todos modos el desvío está claramente anunciado con una señal.

—Littlelea —lee en voz alta—. ¿Es esta nuestra salida?

Asiento con la cabeza.

Tengo una idea repentina. No sé si es buena idea, no tengo tiempo ni de pensarlo. Se me escapan las palabras de la boca antes de que tenga oportunidad de pararme.

—Sé dónde están las joyas.

Por un segundo pienso que tal vez Vinny no me ha oído, y en realidad me siento aliviado porque, obviamente, no sé dónde están las joyas, ni tampoco ayudaría mucho si lo supiera. Pero entonces se vuelve hacia mí, con la ceja arqueada de nuevo.

—¿Cómo es eso?

Ahora que me ha preguntado tengo que seguir adelante.

—Las escondió y vi dónde las ponía. Están en las rocas, en la playa donde vivimos. Fue una de las primeras cosas que hizo cuando llegó. Por eso sospechaba de él. Por eso recuperé su móvil del acantilado.

Vinny parece sopesar esta información durante mucho tiempo. Decido seguir adelante con el plan. Todavía no estoy muy seguro de hacia dónde me va a llevar, pero ahora ya no hay vuelta atrás.

—Puedo llevarte al sitio donde están escondidas. Tucker no te va a decir dónde están. Si lo matas, nunca las encontrarás. Pero podrías hacerte con ellas, ahora mismo. —Señalo frente a nosotros al camino que lleva al extremo de Littlelea de la playa de Silverlea. Está al pie del acantilado donde está nuestra casa. Allí no hay nada más que un aparcamiento de tierra y la playa.

—No creo que tenga problemas para hacer que Tucker confiese…

—Ya, pero no hace falta. Puedo llevarte a las joyas, hay un montón de oro. Las he visto. —No es verdad, pero recuerdo que Tucker nos contó en qué consistía el alijo. La mención del oro parece funcionar.

—¿Las escondió?

—Sí. Supongo que pensaría que no era seguro guardarlas en nuestra casa.

Ya casi estamos en la curva y creo que Vinny va a pasar de largo. De repente estoy desesperado porque no lo haga. No es un gran plan el que tengo, pero es mejor que nada, y ahora mismo, nada es lo que tengo. Parece sospechar que sea una trampa y continúa conduciendo. Estamos a la altura de la curva, pasamos de largo y conduce con su cabeza ladeada, mirándome. De repente frena.

—Será mejor que no estés tramando nada, Billy. Como ya te dije, voy a encontrar a Tucker con o sin tu ayuda. No te necesito vivo.

Detiene el coche y con mucha calma, mete la marcha atrás y retrocede hasta quedar a la altura de la curva. Entonces me mira de nuevo, una mirada interrogante. Asiento con la cabeza. Gira el volante y nos ponemos de nuevo en marcha, avanzando hacia el aparcamiento de la playa de Littlelea.

Trato de pensar en lo que estoy haciendo. Lo de traerlo aquí no era un plan completo que digamos. Fue más bien una intuición. Pero en ese momento resuelvo mis dudas. Recuerdo que no sabrá dónde está Littlelea. No conoce la isla. No conoce la playa. Y yo sí. La conozco mejor que nadie. Así que si puedo llevarlo a la playa, tal vez pueda perderlo allí. Conozco cada roca, cada grieta de nuestros acantilados. Si pudiera llevarlo hasta las rocas tengo una buena posibilidad de escapar. Enseguida decido dónde voy a fingir que Tucker escondió las joyas y escojo el mejor camino por el acantilado para huir de allí. Con un poco de suerte igual pillo a papá y a Tucker antes de que se vayan al ferry. Nos podríamos escapar juntos y una vez fuera de la isla ya tendremos tiempo de decidir qué hacer después.

—Parece un lugar bastante público para esconder una bolsa llena de cadenas de oro —dice Vinny. Ha detenido el coche justo a la entrada al aparcamiento. Está vacío, pero a mediados de verano los cuarenta espacios que hay se llenan. Golpea el volante con los dedos.

—La verdad es que no —respondo—. Casi nadie viene hasta aquí. —Siento que mi cuerpo se llena de adrenalina, preparándose para la carrera. Estoy desesperado por que me deje salir—. Aparca ahí delante, hay que caminar un rato.

Siento que me mira a los ojos durante un buen rato, parece desconfiado, pero pone el coche en marcha de nuevo y aparca donde le he dicho. Es el primero en salir. Mira a su alrededor, estudiando el pequeño riachuelo que fluye junto al aparcamiento, observando el escarpado acantilado que tenemos detrás. Es fácil cruzar el riachuelo, ya que cuando llega a la playa se divide en varios arroyos cada uno de ellos salpicado de rocas. Decido que ahí es por donde cruzaremos.

Salgo del coche, tratando de parecer confiado.

—Es por aquí, por la playa.

Siento que está siendo más cuidadoso aquí que en el coche o en el bosque. Se me acerca por detrás y vuelvo a sentir que me aprieta la pistola en la espalda. Pero ahora lo hace de forma diferente, como si tratara de ocultarla, por si vemos a alguien aunque yo sé que es poco probable a estas alturas de la temporada.

—Dime, ¿a dónde nos dirigimos?

Señalo a un tramo de la playa, donde cientos de rocas de todos los tamaños yacen apiladas y semienterradas bajo la arena en la zona de la marea baja. Me las conozco todas.

—Ahí —digo, y sigo caminando. Vinny no responde.

Le guio a través del riachuelo saltando de una piedra a otra. A veces, cuando los turistas vienen de vacaciones hacen una presa en el agua, o las tormentas hacen que las olas muevan las rocas, haciendo difícil cruzar el río, pero siempre vengo y las vuelvo a poner en su sitio. Oigo que Vinny suelta una palabrota detrás de mí, me giro y veo que ha metido un pie en el agua. Me llena de esperanza. No conoce la playa. Puedo perderlo aquí.

Una vez superado el riachuelo hay un pequeño tramo de arena antes de llegar a la base del acantilado. No se ve mi casa desde aquí, está demasiado alejada de la cima del acantilado, pero sé que está justo encima de nosotros. Rezo en silencio para que papá no se haya ido aún.

—Chaval, ¿me estás tomando el pelo? —me pregunta Vinny—. Porque como seas capaz…

—No, no. Lo prometo. Está más adelante. Tuvo que esconderlas más allá de la zona de la marea alta —le interrumpo. Me giro un poco para volver a subir por la playa, hacia donde las malas hierbas cubren parte de las rocas. El mar no llega hasta aquí, pero hay desprendimientos de los acantilados por lo que hay muchas rocas esparcidas. Apunto hacia el centro y me preparo para correr.

Ahora que he llegado hasta aquí, la idea no me parece tan inteligente después de todo. Supuse que Vinny se limitaría a seguirme por detrás, pero en realidad me está sujetando, con una mano en el hombro y con la otra apuntándome la pistola contra la parte baja de la espalda. Pensé que cuando llegara aquí podría correr, y hacerlo lo suficientemente rápido como para refugiarme detrás de una roca antes de que pudiera dispararme. Ahora me doy cuenta de que es imposible. Intento soltarlo, solo un poco, haciendo ver que necesito librarme de su peso para equilibrarme, pero me agarra con más fuerza.

Llegamos a la roca a la que apuntaba. Empezamos a rodearla. Mi plan era salir corriendo cuando llegásemos aquí, pero no tengo oportunidad de hacerlo.

—¿Y bien? —pregunta Vinny cuando me detengo—. ¿Dónde están las joyas? —Me doy cuenta por su tono de que está casi a punto de no creerme, así que miro a mi alrededor, desesperado por encontrar algo que pueda ayudarme. Veo piedras en el suelo, ¿podría agarrar una y golpearle con ella? Pero Vinny es el doble de grande que yo y tiene un arma apretada contra mis riñones. No va a funcionar.

Entonces veo algo: un trozo de alga seca. No es mucho, pero me da una idea. Le doy la vuelta al trozo de alga con el pie.

—Me he equivocado —le digo—. No es esta roca, es aquella. —Señalo un poco más abajo en la playa, esta vez hacia un montón de rocas grandes y apiladas sobre una losa escarpada que conecta el acantilado con la arena a unos cuarenta y cinco grados de pendiente, parece una pista de tenis inclinada hacia un lado. Contengo la respiración, rezando para que no vea lo que estoy pensando—. Lo siento.

Al principio no reacciona, pero entonces me da la vuelta y me clava la pistola en la cara.

—Última oportunidad, Billy —le brillan los dientes blancos a la luz del sol consecuencia de una mueca más que una sonrisa—. O vas a acabar de comida para peces.

Seguimos caminando, Vinny me está agarrando aún más fuerte que antes para impedirme que encuentre forma alguna de escapar. Me doy cuenta de que Vinny anticipaba que querría escaparme. Pero esta vez lo guío de forma más decidida. La roca a la que nos dirigimos era una de mis favoritas cuando era pequeño. Cuando era pequeño até una soga a la cima del acantilado y solía jugar a que era un escalador subiendo el Everest. En algunos tramos era muy difícil subir porque las rocas estaban cubiertas de algas. En realidad hay diferentes tipos de algas a medida que subes el acantilado por el efecto de las mareas que cubren la parte baja por más tiempo. Algunas de las algas resaltan contra las rocas pero otras son translúcidas, por lo que no se ven. Pero son igual de resbaladizas.

Llegamos a la base de la roca, que desaparece bajo la arena. En la parte superior, donde se conecta con el acantilado, hay una franja de hierba. Tengo que admitir que no es mal lugar para esconder algo. Percibo el interés de Vinny.

—Es ahí arriba —digo, señalando la cornisa. Por un segundo me suelta, y me pregunto si este será mi momento, pero no soy lo suficientemente rápido y en un instante noto la pistola en el estómago—. Hay que subir —continúo.

—Bueno, adelante entonces —responde Vinny.

Así que me doy la vuelta y con mucho cuidado pongo un pie en la parte inferior de la roca.

—Ten cuidado —le aviso—, está resbaladizo.

Pero no le digo cómo subir.

La parte inferior de la pendiente está completamente cubierta de fuco. La mejor técnica aquí es usar las lapas. Se agarran como pequeñas pirámides a la superficie del acantilado y se pueden utilizar de puntos de apoyo para los pies y asas para las manos. Me agarro a las dos primeras de manera automática y escalo el primer tramo con facilidad. Me giro para ver si Vinny me sigue y veo que le cuesta mantener el arma apuntada en mi dirección a la vez que prestar atención a sus movimientos. Me muevo un poco más rápido, ascendiendo más alto y alejándome de él. Las lapas no llegan más arriba y el fuco deja paso a las algas translúcidas. Su verdadero nombre es Ulva lactuca o algo así, pero yo la llamo Papel de Bruja porque es blanca cuando está seca y casi invisible cuando se moja. Se puede trepar solo por las partes secas y tengo suerte porque me quedan suficientes parches blancos para subir a la cima.

La otra cosa que solía hacer, cuando era niño, era deslizarme por el Papel de Bruja. Necesitas un trozo de roca que no tenga percebes ni lapas para no hacerte daño, por eso nunca lo hice aquí. Pero eso no me va a detener ahora. Miro hacia atrás y veo el tramo que acabo de escalar. Estoy a unos diez metros de la arena y casi en el saliente donde le he dicho que estaban las joyas escondidas. No puedo permitir que lleguemos allí, porque si lo hacemos será obvio que he estado mintiendo y no creo que logre convencerle de que vayamos a otro lugar. Así que respiro con profundidad, preparándome. Vinny está a unos cinco metros por debajo de mí, a la altura de la parte superior del fuco y parece más concentrado en el ascenso que en mí. Si voy a hacerlo, este es mi momento.

Con un grito que se me escapa, me lanzo de repente por las resbaladizas algas translúcidas y me dirijo hacia Vinny. Levanta la vista y veo que levanta el brazo, no para disparar, sino para protegerse, pero no le da tiempo. Le golpeo con los pies y perdemos el equilibrio lo que hace que nos deslicemos el resto de la pendiente. Siento punzadas de dolor cada vez que me arrastro por las lapas. A los pocos segundos aterrizamos de nuevo en la playa.

Vinny empieza a gritar pero no me quedo a ver qué dice. Ya estoy de pie, corriendo por la playa.

CAPÍTULO CINCUENTA Y NUEVE

CUANDO SE ME ocurrió este plan me imaginaba corriendo tan rápido que parecería que estaba volando, pero en realidad corro a cámara lenta. No consigo sincronizar los brazos y las piernas y siento un terror inmenso de que en cualquier momento me va a paralizar una bala. Pero ese momento no llega y al atravesar un pequeño promontorio siento algo de alivio. Hay algo sólido entre las balas de Vinny y yo.

Siento la protección que me da el promontorio, será capaz de bloquear las asesinas balas en caso de que Vinny dispare. Sigo corriendo, golpeando la arena con las piernas, y acelero. Mis pies empiezan a bailar sobre las rocas que sobresalen por la arena cerca de la base del acantilado. He caminado por aquí tantas veces que me conozco cada ángulo, cada paso y cada roca que hay que evitar pisar porque se mueve o porque está cubierta de algas resbaladizas. Me duele la pierna y vislumbro una mancha roja de sangre donde debo haberme rozado con algún percebe mientras me deslizaba. Pero no me importa.

Sigo avanzando hacia el sendero del acantilado. Lleva años cerrado porque los escalones formados en la roca se han derrumbado en varios tramos, pero yo lo sigo usando. Es mi sendero. Termina en la parte superior del acantilado, justo al lado de nuestra casa. Vislumbro el comienzo del sendero en la base de la pendiente a unos cincuenta metros. Voy a conseguirlo.

Pero para mi asombro, y horror, no estoy dejando a Vinny atrás como planeé. Es un tío rápido, muy rápido. Al principio le oí gritando pero ahora se ha callado y solo capto el ruido de sus pisadas por la arena y el chapoteo del agua cuando atraviesa las charcas. Dos veces miro detrás de mí y me sorprende lo cerca que está. Veo la mirada de concentración en su rostro. Me vuelvo y trato de correr más rápido aún, ya casi he llegado al sendero. Por un momento hay casi silencio absoluto, el único sonido que se oye es el de nuestros jadeos mientras corremos por la rocosa orilla.

Cuando por fin llego al sendero noto que está aún más cerca. Está a unos pocos pasos de distancia. Me doy cuenta de que, en cualquier momento, podría detenerse y pegarme un tiro. Creo que la única razón por la que no lo hace es porque sabe que me va a alcanzar. Más adelante, el sendero asciende por el acantilado en una serie de zigzags escalonados, y no hay ningún tipo de refugio, no hasta más arriba, donde las zarzas ofrecen algo de protección. Paso por delante de la señal que dice «Peligro, camino cerrado». Me pregunto si ese detalle le hará desistir, pero lo dudo.

Cuando llego a la pendiente voy más despacio, no se puede evitar cuando se empieza a subir, y Vinny se acerca aún más hasta que ambos estamos subiendo, él a tan solo un metro por debajo de mí. Es tan rápido que está a punto de alcanzarme. Pero en mi prisa por escalar estoy soltando piedras y pequeñas rocas y enviándolas en cascada por el acantilado. Y ahora Vinny tiene que lidiar con ellas además de subir los desiguales escalones. Hago todo lo posible por desprender más rocas a medida que subo y durante unos instantes la distancia entre nosotros incluso se amplía un poco. Pero entonces oigo a Vinny soltar un rugido de rabia. Debe de acelerar de nuevo, porque lo noto detrás de mí, cada vez más cerca. No he subido ni un tercio del acantilado cuando siento que me agarra la pierna con la mano. Trato de quitármela de encima, pero me aprieta con fuerza tirándome hacia él.

Me doy la vuelta para estar de espaldas al acantilado y clavo las manos en la tierra para anclarme en el sitio. Entonces arqueo el pie para intentar soltarlo, por un segundo Vinny se queda sujetando mi zapato y al instante se desliza un metro por la pendiente con él en la mano. Entonces vuelve a gruñir y lanza el zapato al aire. Lo veo rebotar por la pendiente debajo de él.

Veo que Vinny empieza a acercarse de nuevo, pero esta vez estoy preparado para su llegada. Clavo las palmas de las manos en la tierra para anclarme y tenso las piernas. Cuando Vinny me alcanza, le doy una patada, golpeándole la cara con el único zapato que me queda. Veo que su barbilla se inclina hacia un lado cuando conecto con su cara y suelta un grito de rabia. Intento hacerlo de nuevo, pero esta vez fallo, así que en su lugar le doy una patada en la mano mientras escarbo tierra con las manos. Él retrocede y yo me arrastro hacia atrás por el acantilado unos metros más. Por un momento ambos nos detenemos.

—Me cago en la puta —gruñe, palpando su mandíbula—. Eres hombre muerto. —Y entonces, torpemente, levanta la pistola frente a él. Su rostro no muestra duda alguna y noto como se concentra en el instante previo a apretar el gatillo. En ese momento grito y le lanzo a los ojos el puñado de arena y piedras que había escarbado.

No espero. Le oigo gritar y mientras me giro veo la suciedad que le salpica la cara. Entonces me doy la vuelta y comienzo a escalar de nuevo hacia la cima del acantilado donde está mi casa, rezando para que papá no se haya ido todavía.

CAPÍTULO SESENTA

CONSIGO SACARLE ventaja cuando por fin llego al final del sendero en la cima del acantilado. Echo un vistazo rápido y no le veo detrás de mí. Me duele la pierna y ahora también el hombro, pero la adrenalina es tan fuerte que apenas me frena. Debajo de mí, no muy lejos, le oigo de nuevo.

Solo llevo un zapato y el calcetín se me resbala en la hierba, lo que me hace cojear. Estoy agotado. Quiero parar para tomar aire, pero no me atrevo. Avanzo a trompicones por la cima del acantilado hacia casa y allí veo que la camioneta de papá sigue aparcada en la entrada. Todavía no se han ido. Siento un enorme alivio. Intento gritar pero no tengo aliento.

Veo que la puerta principal de casa se abre y sale papá. Lleva la bolsa de Tucker y la mete en la parte trasera de la camioneta. Luego se vuelve hacia casa.

—¡Papá! —intento gritar, pero me falta tanto el aire que no me sale ningún sonido. No me oye. Es como en las pesadillas. Soy consciente del espacio detrás de mí, donde sé que Vinny aparecerá en cualquier momento. Para llegar a casa tengo que cruzar un terreno abierto donde no hay ningún refugio que me proteja de las balas.

Entonces algo hace volverse a papá, tal vez sea el movimiento de mis brazos, y me ve. Tiene cara de sorpresa. Espera unos instantes, mientras yo me acerco a él, agitando los brazos con desesperación.

—¿Billy? ¿Qué demonios estás haciendo aquí? —Da un paso adelante para llegar a mí, saliendo del refugio que le da la camioneta.

—Está aquí. Vinny está aquí. Tiene un arma —intento decir, pero las palabras no me salen en voz alta. Me quedo sin aliento.

—Voy a llevar a Tucker al ferry —dice papá, avanzando aún más, con una media sonrisa de confusión—. ¿Por qué no estás en el instituto...?

Vuelvo a agitar los brazos, intentando que dé un paso atrás. Por fin se da cuenta de que algo va mal.

—¡Billy! ¿Qué te ha pasado en la pierna? Estás sangrando...

Por fin lo alcanzo y me choco con él, empujándolo hacia atrás para que al menos estemos detrás de la camioneta. Vinny ya debe haber llegado a la cima del acantilado. Temo que esté preparándose para disparar. Pero papá se me resiste. Intento hablar de nuevo, aspirando desesperadamente el aire para poder formar las palabras.

—Tenemos... —jadeo—. Mover... Tenemos que...

—¿Qué demonios estás diciendo? —interviene papá, que empieza a parecer preocupado.

Sigo sin poder decir más de dos palabras, me falta el aire.

—¿Qué te pasa, Billy?

Pero antes de que pueda intentar explicarme se oye un disparo. Siento que me invade el pánico y, por un segundo, estoy seguro de que me ha dado de lleno en la espalda. Enseguida me doy cuenta de que no me han dado, sino que he tensado la espalda de tal manera que hasta me ha dolido.

Veo fragmentos de papá, tratando de entender lo que está pasando. Veo su cara, las emociones que fluyen por su rostro. Sorpresa, confusión, miedo. Oigo más disparos. Dos. Tres. Ni siquiera sé cuántos. Mientras observo casi puedo ver la parte trasera de la cabeza de papá estallando y la sangre saliendo a borbotones. Estoy tan convencido de que va a suceder. Tengo tanto miedo que tardo en darme cuenta de que no pasa nada. Sé que estoy gritando y lo único que me detiene es una bota que en un instante me golpea con fuerza en las costillas.

CAPÍTULO SESENTA Y UNO

—CIERRA LA PUTA BOCA.

Todavía me falta el aire y no me cuesta mucho hacer lo que dice.

—Ponte de rodillas, con las manos detrás de la cabeza.

Es Vinny, hablando entre jadeos. Tardo un segundo en ver que no es a mí a quien se dirige, sino a papá. Me vuelvo para mirar, aún no estoy seguro de si le han disparado o no, pero no veo sangre. Nuestros ojos se encuentran. Intento hacerle ver que lo siento. Que intenté decirle lo que estaba pasando.

—Ponte de rodillas y pon las manos detrás de tu puta cabeza —Vinny gruñe por segunda vez. Sujeta la pistola con ambas manos, apuntando a papá. Desliza su mirada hacia mí, para hacerme saber que nos puede vigilar a los dos. Muy despacio, papá hace lo que dice, bajando una pierna y luego la otra hasta arrodillarse en la tierra de delante de nuestra casa. Estoy seguro de que en cuanto esté de rodillas Vinny le va a disparar. Va a ejecutarlo a sangre fría. Igual que cuando me llevó al bosque.

—¡No! —grito poniendo la mano sobre papá para tratar de detenerlo.

—Tú también, niñato de mierda. —Vinny se vuelve hacia mí, apuntándome con la pistola.

Es increíble el poder del arma. Me deja helado, imaginando de nuevo la muerte que puede provocar con un ligero movimiento de dedos.

—Arrodíllate —dice Vinny.

Estoy temblando, pero hago lo que me dice. Entonces Vinny da un paso con cuidado alrededor de mí. Lo veo estudiando el terreno, la casa, ve que no hay nadie. Nuestros vecinos más cercanos están a medio kilómetro de distancia.

—Bueno, bueno. Mira quien está aquí, el mismísimo Jamie Stone. Así que aquí es donde una rata de alcantarilla como tú viene a esconderse —Vinny suelta una desagradable carcajada.

—Vinny —responde papá—. Deja que el chico se vaya. Sea lo que sea, él no tiene nada que ver con esto.

—Cállate —gruñe Vinny. Papá toma una bocanada de aire, como si fuera a decir algo más, pero luego hace lo que le dice. Vinny vuelve a mirar a su alrededor.

—¿Dónde coño está?

Papá tarda un segundo en contestar y cuando lo hace, su voz suena rara. Cautelosa. Tensa.

—¿Quién?

Y entonces, tan rápido que no lo veo, Vinny me rodea el cuello con el codo y me aprieta el cañón de la pistola contra la sien.

—¡Quién va a ser! Tu amiguito Tucker —Vinny espeta y yo noto motas de saliva en la cara.

Veo a papá tenso, a punto de saltar hacia adelante, pero se detiene al ver que no hay salida.

—¿Tucker Nolan? Hace años que no le veo.

—¿Ah no? Pues cómo es que tu chico me ha dicho que ha estado viviendo aquí. Como dos putas ratas. Dime, ¿dónde coño está?

Papá se queda callado un segundo.

—Vale, ha estado aquí. Salió de la isla esta mañana. Hay un ferry en media hora, si te vas ahora puedes ir tras él...

—Mentira. Dime la verdad o le vuelo los sesos al chaval.

Cierro los ojos, preguntándome si oiré el estallido, o si mi cerebro explotará antes de que el sonido lo alcance. Es curioso que sea eso lo que uno piensa en momentos como este.

—Está bien —se calma papá, tratando de tranquilizar a Vinny—. Está en casa. Ha ido al baño.

Siento que se afloja el agarre alrededor de mi cuello y abro los ojos. Llego justo a tiempo para ver cómo Vinny extiende su brazo y hace caer la pistola sobre la cabeza de papá. Es tan rápido que no hay nada que pueda hacer, ni tiempo para apartarse. Se oye un chasquido nauseabundo de metal contra hueso y papá se desploma hacia atrás. Luego, debido a la forma en que está arrodillado, no puede caer hacia atrás, sino que se balancea y se cae hacia un lado. No sé si está inconsciente o muerto. Supongo que debo volver a gritar, porque lo siguiente que sé es que Vinny también me grita que me calle.

—¡A menos que quieras que te haga lo mismo! —gruñe y levanta la pistola para amenazarme.

Consigo callarme. Miro a papá. Está tumbado de lado en la calzada. No se mueve, no sé si respira, y le sale sangre de una herida en la frente. Me vuelvo para mirar a Vinny, con los ojos muy abiertos por el terror.

Pero Vinny no parece interesado en papá. Vuelve a clavarme la pistola en la espalda y me obliga a moverme, medio arrastrándome para que la camioneta de papá se interponga entre nosotros y la fachada de la casa.

—Sé que estás ahí, Tucker —dice Vinny en voz alta. Ahora ya no me presta atención pero mantiene la pistola apretada contra mí con mucha fuerza. Su antebrazo me rodea el cuello, restringiéndome la toma de aire. Pienso que tal vez podría bajar la cabeza y morderle el brazo, pero mi barbilla está en medio, impidiéndome moverme. Y entonces cambia su agarre, más fuerte de nuevo, para que sea imposible.

—Tucker, hijo de puta. Mueve tu lamentable culo y sal de ahí.

Nos quedamos esperando, observando la puerta principal. No se mueve. Ni siquiera sé si quiero que lo haga. De repente sé que me equivoqué al traer a Vinny aquí. Pensé que me salvaría, pero no ha servido de nada.

—Tucker... No me hagas entrar a por ti —grita ahora Vinny.

Entonces, en un instante, me quita la pistola del cuello y apunta a la casa. Dispara tres tiros, destrozando la ventana de la cocina y luego las del salón. El ruido se eleva y retumba en la cima del acantilado. Cuando el eco se apaga, nada ha cambiado.

—Tucker. Sal ahora mismo o me cargo al chaval —Vinny grita al silencio.

No hay ni un movimiento en casa. Papá sigue tumbado. Empiezo a preguntarme si Tucker se habrá escapado por la parte de atrás. Es lo que yo haría, al menos eso creo.

—Sabes de sobra que soy capaz de hacerlo, Tucker. Voy a contar hasta tres.

Siento que empiezo a parpadear, estoy desesperado por encontrar una salida. Pero Vinny me sigue agarrando con fuerza. Aprieta aún más la pistola contra mi sien. Me obliga a ponerme de pie para que se nos vea bien desde casa. Si es que hay alguien dentro para vernos, claro.

—Uno.

¿Y si no está? ¿Y si se ha ido? No quiero morir, así no.

—Dos —grita.

Se dirige a mí.

—Despídete chaval.

Respira con profundidad. Lucho, pero él se tensa y me detiene, no parece que le cueste ningún esfuerzo.

—Tres.

CAPÍTULO SESENTA Y DOS

CIERRO LOS OJOS. No espero volver a abrirlos. Para mi sorpresa, cuando los abro no estoy muerto. En su lugar veo mi casa. La puerta está abierta y Tucker está de pie. Tiene las manos levantadas y, de inmediato, Vinny le apunta con la pistola.

—¿Estás armado? —grita Vinny.

—No —responde Tucker.

—Mentira. Levántate la camisa.

Pero en cuanto Tucker empieza a mover las manos, Vinny le vuelve a gritar.

—Despacio. Hazlo muy despacio.

Entonces, moviendo sus manos con exagerada lentitud, Tucker hace lo que le dice, desabrochándose los botones uno a uno y abriendo su camisa hasta que queda expuesto el torso cubierto por el tatuaje.

—Quítate la camisa. Tírala al suelo.

Tucker se baja la camisa por los hombros y la deja caer.

—Ahora date la vuelta. Hazlo despacio.

Así lo hace, dando un giro completo hasta que vuelve a mirar hacia delante. No hay pistola ni arma alguna en su torso.

—Ahora bájate los pantalones.

—¿Qué?

—Que te bajes los putos pantalones.

Veo que una mirada oscura recorre a Tucker, pero empieza a

desabrocharse el cinturón y luego se baja los vaqueros por las piernas. Le llegan a las rodillas y se queda en calzoncillos.

—Quítatelos del todo, los zapatos también. Con mucho cuidado.

Tucker tarda en responder. Supongo que decide que no le queda otra porque entonces se agacha y se quita un zapato y luego el otro. Mientras lo hace, saca lentamente un cuchillo de cocina que debía de haber metido en el calcetín antes de salir. Lo levanta, con el mango por delante, para que Vinny pueda verlo.

—Tíralo. —Con sus ojos, Vinny indica la dirección en la que quiere que Tucker lo lance, hacia el patio.

Observo cómo el cuchillo traza un pequeño arco y aterriza en la hierba. Me pregunto si hay alguna forma de llegar a él, pero Vinny sigue sujetándome y, aunque no lo hiciera, no sé qué podría hacer yo con un cuchillo. Intento imaginarme usándolo, pero no puedo.

—Sigue —dice Vinny. Su atención no se ha movido de Tucker. Cuando me vuelvo, Tucker sigue desvistiéndose, hasta que se queda en calzoncillos.

—Esto no tiene nada que ver con el chico —comienza Tucker. Suena muy tranquilo, como si esta no fuera más que una conversación normal—. Ni con Jamie tampoco.

—Cuando te escondiste aquí hiciste que tuviera que ver con ellos, y mucho.

Tucker no responde. Parece que está a punto de hacerlo, pero no le salen las palabras.

—Sabías que vendría a por ti. Por eso huiste. Elegiste esconderte aquí.

Miro a Tucker mientras Vinny dice esto y por un segundo me devuelve la mirada. Pero se da la vuelta. Veo que sacude la cabeza con ligereza.

—No hui. Al menos, no quise hacerlo. Habíamos terminado nuestro trabajo. Todo iba como lo habíamos planeado. No es mi culpa que decidieras disparar al guarda de seguridad.

—Habría venido a por nosotros. Solo estaba haciendo el trabajo correctamente. Como lo habíamos planeado, joder.

Incluso desde aquí puedo ver que las fosas nasales de Tucker se agitan con frustración. De nuevo no tiene respuesta.

—Lo que tú digas, colega. No creo que vayamos a estar de acuerdo en ese detalle.

—Da un paso adelante —dice Vinny y Tucker vacila—. He dicho que un paso adelante —repite Vinny.

—Si lo que buscas son las joyas están en la camioneta. Puedes llevártelas.

—Ah, ya lo sé —dice Vinny—. Pero también sabrás que no he venido hasta aquí solo por unas cadenas de oro. Puedo pillar oro donde quiera. Esto es una cuestión de principios. No te puedes pirar así sin más y esperar que no te traiga consecuencias...

Siento que Vinny aprieta aún más el agarre alrededor de mi cuello. Todavía tiene la pistola apuntando a Tucker. Ahora tiene el brazo extendido. Veo en la cara de Tucker cómo le afecta la visión del arma. Ni siquiera puede mover los ojos. Supongo que es porque conoce a este tipo. Sabe de lo que es capaz.

—Arrodíllate —dice Vinny. El ambiente ha cambiado. Es como si supiéramos que no hay más que hablar. Tucker tarda mucho en moverse, veo que analiza sus opciones. Si se arrodilla, Vinny le va a disparar. Pero si no lo hace, Vinny le disparará igual. De repente me doy cuenta de que voy a tener que mirar. Voy a tener que ver cómo la cabeza de Tucker se abre y sus sesos salen disparados. Y luego ¿qué me va a pasar a mí?

En ese momento noto que hay otro par de ojos observando lo que está pasando. Ojos inciertos, nerviosos. Parpadeo, sin saber si puedo confiar en lo que estoy viendo. Pero sí que puedo. Intento establecer contacto con esos ojos. Intento enviar un mensaje. Pero los ojos solo miran.

—Arrodíllate hijo de puta —grita Vinny—. Y tal vez deje al niño vivo.

Siento que Tucker se vuelve hacia mí, pero no le miro. Estoy totalmente concentrado en el otro par de ojos. Ojos que pertenecen a una gaviota argéntea juvenil sentada en lo alto de nuestra casa observando la escena. Una gaviota argéntea a la que no le gusta verme amenazado. Miro a Steven, desesperado por que me entienda. Frente a mí, Tucker se arrodilla despacio en la tierra. Vinny me agarra del cuello con más fuerza aún y me arrastra hacia delante, de modo que la punta del arma queda a unos metros de la cabeza de Tucker que permanece inclinada para no tener que afrontar su destino con la mirada.

—Mmmmmmmm —digo de repente, tan alto como me atrevo—. Hmmmmmmmmmmmm.

Vinny me sacude.

—Cierra el pico, chaval.

Pero no lo hago.

—Hmmmmmmmmm. Mmmmmnnnggg. —Esta vez hablo más alto y veo la reacción que tiene en Steven. Su cabeza se detiene y lo veo inclinarse hacia adelante desde donde está encaramado, como si estuviera contemplando despegar. Sopesando si estoy en apuros. Pero no se mueve. Sigue ahí sentado. Sé que tengo que hacer que Vinny me haga daño. Es la única manera de hacer que Steven se mueva.

Así que vuelvo a gemir y empujo a Vinny, desviando su objetivo de Tucker por un segundo. No es el tiempo suficiente para que Tucker reaccione, pero molesta a Vinny. No tiene ni idea de lo que está pasando. Responde sacudiéndome, con más fuerza.

—¡Que te calles! ¿A menos que quieras que te dispare a ti primero?

—Mmmmhhhhhmmmggghhh —grito esta vez, y forcejeo aún más. Esta vez Vinny pierde el control. El lado de la pistola hace contacto con mi cabeza, pero es más un empujón que un golpe ya que no hay retroceso. Aun así, veo la reacción de Steven. Se adelanta desde la cresta del tejado y sus alas se abren al hacerlo.

No dudo. Sé exactamente lo que va a pasar y trato con todas mis fuerzas de liberarme del agarre de Vinny. Por un segundo le resulta fácil mantenerme dominado y me doy cuenta de que ha llegado a su límite. Comienza a girar el arma para dispararme, para librarse del pesado del niño. Pero justo en ese momento una criatura gris blanquecina se estrella contra él. No tiene tiempo ni de soltar un grito antes de que lo golpeen dos kilos de pájaro, cortándole con el pico y las tres garras que tiene en el extremo de cada una de sus patas.

Entonces pasa todo tan rápido que casi no soy capaz de seguir lo que sucede. Siento que estoy libre y ruedo hacia atrás. Por un momento veo a Steven en la cara de Vinny, que está tumbado de espaldas en el suelo. Luego Tucker también se une. Veo un momento horrible en el que el ala de Steven queda atrapada en un extraño ángulo y Vinny rueda sobre él, aplastándolo bajo su cuerpo. Cuando se libera del pájaro tiene la cara cortada y llena de sangre.

Pero para entonces Tucker está de pie sobre él con la pistola en la mano.

CAPÍTULO SESENTA Y TRES

HAN PASADO SOLO UNOS SEGUNDOS, pero todo ha cambiado. Parpadeo ante la nueva realidad que tengo delante. Tucker sujeta la pistola con temblorosas manos. Steven está graznando en voz alta mientras arrastra un ala detrás de él hacia su antiguo corral.

Me apresuro a acercarme a papá. No sé por qué pero no quiero tocarlo, tengo miedo de que tenga la piel fría. Sé que es una estupidez, si estuviera muerto no habría tenido tiempo de enfriarse. Aun así... De repente ya no tengo que preocuparme por eso porque veo que su pecho se mueve. Oigo su respiración entrecortada. Tiene un corte en la cabeza, pero parece que está durmiendo.

—¿Está bien? —grita Tucker.

Miro hacia arriba. Tiene a Vinny sentado en el suelo, apuntándole a la cabeza con la pistola. Tiene sangre en la mejilla.

—Creo que sí.

—Ponlo de lado —chilla Tucker de nuevo, pero yo ya lo sé. He asistido a muchas charlas en el Club de Salvamento y socorrismo de Silverlea sobre cómo ayudar a la gente que casi se ahoga. Lo sé todo sobre la posición lateral de seguridad y me apresuro a colocar a papá. Es más difícil hacerlo con una persona de verdad que con los maniquíes con los que practiqué.

Cuando ya no puedo hacer más por papá me dirijo corriendo hacia Steven. Se ha sentado con un ala plegada y la otra tendida en el suelo. Está claro que tiene el ala rota y es obvio que le duele, pero los animales no son tan quejicas como los humanos. Dejo que me picotee la mano y le susurro con tranquilidad. Le prometo que voy a curarle y que podrá volver a volar.

—¿Esa es tu gaviota, Billy? —me pregunta Vinny bajo la vigilancia de Tucker—. ¿Tu gaviota domesticada? —Se ríe, como si no se pudiera creer la pregunta que acaba de hacer, o lo que acaba de suceder. No le respondo—. Porque es jodidamente raro —continúa—, dedicarse a entrenar putas gaviotas.

Sigo sin contestarle, pero me giro para mirarle.

—A tu edad deberías estar acostándote con chavalas, no jugando con gaviotas de mierda.

Hay algo en la voz de Vinny que todavía me asusta. Suena muy confiado. Miro a Tucker, justo cuando se cambia el arma de una temblorosa mano a la otra. Me doy cuenta de que esto no ha terminado del todo. Me sorprendo al desear que Tucker le dispare. Un tiro en las piernas o algo así, no es que quiera que Vinny muera es que aún le tengo miedo. De hecho estoy aterrorizado. Es como si pudiera ver lo que va a pasar. No sé cómo, pero de alguna manera se va a hacer con la pistola. Vinny es el único que sigue tranquilo, demasiado tranquilo.

—¿Tienes más animales de los que me tenga que preocupar? —continúa Vinny. Parece que esté disfrutando—. No sé, ¿un puto conejo ninja? —Se ríe de la idea y veo que empieza a doblar las piernas como si se preparara para levantarse.

—No te muevas —le avisa Tucker, pero le traiciona la voz. No parece tener la situación bajo control.

—Tranqui, solo me estoy poniendo cómodo. No te voy a causar ningún problema. —Vinny ralentiza su movimiento pero no se detiene. Está poniendo a prueba a Tucker, y dado que Tucker no lo detiene, falla la prueba.

«Pégale un tiro» quiero gritar, pero no lo hago. Ahora que sujeta el arma en la mano empiezo a entender el problema de Tucker. Si dispara a Vinny, estará disparando a un hombre desarmado. Eso tiene consecuencias. Consecuencias que duran para siempre. Veo la duda en la cara de Tucker. Veo la incertidumbre en sus brazos, que ahora le tiemblan. Empiezo a pensar que, aunque apretara el gatillo, podría fallar.

Vinny se queda quieto. Deja de mirarnos a Steven y a mí y se gira hacia Tucker. Tiene toda su atención en él. Está buscando una oportunidad para desarmarle y me aterra que vaya a conseguirla.

Mira de reojo hacia el lugar donde reposa el cuchillo que Tucker había tirado. Tucker parece no darse cuenta de ello.

—Así que —Vinny parece haber llegado a una decisión. Tiene un plan—, tienes mi pistola. La pregunta es ¿vas a usarla? Porque tal y como yo lo veo esa es tu única salida.

Tucker no le responde. Se limita a apuntar a Vinny como si esperara algo. No sé el qué.

—Y me parece que cuanto más tiempo estemos aquí sentados, menos posibilidades tienes de usarla. ¿No sé si me entiendes?

Tucker sigue sin responder. Solo espera, sin decir nada.

—Claro que podemos sentarnos aquí todo el tiempo que quieras. Las vistas son preciosas y eso. Pero tarde o temprano tendrás que tomar una decisión. —Vinny sonríe de nuevo, se está volviendo más confiado con cada momento que pasa. Comienza a mover las piernas de nuevo.

—Ni te atrevas —dice Tucker de inmediato y, esta vez, Vinny se detiene. Pero solo por un segundo.

—No vas a dispararme, ¿a qué no? No tienes lo que hay que tener. Y no puedes llamar a la policía, porque ¿cómo les explicarías todo este follón? ¿Y lo de la bolsa de oro en tu camioneta? Así que tienes que tomar una decisión Tucker. Dispárame. O no me dispares. Y si no lo haces, me voy a levantar y me voy a ir de aquí.

—No se te ocurra levantarte del puto suelo —mientras lo dice mira hacia atrás.

En la distancia se oye un nuevo sonido. Al principio no lo identifico.

—Ya he tomado una decisión —confirma Tucker.

Vinny parece confundido. Él también ha oído el sonido y ambos deducimos lo que es en el mismo instante. Es el sonido de un coche, tal vez más de un coche.

—Iba a tomar el ferry hoy —explica Tucker—, para seguir huyendo. Pero cuando apareciste por el acantilado con Billy cambié de opinión.

En ese momento aparecen dos coches de policía por la curva y se detienen. Dos agentes salen del primer coche y se refugian detrás de las puertas abiertas, con las armas desenfundadas y apuntando a Tucker. Le gritan que suelte el arma.

Mira a Vinny y suelta una amarga carcajada, luego deja que la pistola se balancee y caiga al suelo.

—Pensaste que no querría llamar a la policía. Pues te equivocas porque ya la había llamado.

CAPÍTULO SESENTA Y CUATRO

LA POLICÍA AVANZA CORRIENDO y gritando, y antes de que me dé cuenta de lo que ha pasado Vinny está inclinado sobre el capó de la camioneta de papá con las esposas en las muñecas. Entonces colocan a Tucker junto a él. No quita los ojos de encima a Vinny en ningún momento, y veo que está sonriendo. Por el contrario Vinny no sonríe, parece bastante enfadado, como si prefiriese que Tucker le hubiera disparado después de todo.

A continuación se los llevan hacia los coches.

—Diles todo lo que sabes, Billy. Cuéntales la verdad —me dice Tucker mientras le meten en uno de los coches patrulla.

Otro policía está agachado junto a papá, hablando por su radio. Quiero ir hacia allí, pero sigo sentado con Steven, acariciando sus plumas para mantenerlo tranquilo. Un rato después, una agente de policía se acerca y empieza a preguntarme qué ha pasado, si estoy bien y por qué estoy sentado abrazando a una gaviota. Para entonces también ha llegado una ambulancia. Los sanitarios llevan una camilla hasta donde está tumbado papá y no tardan en llevárselo. Quiero ir con él y la agente de policía dice que me llevará en su coche al hospital, pero no quiere llevar a Steven. Al final sugiere que lo llevemos en el coche hasta el veterinario de Newlea. Le conozco desde hace tiempo y sé que lo cuidarán muy bien, así que acepto la propuesta.

Cuando llegamos al hospital, papá está despierto y me dejan verlo. Pero es un poco preocupante, porque está muy aturdido, como si estuviera cansado o borracho, los médicos dicen que es normal y que no debo preocuparme. Le han hecho placas y no creen que tenga una lesión grave, solo que con el golpe tan fuerte que le dio Vinny perdió un poco el conocimiento.

Después tengo que responder a un interrogatorio allí mismo en el hospital, en un despacho en el que han instalado una cámara de vídeo. Quieren que explique todo lo que me ha pasado, desde el momento en que Vinny me secuestró camino del Instituto hasta que llegó la policía y lo arrestó. Al principio es difícil, porque me interrumpen todo el rato para preguntarme de qué conozco a Vinny y cómo sabía que buscaba unas joyas. Recuerdo lo que me dijo Tucker acerca de ser honesto y aunque no sepa si es lo correcto o no, una vez que empiezo el relato no me queda otra que decir la verdad.

Luego, como ya es tarde y no puedo ir a casa solo, me llevan a un hotel con una mujer que se llama Gill. Trabaja para Asuntos Sociales de protección de menores. Ya me los conozco bastante bien. Reserva dos habitaciones contiguas, con una puerta que las comunica, y empieza a explicarme que va a dormir allí mismo y que no tengo nada por lo que preocuparme, pero yo lo único que quiero es que me deje en paz para poder pedir la cena al servicio de habitaciones y tomármela en la cama viendo la televisión.

Al día siguiente, Gill me lleva de nuevo al hospital y papá está mucho mejor, se sienta y come. Sin embargo, no le dejan irse a casa todavía, porque aún quieren observarlo por si sufre una conmoción cerebral. Así que me paso un día muy largo dando vueltas por el hospital con Gill, respondiendo a las mismas preguntas una y otra vez.

Por fin le dan el alta a papá y Gill me deja ir a casa con él. Cogemos un taxi, pero no hablamos mucho durante el trayecto. Creo que ninguno de los dos queremos decir nada que el conductor pueda escuchar.

Es extraño estar en casa de nuevo. Papá pone unos tablones de madera para cubrir las ventanas rotas. Y mientras lo hace, observo su camioneta. Tiene varios agujeros de bala en los laterales. Algunas balas atravesaron por un lado y salieron por el otro.

Me pregunto si papá querrá hablar, pero en lugar de eso nos prepara algo de comida, y cuando terminamos de cenar, lava los platos y me dice que me vaya a la cama a descansar un poco. Así lo hago y debo estar muy cansado, porque no tardo nada en dormirme.

CAPÍTULO SESENTA Y CINCO

CUANDO ME DESPIERTO a la mañana siguiente, papá ya se ha levantado y ha puesto la mesa para desayunar. Solo hay cereales y tostadas, y un cartón de zumo de naranja que teníamos al fondo del armario. Aun así, ha puesto cubiertos y cuencos en la mesa. El caso es que de repente parece raro que haya solo dos comensales. Después de tener a Tucker aquí durante tanto tiempo se le echa de menos.

—Buenos días, Billy —dice papá. Parece un poco aturdido. Me pregunto si es por la misma razón.

No me han dicho nada de lo que le va a pasar a Tucker. Insistí en preguntar, a Gill, a los agentes de policía, que si iba a ir a la cárcel y si así era que por cuánto tiempo. Pero no lo sabían o no me lo quisieron decir. Sé que va a ir a la cárcel. Al menos se les notaba en las caras que ponían cuando les preguntaba.

Lo cual me hace sentir muy culpable porque, si lo piensas, todo ha sido culpa mía. Si no hubiera interferido con el teléfono de Tucker, Vinny nunca se habría enterado de que estaba aquí en la isla de Lornea. No habría venido a buscarlo y Tucker no habría tenido que entregarse a la policía. En realidad es peor que eso. Si no fuera porque metí las narices donde nadie me llamaba, papá y Tucker habrían conseguido su préstamo y ya habrían comprado el Alba. Estarían juntos montando el negocio que habían soñado desde que eran niños. Más o menos como yo quería que hiciera papá, justo al principio de todo esto.

Quiero hablar de ello pero hay tanto qué decir que no sé por dónde empezar.

—Buenos días —digo al final. Y me siento. Por un momento no hago nada pero luego me sirvo un tazón de Cheerios. Me siento incómodo porque papá me está mirando. A continuación se levanta y prepara una cafetera. Le oigo sacar una taza y verter el agua. Por fin ya no puedo aguantar más.

—Lo siento mucho —digo, dejando la cuchara en la mesa—. Siento haberlo estropeado todo...

—Para —me interrumpe papá, con voz firme—. No tienes nada por lo que disculparte. —Toma asiento frente a mí. Sostiene su taza de café, apretándola fuertemente con ambas manos, pero aun así puedo ver que le tiemblan las manos—. Soy yo quien debe disculparse.

De verdad que no entiendo nada.

—Pero si no hubiera usado el teléfono de Tucker, Vinny no habría sabido que estaba aquí.

Papá aspira con profundidad.

—Os habrían dado el préstamo y seríais los dueños del Alba.

Pero papá niega con la cabeza.

—¿Sabes una cosa? Pasar dos días en una cama de hospital te da un poco de tiempo para pensar —comienza papá y me doy cuenta de que debo callarme. Tengo que dejarle hablar—. Te he decepcionado y mucho. —Hace una pausa, como si estuviera eligiendo sus palabras con cuidado—. Tucker, en el fondo, es un buen tío. Pero cuando alguien como él aparece, sin avisar, con una bolsa llena de collares de perlas y cadenas de oro, diciendo que quiere usarlas para empezar de nuevo... Tienes que preguntarte ¿de dónde viene eso? Y yo no me lo pregunté. No lo hice porque no quería saber la respuesta. Pero tú lo hiciste. Tú te lo preguntaste, Billy. Me lo preguntaste a mí también y como yo no te lo expliqué te lanzaste a descubrirlo por ti mismo. Como siempre haces.

Deja de hablar, pero durante mucho tiempo no deja de mirarme. Empiezo a sentirme un poco avergonzado. Ni siquiera sabía si había oro de verdad o no.

—Pero aun así lo he estropeado todo. Tucker va a ir a la cárcel por culpa de mis investigaciones.

Tarda unos instantes, pero al final papá asiente.

—Sí. Pero eso es lo que debería pasar. Él tomó la decisión de robar esa joyería. Nadie le obligó a hacerlo. Y encima lo hizo con un tipo como Vinny. Espero que no le echen una condena muy larga pero le vendrá bien pasar un poco de tiempo reflexionando sobre el asunto.

Nos quedamos callados por un momento. Es curioso, papá ha preparado este desayuno pero ninguno de los dos estamos comiendo nada.

—¿Y cuál era su alternativa? ¿Ser un fugitivo? Eso no es vida.

Pienso durante unos instantes, hasta que algo me llama la atención.

—Pero tú te diste a la fuga —digo—. ¿Cómo es posible que eso estuviera bien entonces y ahora no lo esté? —Creo que es la primera vez que le he preguntado a papá sobre este tema, sobre lo que pasó con mamá y todo lo demás cuando yo era un bebé. Me observa, con la mirada tranquila.

—Era diferente. Nos dimos a la fuga porque no éramos culpables. Tucker huía porque sí lo era.

Lo considero durante unos instantes. Supongo que veo la lógica.

—Venga, termina de desayunar. Voy a llevarte al instituto pero tenemos que parar en un sitio de camino.

Levanto la vista, sorprendido.

—¿A dónde vamos?

—Termina. Ya lo verás.

* * *

Cojo la mochila y subo a la camioneta. Entra la luz a través del agujero de bala en mi puerta, y hay una abolladura en la puerta de papá en el otro lado, por lo que la bala debe estar atascada dentro de la puerta del conductor. Puede que intente sacarla más tarde.

—¿Adónde vamos? —pregunto de nuevo, pero papá no responde.

Así que tengo que intentar adivinar. Tomamos la carretera hacia Newlea, pero luego, en lugar de ir hasta el instituto, nos desviamos hacia Holport donde trabaja papá. Es el mismo camino que lleva a la casa de la señora Jacobs, así que empiezo a sentirme un poco nervioso. Pero cuando llegamos al cruce, papá toma la carretera que baja hacia el puerto. Le miro, confundido, pero él mantiene la mirada hacia delante y no dice nada.

Nos detenemos en la carretera y aparcamos encima de la dársena donde están amarrados todos los barcos. Quiero volver a preguntar por qué estamos aquí, pero hay un hombre esperándonos. Un joven con traje. Sostiene una carpeta de plástico, cerrada, de modo que no puedo ver lo que contiene. Estrecha la mano de papá, luego me mira a mí y duda un segundo hasta que yo también extiendo mi mano. Entonces nos lleva al pontón y empiezo a hacerme una idea de hacia dónde nos dirigimos.

Pero sigo sin entenderlo.

CAPÍTULO SESENTA Y SEIS

—TUVE TIEMPO PARA REFLEXIONAR —dice papá de repente. No parece importarle que el tipo que está de pie a nuestro lado pueda oírle—. Si podía comprar un barco con Tucker y dedicarme a la pesca, quizá tu plan no era tan descabellado después de todo.

Delante de nosotros «La Dama Azul» está amarrada, como la última vez que la vi.

—Tiene treinta y nueve pies de largo —el joven de chaqueta empieza a leer el folleto de venta que ha sacado de su carpeta—. Motor diésel intraborda. No es el más rápido de la bahía pero puede navegar a veinte nudos. Y con bajo consumo también. Podéis subir a bordo.

El tipo tiende la mano para ayudar a papá a subir al barco, supongo que porque le ha visto la cojera, pero él lo ignora y cruza por su cuenta. Entonces me extiende un brazo para que yo también suba.

—Vamos, Billy. Enséñame el barco.

No sé qué pensar, así que me limito a escuchar cómo el tipo enumera las especificaciones de «La Dama Azul». Estoy muy impaciente por que abra la puerta. He visto las fotos del interior un millón de veces pero nunca he estado dentro de verdad. Ahora voy a ver cómo encaja todo.

—¿Así que lo queréis para uso personal o...? —pregunta el representante mientras saca un juego de llaves. Llevan un trozo de cuerda con una etiqueta de papel, con el nombre del barco escrito con boli—. ¿O vais a montar un negocio de alquiler de barcos de pesca?

—Ninguna de las dos cosas —dice papá, mirándome—. Estamos

pensando en ofrecer viajes de avistamiento de ballenas. Ya sabes, para llevar a turistas y demás.

—Ah ya veo —dice el vendedor. Temo que vaya a decir que es una idea descabellada, pero no lo hace—. Mi hermana acaba de volver de Florida de vacaciones. Ha ido en uno de esos cruceros que tienen allí y no deja de hablar de ello.

En ese momento pasa otro barco y una pequeña ola sacude a «La Dama Azul» en su amarre. La siento moverse de lado a lado bajo mis pies y ya casi no escucho a papá ni al vendedor.

—¿Hablas en serio? —le pregunto a papá, mientras el vendedor abre la puerta del camarote—. ¿Y el dinero?

—No te puedo prometer nada, tenemos que repasar ese plan de negocios tuyo y también tengo que hablar con el banco. Pero se me ocurrió que no estaría mal echarle un vistazo para ver en qué estado está. —Duda y mira a su alrededor—. Y la verdad es que es un barco precioso.

Papá sube la escalera al puente de mando y el vendedor le sigue. Así que entro en el salón por mi cuenta. El interior es luminoso ya que tiene grandes ventanas. Hay una pequeña zona de navegación como la que había visto antes y luego unos escalones que bajan a la cabina propiamente dicha. Desciendo con cuidado, dejando que mis dedos rocen la madera barnizada. Arriba oigo hablar a papá y al vendedor, pero no oigo lo que dicen. Ni siquiera quiero hacerlo. Enseguida me pierdo en mi propio mundo. Estoy aquí abajo mientras nosotros estamos en el mar. Estoy explicando a un grupo de turistas emocionados que podríamos ver ballenas jorobadas, o minke, o rorcuales, o cachalotes o tal vez ballenas azules o incluso quizás orcas. Solo he visto orcas una vez, desde lo alto del acantilado. Pero eso es porque nunca he tenido un barco. Nunca he tenido manera de salir a donde les gusta estar, fuera de la plataforma continental.

Hace calor aquí abajo y huele un poco raro. Es un olor rancio, supongo, pero será porque hace tiempo que no abren las ventanas. Oigo un sonido repentino debajo de mí, y dudo por un segundo, pero me doy cuenta de que deben ser papá y el vendedor encendiendo el motor para comprobar que funciona. Noto un ligero olor a diésel, pero me gusta, es agradable. Me siento en la cama, justo en la parte delantera del barco y me imagino lo que debe ser dormir aquí, mientras el motor impulsa el barco, cortando el agua, a miles de kilómetros de la costa.

CAPÍTULO SESENTA Y SIETE

—¿QUÉ te ha pasado esta vez, Billy?

Es Ámbar. Ya he llegado al instituto y me acaba de ver en el pasillo. No parece estar de muy buen humor.

—¿Sales a averiguar si la Sharpe tenía un hermano o una hermana y lo siguiente que pasa es que no sé nada de ti durante tres días enteros?

—Me secuestraron —digo en voz baja, porque no quiero que se entere todo el instituto.

—Sí, claro. Apuesto a que fueron los extraterrestres.

—No, fue Vinny, el amigo de Tucker.

Se me queda mirando a los ojos con la cabeza inclinada hacia un lado.

—¿Estás de coña?

Lo dice en voz muy alta y está bloqueando el pasillo con las manos en las caderas.

—Ven conmigo —le digo caminando hacia la cantina.

—¿Por qué?

—Porque es una historia un poco larga, por eso.

La llevo a una mesa donde nadie pueda oírnos y le explico lo que ha pasado. Desde el principio cuando Vinny me pilló mientras volvía de la oficina de registros, hasta que llegó la policía y detuvieron a Vinny y Tucker. Ámbar escucha con atención, interrumpiendo tan solo cuando hay partes que no entiende. No sé cómo espero que vaya a reaccionar pero me sorprende su respuesta.

—No me lo creo.

—¿No me crees?

—No, sí, bueno. Sí que me lo creo. Lo que no me creo es que, una vez más, te pasen a ti todas las aventuras.

Veo que está bromeando, al menos un poco, pero me molesta igual. Supongo que estoy cansado de la forma en que Ámbar siempre piensa que todo es un juego.

—No fue divertido Ámbar. Me secuestraron. Me dispararon, casi me matan. Pensé que iba a morir.

—Ya, ya lo has dicho, varias veces.

Se aparta de mí, con los brazos cruzados sobre el pecho.

—Entonces, ¿qué averiguaste?

No entiendo a qué se refiere.

—¿Qué quieres decir?

—¿Descubriste algo? En esta oficina de registros tuya.

—Ah, eso. No es mi oficina de registros.

—Lo que sea, Billy. Solo quiero saber si encontraste algo útil.

Siento que mi frente comienza a arrugarse como me pasa cuando estoy un poco molesto.

—Sí —digo—. Descubrí que la directora Sharpe tenía un hermano pequeño. Nació tres años después que ella y se llamaba Eric.

Por la expresión de su cara, diría que Ámbar hubiera preferido que no descubriera nada.

—Y supongo que ya habrás hablado con él, ¿a qué sí?

Miro a Ámbar, sintiendo como se me arruga la frente aún más.

—¿No me has oído? Me secuestraron, me llevaron a punta de pistola y luego he estado en el hospital contándoselo todo a la policía una y otra vez. ¿De dónde voy a sacar el tiempo para trabajar en el caso?

—Ya estamos otra vez con el secuestrito.

Desvío la mirada con frustración. No sé qué problema tiene.

—De todas formas —continúo—, no podría hablar con él porque está muerto.

—¿Que está qué?

—Muerto. El hermano de la directora murió ahogado.

—¿Ahogado? Me cago en la leche, Billy. No me puedo creer que no me lo hayas contado.

Suspiro, muy fuerte.

—Ámbar, he estado secuestrado…

—¿Cómo se ahogó?

La miro a los ojos.

—Dame tu teléfono —digo al final. Me mira, recelosa.

—¿Para qué?

—Necesito buscar en Internet y perdí el móvil cuando me secuestraron a punta de pistola. — Muevo la mano y cojo el móvil que ha puesto en la mesa delante de ella. Abro el buscador de Internet y escribo el mismo término de búsqueda que puse para Eric Jacobs. No tardo mucho en localizar el artículo que encontré momentos antes de que me viera Vinny.

—Aquí tienes. —Inclino el teléfono para que ambos podamos leerlo—. Vamos a averiguarlo juntos.

«La búsqueda del adolescente desaparecido Eric Jacobs se ha suspendido hoy después de que la policía revelara que había estado sufriendo depresión en los días previos a su desaparición. Se cree que Eric se adentró a nado en el estrecho de Lornea en la madrugada del pasado martes, cerca de la casa de su familia y dejando un montón de ropa en las rocas. Ahora se sabe que Eric habló con su familia en repetidas ocasiones en los días y semanas anteriores, y parecía estar muy decaído. En nombre de la Comisaría de Policía de la isla de Lornea, el comisario Dale Collins dijo: —Los guardacostas y los voluntarios han trabajado día y noche en este caso, pero con las feroces corrientes del extremo sur de la isla es muy poco probable que se recupere el cuerpo de Eric. Nuestros pensamientos están con la familia en este difícil momento—.»

Ámbar me mira una vez que terminamos de leer. Sigue con gesto enfadado.

—¿Qué significa esto?

Me desplazo un poco por la pantalla.

—Mira. Hay un número al que llamar si necesitas ayuda, el Teléfono de la Esperanza.

—¿Así que se suicidó? —Ámbar sacude la cabeza—. Pues no es que sea muy útil, la verdad.

No respondo, de hecho apenas la oigo. En su lugar, pienso en Eric. Tendría más o menos mi edad. Ahora que lo pienso, igual también venía a este instituto. Se habría sentado aquí, en esta misma cafetería. Habría visto las mismas cosas que yo veo, y sin embargo, eligió suicidarse. Decidió que prefería nadar en las frías aguas del estrecho de Lornea y dejarse hundir en las profundidades. Es un pensamiento aterrador.

—Me pregunto por qué lo hizo —empiezo a decir, pero Ámbar me sorprende de nuevo.

—¿O tal vez no lo hizo? ¿Tal vez también le asesinaron? Piénsalo... Si se enteró de lo que le pasó a su padre, ¿entonces tal vez la vieja también se lo cargó? Para mantener el silencio. Apuesto a que la directora Sharpe también lo sabe, por eso nunca nos contó que tenía un hermano....

—Ay, Ámbar. ¿Por qué no te callas?

No era mi intención gritarle así de esta manera, pero creo que ya he llegado a mi límite.

—Tranqui tronco, ¿qué mosca te ha picado?

—A mí no me ha picado nada. Eres tú, que no paras. La directora no nos ocultó que tuviera un hermano, fuimos nosotros los que nunca le preguntamos. Y su hermano está muerto. Se suicidó. ¡No sabes lo qué es eso!

—¿Lo que es el qué?

—Cuando le pasan cosas malas a tu familia. Está claro que no lo entiendes.

Ámbar me lanza una mirada extraña que desaparece en un instante, luego su rostro se endurece de nuevo.

—A menos que no lo hiciera. A menos que lo hubieran matado porque iba a revelar lo que de verdad había sucedido con el padre.

—¡Basta ya! Ya te lo he dicho, esto no es un juego. Es la vida de la gente. Es la vida de la directora Sharpe. Nunca debimos involucrarnos. No es asunto nuestro.

Ámbar me mira con dureza. Le devuelvo el teléfono a través de la mesa y a continuación agarro la mochila.

—Todo este asunto, no es más que un malentendido. Nos equivocamos en todo. Nunca fue un gran misterio, no hubo tragedia ninguna. Hemos estado equivocados desde el principio.

Ámbar tiene la cara pálida de rabia y los ojos oscuros y hundidos bajo las cejas. La fulmino con la mirada, queriendo seguir luchando. Pero estoy demasiado enfadado hasta para eso. Me pongo de pie y me marcho. Siento sus ojos en mi espalda según salgo de la cafetería.

Estoy tan nervioso que camino sin rumbo fijo por el instituto, cosa que normalmente nunca hago, ya que hay muchos sitios a los que no puedo, o no debería, ir. Como por ejemplo, la parte de detrás del bloque de ciencias donde están las canchas de baloncesto. No me gusta el baloncesto, ni ningún deporte en realidad, pero no es por eso por lo que evito venir aquí. Es porque aquí es donde James Drolley y sus amigotes suelen pasar la hora del almuerzo. Y lo hacen porque a ninguno de los profesores les gusta venir aquí, así que pueden hacer lo que quieran. Pero estoy tan enfadado con la reacción de Ámbar a lo que le pasó al pobre Eric que no estoy pensando con claridad. Y así voy cuando me topo con Drolley.

—¡Hola Wheatley! —De hecho, casi me choco con él antes de darme cuenta de quién es—. ¿Vienes a por tu puñetazo de todos los días?

Tiene la costumbre de darme un golpe en el brazo. Parece creer que es una especie de juego, casi como si ambos lo disfrutáramos. Más o menos ya te lo he contado.

—¿Cuál quieres hoy, el izquierdo o el derecho? —Me sonríe, y noto por su aliento que lleva un par de días sin lavarse los dientes.

Normalmente hablo con él, pero no creo que hoy pueda aguantarme. Intento pasar de largo, pero se interpone en mi camino, bloqueándome.

—¿Dónde crees que vas, Wheatley? Llevo sin verte toda la semana. Te debo tres días, quizás cuatro. —Comienza a remangarse y sus amigos abandonan la cancha y se acercan para ver lo que va a pasar.

Pero hoy no estoy de humor.

—¿Por qué no hacemos los dos brazos? ¿Eh, Billy? —Drolley vuelve a sonreír y se prepara para el golpe. Me tiene entrenado, así que ni siquiera me muevo, solo quiero que acabe de una vez.

No sé qué me pasa a continuación. Es algo que nunca me había pasado antes. Siento que mi mano se aprieta en un puño y se mueve hacia atrás. Entonces, mientras Drolley sigue sonriendo como un idiota, me doy la vuelta y lanzo el brazo hacia delante con todas mis fuerzas. Papá trató de enseñarme una vez a dar puñetazos, y recuerdo que no hay que apuntar al objetivo, sino a través de él. Detrás de él. Eso es lo que hago ahora. Noto un intenso dolor en los nudillos cuando se estrellan contra la cara de Drolley y continúan hacia delante. Oigo un grito y me doy cuenta de que soy yo, gritando a Drolley que ya no está de pie, sino tirado en el suelo de espaldas.

—¿Por qué no me dejas en paz? ¿Por qué no te vas a freír espárragos? Estoy harto de ti. No eres más que un idiota. Haciéndole perder el tiempo a todo el mundo. Los demás tratamos de ser sensatos, esforzarnos en clase y hacer algo útil con nuestras vidas. ¿Por qué no te vas a tomar...?

Me detengo. Estoy a punto de decir una palabrota y no quiero hacerlo, porque estaría mal. Y me sorprende la escena que me rodea. Estoy jadeando como si hubiera corrido una maratón y Drolley sigue en el suelo. Tiene la nariz partida y le chorrea sangre por la boca y la barbilla.

—Ay joder —dice alguien, no sé quién—. Wheatley le ha roto la nariz a James.

—No quería pegarle —le digo a sus amigos, que me miran con la boca abierta—. No quiero pegar a nadie. Estoy harto de violencia. Solo quiero que me dejéis en paz, ¡todos!

Y recojo la mochila del suelo y sigo caminando.

CAPÍTULO SESENTA Y OCHO

EN CUANTO EMPIEZAN las clases de por la tarde sé lo que va a pasar. En primer lugar, parece que el instituto entero no deja de mirarme y luego, una chica que jamás me había dirigido la palabra se acerca y me pregunta si es cierto que le he pegado un puñetazo a James Drolley. No sé qué decir, así que le explico que no era mi intención, que simplemente ocurrió. Pero, en lugar de arremeter contra mí, como esperaba que hiciera, porque James Drolley es un chico mucho más popular que yo, no lo hace.

—Me alegro de que por fin alguien lo haya hecho —dice en su lugar.

La miro con asombro.

—Es un cretino, y sus amiguitos también. Siempre se están metiendo conmigo. Nadie hace nada al respecto.

Entonces se acercan más personas y me dicen lo mismo. Incluso Paul, que es uno de sus estúpidos amigos, me susurra que se alegra de que haya pasado. Es muy raro.

Pero desde el momento en que entra el profesor Matthews sé que no me voy a salir con la mía.

—¿Billy Wheatley? El señor Evans quiere hablar contigo, ahora mismo, por favor.

El señor Evans es el subdirector. Si me envían allí, debe significar que la directora Sharpe no está hoy. Algo es algo, supongo, pero aun así siento que mi cara se enrojece por la injusticia de la situación,

* * *

—¿Supongo que conoces la política del centro sobre las peleas? —comienza el señor Evans cuando estoy de pie frente a su escritorio. En realidad no la conozco, ya que nunca he tenido que considerarlo antes.

—¿Las peleas no están permitidas?

—Así es, no lo están. Este centro no tolera la violencia, bajo ninguna circunstancia —responde el señor Evans. Luego me mira a los ojos y mantiene la mirada hasta que tengo que bajar la vista a mis pies. Entonces hace una pausa que se me hace eterna antes de continuar—. Sin embargo, tengo entendido que, según los amigos de James Drolley, fue él quien dio el primer puñetazo y que tú solo respondiste a la provocación. ¿Es eso cierto, Billy?

Levanto la vista en un instante, confundido.

—No, él no... —Pero no llego a decir más porque el señor Evans me interrumpe.

—He dicho, Billy, que tengo entendido que Drolley inició el ataque y que tú tan solo te estabas defendiendo. Si es así, ciertamente cambiaría tu papel en el asunto. Entonces, ¿puedes confirmar que eso es lo que ocurrió?

Entrecierro los ojos, no entiendo nada. Estoy bastante seguro de que esta vez Drolley ni siquiera me tocó.

—Si tú lo dices.

—Muy bien. La violencia nunca es la solución, Billy. Nunca. —Mantiene sus ojos en mí—. Ni siquiera cuando parezca que lo pueda ser, no lo es. ¿Hablamos el mismo idioma?

No sé cómo responder a esto. No sé en absoluto en qué idioma estamos hablando.

—Así que si tienes más problemas con James Drolley, en lugar de tomar el asunto en tus propias manos, vienes a mí y me lo cuentas. ¿Entendido?

Para ser sinceros, no he entendido nada pero asiento de todos modos.

—Muy bien —dice de nuevo el señor Evans—. Tengo muchas cosas que hacer esta tarde, así que te sugiero que vuelvas a clase y nos aseguremos de que este sea el fin del asunto. ¿De acuerdo?

Y ese es el fin del asunto.

CAPÍTULO SESENTA Y NUEVE

ME ESPERAN buenas noticias cuando llego a casa. Alguien ha devuelto mi teléfono. Tenía mi nombre y mi dirección en una pegatina en la parte de atrás, así que esperaba que sucediera, pero sigo pensando que es una gran suerte porque hay quien se lo habría quedado.

Luego me siento con papá, quiere revisar la hoja de cálculo que hice, sobre el negocio de ballenas. Repasamos todas las cifras que utilicé, como el número de personas que podríamos meter en el barco, cuánto podríamos cobrarles y cuánto necesitaríamos para combustible. Me hace cambiar un montón de cifras y rehacer todos los cálculos y, con cada pequeño cambio, el negocio acaba costando un poco más o ganando un poco menos de dinero. Así que al final es un poco deprimente. Papá intenta mantenerse positivo pero veo que está preocupado.

Luego subo las escaleras y no puedo dejar de pensar en mi pelea con Ámbar. No suelo discutir con la gente, pero con Ámbar es difícil no hacerlo. Decido que su problema es que se cree que el mundo gira a su alrededor. Por eso se tiñe el pelo de colores cada dos por tres, para que la gente la mire. Está desesperada por llamar la atención. Además ni siquiera es una buena detective. Saca conclusiones demasiado rápido y ve conspiraciones donde no las hay. Y cree que todo es un juego, para su entretenimiento.

Pero no es un juego. No lo es para la señora Jacobs, ni para la directora Sharpe, y definitivamente no lo fue para Eric Jacobs.

Recuerdo cómo comenzó todo. Supe desde el principio que no debíamos involucrarnos. Sabía que jamás podríamos averiguar lo que pasó con Henry

Jacobs. No éramos detectives de verdad y la única razón por la que la señora Jacobs nos contrató fue porque estaba demasiado loca para darse cuenta de que éramos tan solo unos adolescentes. Pero aun así deberíamos haber sabido que estábamos tratando con gente real, con sentimientos y vidas de verdad.

Pienso en cómo le contamos a la policía la «confesión» de la señora Jacobs. Creo que eso es por lo que me siento más culpable de todo. No fue una confesión de verdad. Fue solo una vieja loca que se confundió porque está perdiendo la memoria. Siento la vergüenza en la boca del estómago.

Entonces recuerdo el cheque.

Los cinco mil dólares de la señora Jacobs. Lo acepté, pero con la condición de que solo lo cobraría si averiguábamos lo que le había pasado al señor Jacobs. Supongo que ahora nunca lo haremos. Rebusco en el cajón de mi escritorio hasta que lo encuentro. Observo la letra de araña. Cinco mil dólares escritos en tinta negra. Debería romperlo. Estoy a punto de hacerlo cuando algo me detiene. Es el pensar que tiene mucho dinero.

No estoy pensando en cobrarlo. Honestamente, es lo opuesto a eso. Estoy pensando en que tiene tanto dinero que probablemente no se haya dado cuenta de que no lo hemos cobrado todavía. Habrá tantos miles de dólares en su cuenta bancaria que no sabrá si faltan cinco mil. Lo que significa que podría pensar que la hemos estafado. Pensará que la engañamos para que diga a la policía que mató a su marido y que le robamos un montón de dinero.

Imagino cómo me haría sentir eso si me pasase a mí. Si yo fuera una ancianita, quiero decir, y mi marido hubiera huido y mi hijo se hubiera suicidado. No hay duda de que me sentiría aún peor si además de todo eso pensara que me han estafado unos investigadores privados que no eran más que dos chavales.

Sé lo que tengo que hacer. Introduzco el cheque en un sobre y lo meto en el bolsillo de mis pantalones cortos.

Así ya lo tengo listo para mañana.

CAPÍTULO SETENTA

VOY en bicicleta hasta el extremo sur de la isla de Lornea. Hay un autobús, pero no llega hasta la casa de la señora Jacobs. El lugar donde vive está bastante alejado. En realidad, está más lejos de lo que me acordaba y las cuestas son más empinadas también. Pero ya casi estoy.

Anoche mi plan era hablar con la señora Jacobs. Pedirle disculpas por lo que hicimos: por lo de grabarla sin que lo supiera, por involucrar a la policía y demás. Pero ahora no voy a hacer eso. Voy a meter el cheque en su buzón sin más y me vuelvo a casa. Ella lo entenderá; bueno, no lo entenderá porque está loca, pero lo que quiero decir es que le dará igual si hablo con ella o no.

Mientras iba en bici hacía mucho sol pero justo cuando llego una nube se desliza sobre el sol y baja la temperatura. La momentánea oscuridad hace que la casa parezca espeluznante. No me había fijado muy bien las otras veces que vine pero en realidad parece una de esas casas de las películas de terror, un poco destartalada. La señora Jacobs tiene todas las cortinas echadas en las ventanas, de modo que cualquiera podría estar ahí dentro, mirando hacia fuera, y yo no lo vería. Ahora que lo pienso ni siquiera sé si estará en casa. Intento recordar si había un coche aquí aparcado las otras veces que vine pero no me acuerdo y eso me hace darme cuenta, de nuevo, de que no he sido muy bueno como detective que digamos, ya que no he sido muy observador. Me bajo de la bicicleta y la apoyo contra un árbol. Me siento bastante incómodo ahora, con la gran casa de la señora Jacobs imponiéndose sobre mí.

Intento acercarme a la puerta con confianza mientras escucho el crujido de las piedras bajo mis pies. Cuando llego no encuentro el buzón, y me pregunto si tal vez tiene uno de esos buzones a la entrada de la propiedad del que no me he percatado. Pero entonces lo veo, una delgada rendija de hierro fundido justo al pie de la puerta. Saco el sobre del bolsillo. Ojalá hubiera escrito una nota para explicar por qué le devuelvo el cheque. Pero lo entenderá. O quizás no, pero yo sabré que he hecho lo correcto.

Me agacho y trato de empujar el sobre a través del buzón, pero es endeble, así que tengo que usar los dedos para echar la placa de metal hacia atrás y hacer pasar el sobre. Y en eso estoy, cuando de repente siento que el metal me aprieta los dedos contra los nudillos.

Doy un salto hacia atrás, sorprendido, pero tengo la mano atrapada. Entonces me doy cuenta de lo que está pasando. Es la puerta que se abre. Debe de haberme oído. O tal vez estaba de pie junto a una de las ventanas, mirando.

Saco la mano y me pongo de pie. Veo a la señora Jacobs mirándome desde detrás de la puerta.

—¿Don Billy? —pregunta—. ¿Pero qué estás haciendo aquí?

CAPÍTULO SETENTA Y UNO

PARPADEA desde la oscuridad del pasillo. Hay un hilillo de sangre donde el buzón me ha raspado el dedo.

—¿Don Billy?

Quiero entregarle el sobre, subirme a la bicicleta y salir pitando. Pero sé que si lo hago, se sentirá herida de nuevo.

—He venido a... erm... —Le tiendo el sobre.

—¡Ay la mano! Está sangrando.

—No es nada, es solo un rasguño, de cuando...

—Oh no, ¿fui yo? ¿Cuándo abrí la puerta? Lo siento mucho don Billy. Deja que te traiga una tirita.

—No hace falta…

—No digas tonterías —abre la puerta de par en par y, antes de que pueda hacer nada, me hace pasar al interior—. Pasa al jardín y veré qué puedo encontrar.

Así que trago saliva y hago lo que me dice.

Su patio tiene el mismo aspecto que la primera vez que vine aquí con Ámbar, ambos llenos de entusiasmo por aclarar el misterio. Esta vez me doy cuenta de que tiene vistas al agua, al estrecho de Lornea, el tramo de costa donde su hijo nadó hasta ahogarse.

—Aquí tienes, querido —sale la señora Jacobs con una bandeja. En ella hay un botiquín con cremallera, de color rojo brillante con una cruz blanca, y una jarra de té helado con dos vasos. La pone en la mesa, luego se sienta y abre el botiquín del que saca una única tirita. Tarda un buen rato en sacar la tirita de la pequeña funda en la que viene ya que no paran de temblarle su largos y arrugados dedos. Mi herida no es grave, ya he chupado la sangre y no sale más. Aun así, cojo la tirita cuando por fin me la tiende y me la pongo. Parece satisfecha.

—Dime —dice, sentándose frente a mí—, don Billy. ¿Qué te trae por aquí?

Reflexiono antes de responder. Pienso en el cheque, que me he vuelto a guardar en el bolsillo, en todos los problemas que he causado yendo a la policía. En cómo debe mirar todos los días al horizonte y ver las aguas arremolinadas del estrecho de Lornea.

—Quería decirle que lo siento —le digo. La observo durante un segundo, pero luego no puedo continuar. Bajo la mirada.

—¿Perdón? ¿Por qué te estás disculpando? —responde la señora Jacobs.

—Por todo, en realidad. Verá —dudo. No sé si merece la pena que se lo explique, pero de momento hoy no ha hecho ninguna locura evidente, así que quizá esté teniendo un buen día—. Ámbar y yo, no éramos detectives de verdad —le digo—. Pensamos que podríamos serlo, pero en realidad el mundo es mucho más complicado de lo que creemos. Somos tan solo un par de adolescentes.

La señora Jacobs responde acercándose y sirviendo dos vasos de té helado. Miro para ver si lo va a derramar por el suelo como la última vez, pero se para con los dos vasos llenos exactamente en tres cuartas partes.

—Sois unos chicos bastante listos —dice.

No sé cómo responder a esto, así que le doy una media sonrisa y bebo un trago. Es refrescante ahora que ha salido el sol de nuevo y sobre todo después del paseo en bici.

—Y creo que has demostrado ser un buen detective, don Billy.

De nuevo no tengo ni idea de lo que quiere decir con esto, así que intento seguir con lo que he venido a decir.

—Quería pedirle perdón por lo de la policía.

Se detiene mientras levantaba el vaso a sus agrietados y finos labios. Veo como le cuelga la fina y arrugada piel del brazo. Debe ser raro ser viejo y tener tu cuerpo y tu mente decayendo de esa manera.

—Más bien me lo he buscado yo. A veces me dejo llevar, atrapada aquí sola, me confundo.

Toma un pequeño sorbo y deja el vaso. Hay posavasos en la mesa y me doy cuenta de que lo pone en el centro del que tiene delante. Yo también enderezo mi vaso para que no sobresalga del posavasos que me ha dado.

—Los médicos me dicen que tengo demencia —frunce el ceño al oír la palabra—. Es un poco pesado. Espero que hayan encontrado una cura antes de que llegues a mi edad. Me hace olvidar cosas. Cuando te llamé por primera vez, había olvidado lo que le había pasado a Henry. Me he metido en un buen lío.

Se detiene, así que le pregunto.

—¿Pero ahora se acuerda?

—Ah, sí.

Quiero preguntarle si se fue a Maui, pero no sé si está bien recordarle a alguien que su marido huyó.

—Ahora me acuerdo de dónde lo enterré.

* * *

Sé que no me vas a creer, pero en ese preciso momento otra nube realmente grande cubre el sol, y todo se vuelve muy oscuro. O tal vez solo lo siento así porque, sentado aquí afuera con la señora Jacobs y nadie más en kilómetros a la redonda, estoy un poco aterrorizado.

—¿Perdón?

—Ahora recuerdo dónde lo enterré.

Trago con cuidado.

—¿Dónde? —pregunto, porque ¿qué otra cosa puedo preguntar?

Pero entonces cambia de tema y me pregunto si me habré imaginado lo que ha dicho.

—Sabes, cuando Wendy y Eric eran pequeños les encantaba estar aquí. Jugaban todo el verano. Peleas de agua, les encantaban las peleas de agua. ¿Te gustan las peleas de agua, don Billy?

Abro la boca y la vuelvo a cerrar. Al final me encojo de hombros.

—No mucho.

—A Eric le encantaban, era su juego favorito. Siempre acababa empapado. Wendy era una niña muy seria, pero eso era algo que le hacía relajarse.

Se pierde por un momento, absorta en sus propios recuerdos. Intento recordar que, diga lo que diga, es solo la locura la que habla. No es verdad que recuerde dónde lo enterró, porque no lo enterró. Son solo palabras.

—Por eso te dije que Henry estaba debajo del gimnasio del centro. Porque eso era lo que le decía a Wendy cuando era pequeña. Pensé que sino, sería extraño para ella el jugar aquí.

La señora Jacobs mira alrededor del jardín y luego sonríe.

Sé que son solo palabras pero no puedo evitar tratar de descifrar su significado.

—¿El qué sería extraño?

La señora Jacobs espera hasta que ve que mis ojos se fijan en los suyos y entonces mira hacia el suelo. Parece que lo hace aposta.

—Venga, don Billy —desliza los ojos hacia abajo por segunda vez y esta vez los sigo, y entonces noto el suelo bajo mis pies por primera vez. Está formado por grandes losas de piedra, cada una de ellas de medio metro cuadrado, con la parte superior blanqueada por el sol—. Habría sido extraño, ¿no crees? Crecer jugando aquí, sabiendo que tu padre está enterrado justo debajo de tus pies.

No la creo. O tal vez no quiero creerla.

—Está en Maui. O se fue a Maui, eso es lo que nos dijo la directora Sharpe.

—Eso es lo que le contamos a todos los que preguntaron. Aunque en realidad casi nadie se atrevía a preguntar. En aquellos tiempos no se preguntaba. Era más bien una insinuación por aquí, un codazo por allá de todos los cotillas de la isla. Lo suficiente como para que todo el mundo supiera dónde estaba de verdad, pero nadie se sintiera capaz de hablar de ello. —Se ríe de repente—. ¿Sabes que incluso viajé a Maui? Envié por correo tarjetas de cumpleaños, para que tuvieran la marca postal correcta, en caso de que la policía sospechara alguna vez. Pero nunca lo hicieron. No hasta que te involucraste tú, por supuesto.

No respondo.

—¿No me crees? O, ¿ya no estás seguro de qué creer? —Parece entristecida—. Has venido a disculparte conmigo don Billy, pero soy yo quien debería disculparse. Por todo lo que he hecho. Mírame, don Billy y dime qué ves.

Hago lo que me dice, la primera parte al menos. Veo a una anciana frágil, con carne que le cuelga de los brazos y la piel escamosa y agrietada.

—¡Dímelo!

Doy un respingo sorprendido por la ferocidad de su tono.

—¿Veo a una anciana?

Sonríe y se echa un poco hacia atrás en la silla.

—Una anciana que ha mentido toda su vida adulta. ¿Sabes lo que es eso? ¿Una vida llena de engaños? He conspirado, maquinado y encubierto, creyendo siempre que tanto mis hijos como yo estábamos al borde de un terrible peligro si la verdad salía a la luz. ¿Pero sabes qué es peor que ser descubierto? —Mira hacia otro lado de repente y veo que se le humedecen los ojos. Cuando vuelve a mirar, sonríe entre lágrimas—. Que no te descubran. Que te desvanezcas, solo, y que te des cuenta de que nunca le importó a nadie. Don Billy, asesiné a mi marido, escondí su cuerpo y me propuse salirme con la mía. Hasta que me di cuenta de que no quería salirme con la mía, no para siempre.

Es imposible que no la crea ahora. No sé qué le pasa, pero no está loca. No es una locura. Me está diciendo la verdad, estoy seguro de ello. Solo que no tengo ni idea de qué hacer al respecto.

La señora Jacobs empieza a dar golpecitos con el pie, como si se impacientara.

—Hay una pala en el cobertizo —señala—. ¿Serías tan amable de ir a buscarla?

No me muevo.

—¿Por qué?

—Porque te he puesto en un aprieto. Sabes dónde está Henry, pero no puedes decírselo a nadie, no después de haber ido una vez a la policía con tu historia de que estaba debajo del gimnasio del instituto. Nadie te creerá sin pruebas.

No respondo, solo escucho.

—Seguro que llevas uno de esos teléfonos móviles ¿a qué sí? Es lo único que parece mirar la gente joven hoy en día. ¿Tiene cámara?

Asiento con la cabeza.

—Pues mejor. Un joven fuerte como tú podrá levantar estas losas con facilidad y así obtendrás la prueba que necesitas. Supongo que ya no quedarán más que huesos. Pero puedes tomar una fotografía. Y así no tendrás que preocuparte de que no te crean.

Sigo sin moverme mientras se limita a mirarme con una extraña y horrible sonrisa en la cara. Y aunque no quiero, comienzo a ponerme de pie con lentitud.

CAPÍTULO SETENTA Y DOS

DENTRO DEL oscuro cobertizo hace frío. Está bien organizado. Huele a hierba cortada, producto de un gran cortacésped de gasolina que ocupa casi todo el suelo. Encuentro la pala enseguida, apoyada en la puerta. La agarro, evaluando su peso. Vuelvo con ella y espero sus instrucciones.

—Igual tienes que levantar primero unas cuantas losas, don Billy —dice la señora Jacobs. Ha puesto la bandeja con las bebidas en el césped y ha arrastrado la mesa hacia un lado—. Creo que deberías empezar por esta.

Durante un buen rato no soy capaz de moverme. Me quedo ahí, con la pala delante de mí, preguntándome cómo me he podido meter en este lío y cómo voy a salir de él. Quiero tirar la pala al suelo, atravesar corriendo la casa y alejarme de aquí lo más rápido que pueda. Y sería posible. No creo que la señora Jacobs pudiera hacer mucho para detenerme. Pero si huyo ahora la incertidumbre va a ser imposible e incluso después de todo lo que he pasado, quiero averiguar la verdad.

—Pon el filo de la pala entre dos losas para levantarlas haciendo palanca. —Se acerca a mí. Noto de nuevo su fragilidad lo cual me da confianza para hacer lo que dice. Doy un paso adelante y rasco la suciedad que se ha acumulado entre las baldosas del patio.

—Así es, don Billy. Muy bien.

Pongo el pie en la parte superior de la pala y la fuerzo a bajar entre las losas. Me inclino hacia atrás con el mango, empujando mi peso para apalancar la primera losa. Se resiste durante un instante y luego se libera, agrietando el barro a su alrededor. Veo la arena amarilla que hay debajo antes de que el peso de la misma tire de la losa hacia abajo. Temo encontrar algo horrible pero sólo hay arena.

—Vas a tener que meter las manos debajo, querido y así las puedes arrastrar hasta la hierba. Percibo un extraño entusiasmo en su voz.

Vuelvo a levantar la losa y esta vez pongo el pie en el mango de la pala, manteniendo la plancha bajo el hormigón para poder meter los dedos debajo de cada lado. Pesa un poco, pero no demasiado. La alejo hacia un lado y la dejo caer sobre el césped. Entonces miro hacia atrás. Ha quedado un agujero cuadrado de arena aplastada y plana en el patio. Las hormigas han excavado canales que parecen un río visto desde el aire.

—Tendrás que levantar más losas y cavar un hoyo, no hace falta que sea muy grande —dice la señora Jacobs.

Con la primera losa levantada es más fácil continuar y el cuadrado de arena amarilla se duplica en tamaño con rapidez. Enseguida se cuadruplica. Estoy tan concentrado levantando losas que casi me olvido de lo que estoy haciendo, casi. Cuando he movido seis losas me dice que pare y entonces recuerdo qué estamos haciendo aquí.

—Ahora ponte a excavar, con cuidado.

Vuelvo a agarrar la pala y rasco suavemente la arena, cortando las huellas de las hormigas. Me obligo a pensar en ellas, en lugar de en lo que estoy buscando en realidad. Hay varios nidos que parecen viejos, lo cual me alegra. No quiero perturbar ningún nido vivo...

—Vamos don Billy, échale fuerza. Tienes que excavar un poco más.

Sus palabras me devuelven a la realidad. Me detengo por un momento, pero luego me obligo a vaciar mi mente por completo y hago crujir la pala en el suelo. Cargo la pala de arena y la apilo en el patio. Por extraño que parezca me pongo a pensar que hace años que no hago un castillo de arena en la playa. Cuando era pequeño los hacía a menudo con papá en verano.

No tardo en hacer un montón de arena. Un par de veces doy con una piedra y me aterroriza que sea otra cosa. Apenas puedo mirar el agujero que estoy cavando. Imagino que en cualquier momento voy a ver el rostro parcialmente descompuesto de Henry Jacobs y ahora desearía no haber empezado esto. Pero es difícil parar. Entonces la pala da con algo duro.

La señora Jacobs me da una palmada y se inclina sobre mí.

—Creo que lo has encontrado. Raspa la arena con cuidado, don Billy.

Hago lo que me dice y enseguida revelo algo enterrado en el agujero.

El color es el blanquecino que adquieren los huesos cuando son viejos. Lo sé bien por haber identificado cráneos de animales que he encontrado otras veces. Y por la forma que tiene también sé que es un cráneo humano aunque no había visto uno antes. Es la parte de atrás de un cráneo. Con mucho cuidado, introduzco la pala hacia un lado y extraigo más arena para que queden al descubierto más huesos. Procedo de esta manera un par de veces más, hasta que queda bastante claro lo que es: la parte trasera de un cráneo y un fragmento de un hueso de la mandíbula. Me detengo y miro a la señora Jacobs.

Está de pie junto al agujero, observando lo que hago con las manos apretadas contra el pecho. Y está llorando de nuevo.

—Ay, mi Henry —solloza mientras me lanza una mirada loca.

Entonces dejo la pala y saco el móvil para hacer una foto. Me preocupa un poco que intente detenerme, pero no parece darse cuenta. Saco el teléfono de la mochila, encuadro una foto para que se vea con claridad lo que es y pulso el botón de la pantalla. Luego hago otra foto, esta vez retrocediendo para que salga el hoyo y la casa de la señora Jacobs en el fondo, para que la policía sepa exactamente dónde está enterrado el cuerpo. Luego, como la señora Jacobs sigue ignorándome, adjunto la foto a un mensaje de texto para Ámbar. Escribo lo siguiente con rapidez:

«Tenías razón. Lo siento.»

—Bueno pues yo ahora ya me marcho, señora Jacobs. —Sigo esperando que vaya a intentar detenerme. Pero supongo que sabe que soy más fuerte y rápido que ella. Así que solo me sonríe.

—Todavía no, querido —me responde.

No sé qué quiere decir.

—¿Por qué no?

—Ya estará a punto de llegar.

—¿Quién?

En ese momento oigo un grito que proviene del interior de la casa. Es la última persona que me esperaba ver.

—¡¿Madre?!

CAPÍTULO SETENTA Y TRES

LA DIRECTORA SHARPE avanza con urgencia, me recuerda al movimiento que hace la araña cuando atrapa a una mosca en su tela. Se coloca delante de mí bloqueando la puerta. Miro a mi alrededor, no hay otra salida.

—Wendy, qué bien que hayas llegado tan pronto —dice la señora Jacobs. Luego se vuelve hacia mí—. Wendy ha instalado un botón de pánico. Me dijo que tenía que usarlo si tú o tu amiga volvíais a acosarme. —Esa fue la palabra que utilizó: «acosar». Le expliqué que habíais sido muy educados todas las veces que hablamos. Pero aun así apreté el botón, don Billy, tan pronto como llegaste. —Inclina la cabeza hacia un lado y vuelve a contemplar el agujero.

La directora Sharpe observa la escena. Lleva un bolso en la mano y, de repente, empieza a rebuscar dentro de él. No sé lo que va a sacar, y me sorprende, y supongo que tal vez me decepciona un poco también, ver que es una pistola. Es pequeña, mucho más pequeña que la que tenía Vinny, pero sigue siendo una pistola y está en las manos de la directora de mi instituto. Apunta a la señora Jacobs por un segundo, pero luego me apunta a mí. Veo que el cañón se tambalea con el temblor de sus manos.

—¿Qué está pasando? ¿Qué diablos está pasando?

—Quería presentarle a don Billy a tu padre —dice la señora Jacobs. Parece que ahora está más erguida. La directora Sharpe se tapa la boca con la mano libre. Luego se inclina hacia adelante, mirando en el agujero que he cavado.

—¡Ay la virgen! —exclama—. ¿Qué has hecho, Madre?

—Wendy, ya te lo dije —responde la señora Jacobs con un tono de voz relajado—. Sabías que Henry estaba aquí porque te lo conté cuando la policía excavó el gimnasio del centro. ¿No te acuerdas?

La directora Sharpe no responde, tan solo toma grandes bocanadas de aire como si le estuviera costando respirar.

—He decidido hacer lo correcto.

—¿Lo correcto? Esto no es lo correcto. —La directora Sharpe se vuelve hacia ella y le suelta una reprimenda—. Eres estúpida. Una vieja estúpida, loca y trastornada. Lo correcto era mantener la boca cerrada.

Tiene la mirada loca con los ojos girando hacia un lado y al otro.

—Eres tan egoísta. Crees que puedes excusar tu parte en esto para poder marcharte con la conciencia tranquila. Pero no piensas en los demás, ¡nunca lo has hecho!

La pistola ya no me apunta a mí. La directora Sharpe la agita por todas partes y tiene toda su atención puesta en la señora Jacobs. Miro detrás de ella, hacia la puerta. Si pudiera esquivarla quizás llegase a tiempo. Tal vez pueda perderla en algún lugar de la casa.

—¿Has considerado que podrías ser tú en quien estoy pensando? —La voz de la señora Jacobs se eleva ahora, como si ya no estuviera tranquila—. Pensabas que podías mantener esto oculto toda tu vida, pero créeme, en realidad no quieres que así sea.

—¿Ah no? Ahora resulta que sabes lo que quiero, que sabes lo que es mejor para mí. Ya te lo dije, quería que te tomaras las putas medicinas y no te metieras en este absurdo…

—¡No digas palabrotas! —El tono de voz de la señora Jacobs hace que la directora Sharpe se detenga de inmediato. Hace que yo también me congele, justo cuando estoy a punto de pasar a hurtadillas por la espalda de la directora—. No te he educado para que digas palabrotas en mi casa.

La señora Jacobs se gira hacia mí lo cual hace que Sharpe se fije en mí y mueva su brazo para apuntarme de nuevo con su arma.

—Don Billy, deberíamos explicarte todo esto, ya que te has convertido en testigo de una incómoda discusión familiar.

La directora Sharpe me mira, quiero decir que me mira de verdad. Creo que se da cuenta de que está apuntando con un arma a uno de sus alumnos. Eso no es un comportamiento normal en directores de instituto. Va a ser difícil que nos olvidemos de esto. Hay un momento en el que parece reconocerlo con una mueca de su boca. Luego la señora Jacobs sigue hablando.

—Wendy era sólo una niña cuando ocurrió. Tuvo la mala suerte de interrumpir a Henry haciendo lo que hacía con su hermano. No tengo que contarte detalles, ¿a qué no, Billy? No me gusta hablar de ello.

No respondo. No quito los ojos de la directora Sharpe.

—Lo sabía, por supuesto. Lo de Henry y sus gustos. Sabía lo que ocurría con algunos niños del centro, pero él siempre me prometía que iba a dejar de hacerlo, o me intentaba convencer de que a los chavales les gustaba. Me decía que sería discreto... o cualquier cosa que pensara que yo necesitaba oír. Y eran otros tiempos. No había tantos escándalos como hoy en día.

—¡Madre! —El tono de la directora Sharpe es de advertencia a la señora Jacobs para que se detenga, pero la anciana continúa.

—Me enfrenté a él por ello, y... Bueno, puedes ver por ti mismo lo que pasó.

Hace un gesto para señalar el agujero del patio, donde el cráneo de Henry Jacobs sigue parcialmente al descubierto.

—Eric era demasiado joven para saber lo que había pasado. Le dije que Henry se había marchado y le dije lo mismo a todo el mundo. Pero nunca iba a funcionar con Wendy. Así que lo convertí en nuestro secreto. Le dije que su padre había sido tan travieso que había tenido que ponerlo debajo del gimnasio de la escuela y que nadie podría saberlo nunca. Y podrías pensar que una niña pequeña no sería capaz de guardar un secreto así, pero Wendy lo hizo. Lo guardó dentro de sí misma. Lo absorbió. Ese secreto se convirtió en parte intrínseca de su personalidad. Incluso decidió convertirse en maestra, para poder aceptar un trabajo en la antigua escuela de Henry y asegurarse de que el gimnasio nunca fuera desenterrado. Ya era un poco tarde por aquel entonces para decirle que nunca estuvo allí enterrado.

Al oír eso, la directora Sharpe mira a la señora Jacobs y el dolor es visible en sus ojos.

—Y eso debería haber sido el final del asunto —continúa la señora Jacobs—. Pero Eric empezó a hacer preguntas indiscretas.

—¡Cállate, madre! —la directora Sharpe le advierte de nuevo. Pero no surte efecto.

—Quería saber en qué parte de Maui estaba Henry, por qué había dejado de mandar tarjetas de cumpleaños. No podía seguir haciendo escapadas a Hawái para mandar cartas. Me di cuenta de que debería haber escogido un lugar más cerquita —sonríe—. Preguntar sobre su padre se convirtió en un hábito obsesivo para el pobre Eric... Y presentía que había algo que no le estábamos contando, algo que tanto Wendy como yo sabíamos. No sé, ¿quizás una parte de él se acordaba de lo que había pasado cuando era pequeño?

—Madre, te lo advierto. No dudaré en usar la pistola. —La directora Sharpe deja de apuntarme ahora con el arma y apunta a la señora Jacobs.

Pero la anciana o no ve o no le importa.

—Por supuesto, para entonces, Wendy era una mujer joven. Había crecido con nuestro secreto y con la creencia de que había que mantenerlo costara lo que costara. —Se detiene un momento, con una mirada triste—. Intenté convencerla de que era mejor que Eric compartiera nuestro secreto. Una vez que supiera la verdad dejaría de hacer preguntas. Wendy no estaba de acuerdo, ¿no es así, querida?

Observo a la directora Sharpe, su largo y estrecho pecho se agita.

—Eric era débil. No habría conseguido mantener la boca cerrada.

—Eso no lo sabes, querida. No le diste la oportunidad.

Se miran a los ojos con dureza. Y en ese momento noto algo. En la oscuridad del salón de la señora Jacobs hay un movimiento, un movimiento sutil y cuidadoso. Miro a los ojos de Sharpe y Jacobs, pero no lo han visto. Están demasiado ocupadas mirándose la una a la otra. Así que enfoco la mirada detrás de ellas y trato de distinguir lo que es. Cuando lo veo bien se me corta la respiración. Es una figura que me resulta familiar, de una persona, moviéndose, de espaldas a la pared, deslizándose lenta y cautelosamente hacia la puerta. Y entonces la figura llega a la puerta. La luz capta el pelo morado.

Es Ámbar.

Se detiene. Sus ojos se encuentran con los míos y se lleva un dedo a los labios. Tengo que esforzarme para no mirar. Miro a su alrededor, esperando ver otras figuras, la policía quizás, pero no hay nadie. Está sola. Ámbar mira a la directora Sharpe durante un instante y me devuelve la mirada, advirtiéndome que no la delate.

—Decidimos que fuera Wendy la que se lo explicara todo —continúa la señora Jacobs, ajena a lo que acabo de ver—. Así que se lo llevó a dar un paseo, justo al fondo del jardín, aquí, a lo largo de la cima del acantilado. ¿Quizás te gustaría explicar lo que hiciste después, querida? ¿Lo que le hiciste a tu hermanito?

La directora Sharpe no dice nada. Al cabo de unos momentos, la señora Jacobs continúa.

—No sé por qué se ha vuelto tan tímida ahora. En aquel momento estaba más fresca que una lechuga. Siempre tan seria. —Su gesto muestra una sonrisa forzada—. Tenemos un cobertizo para embarcaciones al otro lado del jardín así que pudimos remolcar el cuerpo hasta el estrecho y echarlo por la borda. Y luego fingir que todo era una gran tragedia, que el pobre Eric llevaba siendo infeliz durante algún tiempo, aunque esa parte era bastante cierta...

—Era como papá —dice de repente la directora Sharpe—. Eric habría salido como papá.

—Y tú saliste más bien a mí —interrumpe la señora Jacobs.

Las observo de una a otra. No me miran, así que me vuelvo hacia Ámbar para ver qué está haciendo. Veo que sostiene el atizador de la chimenea en una mano. Supongo que estará planeando utilizarlo para quitarle la pistola de la mano a la directora Sharpe. Asiento con la cabeza, para hacerle ver que he entendido su mensaje.

—¿Qué estás haciendo? —De inmediato vuelvo a mirar a la directora Sharpe. Después de todo, debe haber estado observándome. Se da la vuelta y Ámbar está allí, a la vista. No está lo suficientemente cerca como para blandir el atizador. Ámbar se congela, atrapada.

—¡Suelta eso! —grita la directora Sharpe—. Tíralo al suelo.

Por un segundo Ámbar no lo hace y casi me quedo sin respiración. Sé lo que Ámbar está pensando, quiere echarse hacia adelante para tratar de enfrentarse a Sharpe, y estoy desesperado porque no lo haga ya que sé el daño que pueden hacer las armas. Si da un paso más morirá, justo frente a mí.

—¡Suéltalo!

Ámbar hace lo que dice. El atizador cae al suelo con un ruido metálico.

—Ponte al lado de tu amigo.

La atención de la directora Sharpe está ahora en Ámbar. Y me doy cuenta de que tal vez podría hacer algo. ¿Pero qué? Si trato de atraparla igual dispara a Ámbar, o gira el brazo y me dispara a mí. Y no hay otras armas que pueda usar, no hay nada cerca de donde estoy parado. En el momento en el que Ámbar se pone a mi lado cualquier oportunidad se desvanece. Oigo a Ámbar respirando de manera corta y temerosa y veo que tiene ambas manos levantadas en el aire.

—No vais a saliros con la vuestra, ninguno de los dos. Os dije que os alejarais de mi familia y me ignorasteis. Puede que penséis que será difícil explicar vuestra desaparición, pero encontraremos la manera, ¿verdad, madre? Eso es lo que hacemos en esta familia.

Se dirige a la señora Jacobs y en ese instante me doy cuenta de que mientras no mirábamos a la anciana la situación se ha dado la vuelta. En algún momento la señora Jacobs debió haber cogido la pala y se la ha colocado lista para blandirla como un hacha. Y eso es lo que hace.

Un destello brilla en la pala según corta el aire.

CAPÍTULO SETENTA Y CUATRO

GIRA la hoja de la pala hacia un lado lo que hace que corte el aire al ras. Aterriza con un golpe seco en la nuca de la directora Sharpe. Suelta un corto y seco gemido, se cae y se le ponen los ojos en blanco. Entonces se le doblan las rodillas y cae al suelo. A través de su pelo veo una grieta negruzca de la que comienza a salir sangre. Enseguida se forma un charco a su alrededor.

Creo que Ámbar grita, o puede que sea yo. No estoy seguro. Pero lo siguiente que sé es que la señora Jacobs ha cogido la pistola. La sostiene en la mano sopesando su peso, como si estuviera escogiendo patatas en el supermercado.

—Ha sido más fácil de lo que me esperaba —dice la señora Jacobs. Tiene la voz tranquila, casi feliz—. Siento que hayáis tenido que ver esto, pero me temo que Wendy se lo andaba buscando desde hace un tiempo. —Se adelanta y, con lentitud, se inclina para tantear el pulso en el cuello de la directora Sharpe.

—¿Cómo es que has llegado tan rápido? —le pregunto a Ámbar.

—He estado siguiendo a la Sharpe —dice—. Estaba justo en su calle vigilando la casa cuando la vi salir. Condujo hasta aquí tan rápido que casi la pierdo un par de veces. Entonces vi tu mensaje.

—¿Has llamado a la policía?

Ámbar duda si contestar o no, pero sacude la cabeza. Cierro los ojos con fuerza.

Al momento siguiente hay una explosión de ruido. Mis ojos se abren justo a tiempo para ver el cuerpo de la directora Sharpe sacudiéndose en el suelo y la señora Jacobs casi perdiendo el control del arma. El ruido del disparo rebota en la casa. Entonces se vuelve hacia nosotros.

—Tan solo me estaba asegurando —nos dice.

La punta de la pistola sigue echando humo, como el agua que sale de una tubería, solo que sube en lugar de bajar. Me quedo paralizado, mirándola. Luego nos apunta a nosotros, a algún lugar entre medio de los dos, y me pregunto a cuál de los dos disparará primero. Y a cuál quiero que dispare primero. Es curioso, la importancia que parece tener en este momento. No sé por qué lo pienso. Pero entonces, baja el arma con torpeza y gira la empuñadura del arma hacia nosotros.

—A ver —dice un segundo después—, ¿quién quiere la pistola? —Da un paso hacia adelante, sosteniendo el arma frente a ella.

—He llamado a la policía —balbucea Ámbar.

—Eso esperaba. No cabe duda de que esto es un asunto policial.

La señora Jacobs sonríe. Luego toma una decisión. Le da la pistola a Ámbar, retrocede y mira el cuerpo de su hija y el agujero donde yace enterrado su marido.

—¿Nos tomamos un té helado mientras esperamos?

Ámbar llama a la policía mientras la señora Jacobs va a preparar el té.

EPÍLOGO (1)

Jugamos al Scrabble mientras esperamos a la policía. Iba ganando y tenía una palabra muy buena preparada cuando por fin llegó la policía con las pistolas, dando gritos y formando un buen revuelo. Así que no llegué a ponerla.

Más tarde me enteré de que no habían dejado de investigar a la señora Jacobs. Incluso después de levantar el gimnasio y no encontrar nada, seguían creyendo que lo había matado porque no había rastro de él ni en Maui ni en ningún otro lugar. Probablemente la habrían arrestado igual incluso si no hubiera asesinado a la directora Sharpe. Pero ese suceso aceleró las cosas.

Es increíble lo rápido que se superan las cosas en el instituto. Al principio todo el mundo cotilleaba con emoción sobre la muerte de la directora pero al cabo de una semana los cotilleos volvieron a ser de quien le había pedido salir a quien y de dónde iba a ser la próxima fiesta.

Para entonces yo también había pasado página. Volvimos a repasar el negocio del avistamiento de ballenas y pronto superamos la etapa de planear y pasamos a la siguiente etapa. Papá llamó a todos los bancos de la isla y por fin uno de ellos aceptó a invitarnos para hablar de préstamos. Quieren celebrar una reunión para que podamos explicar con exactitud para qué necesitamos el dinero y cómo vamos a devolverlo. Yo quería asistir para explicarles el plan pero papá me dijo que sería mejor que fuera él solo a la reunión porque yo soy tan solo un niño y parecería un poco extraño si fuera yo el que presentaba todas las cifras. Así que por eso estoy ahora esperando fuera del banco, en la camioneta de papá que aún tiene los agujeros de bala en los lados. Con un poco de suerte, cuando salga estaremos listos para comenzar. Es bastante emocionante.

* * *

—¿Qué? ¿Cómo fue? —Enseguida me doy cuenta de que papá está intentando gastarme una broma, porque parecía triste de verdad según salía del banco, con los hombros caídos e incómodo en su traje de chaqueta nuevo.

—No nos van a dar el préstamo —dice cuando está a mi lado.

—No me lo creo, estás de broma ¿no? —No puedo dejar de sonreír.

—No, Billy, es verdad.

Me doy cuenta por sus ojos. No está bromeando después de todo.

—Pero, podemos devolverlo, ¡lo dice la hoja de cálculo!

Papá cierra la puerta de la camioneta y se queda sentado, sin moverse. Finalmente, habla.

—No están dispuestos a prestar la cantidad que pedimos. Nos darán menos, pero no es suficiente. No nos llega para comprar el barco. —Se queda mirando a través del parabrisas y luego se gira para mirarme—. Lo siento, chaval...

—¿Pero por qué?

—Porque somos... Porque no somos su tipo de cliente. Ya te lo dije Billy. No tengo historial financiero, no tengo nadie que me avale. Ya te advertí de que esto podría pasar. —Pone las manos en el volante, lo agarra con fuerza.

—Bueno, ¿cuánto nos falta?

—Lo suficiente. Lo suficiente para que no ocurra. —Sigue sin arrancar el motor.

—¿Pero qué pasa si gastamos menos en publicidad? Todo eso del seguro que has añadido, ¿quizás no lo necesitemos? Tal vez podamos...

—Les gusta la idea —me interrumpe papá—. En general no tenían objeciones. Dijeron que el plan de negocios era sólido, bien pensado. Pero parece que hoy en día ya no toman las decisiones ellos. Se limitan a seguir lo que dice el ordenador. Y con mi historial de crédito hay un límite que no pueden sobrepasar. Y no es lo suficientemente alto. —Se gira para mirarme—. Mira, podemos intentarlo de nuevo, en un año o dos, cuando hayamos ahorrado algo de dinero.

—¿Pero qué pasa con «La Dama Azul»? ¿Y si alguien la compra mientras tanto? Dentro de un año no podremos hacerlo.

Papá sacude la cabeza.

—Lo siento hijo, de verdad.

—Yo puedo comprar el barco. Puedo conseguir cinco mil dólares.

—Billy, de dónde diablos vas a sacar...

—¿Con eso llega? ¿Con cinco mil dólares será suficiente?

Papá duda. Al final se encoge de hombros.

—Sí, si de verdad tuvieras cinco mil dólares sería un buen comienzo.

A continuación enciende el motor y sin decir nada más me lleva de vuelta al instituto.

* * *

Pero no voy a mi clase. Tengo cosas mucho más importantes que hacer. Voy flechado a la biblioteca y me meto en el ordenador más cercano. Una vez allí no sé qué poner. Tratar de averiguar a quién pertenece de verdad el cheque de cinco mil dólares que me dio la señora Jacobs no es la típica pregunta que pones en Google que digamos. Quiero decir, en primer lugar, acaba de cometer un asesinato en primer grado delante de dos testigos, y ha admitido otro asesinato, así que no sé si la policía confiscará todo su dinero. Y luego, incluso si eso no sucediera, cuando nos dio el cheque al principio no es que fuéramos una agencia de detectives legal ya que no obtuvimos licencia para operar. Por si todo eso no fuera suficiente, la mitad del dinero es de Ámbar. Es muy complicado.

Pero ya se ha visto que soy bastante bueno para resolver problemas complicados.

EPÍLOGO (2)

Ámbar llega temprano. Está muy emocionada. Ha recogido a Steven del veterinario ya que ella tiene coche y yo no. Le han curado el ala y el veterinario no le ha cobrado nada, lo cual es un gran detalle porque los veterinarios son muy caros.

—Me han dicho que no quieren verte ni oír de ti nunca jamás.

—Estás bromeando, ¿no?

—No. Dijeron que les costaste una fortuna, que nunca los dejas en paz, y que tu pajarraco es el animal más desordenado y sucio con el que han trabajado. No me pareció que estuvieran de coña.

Apenas presto atención, estoy demasiado ocupado dando de comer sardinas a Steven. Sus suaves ojos marrones son ahora casi totalmente amarillos. La verdad es que tiene un aspecto bastante aterrador.

—Estoy haciendo sándwiches, ¿te importa terminarlos mientras me preparo?

—¿Dónde está tu padre?

—Está en el banco. Me ha dicho que fuéramos cuando llegaras.

—Vale, vamos pues.

* * *

Ámbar aparca en las afueras del puerto ocupando dos espacios a la vez y solo mueve el coche cuando le llamo la atención. Salimos del coche, saca la nevera del maletero mientras yo cojo a Steven y nos acercamos a la cancela que da acceso al pontón. Veo que el guardia de seguridad se acerca a toda prisa y sé lo que va a decir, pero no tiene oportunidad porque Ámbar le pregunta si no le importaría sujetar la verja para que ella pueda pasar la nevera. Se queda mirando cómo bajamos por el pontón como si no supiera qué decir. Y aunque hubiera intentado decir algo, el siguiente que aparece es papá.

Al final no fue tan difícil. Encontré una página web que trataba sobre lo que pasa con el dinero de los presos cuando van a la cárcel. Al parecer, la policía solo confisca tus bienes gananciales en algunos delitos financieros como el fraude. Así que aunque la señora Jacobs asesinara a Henry Jacobs, dado que el dinero que tenían provenía de su familia seguía siendo su dinero. Fue un poco más difícil desentrañar el problema de que la agencia de detectives no fuera legal del todo. Significaba que las condiciones de contrato que teníamos en la página web tampoco eran del todo legales, lo que al final fue útil, porque todavía había un par de errores de los que no nos habíamos dado cuenta. Tuve que ponerme en contacto con la señora Jacobs, en una cárcel de la capital donde está en prisión preventiva, para que confirmara si teníamos que devolver el dinero. Y ahí fue cuando insistió en que habíamos hecho exactamente lo que nos había pedido y que los cinco mil dólares del cheque eran el primer pago. Así que rellenó un segundo cheque e insistió en que Ámbar debía cobrárselo.

Bueno, resultó que cinco mil dólares no eran suficientes para el banco después de todo, necesitábamos casi el doble. Quizás ya te imaginas lo que propuso Ámbar.

* * *

—¿Dónde está el barco en el que he invertido todo mi dinero? —me interrumpe Ámbar mientras caminamos por el pontón—. ¡Hala! ¡Qué chulo! ¿No te dije que una agencia de detectives de la isla necesita tener un barco además de un coche?

Hace un día estupendo para navegar. No hay mucho viento y el sol brilla con fuerza. Ámbar y yo llevamos la nevera a la zona de la cocina y metemos la comida y unas bebidas en la nevera mientras papá se familiariza con los mandos del panel de control. Una vez listos arranca el motor y nos enseña a Ámbar y a mí a desatar las cuerdas. Es muy divertido trepar por la cubierta y el pontón, seguir las órdenes de papá y sentir cómo el barco se hunde bajo nuestro peso cuando nos subimos, sentir el olor a gasolina flotando en el aire y ver cómo el barco oscila de arriba abajo.

—Suelta el cabo de proa —me grita papá, y yo suelto un extremo de la cuerda. Tiro de ella, para que pase por la anilla del pontón y la parte delantera del barco se libera. Papá le grita a Ámbar en la popa para que haga lo mismo y entonces siento un cosquilleo en mi interior según el rugido del motor se hace más sonoro. Una ráfaga de burbujas sale por la parte trasera de «La dama azul» y empezamos a movernos. Me pierdo la primera parte porque papá me hace recoger todas las defensas y guardarlas bajo los asientos en caso de que el mar se embravezca. Cuando termino veo pasar el rompeolas mientras papá nos saca del puerto y navega mar adentro.

—Billy, ve y coge una cerveza de la nevera, ¿quieres?

Hago lo que me dice. Abajo se está realmente bien. Oigo el reconfortante sonido del motor y también se oye el chapoteo del agua que salpica a ambos lados del barco. Desde aquí abajo también se ve el agua, de un azul intenso, a través de las ventanas de los ojos de buey. Cojo una cerveza y un par de latas de refresco de la nevera y vuelvo a salir. Subo la escalera, hasta donde está papá sentado con Ámbar a su lado. Abro las bebidas y las reparto. Papá da un sorbo y se dirige a mí.

—Entonces, Billy —dice mientras despejamos el último tramo del rompeolas—, ¿dónde están esas ballenas de las que tanto nos has hablado?

FIN

Billy y Ámbar vuelven en **Misterio en las cuevas** la tercera entrega de esta serie en la que han ambos han crecido, y también lo ha hecho el peligro al que se enfrentan. Pide AQUÍ tu copia para continuar leyendo.

Y si quieres descubrir un poco más acerca de mi, llevarte un libro totalmente GRATIS y enterarte antes que nadie de mis próximas publicaciones, apúntate a mi lista de correos:
https://greggdunnett.co.uk/spain/

MUCHAS GRACIAS

Muchas gracias por leer **El club de detectives.** Si te ha gustado, te invito a que escribas una reseña en Amazon :-) Y si todavía no lo has hecho te invito a que te apuntes a mi lista de correos donde te mantendré al tanto de publicaciones y demás novedades. Para apuntarte, solo tienes que seguir este enlace y te mandaré un relato corto de regalo.

http://www.greggdunnett.co.uk/novedades

La tercera entrega de esta serie, **Misterio en las cuevas** ya está disponible en Amazon. Para ir abriendo boca, a continuación podrás leer el primer capítulo totalmente gratis…

TERCERA NOVELA DE LA SERIE
ISLA DE LORNEA

GREGG DUNNETT

MISTERIO EN LAS CUEVAS

GREGG DUNNETT

MISTERIO EN LAS CUEVAS

MISTERIO EN LAS CUEVAS CAPÍTULO 1

El mar es como una balsa. No está completamente en calma, pero casi. La superficie del agua tiene esa viscosidad casi pegajosa que adquiere cuando no sopla nada de viento. Llevábamos varios días con tormenta, así que he tenido que esperar a un día como este para poder llegar hasta aquí por la costa.

El agua refleja los altos acantilados que hay sobre mí, pero también es translúcida, así que se puede ver cómo los acantilados no se detienen donde se encuentran con el mar, sino que siguen descendiendo. Es casi como si estuviera flotando, a seis metros de altura, por encima de un bosque de algas que se agitan como árboles en las corrientes submarinas. Lo único que rompe la calma son las zambullidas de mi remo, que se abren en abanico detrás de mí como huellas acuáticas. Eso y la línea de mi estela, que apunta alrededor del cabo mostrando lo lejos que he llegado.

No hay nadie más a la vista. No debería haber nadie. Hace unos años esta parte de la isla se convirtió en reserva marina, por lo que los pescadores no pueden venir aquí. Alguna vez se ve a gente paseando por el sendero del acantilado, pero es un camino largo, y la mayoría de las veces el sendero está demasiado lejos del borde como para ver el agua. Así que estoy solo, pero me gusta que así sea.

Me ha costado una hora de duro remo llegar hasta aquí, incluso en mi nueva canoa, un kayak de mar de dieciséis pies que estaba abandonado en el astillero. Bueno, más o menos abandonado. Hay que pagar una cuota mensual para guardar los barcos allí, y el dueño dejó de pagar, así que Ben, el encargado del astillero, me dijo que podía quedármelo si me lo llevaba. Hay un callejón detrás del almacén de pescado que nadie utiliza. Hablé con el gerente de allí y no le importó. Así que lo limpié y equipé con algunos aparatos adicionales, como una brújula y un panel solar para hacer funcionar un GPS -que puedo quitar para que no me lo roben- y unos recipientes de almacenamiento para muestras. Construí una especie de estante para guardarlo en el callejón. Y ahora lo uso todo el tiempo como base para realizar experimentos.

Sin embargo, hoy no voy a utilizar los recipientes para muestras. Si tengo razón sobre lo que creí ver, la última vez que vine aquí, entonces no quiero capturarlo. No quiero perturbarlo en absoluto. Es demasiado importante para eso.

He programado mi GPS para que me lleve al lugar exacto donde lo vi la última vez. O donde creo que lo vi. Aunque en realidad no necesito el GPS ya que sé dónde ir. Es un lugar que he explorado bastante bien, por las cuevas submarinas. La costa de la isla de Lornea está llena de cuevas y no son nada del otro mundo, por lo que la gente no suele ir a explorarlas. Pero son bastante chulas porque la entrada está bajo el agua la mayor parte del tiempo. Total, que sé perfectamente hacia dónde voy.

Voy bordeando la base del acantilado, sin dejarme llevar mar adentro. Eso significa que, aunque haya alguien en el camino de la costa no me verá, así que es como si fuera invisible. Pero también significa que no puedo ver mi destino, debido a los pequeños escarpes de roca que me bloquean la vista. Así que cuando rodeo el último promontorio me quedo un poco sorprendido. Resulta que no estoy solo. Hay un barco. Un pequeño velero. Está fondeado con las velas plegadas. Estoy tan sorprendido que dejo de remar. Y casi pienso en dar la vuelta. Pero luego recapacito. Supongo que a veces sí que hay gente que viene aquí. Es un lugar muy bonito y solo porque me guste creer que es mi sitio secreto no significa que realmente lo sea. Probablemente estén almorzando y luego se vayan. Solo espero que no hayan echado el ancla sobre algo valioso.

Paso por delante del velero, sin acercarme demasiado, y unos instantes después avanzo hacia la apertura de la cueva, aunque solo se ve la parte superior por encima del agua. Entonces vuelvo a acercarme a mi saliente.

Al cabo de unas pocas remadas más, el morro del kayak se apoya contra la cuña de una roca donde siempre lo coloco. Encontré este saliente hace tiempo, y de verdad que es útil. Siempre y cuando la marea esté baja, es bastante seguro dejar el kayak aquí. La roca no es muy grande, y es bastante difícil bajarse, pero ya tengo mucha práctica y me impulso con confianza a la roca negra y resbaladiza, los dedos de los pies luchando por agarrarse. Entonces, enlazo el cordón del kayak alrededor de un saliente de roca y lo ato con fuerza. Así no podrá deslizarse y salir flotando, dejándome aquí tirado. Eso no tendría ninguna gracia.

Después me siento, con los pies flotando en la fresca agua, y me como un bocadillo. Por encima de mí, los acantilados se curvan y son bastante suaves, así que es como si estuviera sentado en el fondo y en el interior de un cucharón de piedra. Pero bajo el agua es otra historia. La mitad inferior de los acantilados está formada por muchos tipos de roca diferentes, y las partes más débiles se han erosionado durante millones de años. Eso es lo que formó las cuevas. Pero como el nivel del mar ha subido, no se pueden ver a menos que te metas en el agua. Se puede nadar hacia el interior del acantilado y salir a la superficie dentro de las cuevas. En algunos lugares es como si estuvieras realmente dentro de la tierra.

Reflexiono mientras preparo la cámara. Pienso en cómo este lugar ha estado aquí, sin cambiar apenas, durante millones de años. Y cómo permanecerá igual dentro de otro millón de años. Mucho después de que hayamos desaparecido. Cuando todo lo que quede de la humanidad sean millones de fósiles. Tal vez alguna otra especie lo descubra todo, e invente teorías sobre la edad de los humanos, solo que no nos llamarán así, porque tendrán otro nombre. Pienso en ello mientras cargo la cámara en la funda impermeable. Este lugar es así. Te hace pensar este tipo de cosas. Pero me obligo a dejar de pensar y a concentrarme porque no tengo tanto tiempo antes de que suba la marea. Y tengo trabajo que hacer.

Ya tengo puesto el neopreno, y supongo que lo que realmente siento es nerviosismo. No solo por saber si voy a encontrar lo que espero encontrar. También porque la escala de este lugar hace que sea un lugar intimidante para bucear. Pero entonces respiro con profundidad para calmarme. Escupo en mi máscara y la enjuago. Me pongo las aletas en los pies y me coloco la máscara y el tubo de esnórquel. Entonces estoy listo. Me sumerjo con cuidado en el agua.

Siempre es la misma sensación cuando te metes por primera vez. El frío del agua te aprieta, y algunas gotas se cuelan por el neopreno. Y aunque lo que puedes ver se amplía de repente para incluir este increíble mundo submarino, también se contrae porque la máscara te corta la visión periférica. Al principio tengo que luchar por mantener la respiración lenta y tranquila. Pero cuando lo consigo, me alejo nadando de la cornisa. Es como salir volando desde la cima de una montaña. El fondo rocoso se aleja. Debajo de mí hay rocas gigantes, algunas tan grandes como casas. Algunas llegan casi a la superficie, por lo que podría nadar fácilmente hacia abajo y tocarlas, pero en otros lugares el fondo está muy abajo, lejos de mi alcance.

Un trío de grandes lubinas pasan nadando, sin apenas molestarse en cambiar de rumbo para evitarme. Una vez que alcanzan este tamaño no hay nada aquí que se las coma, y están a salvo de ser pescadas, aunque no sé si han caído en ese detalle o no. Yo también las ignoro. Examino las rocas, intentando encontrar el lugar exacto en el que estuve la última vez. Estaba bastante cerca de la entrada de la cueva, donde el agua es menos profunda y hay más zonas de arena. Solo tengo que encontrar la correcta. Entonces veo la roca que he estado buscando, con un lado mucho más rojo que el otro, y sé que la he encontrado. Salgo a la superficie y cojo aire, aprovechando para orientarme observando la cara del acantilado.

Luego vuelvo a meter la cabeza en el agua y dejo que mis ojos se adapten a los bajos niveles de luz. Me sumerjo y me agarro a un saliente de roca. Estudio la arena. Busco una irregularidad que demuestre que hay algo enterrado en la arena. Algo que no debería estar aquí, no tan al norte. El pulpo del arrecife caribeño o Pulpo *Briareus*, es bastante común en el Caribe e incluso hasta la costa de Florida, pero nadie ha visto nunca uno tan al norte. Nunca. Así que, si estoy en lo cierto este será un gran momento para la isla de Lornea.

La mayoría de estos pulpos son moteados de colores, al menos la mayor parte del tiempo, reflejando los fondos arenosos en los que les gusta vivir. Pero también pueden cambiar de color, por lo que son difíciles de identificar. Vi este -o creí verlo- la última vez que estuve aquí. El problema es que ya me estaba marchando en ese momento. La marea había cambiado y tenía que volver al kayak. Luego no he podido volver a comprobarlo, porque, como ya dije, hemos tenido varias tormentas últimamente. Pero anoté con mucho cuidado donde me encontraba, y vi que estaba en una madriguera, lo que significa que todavía debería estar aquí.

El gran problema es que podría haberme equivocado. Podría ser que acabara de ver un Pulpo *Vulgaris*, de hecho, es bastante probable dado que nadie ha visto nunca un *Briareus* tan al norte. Lo cual es otra razón por la que estoy bastante nervioso en este momento.

Eso no significa que sean maleducados, por cierto. Pulpo *Vulgaris* es solo su nombre en latín. Lo único que significa es que son comunes. Si era un pulpo común lo que vi, entonces he perdido todo el día. Pero he visto muchos Pulpos *Vulgaris* y estoy bastante seguro de saber la diferencia.

Mientras espero, se me ajusta la vista y consigo dar más sentido a la superficie granulada de la arena. Los pulpos necesitan oxígeno, así que respiran agua, igual que los peces. Solo que en lugar de hendiduras que cubren las agallas, expulsan el agua a través de un tubo blando que sobresale entre los tentáculos. Pero eso significa que, incluso cuando están escondidos en la arena, quietos, puedes ver, si miras con atención, cómo el tubo expulsa el agua al exhalar. Y ahora lo veo. Es del tamaño de una moneda de un dólar, y ahora que lo he visto puedo ver el contorno del resto del pulpo a su alrededor. Ya estoy conteniendo la respiración, pero siento que debería contenerla aún más. Preparo la cámara delante de mí y aleteo con lentitud hacia él.

Cuando estoy por encima veo su ojo. Los pulpos son bastante inteligentes, y este sabe que estoy aquí. Probablemente esté intentando calcular si debe tratar de permanecer oculto, o escaparse. Les gustan los parches de arena cerca de las rocas, en parte porque comen cangrejos y cosas que encuentran en las rocas, pero también porque pueden escapar fácilmente. Si encuentran una grieta, olvídate de sacarles de ahí, ni siquiera se les ve si se adentran mucho. Así que, con mucho cuidado, sujeto la cámara en posición y saco un par de fotos, porque este encuentro podría terminar muy rápidamente. Me recoloco suavemente para obtener fotografías desde todos los ángulos, mientras está quieto, y nado hacia abajo un par de veces para obtener imágenes más cercanas también. Entonces, cuando tengo todas las fotos que puedo del pulpo escondido en la arena, nado hacia abajo y cojo un par de rocas de buen tamaño. Y -sé que esto no se debe hacer- dejo caer con cuidado la primera de las rocas de modo que aterrice con un suave golpe junto a su escondite. Intenta fingir que no ha pasado nada así que dejo caer la segunda piedra y veo cómo se balancea en el agua. Esta cae demasiado cerca, porque en un remolino de arena el pulpo se levanta de repente y sale de su escondite, con sus tentáculos arrastrándose tras él. Hago muchas fotos, y estoy muy emocionado porque cualquiera puede ver que esto no es un Pulpo *Vulgaris*. Los ojos son del tamaño incorrecto y están demasiado bajos. Y la membrana donde los tentáculos se unen al cuerpo es mucho más profunda. Definitivamente es un Pulpo *Briareus*.

Entonces sucede algo aún más maravilloso. Esperaba que fuera a desaparecer entre las rocas, pero en lugar de eso se ralentiza y luego se detiene, todavía en la arena. Supongo que sabe que puede escapar si lo necesita, y no querrá gastar demasiada energía ni ceder su territorio si no es necesario. Así que me permito acercarme de nuevo muy lentamente, haciendo fotos todo el tiempo. Las mejores serán si consigo acercarme del todo.

El pulpo se levanta sobre las puntas de cuatro de sus tentáculos, luego los desliza hacia la arena, mientras los otros cuatro tocan las rocas detrás de él. Luego sopla la arena hacia arriba, de modo que pequeñas nubes colorean el agua. Los colores de su cuerpo revolotean y parpadean para adaptarse al fondo, y poco a poco se hunde en la arena. Entonces se detiene. Me observa, observándole.

Supongo que el tiempo pasa rápido después de eso, porque antes de darme cuenta mi cámara anuncia que me he quedado sin espacio en la tarjeta de memoria. Entonces compruebo el reloj y ha pasado una hora entera. Lo que significa que tengo que irme o la marea estará demasiado alta para mi cornisa.

Pero no quiero irme, así que me permito otros cinco minutos, simplemente observando al pulpo, sin hacer ninguna fotografía. Y entonces - para ser sincero, ahora ya me ha entrado el frío- me vuelvo a nadar hacia el kayak. No está demasiado lejos, justo al otro lado de la entrada de la cueva, en realidad. No estoy pensando en nada en particular según nado, aparte de qué voy a hacer con las fotografías y a quién se las voy a enviar. Y si de verdad van a creerme cuando diga que las tomé aquí mismo, en la isla de Lornea. Es entonces cuando me llevo una sorpresa.

Delante de mí hay otro buzo. Es un hombre, con una máscara y un tubo de esnórquel, y sostiene un fusil de pesca submarina en un brazo frente a él. No me ha visto, y me paro de inmediato. El buen humor que tenía por haber visto al pulpo desaparece al instante. Al cabo de un segundo me doy cuenta de que lo sustituye la ira. Ya dije que esta sección de la costa ha sido designada como reserva marina. Lo que significa que no está permitido pescar, en absoluto, incluyendo la pesca con arpones. Hay otros lugares a los que se puede ir a hacerlo, aunque realmente yo estoy en desacuerdo. Eso de dispararles, quiero decir, no es exactamente agradable para los animales, ¿no? Y los fusiles que usan, impulsados por gruesas bandas elásticas, son increíblemente poderosos. Cuando disparan a un pez, el arpón lo atraviesa directamente, como un dardo que atraviesa un trozo de papel.

Este tipo parece un aficionado. Cuando se va de pesca con arpón se supone que se debe llevar una boya, para que la gente pueda verte fácilmente. Pero este tipo no tiene ninguna. Al menos tiene la bolsa vacía, lo que significa que no ha matado nada todavía.

Pienso qué hacer. Lo más fácil sería volver al kayak, apuntar el nombre del velero y denunciar al propietario por pesca submarina ilegal en una reserva marina. Pero si hago eso lo más probable es que no pase nada. Podría tomar una fotografía como prueba, pero he agotado todo el espacio de mi tarjeta y no quiero borrar ninguna foto del pulpo. Además, el tipo lleva una máscara de buceo, así que no se podría ver quién es, ni probar su identidad. Y aunque le multaran, eso difícilmente va a impedir que dispare a un animal ahora mismo. Entonces se me ocurre un pensamiento horrible. ¿Y si se encuentra con el pulpo *Briareus*? Aunque sea difícil de creer, hay gente que come pulpo, y el que he visto era de buen tamaño. Pero si este tipo le dispara a este, el único Pulpo Briareus que se ha visto tan al norte. Bueno, eso sería un desastre. Tengo que hacer algo. Y ahora.

Decido enfrentarme a él. Solo tengo que tener cuidado de no asustarlo. Si lo hago, podría disparar accidentalmente el arpón. Y dado que me atravesaría con la misma facilidad que a un pez, me aseguro de acercarme por detrás para que no me alcance. Así que eso es lo que hago. Nado en su dirección para atraparlo, y me sitúo justo detrás de él, esperando que se dé cuenta de mi presencia y se dé la vuelta. Entonces me acerco mucho, tanto que puedo estirar la mano y tocar su hombro. Eso es lo que hago y el tipo se vuelve loco.

Lo único que quería hacer era llamar su atención y señalar la superficie para indicarle que necesito hablar con él. En lugar de eso, se vuelve totalmente loco. Se gira como si hubiera intentado atacarle y agita los brazos y las piernas. Algo golpea mi máscara y la inunda de agua. Por eso tengo que salir a la superficie, y un segundo después sale él también.

—Joder. ¿Qué coño haces? —dice el hombre. Tiene acento, me doy cuenta enseguida, no es de la isla. Además, está jadeando como si hubiera estado corriendo o algo así—. ¡Me has dado un susto de muerte!

—Aquí no se puede pescar. Es una reserva marina protegida.

El hombre se quita la máscara de la cabeza y jadea un par de veces. Tiene una marca roja alrededor de los ojos por llevar la máscara. Debe de haber estado bastante tiempo buceando.

—Aquí no está permitido pescar con arpón —le digo de nuevo. Es más joven de lo que pensaba. De veintipocos años quizás, no mucho mayor que yo—. Es una reserva...

—Sí, sí. Ya te oí la primera vez —me interrumpe—. De todas formas, no era un puto arpón... —No termina la frase.

—Sí que lo era. Te he visto.

Entonces me doy cuenta de que ya no tiene el fusil en la mano. Me vuelvo a poner la máscara y meto la cara en el agua, buscándolo. Pero no lo veo. Se le debe haber caído.

—Tenías un fusil de pesca submarina. Lo vi perfectamente.

—Sí, bueno, ahora ya no lo tengo, ¿a qué no? —De repente empieza a sonreír.

—Pero yo lo vi. Vi lo que estabas haciendo.

—¿Es eso lo que te preocupa? ¿La pesca ilegal? Joder, tío.

—No es asunto para reírse. Te pueden poner una multa de 500 dólares. Si no te vas ahora mismo te voy a denunciar a la Oficina Nacional de Administración Oceánica y Atmosférica. Además, tu velero está anclado, lo cual tampoco está permitido.

El hombre me mira fijamente. Tiene los ojos muy oscuros. Su cara vuelve a esbozar una sonrisa. Una especie de sonrisa burlona.

—Vale, chaval. Lo admito. Pensé que este sería un buen lugar para atrapar un par de lubinas. Pero me has pillado. Me piro ahora mismo. ¿De acuerdo? —Empieza a nadar alejándose de mí, hacia atrás, hacia el velero anclado.

—¿Y tu fusil submarino? —le pregunto—. No puedes dejarlo aquí. —Ambos nos ponemos las máscaras y miramos hacia el agua. Estamos en un barranco profundo y el fusil apenas se ve, está mucho más abajo de lo que yo soy capaz de llegar nadando. El hombre vuelve a sacar la cabeza del agua.

—Quédatelo. —Sonríe de nuevo, como si no le importara perderlo—. Ya me compro yo otro. —Se ríe de nuevo. Eso es lo que realmente me molesta de la multa contra la pesca en esta zona. Debería ser mucho más alta, porque para gente como él, que es tan rica como para tener barcos de vela increíblemente bonitos, no es suficiente para disuadirlos.

Se aleja nadando. Le vigilo mientras llega al velero y vuelvo al kayak. Una vez allí, saco los prismáticos y le observo mientras levanta el ancla y se aleja. Tomo nota del nombre del yate.

Se llama Misterio.

Consigue tu copia ya en formato eBook o tapa blanda.

Suscríbete a mi lista de lectores para conocerme un poco mejor y recibir todas las novedades que lanzo. Además llévate este libro totalmente GRATIS.

http://www.greggdunnett.co.uk/novedades

Un asesino está dejando notas en los bancos de varios parques en Londres, en las que confiesa los asesinatos que ha cometido a lo largo de su vida.

Una agente de policía tiene la oportunidad de resolver los casos que sus compañeros no han sido capaces de resolver durante años.

Pero solo lo conseguirá si averigua quién es el asesino, antes de que el asesino la encuentre.

Porque en una historia en la cual nada es lo que parece, ni siquiera los asesinatos son tan claros.

Llévate este libro totalmente GRATIS.

http://www.greggdunnett.co.uk/novedades

OTRAS OBRAS DE GREGG DUNNETT

Serie Isla de Lornea

La isla de los ausentes

El club de detectives

Misterio en las cuevas

La playa de los dragones

Novelas

El secreto de las olas

La torre de sangre y cristal

Entre sombras

Serie Inspectora Erica Sands

La cala

La trampa - a la venta el 9 de mayo de 2024